笑傲江湖

壹

金庸作品集 28

金庸 著

图书在版编目（CIP）数据

笑傲江湖/金庸著. —广州：广州出版社，2009.12（2023.11重印）
ISBN 978-7-5462-0071-2

Ⅰ.①笑…　Ⅱ.①金…　Ⅲ.①侠义小说—中国—当代　Ⅳ.①I247.5

中国版本图书馆CIP数据核字（2009）第216554号

广东省版权局版权合同登记图字：19-2012-024号

本书版权由著作权人授权广州市朗声图书有限公司在中国大陆(不包括香港、澳
门、台湾地区)专有使用

笑傲江湖

出版发行　广州出版社
　　　　　（地址：广州市天河区天润路87号广建大厦九楼、十楼　邮政编码：510635
　　　　　网址：http://www.gzcbs.com.cn）
策　　划　欧阳群
责任编辑　何　娴　田宇星
文字编辑　林春光
责任校对　林卓萍
内文插画　王司马
封面设计　李小祖
代理发行　广州市朗声图书有限公司（发行专线：020-34297719）
印　　刷　广州汇隆印刷有限公司
　　　　　（地址：广州市番禺区石壁街屏山一村屏都路15号1栋　邮编：511495）
开　　本　880毫米×1230毫米　1/32
总 字 数　1235千
总 印 张　47.125
版　　次　2020年5月第3版
印　　次　2023年11月第10次
书　　号　ISBN 978-7-5462-0071-2
总 定 价　145.00元（全四册）

上图/徐渭《梅花》：

题字：「从来不信梅花谱，

信手拈来自有神，不信试看千万树，

东风吹着便成春。」

《梅花谱》自来是画梅的典范，

徐渭不理经典的规范，信手挥写。

徐渭（1521—1593），字文长，

浙江绍兴人，于诗文、戏曲、书法、

绘画等造诣都甚深。

他参加过抗倭战争和反对权奸严嵩的斗争，

性格清高狂傲，愤世疾俗，曾因发狂入狱，

是艺术家中极具「笑傲江湖」性格的人物。

本书（香港版）选用徐渭、傅山、

八大山人、郑燮四人的画作封面。

这四人为人重风骨节操，

书画重自由发挥。

明宋旭绘《五岳图卷》之「融峰雨色」：描绘的是南岳衡山祝融峰的雨景。

宋旭，明代著名画僧，浙江湖州人。最擅山水，兼善人物。师法沈周，更融其他名家画法于一炉，远师古人，近取成法，形成了颇具特色的雄劲古拙的画风。世人称其为「苏松派」开山之祖。

王振朋绘《伯牙鼓琴图》：

王振朋，元代画家。画的是伯牙与钟子期两位知音朋友之间的深厚友谊。画中伯牙端坐石上，双手抚琴，子期低头静心聆听，弹者专注，听者入神。钟子期死，伯牙破琴绝弦，终身不复鼓琴，以为世无足复为鼓琴者。而刘正风与曲洋知音相交，也堪比伯牙子期。

吴镜汀《太华胜概》：吴镜汀，当代画家。

王蒙《少白云松图》：王蒙，元末明初大画家，浙江吴兴人，赵孟頫之外孙。本图题字有云：「登华岳，游玉女峰，入少白深处，涂次有见，为摹其意。」

改琦《观音像》：
改琦，清代画家，善绘仕女。

8

"金庸作品集"序

　　小说是写给人看的。小说的内容是人。

　　小说写一个人、几个人、一群人或成千成万人的性格和感情。他们的性格和感情从横面的环境中反映出来，从纵面的遭遇中反映出来，从人与人之间的交往与关系中反映出来。长篇小说中似乎只有《鲁滨逊飘流记》，才只写一个人，写他与自然之间的关系，但写到后来，终于也出现了一个仆人"星期五"。只写一个人的短篇小说多些，写一个人在与环境的接触中表现他外在的世界、内心的世界，尤其是内心世界。

　　西洋传统的小说理论分别从环境、人物、情节三个方面去分析一篇作品。由于小说作者不同的个性与才能，往往有不同的偏重。

　　基本上，武侠小说与别的小说一样，也是写人，只不过环境是古代的，人物是有武功的，情节偏重于激烈的斗争。任何小说都有它所特别侧重的一面。爱情小说写男女之间与性有关的感情，写实小说描绘一个特定时代的环境，《三国演义》与《水浒》一类小说叙述大群人物的斗争经历，现代小说的重点往往放在人物的心理过程上。

　　小说是艺术的一种，艺术的基本内容是人的感情，主要形式是美，广义的、美学上的美。在小说，那是语言文笔之美、安排结构之美，关键在于怎样将人物的内心世界通过某种形式而表现出来。

什么形式都可以，或者是作者主观的剖析，或者是客观的叙述故事，从人物的行动和言语中客观的表达。

读者阅读一部小说，是将小说的内容与自己的心理状态结合起来。同样一部小说，有的人感到强烈的震动，有的人却觉得无聊厌倦。读者的个性与感情，与小说中所表现的个性与感情相接触，产生了"化学反应"。

武侠小说只是表现人情的一种特定形式。好像作曲家要表现一种情绪，用钢琴、小提琴、交响乐或歌唱的形式都可以，画家可以选择油画、水彩、水墨或漫画的形式。问题不在采取什么形式，而是表现的手法好不好，能不能和读者、听者、观赏者的心灵相沟通，能不能使他的心产生共鸣。小说是艺术形式之一，有好的艺术，也有不好的艺术。

好或者不好，在艺术上是属于美的范畴，不属于真或善的范畴。判断美的标准是美，是感情，不是科学上的真或不真，道德上的善或不善，也不是经济上的值钱不值钱，政治上对统治者的有利或有害。当然，任何艺术作品都会发生社会影响，自也可以用社会影响的价值去估量，不过那是另一种评价。

在中世纪的欧洲，基督教的势力及于一切，所以我们到欧美的博物院去参观，见到所有中世纪的绘画都以圣经为题材，表现女性的人体之美，也必须通过圣母的形象。直到文艺复兴之后，凡人的形象才在绘画和文学中表现出来，所谓文艺复兴，是在文艺上复兴希腊、罗马时代对"人"的描写，而不再集中于描写神与圣人。

中国人的文艺观，长期来是"文以载道"，那和中世纪欧洲黑暗时代的文艺思想是一致的，用"善或不善"的标准来衡量文艺。《诗经》中的情歌，要牵强附会地解释为讽刺君主或歌颂后妃。陶渊明的《闲情赋》，司马光、欧阳修、晏殊的相思爱恋之词，或者惋惜地评之为白璧之玷，或者好意地解释为另有所指。他们不相信文艺所表现的是感情，认为文字的唯一功能只是为政治或社会价值服务。

我写武侠小说，只是塑造一些人物，描写他们在特定的武侠环境（古代的、没有法治的、以武力来解决争端的社会）中的遭遇。当时的社会和现代社会已大不相同，人的性格和感情却没有多大变化。古代人的悲欢离合、喜怒哀乐，仍能在现代读者的心灵中引起相应的情绪。读者们当然可以觉得表现的手法拙劣，技巧不够成熟，描写殊不深刻，以美学观点来看是低级的艺术作品。无论如何，我不想载什么道。我在写武侠小说的同时，也写政治评论，也写与哲学、宗教有关的文字。涉及思想的文字，是诉诸读者理智的，对这些文字，才有是非、真假的判断，读者或许同意，或许只部份同意，或许完全反对。

　　对于小说，我希望读者们只说喜欢或不喜欢，只说受到感动或觉得厌烦。我最高兴的是读者喜爱或憎恨我小说中的某些人物，如果有了那种感情，表示我小说中的人物已和读者的心灵发生联系了。小说作者最大的企求，莫过于创造一些人物，使得他们在读者心中变成活生生的、有血有肉的人。艺术是创造，音乐创造美的声音，绘画创造美的视觉形象，小说是想创造人物。假使只求如实反映外在世界，那么有了录音机、照相机，何必再要音乐、绘画？有了报纸、历史书、记录电视片、社会调查统计、医生的病历纪录、党部与警察局的人事档案，何必再要小说？

金庸

一九八六·二·六　于香港

目录

一　灭门　…………………………………　3

二　聆秘　…………………………………　43

三　救难　…………………………………　77

四　坐斗　…………………………………　113

五　治伤　…………………………………　149

六　洗手　…………………………………　197

七　授谱　…………………………………　223

八　面壁　…………………………………　261

九　邀客　…………………………………　301

十　传剑　…………………………………　335

那少年哈哈大笑，马鞭在空中拍的一响，虚击声下，胯下白马昂首长嘶，在青石板大路上冲了出去。一名汉子叫道："史镖头，今儿再抬头野猪回来，大伙儿好饱餐一顿。"

一　灭　门

　　和风薰柳，花香醉人，正是南国春光漫烂季节。

　　福建省福州府西门大街，青石板路笔直的伸展出去，直通西门。一座建构宏伟的宅第之前，左右两座石坛中各竖一根两丈来高的旗杆，杆顶飘扬青旗。右首旗上黄色丝线绣着一头张牙舞爪、神态威猛的雄狮，旗子随风招展，显得雄狮更奕奕若生。雄狮头顶有一对黑丝线绣的蝙蝠展翅飞翔。左首旗上绣着"福威镖局"四个黑字，银钩铁划，刚劲非凡。

　　大宅朱漆大门，门上茶杯大小的铜钉闪闪发光，门顶匾额写着"福威镖局"四个金漆大字，下面横书"总号"两个小字。进门处两排长凳，分坐着八名劲装结束的汉子，个个腰板笔挺，显出一股英悍之气。

　　突然间后院马蹄声响，那八名汉子一齐站起，抢出大门。只见镖局西侧门中冲出五骑马来，沿着马道冲到大门之前。当先一匹马全身雪白，马勒脚镫都是烂银打就，鞍上一个锦衣少年，约莫十八九岁年纪，左肩上停着一头猎鹰，腰悬宝剑，背负长弓，泼喇喇纵马疾驰。身后跟随四骑，骑者一色青布短衣。

　　一行五人驰到镖局门口，八名汉子中有三个齐声叫了起来："少镖头又打猎去啦！"那少年哈哈一笑，马鞭在空中拍的一响，虚击声下，胯下白马昂首长嘶，在青石板大路上冲了出去。一名汉子叫道："史镖头，今儿再抬头野猪回来，大伙儿好饱餐一顿。"那少年身后一名四十来岁的汉子笑道："一条野猪尾巴少不了你的，可先别灌饱了黄汤。"众人大笑声中，五骑马早去得远了。

五骑马一出城门，少镖头林平之双腿轻轻一夹，白马四蹄翻腾，直抢出去，片刻之间，便将后面四骑远远抛离。他纵马上了山坡，放起猎鹰，从林中赶了一对黄兔出来。他取下背上长弓，从鞍旁箭袋中取出一支雕翎，弯弓搭箭，刷的一声响，一头黄兔应声而倒，待要再射时，另一头兔却钻入草丛中不见了。郑镖头纵马赶到，笑道："少镖头，好箭！"只听得趟子手白二在左首林中叫道："少镖头，快来，这里有野鸡！"

林平之纵马过去，只见林中飞出一只雄鸡，林平之刷的一箭，那野鸡对正了从他头顶飞来，这一箭竟没射中。林平之急提马鞭向半空中抽去，劲力到处，波的一声响，将那野鸡打了下来，五色羽毛四散飞舞。五人齐声大笑。史镖头道："少镖头这一鞭，别说野鸡，便大兀鹰也打下来了！"

五人在林中追逐鸟兽，史郑两名镖头和趟子手白二、陈七凑少镖头的兴，总是将猎物赶到他身前，自己纵有良机，也不下手。打了两个多时辰，林平之又射了两只兔子、两只雄鸡，只是没打到野猪和獐子类的大兽，兴犹未足，说道："咱们到前边山里再找找去。"

史镖头心想："这一进山，凭着少镖头的性儿，非到天色全黑决不肯罢手，咱们回去可又得听夫人的埋怨。"便道："天快晚了，山里尖石多，莫要伤了白马的蹄子，赶明儿咱们起个早，再去打大野猪。"他知道不论说什么话，都难劝得动这位任性的少镖头，但这匹白马他却宝爱异常，决不能让它稍有损伤。这匹大宛名驹，是林平之的外婆在洛阳重价觅来，两年前他十七岁生日时送给他的。

果然一听说怕伤马蹄，林平之便拍了拍马头，道："我这小雪龙聪明得紧，决不会踏到尖石，不过你们这四匹马却怕不行。好，大伙儿都回去吧，可别摔破了陈七的屁股。"

五人大笑声中，兜转马头。林平之纵马疾驰，却不沿原路回去，转而向北，疾驰一阵，这才尽兴，勒马缓缓而行。只见前面路旁挑出一个酒招子。郑镖头道："少镖头，咱们去喝一杯怎么样？新鲜兔肉、野鸡肉，正好炒了下酒。"林平之笑道："你跟我出来打猎是假，喝酒才是正经事。若不请你喝上个够，明儿便懒洋洋的不肯跟我出来了。"一勒马，飘身跃下马背，缓步走向酒肆。

若在往日，店主人老蔡早已抢出来接他手中马缰："少镖头今儿打了这么多野味啊，当真箭法如神，当世少有！"这么奉承一番。但此刻来到店前，酒店中却静悄悄地，只见酒炉旁有个青衣少女，头束双鬟，插着两支荆钗，正在料理酒水，脸儿向里，也不转过身来。郑镖头叫道："老蔡呢，怎么不出来牵马？"白二、陈七拉开长凳，用衣袖拂去灰尘，请林平之坐了。史郑二位镖头在下首相陪，两个趟子手另坐一席。

内堂里咳嗽声响，走出一个白发老人来，说道："客官请坐，喝酒么？"说的是北方口音。郑镖头道："不喝酒，难道还喝茶？先打三斤竹叶青上来。老蔡哪里去啦？怎么？这酒店换了老板么？"那老人道："是，是！宛儿，打三斤竹叶青。不瞒众位客官说，小老儿姓萨，原是本地人氏，自幼在外做生意，儿子媳妇都死了，心想树高千丈，叶落归根，这才带了这孙女儿回故乡来。哪知道离家四十多年，家乡的亲戚朋友一个都不在了。刚好这家酒店的老蔡不想干了，三十两银子卖了给小老儿。唉，总算回到故乡啦，听着人人说这家乡话，心里就说不出的受用，惭愧得紧，小老儿自己可都不会说啦。"

那青衣少女低头托着一只木盘，在林平之等人面前放了杯筷，将三壶酒放在桌上，又低着头走了开去，始终不敢向客人瞧上一眼。

林平之见这少女身形婀娜，肤色却黑黝黝地甚是粗糙，脸上似有不少痘瘢，容貌甚丑，想是她初做这卖酒勾当，举止甚是生硬，当下也不在意。

史镖头拿了一只野鸡、一只黄兔，交给萨老头道："洗剥干净了，去炒两大盘。"萨老头道："是，是！爷们要下酒，先用些牛肉、蚕豆、花生。"宛儿也不等爷爷吩咐，便将牛肉、蚕豆之类端上桌来。郑镖头道："这位林公子，是福威镖局的少镖头，少年英雄，行侠仗义，挥金如土。你这两盘菜倘若炒合了他少镖头的胃口，你那三十两银子的本钱，不用一两个月便赚回来啦。"萨老头道："是，是！多谢，多谢！"提了野鸡、黄兔自去。

郑镖头在林平之、史镖头和自己的杯中斟了酒，端起酒杯，仰脖子一口喝干，伸舌头舐了舐嘴唇，说道："酒店换了主儿，酒味倒没变。"又斟了一杯酒，正待再喝，忽听得马蹄声响，两乘马自北边官道上奔来。

两匹马来得好快，倏忽间到了酒店外，只听得一人道："这里有酒店，喝两碗去！"史镖头听话声是川西人氏，转头张去，只见两个汉子身穿青布长袍，将坐骑系在店前的大榕树下，走进店来，向林平之等晃了一眼，便即大刺刺的坐下。

这两人头上都缠了白布，一身青袍，似是斯文打扮，却光着两条腿儿，脚下赤足，穿着无耳麻鞋。史镖头知道川人多是如此装束，头上所缠白布，乃是当年诸葛亮逝世，川人为他戴孝，武侯遗爱甚深，是以千年之下，白布仍不去首。林平之却不免希奇，心想："这两人文不文、武不武的，模样儿可透着古怪。"只听那年轻汉子叫道："拿酒来！拿酒来！格老子福建的山真多，硬是把马也累坏了。"

宛儿低头走到两人桌前，低声问道："要什么酒？"声音虽低，却十分清脆动听。那年轻汉子一怔，突然伸出右手，托向宛儿的下颏，笑道："可惜，可惜！"宛儿吃了一惊，急忙退后。另一名汉子笑道："余兄弟，这花姑娘的身材硬是要得，一张脸蛋嘛，却是钉鞋踏烂泥，翻转石榴皮，格老子好一张大麻皮。"那姓余的哈哈大笑。

林平之气往上冲，伸右手往桌上重重一拍，说道："什么东西！两个不带眼的狗崽子，却到我们福州府来撒野！"

那姓余的年轻汉子笑道："贾老二，人家在骂街哪，你猜这兔儿爷是在骂谁?"林平之相貌像他母亲,眉清目秀,甚是俊美,平日只消有哪个男人向他挤眉弄眼的瞧上一眼,势必一个耳光打了过去,此刻听这汉子叫他"兔儿爷",哪里还忍耐得住?提起桌上的一把锡酒壶,兜头摔将过去。那姓余汉子一避,锡酒壶直摔到酒店门外的草地上,酒水溅了一地。史镖头和郑镖头站起身来,抢到那二人身旁。

那姓余的笑道:"这小子上台去唱花旦,倒真勾引得人,要打架可还不成!"郑镖头喝道:"这位是福威镖局的林少镖头,你天大胆子,到太岁头上动土?"这"土"字刚出口,左手一拳已向他脸上猛击过去。那姓余汉子左手上翻,搭上了郑镖头的脉门,用力一拖,郑镖头站立不定,身子向板桌急冲。那姓余汉子左肘重重往下一顿,撞在郑镖头的后颈。喀喇喇一声,郑镖头撞垮了板桌,连人带桌的摔倒。

郑镖头在福威镖局之中虽然算不得是好手,却也不是脓包脚色,史镖头见他竟被这人一招之间便即撞倒,可见对方颇有来头,问道:"尊驾是谁?既是武林同道,难道就不将福威镖局瞧在眼里么?"那姓余汉子冷笑道:"福威镖局?从来没听见过!那是干什么的?"

林平之纵身而上,喝道:"专打狗崽子的!"左掌击出,不等招术使老,右掌已从左掌之底穿出,正是祖传"翻天掌"中的一招"云里乾坤"。那姓余的道:"小花旦倒还有两下子。"挥掌格开,右手来抓林平之肩头。林平之右肩微沉,左手挥拳击出。那姓余的侧头避开,不料林平之左拳突然张开,拳开变掌,直击化成横扫,一招"雾里看花",拍的一声,打了他一个耳光。姓余的大怒,飞脚向林平之踢来。林平之冲向右侧,还脚踢出。

这时史镖头也已和那姓贾的动上了手,白二将郑镖头扶起。郑镖头破口大骂,上前夹击那姓余的。林平之道:"帮史镖头,这狗贼我料理得了。"郑镖头知他要强好胜,不愿旁人相助,顺手拾起地下的一条板桌断腿,向那姓贾的头上打去。

两个趟子手奔到门外，一个从马鞍旁取下林平之的长剑，一个提了一杆猎叉，指着那姓余的大骂。镖局中的趟子手武艺平庸，但喊惯了镖号，个个嗓子洪亮。他二人骂的都是福州土话，那两个四川人一句也不懂，但知总不会是好话。

林平之将父亲亲传的"翻天掌"一招一式使将出来。他平时常和镖局里的镖师们拆解，一来他这套祖传的掌法确是不凡，二来众镖师对这位少主人谁都容让三分，决没哪一个蠢才会使出真实功夫来跟他硬碰，因之他临场经历虽富，真正搏斗的遭际却少。虽然在福州城里城外，也曾和些地痞恶少动过手，但那些三脚猫的把式，又如何是他林家绝艺的对手？用不上三招两式，早将人家打得目青鼻肿，逃之夭夭。可是这次只斗得十余招，林平之便骄气渐挫，只觉对方手底下甚是硬朗。那人手上拆解，口中仍在不三不四："小兄弟，我越瞧你越不像男人，准是个大姑娘乔装改扮的。你这脸蛋儿又红又白，给我香个面孔，格老子咱们不用打了，好不好？"

林平之心下愈怒，斜眼瞧史郑二名镖师时，见他二人双斗那姓贾的，仍是落了下风。郑镖头鼻子上给重重打了一拳，鼻血直流，衣襟上满是鲜血。林平之出掌更快，蓦然间拍的一声响，打了那姓余的一个耳光，这一下出手甚重，那姓余的大怒，喝道："不识好歹的龟儿子，老子瞧你生得大姑娘一般，跟你逗着玩儿，龟儿子却当真打起老子来！"拳法一变，蓦然间如狂风骤雨般直上直下的打将过来。两人一路斗到了酒店外。

林平之见对方一拳中宫直进，记起父亲所传的"卸"字诀，当即伸左手挡格，将他拳力卸开，不料这姓余的膂力甚强，这一卸竟没卸开，砰的一拳，正中胸口。林平之身子一晃，领口已被他左手抓住。那人臂力一沉，将林平之的上身揿得弯了下去，跟着右臂使招"铁门槛"，横架在他后颈，狂笑说道："龟儿子，你磕三个头，叫我三声好叔叔，这才放你！"

史郑二镖师大惊，便欲撇下对手抢过来相救，但那姓贾的拳脚齐施，不容他二人走开。趟子手白二提起猎叉，向那姓余的后心戳来，叫道："还不放手？你到底有几个脑……"那姓余的左足反踢，将猎叉踢得震出数丈，右足连环反踢，将白二踢得连打七八个滚，半天爬不起来。陈七破口大骂："乌龟王八蛋，他妈的小杂种，你奶奶的不生眼珠子！"骂一句，退一步，连骂八九句，退开了八九步。

那姓余的笑道："大姑娘，你磕不磕头！"臂上加劲，将林平之的头直压下去，越压越低，额头几欲触及地面。林平之反手出拳去击他小腹，始终差了数寸，没法打到，只觉颈骨奇痛，似欲折断，眼前金星乱冒，耳中嗡嗡之声大作。他双手乱抓乱打，突然碰到自己腿肚上一件硬物，情急之下，更不思索，随手一拔，使劲向前送出，插入了那姓余汉子的小腹。

那姓余汉子大叫一声，松开双手，退后两步，脸上现出恐怖之极的神色，只见他小腹上已多了一把匕首，直没至柄。他脸朝西方，夕阳照在匕首黄金的柄上，闪闪发光。他张开了口想要说话，却说不出来，伸手想去拔那匕首，却又不敢。

林平之也吓得一颗心似要从口腔中跳了出来，急退数步。那姓贾的和史郑二镖头住手不斗，惊愕异常的瞧着那姓余汉子。

只见他身子晃了几晃，右手抓住了匕首柄，用力一拔，登时鲜血直喷出数尺之外，旁观数人大声惊呼。那姓余汉子叫道："贾……贾……跟爹爹说……给……给我报……"右手向后一挥，将匕首掷出。那姓贾的叫道："余兄弟，余兄弟。"急步抢将过去。那姓余的扑地而倒，身子抽搐了几下，就此不动了。

史镖头低声道："抄家伙！"奔到马旁，取了兵刃在手。他江湖阅历丰富，眼见闹出了人命，那姓贾的非拼命不可。

那姓贾的向林平之瞪视半晌，抢过去拾起匕首，奔到马旁，跃上马背，不及解缰，匕首一挥，便割断了缰绳，双腿力夹，纵马向北疾驰而去。

陈七走过去在那姓余的尸身上踢了一脚，踢得尸身翻了起来，只见伤口中鲜血兀自汩汩流个不住，说道："你得罪咱们少镖头，这不是活得不耐烦了？那才叫活该！"

林平之从来没杀过人，这时已吓得脸上全无血色，颤声道："史……史镖头，那……那怎么办？我本来……本来没想杀他。"

史镖头心下寻思："福威镖局三代走镖，江湖上斗殴杀人，事所难免，但所杀伤的没一个不是黑道人物，而且这等斗杀总是在山高林密之处，杀了人后就地一埋，就此了事，总不见劫镖的盗贼会向官府告福威镖局一状？然而这次所杀的显然不是盗贼，又是密迩城郊，人命关天，非同小可，别说是镖局子的少镖头，就算总督、巡按的公子杀了人，可也不能轻易了结。"皱眉道："咱们快将尸首挪到酒店里，这里邻近大道，莫让人见了。"好在其时天色向晚，道上并无别人。白二、陈七将尸身抬入店中。史镖头低声道："少镖头，身边有银子没有？"林平之忙道："有，有，有！"将怀中带着的二十几两碎银子都掏了出来。

史镖头伸手接过，走进酒店，放在桌上，向萨老头道："萨老头，这外路人调戏你家姑娘，我家少镖头仗义相助，迫于无奈，这才杀了他。大家都是亲眼瞧见的。这件事由你身上而起，倘若闹了出来，谁都脱不了干系。这些银子你先使着，大伙儿先将尸首埋了，再慢慢儿想法子遮掩。"萨老头道："是！是！是！"郑镖头道："咱们福威镖局在外走镖，杀几个绿林盗贼，当真稀松平常。这两只川耗子，鬼头鬼脑的，我瞧不是江洋大盗，便是采花剧贼，多半是到福州府来做案。咱们少镖头招子明亮，才把这大盗料理了，保得福州府一方平安，本可到官府领赏，只是少镖头怕麻烦，不图这个虚名。老头儿，你这张嘴可得紧些，漏了口风出来，我们便说这两个大盗是你勾引来的，你开酒店是假，做眼线是真。听你口音，半点也不像本地人。否则为什么这二人迟不来，早不来，你一开酒店便来，天下的事情哪有这门子巧法？"萨老头只道："不敢说，不敢说！"

史镖头带着白二、陈七，将尸首埋在酒店后面的菜园之中，又将店门前的血迹用锄头锄得干干净净，覆到了土下。郑镖头向萨老头道："十天之内，我们要是没听到消息走漏，再送五十两银子来给你做棺材本。你倘若乱嚼舌根，哼哼，福威镖局刀下杀的贼子没有一千，也有八百，再杀你一老一少，也不过是在你菜园子的土底再添两具死尸。"萨老头道："多谢，多谢！不敢说，不敢说！"

待得料理妥当，天已全黑。林平之心下略宽，忐忑不安的回到镖局子中。一进大厅，只见父亲坐在太师椅中，正在闭目沉思，林平之神色不定，叫道："爹！"

林震南面色甚愉，问道："去打猎了？打到了野猪没有？"林平之道："没有。"林震南举起手中烟袋，突然向他肩头击下，笑喝："还招！"林平之知道父亲常常出其不意的考较自己功夫，如在平日，见他使出这招"辟邪剑法"第二十六招的"流星飞堕"，便会应以第四十六招"花开见佛"，但此刻他心神不定，只道小酒店中杀人之事已给父亲知悉，是以用烟袋责打自己，竟不敢避，叫道："爹！"

林震南的烟袋杆将要击上儿子肩头，在离他衣衫三寸处硬生生的凝招不下，问道："怎么啦？江湖上倘若遇到了劲敌，应变竟也这等迟钝，你这条肩膀还在么？"话中虽含责怪之意，脸上却仍带着笑容。

林平之道："是！"左肩一沉，滴溜溜一个转身，绕到了父亲背后，顺手抓起茶几上的鸡毛帚，便向父亲背心刺去，正是那招"花开见佛"。

林震南点头笑道："这才是了。"反手以烟袋格开，还了一招"江上弄笛"。林平之打起精神，以一招"紫气东来"拆解。父子俩拆到五十余招后，林震南烟袋疾出，在儿子左乳下轻轻一点，林平之招架不及，只觉右臂一酸，鸡毛帚脱手落地。

林震南笑道："很好，很好，这一个月来每天都有长进，今儿又拆多了四招！"回身坐入椅中，在烟袋中装上了烟丝，说道："平儿，好教你得知，咱们镖局子今儿得到了一个喜讯。"林平之取出火刀火石，替父亲点着了纸媒，道："爹又接到一笔大生意?"林震南摇头笑道："只要咱们镖局子底子硬，大生意怕不上门? 怕的倒是大生意来到门前，咱们没本事接。"他长长的喷了口烟，说道："刚才张镖头从湖南送了信来，说道川西青城派松风观余观主，已收了咱们送去的礼物。"

林平之听到"川西"和"余观主"几个字，心中突的一跳，道："收了咱们的礼物?"

林震南道："镖局子的事，我向来不大跟你说，你也不明白。不过你年纪渐渐大了，爹爹挑着的这副重担子，慢慢要移到你肩上，此后也得多理会些局子里的事才是。孩子，咱们三代走镖，一来仗着你曾祖父当年闯下的威名，二来靠着咱们家传的玩艺儿不算含糊，这才有今日的局面，成为大江以南首屈一指的大镖局。江湖上提到'福威镖局'四字，谁都要翘起大拇指，说一声：'好福气! 好威风!'江湖上的事，名头占了两成，功夫占了两成，余下的六成，却要靠黑白两道的朋友们赏脸了。你想，福威镖局的镖车行走十省，倘若每一趟都得跟人家厮杀较量，哪有这许多性命去拼? 就算每一趟都打胜仗，常言道：'杀敌一千，自伤八百'，镖师若有伤亡，单是给家属抚恤金，所收的镖银便不够使，咱们的家当还有什么剩的? 所以嘛，咱们吃镖行饭的，第一须得人头熟，手面宽，这'交情'二字，倒比真刀真枪的功夫还要紧些。"

林平之应道："是!"若在往日，听得父亲说镖局的重担要渐渐移上他肩头，自必十分兴奋，和父亲谈论不休，此刻心中却似十五只吊桶打水，七上八下，只想着"川西"和"余观主"那几个字。

林震南又喷了一口烟，说道："你爹爹手底下的武功，自是胜不过你曾祖父，也未必及得上你爷爷，然而这份经营镖局子的本事，却可说是强爷胜祖了。从福建往南到广东，往北到浙江、江苏，这四省的基业，是你曾祖闯出来的。山东、河北、两湖、江西和广西六省的天下，却是你爹爹手里创的。那有什么秘诀? 说穿了，也不过是'多交朋友，少结冤家'八个字而已。福威，福威，

'福'字在上，'威'字在下，那是说福气比威风要紧。福气便从'多交朋友，少结冤家'这八个字而来，倘若改作了'威福'，那可就变成作威作福了。哈哈，哈哈！"

林平之陪着父亲干笑了几声，但笑声中殊无欢愉之意。

林震南并未发觉儿子怔忡不安，又道："古人说道：既得陇，复望蜀。你爹爹却是既得鄂，复望蜀。咱们一路镖自福建向西走，从江西、湖南，到了湖北，那便止步啦，可为什么不溯江而西，再上四川呢？四川是天府之国，那可富庶得很哪。咱们走通了四川这一路，北上陕西，南下云贵，生意少说也得再多做三成。只不过四川省是卧虎藏龙之地，高人着实不少，福威镖局的镖车要去四川，非得跟青城、峨嵋两派打上交道不可。我打从三年前，每年春秋两节，总是备了厚礼，专诚派人送去青城派的松风观、峨嵋派的金顶寺，可是这两派的掌门人从来不收。峨嵋派的金光上人，还肯接见我派去的镖头，谢上几句，请吃一餐素斋，然后将礼物原封不动的退了回来。松风观的余观主哪，这可厉害了，咱们送礼的镖头只上到半山，就给挡了驾，说道余观主闭门坐关，不见外客，观中百物俱备，不收礼物。咱们的镖头别说见不到余观主，连松风观的大门是朝南朝北也说不上来。每一次派去送礼的镖头总是气呼呼的回来，说道若不是我严加嘱咐，不论对方如何无礼，咱们可必须恭敬，他们受了这肚子闷气，还不爹天娘地、什么难听的话也骂出来？只怕大架也早打过好几场了。"

说到这里，他十分得意，站起身来，说道："哪知道这一次，余观主居然收了咱们的礼物，还说派了四名弟子到福建来回拜……"林平之道："是四个？不是两个？"林震南道："是啊，四名弟子！你想余观主这等隆重其事，福威镖局可不是脸上光采之极？刚才我已派出快马去通知江西、湖南、湖北各处分局，对这四位青城派的上宾，可得好好接待。"

林平之忽道："爹，四川人说话，是不是总是叫别人'龟儿子'，自称'老子'？"林震南笑道："四川粗人才这么说话。普天下哪里没粗人？这些人嘴里自然就不干不净。你听听咱们局子里趟子手赌钱之时，说的话可还好听得了？你为什么问这话？"林平之道："没什么。"林震南道："那四位青城弟子来到这里之时，你可得和他们多亲近亲近，学些名家弟子的风范，结交上这四位朋友，日后可是受用不尽。"

爷儿俩说了一会子话，林平之始终拿不定主意，不知该不该将杀了人之事告知爹爹，终于心想还是先跟娘说了，再跟爹爹说。

吃过晚饭，林震南一家三口在后厅闲话，林震南跟夫人商量，大舅子是六月初的生日，该打点礼物送去了，可是要让洛阳金刀王家瞧得上眼的东西，可还真不容易找。

说到这里，忽听得厅外人声喧哗，跟着几个人脚步急促，奔了进来。林震南眉头一皱，说道："没点规矩！"只见奔进来的是三个趟子手，为首一人气急败坏的道："总……总镖头……"林震南喝道："什么事大惊小怪？"趟子手陈七道："白……白二死了。"

林震南吃了一惊，问道："是谁杀的？你们赌钱打架，是不是？"心下好生着恼："这些在江湖上闯惯了的汉子可真难以管束，动不动就出刀子，拔拳头，这里府城之地，出了人命可大大的麻烦。"陈七道："不是的，不是的。刚才小李上毛厕，见到白二躺在毛厕旁的菜园里，身上没一点伤痕，全身却已冰冷，可不知是怎么死的。怕是生了什么急病。"林震南呼了口气，心下登时宽了，道："我去瞧瞧。"当即走向菜园。林平之跟在后面。

到得菜园中，只见七八名镖师和趟子手围成一团。众人见到总镖头来到，都让了开来。林震南看白二的尸身，见他衣裳已被人解开，身上并无血迹，问站在旁边的祝镖头道："没伤痕？"祝镖头道："我仔细查过了，全身一点伤痕也没有，看来也不是中毒。"林震南点头道："通知帐房董先生，叫他给白二料理丧事，给白二家送一百两银子去。"

一名趟子手因病死亡，林震南也不如何放在心上，转身回到大厅，向儿子道："白二今天没跟你去打猎吗？"林平之道："去的，回来时还好端端的，不知怎的突然生了急病。"林震南道："嗯，世界上的好事坏事，往往都是突然其来。我总想要打开四川这条路子，只怕还得用上十年功夫，哪料得到余观主忽然心血来潮，收了我的礼不算，还派了四名弟子，千里迢迢的来回拜。"

林平之道："爹，青城派虽是武林中的名门大派，福威镖局和爹爹的威名，在江湖上可也不弱。咱们年年去四川送礼，余观主派人到咱们这里，那也不过是礼尚往来。"

林震南笑道："你知道什么？四川省的青城、峨嵋两派，立派数百年，门下英才济济，着实了不起，虽然赶不上少林、武当，可是跟嵩山、泰山、衡山、华山、恒山这五岳剑派，已算得上并驾齐驱。你曾祖远图公创下七十二路辟邪剑法，当年威震江湖，当真说得上打遍天下无敌手，但传到你祖父手里，威名就不及远图公了。你爹爹只怕又差了些。咱林家三代都是一线单传，连师兄弟也没一个。咱爷儿俩，可及不上人家人多势众了。"

林平之道："咱们十省镖局中一众英雄好汉聚在一起，难道还敌不过什么少林、武当、峨嵋、青城和五岳剑派么？"

林震南笑道："孩子，你这句话跟爹爹说说，自然不要紧，倘若在外面一说，传进了旁人耳中，立时便惹上麻烦。咱们十处镖局，八十四位镖头各有各的玩艺儿，聚在一起，自然不会输给了人。可是打胜了人家，又有什么好处？常言道和气生财，咱们吃镖行饭，更加要让人家一步。自己矮着一截，让人家去称雄逞强，咱们又少不了什么。"

忽听得有人惊呼："啊哟，郑镖头又死了！"

林震南父子同时一惊。林平之从椅中直跳起来，颤声道："是他们来报……"这"仇"字没说出口，便即缩住。其时林震南已迎到厅口，没留心儿子的话，只见趟子手陈七气急败坏的奔进来，叫道："总……总镖头，不好了！郑镖头……郑镖头又给那四川恶鬼索了……讨了命去啦。"林震南脸一沉，喝道："什么四川恶鬼，胡说八道。"

陈七道："是，是！那四川恶鬼……这川娃子活着已这般强凶霸道，死了自然更加厉害……"他遇到总镖头怒目而视的严峻眼色，不敢再说下去，只是向林平之瞧去，脸上一副哀恳害怕的神气。林震南道："你说郑镖头死了？尸首在哪里？怎么死的？"

这时又有几名镖师、趟子手奔进厅来。一名镖师皱眉道："郑兄弟死在马厩里，便跟白二一模一样，身上也是没半点伤痕，七孔既不流血，脸上也没什么青紫浮肿，莫非……莫非刚才随少镖头出去打猎，真的中了邪，冲……冲撞了什么邪神恶鬼。"

林震南哼了一声，道："我一生在江湖上闯荡，可从来没见过什么鬼。咱们瞧瞧去。"说着拔步出厅，走向马厩。只见郑镖头躺在地下，双手抓住一个马鞍，显是他正在卸鞍，突然之间便即倒毙，绝无与人争斗厮打之象。

这时天色已黑，林震南教人提了灯笼在旁照着，亲手解开郑镖头的衣裤，前前后后的仔细察看，连他周身骨骼也都捏了一遍，果然没半点伤痕，手指骨也没断折一根。林震南素来不信鬼神，白二忽然暴毙，那也罢了，但郑镖头又是一模一样的死去，这其中便大有蹊跷，若是黑死病之类的瘟疫，怎地全身浑没黑斑红点？心想此事多半与儿子今日出猎途中所遇有关，转身问林平之道："今儿随你去打猎的，除了郑镖头和白二外，还有史镖头和他。"说着向陈七一指。林平之点了点头，林震南道："你们两个随我来。"吩咐一名趟子手："请史镖头到东厢房说话。"

三人到得东厢房，林震南问儿子："到底是怎么回事？"

林平之当下便将如何打猎回来在小酒店中喝酒；如何两个四川人戏侮卖酒少女，因而言语冲突；又如何动起手来，那汉子揿住自己头颈，要自己磕头；如何在惊慌气恼之中，拔出靴筒中的匕首，杀了那个汉子；又如何将他埋在菜园之中，给了银两，命那卖酒的老儿不可泄漏风声等情，一一照实说了。

林震南越听越知事情不对，但与人斗殴，杀了个异乡人，终究也不是天坍下来的大事。他不动声色的听儿子说完了，沉吟半晌，问道："这两个汉子没说是哪个门派，或者是哪个帮会的？"林平之道："没有。"林震南问："他们言语举止之中，有什么特异之处？"林平之道："也不见有什么古怪，那姓余的汉子……"一言未毕，林震南接口问道："你杀的那汉子姓余？"林平之道："是！我听得另外那人叫他余兄弟，可不知是人未余，还是人则俞。外乡口音，却也听不准。"林震南摇摇头，自言自语："不会，不会这样巧法。余观主说要派人来，哪有这么快就到了福州府，又不是身上长了翅膀。"

林平之一凛，问道："爹，你说这两人会是青城派的？"林震南不答，伸手比划，问道："你用'翻天掌'这一式打他，他怎么拆解？"林平之道："他没能拆得了，给我重重打了个耳光。"林震南一笑，连说："很好！很好！很好！"厢房中本来一片肃然惊惶之气，林震南这么一笑，林平之忍不住也笑了笑，登时大为宽心。

林震南又问："你用这一式打他，他又怎么还击？"仍是一面说，一面比划。林平之道："当时孩儿气恼头上，也记不清楚，似乎这么一来，又在他胸口打了一拳。"林震南颜色更和，道："好，这一招本当如此打！他连这一招也拆架不开，决不会是名满天下的青城派松风观余观主的子侄。"他连说"很好"，倒不是称赞儿子的拳脚不错，而是大为放心，四川一省，姓余的不知有多少，这姓余的汉子被儿子所杀，武艺自然不高，决计跟青城派扯不上什么干系。他伸出右手中指，在桌面上不住敲击，又问："他又怎地揪住了你脑袋？"林平之伸手比划，怎生给他揪住了动弹不得。

陈七胆子大了些，插嘴道："白二用钢叉去搠那家伙，给他反脚踢去钢叉，又踢了个筋斗。"林震南心头一震，问道："他反脚将白二踢倒，又踢去了他手中钢叉？那……那是怎生踢法的？"陈七道："好像是如此这般。"双手揪住椅背，右足反脚一踢，身子一跳，左足又反脚一踢。这两踢姿式拙劣，像是马匹反脚踢人一般。

林平之见他踢得难看，忍不住好笑，说道："爹，你瞧……"却见父亲脸上大有惊恐之色，一句话便没说下去。林震南道："这两下反踢，有些像青城派的绝技'无影幻腿'，孩儿，到底他这两腿是怎样踢的？"林平之道："那时候我给他揪住了头，看不见他反踢。"

林震南道："是了，要问史镖头才行。"走出房门，大声叫道："来人哪！史镖头呢？怎么请了他这许久还不见人？"两名趟子手闻声赶来，说道到处找史镖头不到。

林震南在花厅中踱来踱去，心下沉吟："这两脚反踢倘若真是'无影幻腿'，那么这汉子纵使不是余观主的子侄，跟青城派总也有些干系。那到底是什么人？非得亲自去瞧一瞧不可。"说道："请崔镖头、季镖头来！"

崔季两个镖师向来办事稳妥，老成持重，是林震南的亲信。他二人见郑镖头暴毙，史镖头又人影不见，早就等在厅外，听候差遣，一听林震南这么说，当即走进厅来。

林震南道："咱们去办一件事。崔季二位、孩儿和陈七跟我来。"

当下五人骑了马出城，一行向北。林平之纵马在前领路。

不多时，五乘马来到小酒店前，见店门已然关上。林平之上前敲门，叫道："萨老头，萨老头，开门。"敲了好一会，店中竟无半点声息。崔镖头望着林震南，双手作个撞门的姿式。林震南点了点头，崔镖头双掌拍出，喀喇一声，门闩折断，两扇门板向后张开，随即又自行合上，再向后张开，如此前后摇晃，发出吱吱声响。

崔镖头一撞开门，便拉林平之闪在一旁，见屋中并无动静，晃亮火折，走进屋去，点着了桌上的油灯，又点了两盏灯笼。几个人里里外外的走了一遍，不见有人，屋中的被褥、箱笼等一干杂物却均未搬走。

林震南点头道："老头儿怕事，这里杀伤了人命，尸体又埋在他菜园子里，他怕受到牵连，就此一走了之。"走到菜园里，指着倚在墙边的一把锄头，说道："陈七，把死尸掘出来瞧瞧。"陈七早认定是恶鬼作祟，只锄得两下，手足俱软，直欲瘫痪在地。

季镖头道："有个屁用？亏你是吃镖行饭的！"一手接过锄头，将灯笼交在他手里，举锄扒开泥土，锄不多久，便露出死尸身上的衣服，又扒了几下，将锄头伸到尸身下，用力一挑，挑起死尸。陈七转过了头，不敢观看，却听得四人齐声惊呼，陈七一惊之下，失手抛下灯笼，蜡烛熄灭，菜园中登时一片漆黑。

林平之颤声道："咱们明明埋的是那四川人，怎地……怎地……"林震南道："快点灯笼！"他一直镇定，此刻语音中也有了惊惶之意。崔镖头晃火折点着灯笼，林震南弯腰察看死尸，过了半晌，道："身上也没伤痕，一模一样的死法。"陈七鼓起勇气，向死尸瞧了一眼，尖声大叫："史镖头，史镖头！"

地下掘出来的竟是史镖头的尸身，那四川汉子的尸首却已不知去向。

林震南道："这姓萨的老头定有古怪。"抢过灯笼，奔进屋中查看，从灶下的酒坛、铁镬，直到厅房中的桌椅都细细查了一遍，不见有异。崔季二镖头和林平之也分别查看。突然听得林平之叫道："咦！爹爹，你来看。"

林震南循声过去，见儿子站在那少女房中，手中拿着一块绿色帕子。林平之道："爹，一个贫家女子，怎会有这种东西？"林震南接过手来，一股淡淡幽香立时传入鼻中，那帕子甚是软滑，沉甸甸的，显是上等丝缎，再一细看，见帕子边缘以绿丝线围了三道边，一角上绣着一枝小小的红色珊瑚枝，绣工甚是精致。

林震南问："这帕子哪里找出来的？"林平之道："掉在床底下的角落里，多半是他们匆匆离去，收拾东西时没瞧见。"林震南提着灯笼俯身又到床底照着，不见别物，沉吟道："你说那卖酒的姑娘相貌甚丑，衣衫质料想来不会华贵，但是不是穿得十分整洁？"林平之道："当时我没留心，但不见得污秽，倘若很脏，她来斟酒之时我定会觉得。"

林震南向崔镖头道："老崔，你以为怎样？"崔镖头道："我看史镖头、郑镖头与白二之死，定和这一老一少二人有关，说不定还是他们下的毒手。"季镖头道："那两个四川人多半跟他们是一路，否则他们干么要将他尸身搬走？"

林平之道："那姓余的明明动手动脚，侮辱那个姑娘，否则我也不会骂他，他们不会是一路的。"崔镖头道："少镖头有所不知，江湖上人心险恶，他们常常布下了圈套，等人去钻。两个人假装打架，引得第三者过来劝架，那两个正在打架的突然合力对付劝架之人，那是常常有的。"季镖头道："总镖头，你瞧怎样？"林震南道："这卖酒的老头和那姑娘，定是冲着咱们而来，只不知跟那两个四川汉子是不是一路。"林平之道："爹爹，你说松风观余观主派了四个人来，他们……他们不是一起四个人吗？"

这一言提醒了林震南，他呆了一呆，沉吟道："福威镖局对青城派礼数有加，从来没什么地方开罪了他们。余观主派人来寻我晦气，那为了什么？"

四个人你瞧瞧我，我瞧瞧你，半晌都说不出话来。隔了良久，林震南才道："把史镖头的尸身先移到屋中再说。这件事回到局中之后，谁也别提，免得惊动官府，多生事端。哼，姓林的对人客气，不愿开罪朋友，却也不是任打不还手的懦夫。"季镖头大声道："总镖头，养兵千日，用在一朝，大伙儿奋力上前，总不能损了咱们镖局的威名。"林震南点头道："是！多谢了！"

五人纵马回城，将到镖局，远远望见大门外火把照耀，聚集多人。林震南心中一动，催马上前。好几人说道："总镖头回来啦！"林震南纵身下马，只见妻子王夫人铁青着脸，道："你瞧！哼，人家这么欺上门来啦。"

只见地下横着两段旗杆，两面锦旗，正是镖局子门前的大旗，连着半截旗杆，被人弄倒在地。旗杆断截处甚是平整，显是以宝刀利剑一下子就即砍断。

王夫人身边未带兵刃，从丈夫腰间抽出长剑，嗤嗤两声响，将两面锦旗沿着旗杆割了下来，搓成一团，进了大门。林震南吩咐道："崔镖头，把这两根半截旗杆索性都砍了！哼，要挑了福威镖局，可没这么容易！"崔镖头道："是！"季镖头骂道："他妈的，这些狗贼就是没种，乘着总镖头不在家，上门来偷偷摸摸的干这等下三滥勾当。"林震南向儿子招招手，两人回进局去，只听得季镖头兀自在"狗强盗，臭杂种"的破口大骂。

父子两人来到东厢房中，见王夫人已将两面锦旗平铺在两张桌上，一面旗上所绣的那头黄狮双眼被人剜去，露出了两个空洞，另一面旗上"福威镖局"四字之中，那个"威"字也已被剜去。林震南便涵养再好，也已难以再忍，拍的一声，伸手在桌上重重一拍，喀喇一声响，那张花梨木八仙桌的桌腿震断了一条。

林平之颤声道："爹，都……都是我不好，惹出了这么大的祸事来！"林震南高声道："咱们姓林的杀了人便杀了，又怎么样？这种人倘若撞在你爹爹手里，一般的也是杀了。"王夫人问道："杀了什么人？"林震南道："平儿说给你母亲知道。"

林平之于是将日间如何杀了那四川汉子、史镖头又如何死在那小酒店中等情一一说了。白二和郑镖头暴毙之事，王夫人早已知道，听说史镖头又离奇毙命，王夫人不惊反怒，拍案而起，说道："大哥，福威镖局岂能让人这等上门欺辱？咱们邀集人手，上四川跟青城派评评这个理去。连我爹爹、我哥哥和兄弟都请了去。"王夫人自幼是一股霹雳火爆的脾气，做闺女之时，动不动便拔刀伤人，她洛阳金刀门艺高势大，谁都瞧在她父亲金刀无敌王元霸的脸上让她三分。她现下儿子这么大了，当年火性仍是不减。

林震南道："对头是谁，眼下还拿不准，未必便是青城派。我看他们不会只砍倒两根旗杆，杀了两名镖师，就此了事……"王夫人插口道："他们还待怎样？"林震南向儿子瞧了一眼，王夫人明白了丈夫的用意，心头怦怦而跳，登时脸上变色。

林平之道："这件事是孩儿做出来的，大丈夫一人做事一身当,孩儿也……也不害怕。"他口中说不怕,其实不得不怕,话声发颤,泄漏了内心的惶惧之情。

王夫人道:"哼,他们要想动你一根寒毛,除非先将你娘杀了。林家福威镖局这杆镖旗立了三代,可从未折过半点威风。"转头向林震南道:"这口气倘若出不了,咱们也不用做人啦。"林震南点了点头,道:"我去派人到城里城外各处查察,看有何面生的江湖道,再加派人手,在镖局子内外巡查。你陪着平儿在这里等我,别让他出去乱走。"王夫人道:"是了,我理会得。"他夫妇心下明白,敌人下一步便会向儿子下手,敌暗我明,林平之只须踏出福威镖局一步,立时便有杀身之祸。

林震南来到大厅,邀集镖师,分派各人探查巡卫。众镖师早已得讯,福威镖局的旗杆给人砍倒,那是给每个人打上个老大的耳光,人人敌忾同仇,早已劲装结束,携带兵刃,一得总镖头吩咐,便即出发。

林震南见局中上下齐心,合力抗敌,稍觉宽怀,回入内堂,向儿子道:"平儿,你母亲这几日身子不大舒服,又有大敌到来,你这几晚便睡在咱们房外的榻上,保护母亲。"王夫人笑道:"嘿,我要他……"话说得一半,猛地省悟,丈夫要儿子保护自己是假,实则是夫妇俩就近保护儿子,这宝贝儿子心高气傲,要他依附于父母庇护之下,说不定他心怀不忿,自行出去向敌人挑战,那便危险之极,当即改口道:"正是,平儿,妈妈这几日发风湿,手足酸软,你爹爹照顾全局,不能整天陪我,若有敌人侵入内堂,妈妈只怕抵挡不住。"林平之道:"我陪着妈妈就是。"

当晚林平之睡在父母房外榻上。林震南夫妇打开了房门,将兵刃放在枕边,连衣服鞋袜都不脱下,只身上盖一张薄被,只待一有警兆,立即跃起迎敌。

这一晚却太平无事。第二日天刚亮,有人在窗外低声叫道:"少镖头,少镖头!"林平之半夜没好睡,黎明时分睡得正熟,一时未醒。林震南道:"什么事?"外面那人道:"少镖头的马……那匹马死啦。"这匹白马林平之十分喜爱，负责照看的马夫一见马死，慌不迭来禀报。林平之朦朦胧胧中听到了，翻身坐起，忙道："我去瞧瞧。"林震南知道事有蹊跷，一起快步走向马厩，只见那匹白马横卧在地，早已气绝，身上却也没半点伤痕。

林震南问道："夜里没听到马叫？有什么响动？"那马夫道："没有。"林震南拉着儿子的手道："不用可惜，爹爹叫人另行去设法买一匹骏马给你。"林平之抚摸马尸，怔怔的掉下泪来。

突然间趟子手陈七急奔过来，气急败坏的道："总……总镖头不好……不好啦！那些镖头……镖头们，都给恶鬼讨了命去啦。"林震南和林平之齐声惊问："什么？"

陈七只是道："死了，都死了！"林平之怒道："什么都死了？"伸手抓住了他胸口，摇晃了几下。陈七道："少……少镖头……死了。"林震南听他说"少镖头死了"，这不祥之言入耳，说不出的厌闷烦恶，但若由此斥骂，更着形迹。只听得外面人声嘈杂，有的说："总镖头呢？快禀报他老人家。"有的说："这恶鬼如此厉害，那……那怎么办？"

林震南大声道："我在这里，什么事？"两名镖师、三名趟子手闻声奔来。为首一名镖师道："总镖头，咱们派出去的众兄弟，一个也没回来。"林震南先前听得人声，料到又有人暴毙，但昨晚派出去查访的镖师和趟子手共有二十二人之多，岂有全军覆没之理，忙问："有人死了么？多半他们还在打听，没来得及回来。"那镖师摇头道："已发现了十七具尸体……"林震南和林平之齐声惊道："十七具尸体？"那镖师一脸惊恐之色，道："正是，一十七具，其中有富镖头、钱镖头、吴镖头。尸首停在大厅上。"林震南更不打话，快步来到大厅，只见厅上原来摆着的桌子椅子都已挪开，横七竖八的停放着十七具尸首。

饶是林震南一生经历过无数风浪，陡然间见到这等情景，双手禁不住剧烈发抖，膝盖酸软，几乎站不直身子，问道："为……为……为……"喉头干枯，发不出声音。

只听得厅外有人道："唉，高镖头为人向来忠厚，想不到也给恶鬼索了命去。"只见四五名附近街坊，用门板抬了一具尸首进来。为首的一名中年人说道："小人今天打开门板，见到这人死在街上，认得是贵局的高镖头，想是发了瘟疫，中了邪，特地送来。"林震南拱手道："多谢，多谢。"向一名趟子手道："这几位高邻，每位送三两银子，你到帐房去支来。"这几名街坊见到满厅都是尸首，不敢多留，谢了自去。

过不多时，又有人送了三名镖师的尸首来，林震南核点人数，昨晚派出去二十二人，眼下已有二十一具尸首，只有褚镖师的尸首尚未发现，然而料想那也是转眼之间的事。

他回到东厢房中，喝了杯热茶，心乱如麻，始终定不下神来，走出大门，见两根旗杆已齐根截去，心下更是烦恼，直到此刻，敌人已下手杀了镖局中二十余人，却始终没有露面，亦未正式叫阵，表明身份。他回过头来，向着大门上那块书着"福威镖局"四字的金字招牌凝望半响，心想："福威镖局在江湖上扬威数十年，想不到今日要败在我的手里。"

忽听得街上马蹄声响，一匹马缓缓行来，马背上横卧着一人。林震南心中料到了三分，纵身过去，果见马背上横卧着一具死尸，正是褚镖头，自是在途中被人杀了，将尸首放在马上，这马识得归途，自行回来。

林震南长叹一声，眼泪滚滚而下，落在褚镖头身上，抱着他的尸身，走进厅去，说道："褚贤弟，我若不给你报仇，誓不为人，只可惜……只可惜，唉，你去得太快，没将仇人的姓名说了出来。"这褚镖头在镖局子中也无过人之处，和林震南并无特别交情，只是林震南心情激荡之下，忍不住落泪，这些眼泪之中，其实气愤犹多于伤痛。

只见王夫人站在厅口，左手抱着金刀，右手指着天井，大声斥骂："下三滥的狗强盗，就只会偷偷摸摸的暗箭伤人，倘若真是英雄好汉，就光明正大的到福威镖局来，咱们明刀明枪的决一死战。

这般鬼鬼祟祟的干这等鼠窃勾当，武林中有谁瞧得起你？"林震南低声道："娘子，瞧见了什么动静？"一面将褚镖头的尸身放在地下。

王夫人大声道："就是没见到动静呀。这些狗贼，就怕了我林家七十二路辟邪剑法。"右手握住金刀刀柄，在空中虚削一圈，喝道："也怕了老娘手中这口金刀！"忽听得屋角上有人嘿嘿冷笑，嗤的一声，一件暗器激射而下，当的一响，打在金刀的刀背之上。王夫人手臂一麻，拿捏不住，金刀脱手，余势不衰，那刀直滚到天井中去。

林震南一声轻叱，青光一闪，已拔剑在手，双足一点，上了屋顶，一招"扫荡群魔"，剑点如飞花般散了开来，疾向敌人发射暗器之处刺到。他受了极大闷气，始终未见到敌人一面，这一招竭尽平生之力，丝毫未留余地。哪知这一剑却刺了个空，屋角边空荡荡地，哪里有半个人影？他矮身跃到了东厢屋顶，仍不见敌人踪迹。

王夫人和林平之手提兵刃，上来接应。王夫人暴跳如雷，大叫："狗崽子，有种的便出来决个死战，偷偷摸摸的，是哪一门不要脸的狗杂种？"向丈夫连问："狗崽子逃去了？是怎么样的家伙？"林震南摇了摇头，低声道："别惊动了旁人。"三个人又在屋顶寻觅了一遍，这才跃入天井。林震南低声问道："是什么暗器打了你的金刀？"王夫人骂道："这狗崽子！不知道！"三人在天井中一找，不见有何暗器，只见桂花树下有无数极细的砖粒，散了一地，显而易见，敌人是用一小块砖头打落了王夫人手中的金刀，小小一块砖头上竟发出如此劲力，委实可畏可怖。

王夫人本在满口"狗崽子，臭杂种"的乱骂，见到这些细碎的砖粒，气恼之情不由得转而为恐惧，呆了半晌，一言不发的走进厢房，待丈夫和儿子跟着进来，便即掩上了房门，低声道："敌人武功甚了得，咱们不是敌手，那便如何……如何……"

林震南道："向朋友求救！武林之中，患难相助，那也是寻常之事。"王夫人道："咱们交情深厚的朋友固然不少，但武功高过咱夫妻的却没几个。比咱俩还差一点的，邀来了也没用处。"林震南道："话是不错，但人众主意多，邀些朋友来商量商量，也是好的。"王夫人道："也罢！你说该邀哪些人？"林震南道："就近的先邀。咱们先把杭州、南昌、广州三处镖局中的好手调来，再把闽、浙、粤、赣四省的武林同道邀上一些。"

王夫人皱眉道："这么事急求救，江湖上传了开去，实是大大堕了福威镖局的名头。"林震南忽道："娘子，你今年三十九岁罢？"王夫人啐道："呸！这当儿还来问我的年纪？我是属虎，你不知道我几岁吗？"林震南道："我发帖子出去，便说是给你做四十岁的大生日……"王夫人道："为什么好端端给我添上一岁年纪？我还老得不够快么？"林震南摇头道："你几时老了？头上白发也还没一根。我说给你做生日，那么请些至亲好友，谁也不会起疑。等到客人来了，咱们只拣相好的暗中一说，那便跟镖局子的名头无损。"王夫人侧头想了一会，道："好罢，且由得你。那你送什么礼物给我？"林震南在她耳边低声道："送一份大礼，明年咱们再生个大胖儿子！"

王夫人呸的一声，脸上一红，啐道："老没正经的，这当儿还有心情说这些话。"林震南哈哈一笑，走向帐房，命人写帖子去邀请朋友，其实他忧心忡忡，说几句笑话，不过意在消减妻子心中的惊惧而已，心下暗忖："远水难救近火，多半便在今晚，镖局中又会有事发生，等到所邀的朋友们到来，不知世上还有没有福威镖局？"

他走到帐房门前，只见两名男仆脸上神色十分惊恐，颤声道："总……总……镖头……这……这不好了。"林震南道："怎么啦？"一名男仆道："刚才帐房先生叫林福去买棺材，他……他……出门刚走到东小街转角，就倒在地上死了。"林震南道："有这等事？他人呢？"那男仆道："便倒在街上。"林震南道："去把他尸首抬来。"心想："光天化日之下，敌人竟在闹市杀人，当真是胆大妄为之极。"那两名男仆道："是……是……"却不动身。林震南道：

"怎么了?"一名男仆道:"请总镖头去看……看……"

林震南情知又出了古怪,哼的一声,走向大门,只见门口三名镖师、五名趟子手望着门外,脸色灰白,极是惊惶。林震南道:"怎么了?"不等旁人回答,已知就里,只见大门外青石板上,淋淋漓漓的鲜血写着六个大字:"出门十步者死"。离门约莫十步之处,画着一条宽约寸许的血线。

林震南问道:"什么时候写的?难道没人瞧见么?"一名镖师道:"刚才林福死在东小街上,大家拥了过去看,门前没人,就不知谁写了,开这玩笑!"林震南提高嗓子,朗声说道:"姓林的活得不耐烦了,倒要看看怎地出门十步者死!"大踏步走出门去。

两名镖师同时叫道:"总镖头!"林震南将手一挥,径自迈步跨过了血线,瞧那血字血线,兀自未干,伸足将六个血字擦得一片模糊,这才回进大门,向三名镖师道:"这是吓人的玩意儿,怕他什么?三位兄弟,便请去棺材铺走一趟,再到西城天宁寺,去请班和尚来作几日法事,超度亡灵,驱除瘟疫。"

三名镖师眼见总镖头跨过血线,安然无事,当下答应了,整一整身上兵刃,并肩走出门去。林震南望着他们过了血线,转过街角,又待了一会,这才进内。

他走进帐房,向帐房黄先生道:"黄夫子,请你写几张帖子,是给夫人做寿的,邀请亲友们来喝杯寿酒。"黄先生道:"是,不知是哪一天?"忽听得脚步声急,一人奔将进来,林震南探头出去,听得砰的一声,有人摔倒在地。林震南循声抢过去,见是适才奉命去棺材铺三名镖头中的狄镖头,身子尚在扭动。林震南伸手扶起,忙问:"狄兄弟,怎样了?"狄镖头道:"他们死了,我……我逃了回来。"林震南道:"敌人怎么样子?"狄镖头道:"不……不知……不知……"一阵痉挛,便即气绝。

片刻之间,镖局中人人俱已得讯。王夫人和林平之都从内堂出来,只听得每个人口中低声说的都是"出门十步者死"这六个字。林震南道:"我去把那两位镖师的尸首背回来。"帐房黄先生道:

"总……总镖头……去不得，重赏之下，必有勇夫。谁……谁去背回尸首，赏三十两银子。"他说了三遍，却无一人作声。王夫人突然叫道："咦，平儿呢？平儿，平儿！"最后一声已叫得甚是惶急。众人跟着都呼喊起来："少镖头，少镖头！"

忽听得林平之的声音在门外响起："我在这里！"众人大喜，奔到门口，只见林平之高高的身形正从街角转将出来，双肩上各负一具尸身，正是死在街上的那两名镖师。林震南和王夫人双双抢出，手中各挺兵刃，过了血线，护着林平之回来。

众镖师和趟子手齐声喝采："少镖头少年英雄，胆识过人！"

林震南和王夫人心下也十分得意。王夫人埋怨道："孩子，做事便这么莽撞！这两位镖头虽是好朋友，然而总是死了，不值得冒这么大的危险。"

林平之笑了笑，心下说不出的难过："都为了我一时忍不住气，杀了一人，以致这许多人为我而死。我若再贪生怕死，何以为人？"

忽听得后堂有人呼唤起来："华师傅怎地好端端的也死了？"

林震南喝问："怎么啦？"局中的管事脸色惨白，畏畏缩缩的过来，说道："总镖头，华师傅从后门出去买菜，却死在十步之外。后门口也有这……这六个血字。"那华师傅是镖局中的厨子，烹饪功夫着实不差，几味冬瓜盅、佛跳墙、糟鱼、肉皮馄饨，驰誉福州，是林震南结交达官富商的本钱之一。林震南心头又是一震，寻思："他只是寻常一名厨子，并非镖师、趟子手。江湖道的规矩，劫镖之时，车夫、轿夫、骡夫、挑夫，一概不杀。敌人下手却如此狠辣，竟是要灭我福威镖局的满门么？"向众人道："大家休得惊慌。哼，这些狗强盗，就只会乘人不防下手。你们大家都亲眼见到的，刚才少镖头和我夫妇明明走出了大门十步之外，那些狗强盗又敢怎样？"

众人唯唯称是，却也无一人敢再出门一步。林震南和王夫人愁眉相对，束手无策。

当晚林震南安排了众镖师守夜，哪知自己仗剑巡查之时，见十多名镖师竟是团团坐在厅上，没一人在外把守。众镖师见到总镖头，都讪讪的站起身来，却仍无一人移动脚步。林震南心想敌人实在太强，局中已死了这样多人，自己始终一筹莫展，也怪不得众人胆怯，当下安慰了几句，命人送酒菜来，陪着众镖师在厅上喝酒。众人心头烦恼，谁也不多说话，只喝那闷酒，过不多时，便已醉倒了数人。

次日午后，忽听得马蹄声响，有几骑马从镖局中奔了出去。林震南一查，原来是五名镖师耐不住这局面，不告而去。他摇头叹道："大难来时各自飞。姓林的无力照顾众位兄弟，大家要去便去罢。"余下众镖师有的七张八嘴，指斥那五人太没义气；有几人却默不作声，只是叹气，暗自盘算："我怎么不走？"

傍晚时分，五匹马又驮了五具尸首回来。这五名镖师意欲逃离险地，反而先送了性命。

林平之悲愤难当，提着长剑冲出门去，站在那条血线的三步之外，朗声说道："大丈夫一人做事一人当，那姓余的四川人，是我林平之杀的，可跟旁人毫不相干。要报仇，尽管冲着林平之来好了，千刀万剐，死而无怨，你们一而再、再而三的杀害良善，算是什么英雄好汉？我林平之在这里，有本事尽管来杀！不敢现身便是无胆匪类，是乌龟忘八羔子！"他越叫越大声，解开衣襟，袒露了胸膛，拍胸叫道："堂堂男儿，死便死了，有种的便一刀砍过来，为什么连见我一面也不敢？没胆子的狗崽子、小畜生！"

他红了双眼，拍胸大叫，街上行人远远瞧着，又有谁敢走近镖局观看。

林震南夫妇听到儿子叫声，双双抢到门外。他二人这几日来心中也是憋得狠了，满腔子的恼恨，真连肚子也要气炸，听得林平之如此向敌人叫阵，也即大声喝骂。

众镖师面面相觑，都佩服他三人胆气，均想："总镖头英雄了得，夫人是女中丈夫，那也罢了。少镖头生得大姑娘似的，居然这般天不怕、地不怕的向敌人喝骂，当真了不起！"

林震南等三人骂了半天，四下里始终鸦雀无声。林平之叫道："什么出门十步者死，我偏偏再走几步，瞧你们又怎么奈何我？"说着向外跨了几步，横剑而立，傲视四方。

　　王夫人道："好啦，狗强盗欺善怕恶，便是不敢惹我孩儿。"拉着林平之的手，回进大门。林平之兀自气得全身发抖，回入卧室之后再也忍耐不住，伏在榻上，放声大哭。林震南抚着他头，说道："孩儿，你胆子不小，不愧是我林家的好男儿，敌人就是不敢露面，咱们又有什么法子？你且睡一阵。"

　　林平之哭了一会，迷迷糊糊的便睡着了。吃过晚饭后，听得父亲和母亲低声说话，却是局中有几名镖师异想天开，要从后园中挖地道出去，通过十步之外的血线逃生，否则困在镖局子中，早晚送了性命。王夫人冷笑道："他们要挖地道，且由得他们。只怕……只怕……哼！"林震南父子都明白她话中之意，那是说只怕便跟那五名骑马逃命的镖师一般，徒然提早送了性命。林震南沉吟道："我去瞧瞧，倘若这是条生路，让大伙儿去了也好。"他出去一会，回进房来，说道："这些人只嘴里说得热闹，可是谁也不敢真的动手挖掘。"当晚三人一早便睡了。镖局中人人都是打着听天由命的念头，也不再有什么人巡查守夜。

　　林平之睡到中夜，忽觉有人轻拍自己肩头，他一跃而起，伸手去抽枕底长剑，却听母亲的声音说道："平儿，是我。你爹出去了半天没回来，咱们找找他去。"林平之吃了一惊："爹到哪里去了？"王夫人道："不知道！"

　　二人手提兵刃，走出房来，先到大厅外一张，只见厅中灯烛明亮，十几名镖师正在掷骰子赌博。大家提心吊胆的过了数日，都觉反正无能为力，索性将生死置之度外。王夫人打个手势，转身便去，母子俩到处找寻，始终不见林震南的影踪，二人心中越来越惊，却不敢声张，局中人心惶惶之际，一闻总镖头失踪，势必乱得不可收拾。两人寻到后进，林平之忽听得左首兵器间发出喀的一声轻响，窗格上又有灯光透出。他纵身过去，伸指戳破窗纸，往里一望，喜呼："爹爹，原来你在这里。"

林震南本来弯着腰，脸朝里壁，闻声回过头来。林平之见到父亲脸上神情恐怖之极，心中一震，本来满脸喜色登时僵住了，张大了嘴，发不出声音。

王夫人推开室门，闯了进去，只见满地是血，三张并列的长凳上卧着一人，全身赤裸，胸膛肚腹均已剖开，看这死尸之脸，认得是霍镖头，他日间和四名镖头一起乘马逃去，却被马匹驮了死尸回来。林平之也走进了兵器间，反手带上房门。林震南从死人胸膛中拿起了一颗血淋淋的人心，说道："一颗心给震成了八九片，果然是……果然是……"王夫人接口道："果然是青城派的'摧心掌'！"林震南点了点头，默然不语。

林平之这才明白，父亲原来是在剖尸查验被害各人的死因。

林震南放回人心，将死尸裹入油布，抛在墙角，伸手在油布上擦干了血迹，和妻儿回入卧房，说道："对头确是青城派的高手。娘子，你说该怎么办？"

林平之气愤愤的道："此事由孩儿身上而起，孩儿明天再出去叫阵，和他决一死战。倘若不敌，给他杀死，也就是了。"林震南摇头道："此人一掌便将人心震成八九块，死者身体之外却不留半点伤痕，此人武功之高，就在青城派中，也是数一数二的人物，他要杀你，早就杀了。我瞧敌人用心阴狠，决不肯爽爽快快将咱一家三口杀了。"林平之道："他要怎样？"林震南道："这狗贼是猫捉老鼠，要玩弄个够，将老鼠吓得心胆俱裂，自行吓死，他方快心意。"林平之怒道："哼，这狗贼竟将咱们福威镖局视若无物。"

林震南道："他确是将福威镖局视若无物。"林平之道："说不定他是怕了爹爹的七十二路辟邪剑法，否则为什么始终不敢明剑明枪的交手，只是乘人不备，暗中害人？"林震南摇头道："平儿，爹爹的辟邪剑法用以对付黑道中的盗贼，那是绰绰有余，但此人的摧心掌功夫，实是远远胜过了你爹爹。我……我向不服人，可是见了霍镖头的那颗心，却是……却是……唉！"林平之见父亲神情颓丧，和平时大异，不敢再说什么。

王夫人道："既然对头厉害，大丈夫能屈能伸，咱们便暂且避他一避。"林震南点头道："我也这么想。"王夫人道："咱们连夜动身去洛阳，好在已知道敌人来历，君子报仇，十年未晚。"林震南道："不错！岳父交友遍天下，定能给咱们拿个主意。收拾些细软，这便动身。"林平之道："咱们一走，丢下镖局中这许多人没人理会，那可如何是好？"林震南道："敌人跟他们无冤无仇，咱们一走，镖局中的众人反而太平无事了。"

林平之心道："爹爹这话有理，敌人害死镖局中这许多人，其实只是为了我一人。我脱身一走，敌人决不会再和这些镖师、趟子手为难。"当下回到自己房中收拾。心想说不定敌人一把火便将镖局烧个精光，看着一件件衣饰玩物，只觉这样舍不得，那件丢不下，竟打了老大两个包裹，兀自觉得留下东西太多，左手又取过案上一只玉马，右手卷了张豹皮，那是从他亲手打死的花豹身上剥下来的，背负包裹，来到父母房中。

王夫人见了不禁好笑，说道："咱们是逃难，可不是搬家，带这许多劳什子干么？"林震南叹了一口气，摇了摇头，心想："我们虽是武学世家，但儿子自小养尊处优，除了学过一些武功之外，跟寻常富贵人家的纨袴子弟也没什么分别，今日猝逢大难，仓皇应变，却也难怪得他。"不由得爱怜之心，油然而生，说道："你外公家里什么东西都有，不必携带太多物件。咱们只须多带些黄金银两，值钱的珠宝也带一些。此去到江西、湖南、湖北都有分局，还怕路上讨饭吗？包裹越轻越好，身上轻一两，动手时便灵便一分。"林平之无奈，只得将包裹放下。

王夫人道："咱们骑马从大门正大光明的冲出去，还是从后门悄悄溜出去？"

林震南坐在太师椅上，闭起双目，将旱烟管抽得呼呼直响，过了半天，才睁开眼来，说道："平儿，你去通知局中上下人等，大家收拾收拾，天明时一齐离去。叫帐房给大家分发银两。待瘟疫过后，大家再回来。"林平之应道："是!"心下好生奇怪，怎地父亲忽然又改变了主意。王夫人道："你说要大家一哄而散？这镖局子谁来照看？"林震南道："不用看了，这座闹鬼的凶宅，谁敢进来送死？再说，咱三人一走，余下各人难道不走？"当下林平之出房传讯，局中登时四下里都乱了起来。

林震南待儿子出房，才道："娘子，咱父子换上趟子手的衣服，你就扮作个仆妇，天明时一百多人一哄而散，敌人武功再高，也不过一两个人，他又去追谁好？"王夫人拍掌赞道："此计极高。"便去取了两套趟子手的污秽衣衫，待林平之回来，给他父子俩换上，自己也换了套青布衣裳，头上包了块蓝花布帕，除了肤色太过白皙，宛然便是个粗作仆妇。林平之只觉身上的衣衫臭不可当，心中老大不愿意，却也无可奈何。

黎明时分，林震南吩咐打开大门，向众人说道："今年我时运不利，局中疫鬼为患，大伙儿只好避一避。众位兄弟倘若仍愿干保镖这一行的，请到杭州府、南昌府去投咱们的浙江分局、江西分局，那边刘镖头、易镖头自不会怠慢了各位。咱们走罢!"当下一百余人在院子中纷纷上马，涌出大门。

林震南将大门上了锁，一声呼叱，十余骑马冲过血线，人多胆壮，大家已不如何害怕，都觉早一刻离开镖局，便多一分安全。蹄声杂沓，齐向北门奔去，众人大都无甚打算，见旁人向北，便也纵马跟去。

林震南在街角边打个手势，叫夫人和儿子留了下来，低声道："让他们向北，咱们却向南行。"王夫人道："去洛阳啊，怎地往南？"林震南道："敌人料想咱们必去洛阳，定在北门外拦截，咱们却偏偏向南，兜个大圈子再转而向北，叫狗贼拦一个空。"

林平之道："爹!"林震南道："怎么？"林平之不语，过了片刻，又道："爹!"王夫人道："你想说什么，说出来罢。"林平之道："孩儿还是想出北门，这狗贼害死了咱们这许多人，不跟他拼个你死我活，这口恶气如何咽得下去？"王夫人道："这番大仇，自然是要报的，但凭你这点儿本领，抵挡得了人家的摧心掌么？"林平之气忿忿的道："最多也不过像霍镖头那样，给他一掌碎了心脏，也就是啦。"

林震南脸色铁青，道："我林家三代，倘若都似你这般逞那匹夫之勇，福威镖局不用等人来挑，早就自己垮啦。"

林平之不敢再说，随着父母径向南行，出城后折向西南，过闽江后，到了南屿。

这大半日奔驰，可说马不停蹄，直到过午，才到路旁一家小饭铺打尖。

林震南吩咐卖饭的汉子有什么菜肴，将就着弄来下饭，越快越好。那汉子答应着去了。可是过了半天全无动静。林震南急着赶路，叫道："店家，你给快些！"叫了两声，无人答应。王夫人也叫："店家，店家……"仍是没有应声。

王夫人霍地站起，急忙打开包裹，取出金刀，倒提在手，奔向后堂，只见那卖饭的汉子摔在地下，门槛上斜卧着一个妇人，是那汉子的妻子。王夫人探那汉子鼻息，已无呼吸，手指碰到他嘴唇，尚觉温暖。

这时林震南父子也已抽出长剑，绕着饭铺转了一圈。这家小饭铺独家孤店，靠山而筑，附近是一片松林，并无邻家。三人站在店前，远眺四方，不见半点异状。

林震南横剑身前，朗声说道："青城派的朋友，林某在此领死，便请现身相见。"叫了几声，只听得山谷回声："现身相见，现身相见！"余音袅袅，此外更无声息。三人明知大敌窥伺在侧，此处便是他们择定的下手之处，心下虽是惴惴，但知道立即便有了断，反而定下神来。林平之大声叫道："我林平之就在这里，你们来杀我啊！臭贼，狗崽子，我料你就是不敢现身！鬼鬼祟祟的，正是江湖上下三滥毛贼的勾当！"

突然之间，竹林中发出一声清朗的长笑，林平之眼睛一花，已见身前多了一人。他不及细看,长剑挺出,便是一招"直捣黄龙",向那人胸口疾刺。那人侧身避开。林平之横剑疾削,那人嘿的一声冷笑,绕到林平之左侧。林平之左手反拍一掌,回剑刺去。

林震南和王夫人各提兵刃,本已抢上,然见儿子连出数招,剑法井井有条,此番乍逢强敌,竟丝毫不乱,当即都退后两步,见敌人一身青衫,腰间悬剑,一张长脸,约莫二十三四岁年纪,脸上满是不屑的神情。

林平之蓄愤已久,将辟邪剑法使将开来,横削直击,全是奋不顾身的拼命打法。那人空着双手,只是闪避,并不还招,待林平之刺出二十余招剑,这才冷笑道:"辟邪剑法,不过如此!"伸指一弹,铮的一声响,林平之只觉虎口剧痛,长剑落地。那人飞起一腿,将林平之踢得连翻几个筋斗。

林震南夫妇并肩一立,遮住了儿子。林震南道:"阁下尊姓大名?可是青城派的么?"那人冷笑道:"凭你福威镖局的这点儿玩艺,还不配问我姓名。不过今日是为报仇而来,须得让你知道,不错,老子是青城派的。"

林震南剑尖指地,左手搭在右手手背,说道:"在下对松风观余观主好生敬重,每年派遣镖头前赴青城,向来不敢缺了礼数,今年余观主还遣派了四位弟子要到福州来。却不知什么地方得罪了阁下?"那青年抬头向天,嘿嘿冷笑,隔了半天才道:"不错,我师父派了四名弟子到福州来,我便是其中之一。"林震南道:"那好得很啊,不知阁下高姓大名?"那青年似是不屑置答,又是哼了一声,这才说道:"我姓于,叫于人豪。"林震南点了点头,道:"'英雄豪杰,青城四秀',原来阁下是松风观四大弟子之一,无怪摧心掌的造诣如此高明。杀人不见血,佩服,佩服!于英雄远道来访,林某未曾迎迓,好生失礼。"

于人豪冷冷的道:"那摧心掌吗,嘿嘿……你没曾迎接,你这位武艺高强的贤公子,却迎接过了,连我师父的爱子都杀了,也已不算怎么失礼。"

林震南一听之下，一阵寒意从背脊上直透下来，本想儿子误杀之人若是青城派的寻常弟子，那么挽出武林中大有面子之人出来调解说项，向对方道歉陪罪，或许尚有转圜余地，原来此人竟是松风观观主余沧海的亲生爱子，那么除了一拼死活之外，更无第二条路好走了。他长剑一摆，仰天打了个哈哈，说道："好笑，于少侠说笑话了。"于人豪白眼一翻，傲然道："我说什么笑话？"林震南道："久仰余观主武术通神，家教谨严，江湖上无不敬佩。但犬子误杀之人，却是个在酒肆之中调戏良家少女的无赖，既为犬子所杀，武功平庸也就可想而知。似这等人，岂能是余观主的公子，却不是于少侠说笑么？"

　　于人豪脸一沉，一时无言可答。忽然松林中有人说道："常言道得好：双拳难敌四手。在那小酒店之中，林少镖头率领了福威镖局二十四个镖头，突然向我余师弟围攻……"他一面说，一面走了出来，此人小头小脑，手中摇着一柄折扇，接着说道："倘若明刀明枪的动手，那也罢了，福威镖局纵然人多，老实说那也无用。可是林少镖头既在我余师弟的酒中下了毒，又放了一十七种喂毒暗器，嘿嘿，这龟儿子，硬是这么狠毒。我们一番好意，前来拜访，可料不到人家会突施暗算哪。"

　　林震南道："阁下尊姓大名？"那人道："不敢，区区在下方人智。"

　　林平之拾起了长剑，怒气勃勃的站在一旁，只待父亲交代过几句场面话，便要扑上去再斗，听得这方人智一派胡言，当即怒喝："放你的屁！我跟他无冤无仇，从来没见过面，根本便不知他是青城派的，害他干什么？"

　　方人智晃头晃脑的说道："放屁，放屁！好臭，好臭！你既跟我余师弟无冤无仇，为什么在小酒店外又埋伏了三十余名镖头、趟子手？我余师弟见你调戏良家少女，路见不平，将你打倒，教训你一番，饶了你性命，可是你不但不感恩图报，为什么反而命那些狗镖头向我余师弟群起而攻？"林平之气得肺都要炸了，大声叫道：

"原来青城派都是些颠倒是非的泼皮无赖！"方人智笑嘻嘻的道："龟儿子，你骂人！"林平之怒道："我骂你便怎样？"方人智点头道："你骂好了，不相干，没关系。"

林平之一愕，他这两句话倒大出自己意料之外，突然之间，只听得呼的一声，有人扑向身前。林平之左掌急挥，待要出击，终于慢了一步，拍的一响，右颊上已重重吃了个耳光，眼前金星乱冒，几欲晕去。方人智迅捷之极的打了一掌，退回原地，伸手抚摸自己右颊，怒道："小子，怎么你动手打人？好痛，好痛，哈哈！"

王夫人见儿子受辱，刷的一刀，便向那人砍去，一招"野火烧天"，出招既稳且劲，那人一闪身，刀锋从他右臂之侧砍下，相距不过四寸。那人吃了一惊，骂道："好婆娘。"不敢再行轻敌，从腰间拔出长剑，待王夫人第二刀又再砍到，挺剑还击。

林震南长剑一挺，说道："青城派要挑了福威镖局，那是容易之极，但武林之中，是非自有公论。于少侠请！"于人豪一按剑鞘，呛啷一声，长剑出鞘，道："林总镖头请。"

林震南心想："久闻他青城派松风剑法刚劲轻灵，兼而有之，说什么如松之劲，如风之轻。我只有占得先机，方有取胜之望。"当下更不客气，剑尖一点，长剑横挥过去，正是辟邪剑法中的一招"群邪辟易"。于人豪见他这一剑来势甚凶，闪身避开。林震南一招未曾使老，第二招"锺馗抉目"，剑尖直刺对方双目。于人豪提足后跃。林震南第三剑跟着又已刺到，于人豪举剑挡格，当的一响，两人手臂都是一震。

林震南心道："还道你青城派如何了得，却也不过如此。凭你这点功夫，难道便打得出那么厉害的摧心掌？那决无可能，多半他另有大援在后。"想到此处，心中不禁一凛。于人豪长剑圈转，倏地刺出，银星点点，剑尖连刺七个方位。林震南还招也是极快，奋力抢攻。两人忽进忽退，二十余招间竟难分上下。

那边王夫人和方人智相斗却接连遇险，一柄金刀挡不住对方迅速之极的剑招。

林平之见母亲大落下风，忙提剑奔向方人智，举剑往他头顶劈落。方人智斜身闪开，林平之势如疯汉，又即扑上，突然间脚下一个跟跄，不知被什么绊了一下，登时跌倒，只听得一人说道："躺下罢！"一只脚重重踏在他身上，跟着背上有件尖利之物刺到。他眼中瞧出来的只是地下尘土，但听得母亲尖声大叫："别杀他，别杀他！"又听得方人智喝道："你也躺下。"

　　原来正当林平之母子双斗方人智之时，一人从背后掩来，举脚横扫，将林平之绊倒，跟着拔出匕首，指住了他后心。王夫人本已不敌，心慌意乱之下，更是刀法松散，被方人智回肘撞出，登时摔倒。方人智抢将上去，点了二人穴道。那绊倒林平之的，便是在福州城外小酒店中与两名镖头动手的姓贾汉子。

　　林震南见妻子和儿子都被敌人制住，心下惊惶，刷刷刷急攻数剑。于人豪一声长笑，连出数招，尽数抢了先机。林震南心下大骇："此人怎地知道我的辟邪剑法？"于人豪笑道："我的辟邪剑法怎么样？"林震南道："你……你……怎么会使辟邪剑……"

　　方人智笑道："你这辟邪剑法有什么了不起？我也会使！"长剑晃动，"群邪辟易"、"锤尴抉目"、"飞燕穿柳"，接连三招，正都是辟邪剑法。

　　霎时之间，林震南似乎见到了天下最可怖的情景，万万料想不到，自己的家传绝学辟邪剑法，对方竟然也都会使，就在这茫然失措之际，斗志全消。于人豪喝道："着！"林震南右膝中剑，膝盖酸软，右腿跪倒。他立即跃起，于人豪长剑上挑，已指住他胸口。只听贾人达大声喝采："于师弟，好一招'流星赶月'！"

　　这一招"流星赶月"，也正是辟邪剑法中的一招。

　　林震南长叹一声，抛下长剑，说道："你……你……会使辟邪剑法……给咱们一个爽快的罢！"背心上一麻，已被方人智用剑柄撞了穴道，听他说道："哼，天下哪有这样便宜的事？先人板板，姓林的龟儿、龟婆、龟孙子，你们一家三口，一起去见我师父罢。"

　　贾人达左手抓住林平之的背心，一把提了起来，左右开弓，重重打了他两个耳光，骂道："兔崽子，从今天起，老子每天打你十八顿，一路打到四川青城山上，打得你一张花旦脸变成大花面！"林平之狂怒之下，一口唾沫向他吐了过去。两人相距不过尺许，贾人达竟不及避开，拍的一声，正中他鼻梁。贾人达怒极，将他重重往地下一摔，举脚便向他背心上猛踢。方人智笑道："够了，够了！踢死了他，师父面前怎么交代？这小子大姑娘般的，可经不起你的三拳两脚。"

贾人达武艺平庸，人品猥琐，师父固对他素来不喜，同门师兄弟也是谁都瞧他不起，听方人智这么说，倒也不敢再踢，只得在林平之身上连连吐涎，以泄怒火。

方于二人将林震南一家三口提入饭店，抛在地下。方人智道："咱们吃一餐饭再走，贾师弟，劳你驾去煮饭罢。"贾人达道："好。"于人豪道："方师哥，可得防这三个家伙逃了。这老的武功还过得去，你得想个计较。"方人智笑道："那容易！吃过饭后，把三人手筋都挑断了，用绳子穿在他三个龟儿的琵琶骨里，串做一串螃蟹，包你逃不了。"

林平之破口大骂："有种的就赶快把老爷三人杀了，想这些鬼门道害人，那是下三滥的行径！"方人智笑嘻嘻的道："你这小杂种再骂一句，我便去找些牛粪狗矢来，塞在你嘴里。"这句话倒真有效，林平之虽气得几欲昏去，却登时闭口，再也不敢骂一句了。

方人智笑道："于师弟，师父教了咱们这七十二路辟邪剑法，咱哥儿俩果然使得似模似样，林镖头一见，登时便魂飞魄散，全身酸软。林镖头，我猜你这时候一定在想：他青城派怎么会使我林家的辟邪剑法。是不是啊？"

林震南这时心中的确在想："他青城派怎么会使我林家的辟邪剑法？"

卖唱老者慢慢走到矮胖子身前，侧头瞧了他半晌。那矮胖子怒道："老头子干什么？"那老者摇头道："你胡说八道！"转身走开。矮胖子大怒，伸手往他后心抓去。

二 聆 秘

　　林平之只想挣扎起身，扑上去和方人智、于人豪一拼，但后心被点了几处穴道，下半身全然不能动弹，心想手筋如被挑断，又再穿了琵琶骨，从此成为废人，不如就此死了干净。突然之间，后面灶间里传来"啊啊"两下长声惨呼，却是贾人达的声音。

　　方人智和于人豪同时跳起，手挺长剑，冲向后进。大门口人影一闪，一人悄没声的窜了进来，一把抓住林平之的后领，提了起来。林平之"啊"的一声低呼，见这人满脸凹凹凸凸的尽是痘瘢，正是因她而起祸的那卖酒丑女。

　　那丑女抓着他向门外拖去，到得大树下系马之处，左手又抓住他后腰，双手提着他放上一匹马的马背。林平之正错愕间，只见那丑女手中已多了一柄长剑，随即白光闪动，那丑女挥剑割断马缰，又在马臀上轻轻一剑。那马吃痛，一声悲嘶，放开四蹄，狂奔入林。

　　林平之大叫："妈，爹！"心中记挂着父母，不肯就此独自逃生，双手在马背上拼命一撑，滚下马来，几个打滚，摔入了长草之中。那马却毫不停留，远远奔驰而去。林平之拉住灌木上的树枝，想要站起，双足却没半分力气，只撑起尺许，便即摔倒，跟着又觉腰间臀上同时剧痛，却是摔下马背时撞到了林中的树根、石块。

　　只听得几声呼叱，脚步声响，有人追了过来，林平之忙伏入草丛之中。但听得兵刃交加声大作，有几人激烈相斗，林平之悄悄伸头，从草丛空隙中向前瞧去，只见相斗双方一边是青城派的于人豪与方人智，另一边便是那丑女，还有一个男子，却用黑布蒙住了脸，头发花白，是个老者。林平之一怔之间，便知是那丑女的祖父、那姓萨的老头，寻思："我先前只道这两人也是青城派的，哪知这姑娘却来救我。唉，早知她武功了得，我又何必强自出头，去打什么抱不平，没来由的惹上这场大祸。"又想："他们斗得正紧，我这就去相救爹爹、妈妈。"可是背心上穴道未解，说什么也动弹不得。

方人智连声喝问："你……你到底是谁？怎地会使我青城派剑法？"那老者不答，蓦地里白光闪动，方人智手中长剑脱手飞起。方人智急忙后跃，于人豪抢上挡住。那蒙面老者急出数招。于人豪叫道："你……你……"语音显得甚是惊惶，突然铮的一声，长剑又被绞得脱手。那丑女抢上一步，挺剑疾刺。那蒙面老者挥剑挡住，叫道："别伤他性命！"那丑女道："他们好不狠毒，杀了这许多人。"那老者道："咱们走罢！"那丑女有些迟疑。那老者道："别忘了师父的吩咐。"那丑女点点头，说道："便宜了他们。"纵身穿林而去。那蒙面老者跟在她身后，顷刻间便奔得远了。

方于二人惊魂稍定，分别拾起自己的长剑。于人豪道："当真邪门！怎地这家伙会使咱们的剑法？"方人智道："他也只会几招，不过……不过这招'鸿飞冥冥'，可真使得……使得……唉！"于人豪道："他们把这姓林的小子救去了……"方人智道："啊哟，可别中了调虎离山之计。林震南夫妇！"于人豪道："是！"两人转身飞步奔回。

过了一会，马蹄声缓缓响起，两乘马走入林中，方人智与于人豪分别牵了一匹。马背上缚的赫然是林震南和王夫人。林平之张口欲叫"妈！爹！"幸好立时硬生生的缩住，心知这时倘若发出半点声音，非但枉自送了性命，也失却了相救父母的机会。

离开两匹马数丈，一跛一拐的走着一人，却是贾人达。他头上缠的白布上满是鲜血，口中不住咒骂："格老子，入你的先人板板，你龟儿救了那兔儿爷去，这两只老兔儿总救不去了罢？老子每天在两只老兔儿身上割一刀，咱们挨到青城山，瞧他们还有几条性命……"

方人智大声道："贾师弟，这对姓林的夫妇，是师父他老人家千叮万嘱要拿到手的，他们要是有了三长两短，瞧师父剥你几层皮下来？"贾人达哼了一声，不敢再作声了。

林平之耳听得青城派三人掳劫了父母而去，心下反而稍感宽慰："他们拿了我爹妈去青城山，这一路上又不敢太难为我爹妈。从福建到四川青城山，万里迢迢，我说什么也要想法子救爹爹妈妈出来。"又想："到了镖局的分局子里，派人赶去洛阳给外公送信。"

他在草丛中躺着静静不动，蚊蚋来叮，也无法理会，过了好几个时辰，天色已黑，背上被封的穴道终于解开，这才挣扎着爬起，慢慢回到饭铺之前。

寻思："我须得易容改装，叫两个恶人当面见到我也认不出来，否则一下子便给他们杀了，哪里还救得到爹妈？"走入饭店主人的房中，打火点燃了油灯，想找一套衣服，岂知山乡穷人真是穷得出奇，连一套替换的衣衫也无。走到饭铺之外，只见饭铺主人夫妇的尸首兀自躺在地下，心道："说不得，只好换上死人的衣服。"除下死人衣衫，拿在手中，但觉秽臭冲鼻，心想该当洗上一洗，再行换上，转念又想："我如为了贪图一时清洁，耽误得一时半刻，错过良机，以致救不得爹爹妈妈，岂不成为千古大恨？"一咬牙齿，将全身衣衫脱得清光，穿上了死人的衣衫。

点了一根火把，四下里一照，只见父亲和自己的长剑、母亲的金刀，都抛在地下。他将父亲的长剑拾了起来，包在一块破布之中，插在背后衣内，走出店门，只听得山涧中青蛙阁阁之声隐隐传来，突然间感到一阵凄凉，忍不住便要放声大哭。他举手一掷，火把在黑影中划了一道红弧，嗤的一声，跌入了池塘，登时熄灭，四周又是一片黑暗。

他心道："林平之啊林平之，你若不小心，若不忍耐，再落入青城派恶贼的手中，便如这火把跌入臭水池塘中一般。"举袖擦了擦眼睛，衣袖碰到脸上，臭气直冲，几欲呕吐，大声道："这一点臭气也耐不了，枉自称为男子汉大丈夫了。"当下拔足而行。

走不了几步，腰间又剧痛起来，他咬紧牙关，反而走得更加快了。在山岭间七高八低的乱走，也不知父母是否由此道而去。行到黎明，太阳光迎面照了过来，耀眼生花，林平之心中一凛："那两个恶贼押了爹爹妈妈去青城山，四川在福建之西，我怎么反而东行？"急忙转身，背着日光疾走，寻思："爹妈已去了大半日，我又背道行了半夜，和他们离得更加远了，须得去买一匹坐骑才好，只不知要多少银子。"一摸口袋，不由得连声价叫苦，此番出来，金银珠宝都放在马鞍旁的皮囊之中，林震南和王夫人身边都有银两，他身上却一两银子也无。他急上加急，顿足叫道："那便如何是好？那便如何是好？"呆了一阵，心想："搭救父母要紧，总不成便饿死了。"迈步向岭下走去。

到得午间，腹中已饿得咕咕直叫，见路旁几株龙眼树上生满了青色的龙眼，虽然未熟，也可充饥。走到树下伸手便要去折，随即心想："这些龙眼是有主之物，不告而取，便是作贼。林家三代干的是保护身家财产的行当，一直和绿林盗贼作对，我怎么能作盗贼勾当？倘若给人见到，当着我爹爹之面骂我一声小贼，教我爹爹如何做人？福威镖局的招牌从此再也立不起来了。"他幼禀庭训，知道大盗都由小贼变来，而小贼最初窃物，往往也不过一瓜一果之微，由小而多，终于积重难返，泥足深陷而不能自拔。想到此处，不由得背上出了一身冷汗，立下念头："终有一日，爹爹和我要重振福威镖局的声威，大丈夫须当立定脚跟做人，宁做乞儿，不作盗贼。"迈开大步，向前急行，再不向道旁的龙眼树多瞧一眼。

行出数里，来到一个小村，他走向一家人家，嗫嗫嚅嚅的乞讨食物。他一生茶来伸手，饭来张口，哪里曾向旁人乞求过什么？只说得三句话，已胀红了脸。

那农家的农妇刚和丈夫呕气，给汉子打了一顿，满肚子正没好气，听得林平之乞食，开口便骂了他个狗血淋头，提起扫帚，喝道："你这小贼，鬼鬼祟祟的不是好人。老娘不见了一只母鸡，定是你偷去吃了，还想来偷鸡摸狗。老娘便有米饭，也不施舍给你这下流胚子。你偷了我家的鸡，害得我家那天杀的大发脾气，揍得老娘周身都是乌青……"

那农妇骂一句，林平之退一步。那农妇骂得兴起，提起扫帚向林平之脸上拍来。林平之大怒，斜身一闪，举掌便欲向她击去，陡然动念："我求食不遂，却去殴打这乡下蠢妇，岂不笑话？"硬生生将这一掌收转，岂知用力大了，收掌不易，一个跟跄，左脚踹上了一堆牛粪，脚下一滑，仰天便倒。那农妇哈哈大笑，骂道："小毛贼，教你跌个好的！"一扫帚拍在他头上，再在他身上吐了口唾涎，这才转身回屋。

林平之受此羞辱，愤懑难言，挣扎着爬起，脸上手上都是牛粪。正狼狈间，那农妇从屋中出来，拿着四枝煮熟的玉米棒子，交在他手里，笑骂："小鬼头，这就吃吧！老天爷生了你这样一张俊脸蛋，比人家新媳妇还要好看，偏就是不学好，好吃懒做，有个屁用？"林平之大怒，便要将玉米棒子摔出。那农妇笑道："好，你摔，你摔！你有种不怕饿死，就把玉米棒子摔掉，饿死你这小贼。"林平之心想："要救爹爹妈妈，报此大仇，重振福威镖局，今后须得百忍千忍，再艰难耻辱的事，也当咬紧牙关，狠狠忍住。给这乡下女人羞辱一番，又算得什么？"便道："多谢你了！"张口便往玉米棒子咬去。那农妇笑道："我料你不肯摔。"转身走开，自言自语："这小鬼饿得这样厉害，我那只鸡看来不是他偷的。唉，我家这天杀的，能有他一半好脾气，也就好了。"

林平之一路乞食，有时则在山野间采摘野果充饥，好在这一年福建省年岁甚熟，五谷丰登，民间颇有余粮，他虽然将脸孔涂得十分污秽，但言语文雅，得人好感，求食倒也不难。沿路打听父母的音讯，却哪里有半点消息？

行得八九日后，已到了江西境内，他问明途径，径赴南昌，心想南昌有镖局的分局，该当有些消息，至不济也可取些盘缠，讨匹快马。

到得南昌城内，一问福威镖局，那行人说道："福威镖局？你问来干么？镖局子早烧成了一片白地，连累左邻右舍数十家人都烧得精光。"林平之心中暗叫一声苦，来到镖局的所在，果见整条街都是焦木赤砖，遍地瓦砾。他悄立半晌，心道："那自是青城派的恶贼们干的。此仇不报，枉自为人。"在南昌更不耽搁，即日西行。

不一日来到湖南省会长沙，他料想长沙分局也必给青城派的人烧了。岂知问起福威镖局出了什么事，几个行人都茫然不知。林平之大喜，问明了所在，大踏步向镖局走去。

来到镖局门口，只见这湖南分局虽不及福州总局的威风，却也是朱漆大门，门畔蹲着两只石狮，好生堂皇。林平之向门内一望，不见有人，心下踌躇："我如此褴褛狼狈的来到分局，岂不教局中的镖头们看小了？"

抬起头来，只见门首那块"福威镖局湘局"的金字招牌竟是倒转悬挂了，他好生奇怪："分局的镖头们怎地如此粗心大意，连招牌也会倒挂？"转头去看旗杆上的旗子时，不由得倒抽一口凉气，只见左首旗杆上悬着一对烂草鞋，右首旗杆挂着的竟是一条女子花裤，撕得破破烂烂的，却兀自在迎风招展。

正错愕间，只听得脚步声响，局里走出一个人来，喝道："龟儿子在这里探头探脑的，想偷什么东西？"林平之听他口音便和方人智、贾人达等一伙人相似，乃是川人，不敢向他瞧去，便即走开，突然屁股上一痛，已被人踢了一脚。林平之大怒，回身便欲相斗，但心念电转："这里的镖局是给青城派占了，我正可从此打探爹爹妈妈的讯息，怎地沉不住气？"当即假装不会武功，扑身摔倒，半天爬不起来。那人哈哈大笑，又骂了几声"龟儿子"。

林平之慢慢挣扎着起来，到小巷中讨了碗冷饭吃了，寻思：

"敌人便在身畔，可千万大意不得。"更在地下找些煤灰，将一张脸涂得漆黑，在墙角落里抱头而睡。

等到二更时分，他取出长剑，插在腰间，绕到镖局后门，侧耳听得墙内并无声息，这才跃上墙头，见墙内是个果园，轻轻跃下，挨着墙边一步步掩将过去。四下里黑沉沉地，既无灯火，又无人声。林平之心中怦怦大跳，摸壁而行，唯恐脚下踏着柴草砖石，发出声音，走过了两个院子，见东边厢房窗中透出灯光，走近几步，便听到有人说话。他极缓极缓的踏步，弓身走到窗下，屏住呼吸，一寸一寸的蹲低，靠墙而坐。

刚坐到地下，便听得一人说道："咱们明天一早，便将这龟儿镖局一把火烧了，免得留在这儿现眼。"另一人道："不行！不能烧。皮师哥他们在南昌一把火烧了龟儿镖局，听说连得邻居的房子也烧了几十间，于咱们青城派侠义道的名头可不大好听。这一件事，多半要受师父责罚。"林平之暗骂："果然是青城派干的好事，还自称侠义道呢！好不要脸。"只听先前那人道："是，这可烧不得！那就好端端给他留着么？"另一人笑道："吉师弟，你想想，咱们倒挂了这狗贼的镖局招牌，又给他旗杆上挂一条女人烂裤，福威镖局的名字在江湖上可整个毁啦。这条烂裤挂得越久越好，又何必一把火给他烧了？"那姓吉的笑道："申师哥说得是。嘿嘿，这条烂裤，真叫他福威镖局倒足了霉，三百年也不得翻身。"

两人笑了一阵。那姓吉的道："咱们明日去衡山给刘正风道喜，得带些什么礼物才好？这次讯息来得好生突兀，这份礼物要是小了，青城派脸上可不大好看。"

那姓申的笑道："礼物我早备下了，你放心，包你不丢青城派的脸。说不定刘正风这次金盆洗手的席上，咱们的礼物还要大出风头呢。"那姓吉的喜道："那是什么礼物？我怎么一点也不知道？"那姓申的笑了几声，甚是得意，说道："咱们借花献佛，可不用自己掏腰包。你瞧瞧，这份礼够不够光采。"只听得房中簌簌有声，当是在打开什么包裹。那姓吉的一声惊呼，叫道："了不起！申师哥神通广大，哪里去弄来这么贵重的东西？"

林平之真想探眼到窗缝中去瞧瞧，到底是什么礼物，但想一伸头，窗上便有黑影，给敌人发现了可大事不妙，只得强自克制。只听那姓申的笑道："咱们占这福威镖局，难道是白占的？这一对玉马，我本来想孝敬师父的，眼下说不得，只好便宜了刘正风这老儿了。"林平之又是一阵气恼："原来他抢了我镖局中的珍宝，自己去做人情，那不是盗贼的行径么？长沙分局自己哪有什么珍宝，自然是给人家保的镖了。这对玉马必定价值不菲，倘若要不回来，还不是要爹爹设法张罗着去赔偿东主。"

那姓申的又笑道："这里四包东西，一包孝敬众位师娘，一包分给众位师兄弟，一包是你的，一包是我的。你拣一包罢！"那姓吉的道："那是什么？"过得片刻，突然"哗"的一声惊呼，道："都是金银珠宝，咱们这可发了大洋财啦。龟儿子这福威镖局，入他个先人板板，搜刮得可真不少。师哥，你从哪里找出来的？我里里外外找了十几遍，差点儿给他地皮一块块撬开来，也只找到一百多两碎银子，你怎地不动声色，格老子把宝藏搜了出来？"那姓申的甚是得意，笑道："镖局中的金银珠宝，岂能随随便便放在寻常地方？这几天我瞧你开抽屉，劈箱子，拆墙壁，忙得不亦乐乎，早料到是瞎忙，只不过说了你也不信，反正也忙不坏你这小子。"那姓吉的道："佩服，佩服！申师哥，你从哪里找出来的？"

那姓申的道："你倒想想，这镖局子中有一样东西很不合道理，那是什么？"姓吉的道："不合道理？我瞧这龟儿子镖局不合道理的东西多得很。他妈的功夫稀松平常，却在门口旗杆之上，高高扎起一只威风凛凛的大狮子。"那姓申的笑道："大狮子给换上条烂裤子，那就挺合道理了。你再想想，这镖局子里还有什么希奇古怪的事儿？"那姓吉的一拍大腿，说道："这些湖南驴子干的邪门事儿太多。你想这姓张的镖头是这里一局之主，他睡觉的房间隔壁屋里，却去放上一口死人棺材，岂不活该倒霉，哈哈！"姓申的笑道："你得动动脑筋啊。他为什么在隔壁房里放口棺材？难道棺材里的死人是他老婆儿子，他舍不得吗？恐怕不见得。是不是在棺材里收藏了什么要紧东西，以便掩人耳目……"

那姓吉的"啊"的一声，跳了起来，叫道："对，对！这些金银珠宝，便就藏在棺材之中？妙极，妙极，他妈的，先人板板，走镖的龟儿花样真多。"又道："申师哥，这两包一般多少，我怎能跟你平分？你该多要些才是。"只听得玎珰簌簌声响，想是他从一包金银珠宝之中抓了些，放入另一包中。那姓申的也不推辞，只笑了几声。那姓吉的道："申师哥，我去打盆水来，咱们洗脚，这便睡了。"说着打了个呵欠，推门出来。

林平之缩在窗下，一动也不敢动，斜眼见那姓吉的汉子身材矮矮胖胖，多半便是那日间在他屁股上踢了一脚的。

过了一会，这姓吉的端了一盆热水进房，说道："申师哥，师父这次派了咱们师兄弟几十人出来，看来还是咱二人所得最多，托了你的福，连我脸上也有光采。蒋师哥他们去挑广州分局，马师哥他们去挑杭州分局，他们莽莽撞撞的，就算见到了棺材，也想不到其中藏有金银财物。"那姓申的笑道："方师哥、于师弟、贾人达他们挑了福州总局，卤获想必比咱哥儿俩更多，只是将师娘宝贝儿子的一条性命送在福州，说来还是过大于功。"那姓吉的道："攻打福威镖局总局，是师父亲自押阵的，方师哥、于师弟他们不过做先行官。余师弟丧命，师父多半也不会怎么责怪方师哥他们照料不周。咱们这次大举出动，大伙儿在总局和各省分局一起动手，想不到林家的玩艺儿徒有虚名，单凭方师哥他们三个先锋，就将林震南夫妻捉了来。这一次，可连师父也走了眼啦。哈哈！"

林平之只听得额头冷汗涔涔而下，寻思："原来青城派早就深谋远虑，同时攻我总局和各省分局。倒不是因我杀了那姓余的而起祸。我即使不杀这姓余的恶徒，他们一样要对我镖局下手。余沧海还亲自到了福州，怪不得那摧心掌如此厉害。但不知我镖局什么地方得罪了青城派，他们竟然下手如此狠毒？"一时自咎之情虽然略减，气愤之意却更直涌上来，若不是自知武功不及对方，真欲破窗而入，刃此二獠。但听得房内水响，两人正自洗脚。

又听那姓申的道："倒不是师父走眼，当年福威镖局威震东南，似乎确有真实本事，辟邪剑法在武林中得享大名，不能全靠骗人。多半后代子孙不肖，没学到祖宗的玩艺儿。"林平之黑暗中面红过耳，大感惭愧。那姓申的又道："咱们下山之前，师父跟我们拆解辟邪剑法，虽然几个月内难以学得周全，但我看这套剑法确是潜力不小，只是不易发挥罢了。吉师弟，你领悟到了多少？"那姓吉的笑道："我听师父说，连林震南自己也没能领悟到剑法要旨，那我也懒得多用心思啦。申师哥，师父传下号令，命本门弟子回到衡山取齐，那么方师哥他们要押着林震南夫妇到衡山了。不知那辟邪剑法的传人是怎样一副德性。"

林平之听到父母健在，却被人押解去衡山，心头大震之下，又是欢喜，又是难受。

那姓申的笑道："再过几天，你就见到了，不妨向他领教领教辟邪剑法的功夫。"

突然喀的一声，窗格推开。林平之吃了一惊，只道被他们发现了行迹，待要奔逃，突然间豁喇一声，一盆热水兜头泼下，他险些惊呼出声，跟着眼前一黑，房内熄了灯火。

林平之惊魂未定，只觉一条条水流从脸上淋下，臭烘烘地，才知是姓吉的将洗脚水从窗中泼将出来，淋了他一身。对方虽非故意，自己受辱却也不小，但想探知了父母的消息，别说是洗脚水，便是尿水粪水，淋得一身又有何妨？此刻万籁俱寂，倘若就此走开，只怕给二人知觉，且待他们睡熟了再说。当下仍靠在窗下的墙上不动，过了好一会，听得房中鼾声响起，这才慢慢站起身来。

一回头，猛见一个长长的影子映在窗上，一晃一晃的抖动，他惕然心惊，急忙矮身，见窗格兀自摆动，原来那姓吉的倒了洗脚水后没将窗格闩上。林平之心想："报仇雪恨，正是良机！"右手拔出腰间长剑，左手轻轻拉起窗格，轻跨入房，放下窗格。月光从窗纸中透将进来，只见两边床上各睡着一人。一人朝里而卧，头发微秃，另一人仰天睡着，颔下生着一丛如乱茅草般的短须。床前的桌上放着五个包裹，两柄长剑。

林平之提起长剑，心想："一剑一个，犹如探囊取物一般。"正要向那仰天睡着的汉子颈中砍去，心下又想："我此刻偷偷摸摸的杀此二人，岂是英雄好汉的行径？他日我练成了家传武功，再来诛灭青城群贼，方是大丈夫所为。"当下慢慢将五个包裹提去放在靠窗的桌上，轻轻推开窗格，跨了出来，将长剑插在腰里，取过包裹，将三个负在背上缚好，双手各提一个，一步步走向后院，生恐发出声响，惊醒了二人。

他打开后门，走出镖局，辨明方向，来到南门。其时城门未开，走到城墙边的一个土丘之后，倚着土丘养神，唯恐青城派二人知觉，追赶前来，心中不住怦怦而跳。直等到天亮开城，他一出城门，立时发足疾奔，一口气奔了十数里，这才心下大定，自离福州城以来，直至此刻，胸怀方得一畅。眼见前面道旁有家小面店，当下进店去买碗面吃，他仍不敢多有耽搁，吃完面后，立即伸手到包裹中去取银两会钞，摸到一小锭银子付帐。店家将店中所有铜钱拿出来做找头，兀自不足。林平之一路上低声下气，受人欺辱，这时候当即将手一摆，大声道："都收下罢，不用找了！"终于回复了大少爷、少镖头的豪阔气概。

又行三十余里后，来到一个大镇，林平之到客店中开了间上房，闩门关窗，打开五个包裹，见四个包裹中都是黄金白银、珠宝首饰，第五个小包中是只锦缎盒子，装着一对五寸来高的羊脂玉马，心想："我镖局一间长沙分局，便存有这许多财宝，也难怪青城派要生觊觎之心。"当下将一些碎银两取出放在身边，将五个包裹并作一包，负在背上，到市上买了两匹好马，两匹马替换乘坐，每日只睡两三个时辰，连日连夜的赶路。

不一日到了衡山，一进城，便见街上来来去去的甚多江湖汉子，林平之只怕撞到方人智等人，低下了头，径去投店。哪知连问了数家，都已住满了。店小二道："再过三天，便是刘大爷金盆洗手的好日子，小店住满了贺客，你家到别处问问罢!"

林平之只得往僻静的街道上找去，又找了三处客店，才寻得一间小房，寻思："我虽然涂污了脸，但方人智那厮甚是机灵，只怕还是给他认了出来。"到药店中买了三张膏药，贴在脸上，把双眉拉得垂了下来，又将左边嘴角拉得翻了上去，露出半副牙齿，在镜中一照，但见这副尊容说不出的猥琐，自己也觉可憎之极；又将那装满金银珠宝的大包裹贴肉缚好，再在外面罩上布衫，微微弯腰，登时变成了一个背脊高高隆起的驼子，心想："我这么一副怪模样，便爹妈见了也认我不出，那是再也不用担心了。"

吃了一碗排骨大面，便到街上闲荡，心想最好能撞到父母，否则只须探听到青城派的一些讯息，也是大有裨益。走了半日，忽然淅淅沥沥的下起雨来。他在街边买了个洪油斗笠，戴在头上，眼见天边黑沉沉地，殊无停雨之象，转过一条街，见一间茶馆中坐满了人，便进去找了个座头。茶博士泡了壶茶，端上一碟南瓜子、一碟蚕豆。

他喝了杯茶，咬着瓜子解闷，忽听有人说道："驼子，大伙儿坐坐行不行?"那人也不等林平之回答，大剌剌便坐将下来，跟着又有两人打横坐下。

林平之初时浑没想到那人是对自己说话，一怔之下，才想到"驼子"乃是自己，忙陪笑道："行，行! 请坐，请坐!"只见这三人都身穿黑衣，腰间挂着兵刃。

这三条汉子自顾自的喝茶聊天，再也没去理会林平之。一个年轻汉子道："这次刘三爷金盆洗手，场面当真不小，离正日还有三天，衡山城里就已挤满了贺客。"另一个瞎了一只眼的汉子道："那自然啦。衡山派自身已有多大的威名，再加五岳剑派联手，声势浩大，哪一个不想跟他们结交结交? 再说，刘正风刘三爷武功了得，三十六手'回风落雁剑'，号称衡山派第二把高手，只比掌门人莫大先生稍逊一筹。平时早有人想跟他套交情了。只是他一不做寿，二不娶媳，三不嫁女，没这份交情好套。这一次金盆洗手的大喜事，武林群豪自然闻风而集。我看明后天之中，衡山城中还有得热闹呢。"

另一个花白胡子道："若说都是来跟刘正风套交情，那倒不见得，咱哥儿三个就并非为此而来，是不是？刘正风金盆洗手，那是说从今而后，再也不出拳动剑，决不过问武林中的是非恩怨，江湖上算是没了这号人物。他既立誓决不使剑，他那三十六路'回风落雁剑'的剑招再高，又有什么用处？一个会家子金盆洗手，便跟常人无异，再强的高手也如废人了。旁人跟他套交情，又图他个什么？"那年轻人道："刘三爷今后虽然不再出拳使剑，但他总是衡山派中坐第二把交椅的人物。交上了刘三爷，便是交上了衡山派，也便是交上了五岳剑派哪！"那姓彭的花白胡子冷笑道："结交五岳剑派，你配么？"

那瞎子道："彭大哥，话可不是这么说。大家在江湖上行走，多一个朋友不多，少一个冤家不少。五岳剑派虽然武艺高，声势大，人家可也没将江湖上的朋友瞧低了。他们倘若真是骄傲自大，不将旁人放在眼里，怎么衡山城中，又有这许多贺客呢？"

那花白胡子哼了一声，不再说话，过了好一会，才轻声道："多半是趋炎附势之徒，老子瞧着心头有气。"

林平之只盼这三人不停谈下去，或许能听到些青城派的讯息，哪知这三人话不投机，各自喝茶，却不再说话了。

忽听得背后有人低声说道："王二叔，听说衡山派这位刘三爷还只五十来岁，正当武功鼎盛的时候，为什么忽然要金盆洗手？那不是辜负了他这一副好身手吗？"一个苍老的声音道："武林中人金盆洗手，原因很多。倘若是黑道上的大盗，一生作的孽多，洗手之后，这打家劫舍、杀人放火的勾当算是从此不干了，那一来是改过迁善，给儿孙们留个好名声；二来地方上如有大案发生，也好洗脱了自己嫌疑。刘三爷家财富厚，衡山刘家已发了几代，这一节当然跟他没有干系。"另一人道："是啊，那是全不相干。"

那王二叔道："学武的人，一辈子动刀动枪，不免杀伤人命，多结冤家。一个人临到老来，想到江湖上仇家众多，不免有点儿寝食不安，像刘三爷这般广邀宾客，扬言天下，说道从今而后再也不动刀剑了，那意思是说，他的仇家不必担心他再去报复，却也盼他们别再来找他麻烦。"那年轻人道："王二叔，我瞧这样干很是吃亏。"那王二叔道："为什么吃亏？"那年轻人道："刘三爷固然是不去找人家了，人家却随时可来找他。如果有人要害他性命，刘三爷不动刀动剑，岂不是任人宰割，没法还手么？"那王二叔笑道："后生家当真没见识。人家真要杀你，又哪有不还手的？再说，像衡山派那样的声势，刘三爷那样高的武功，他不去找人家麻烦，别人早已拜神还愿、上上大吉了，哪里有人吃了狮子心、豹子胆，敢去找他老人家的麻烦？就算刘三爷他自己不动手，刘门弟子众多，又有哪一个是好惹的？你这可真叫做杞人忧天了。"

坐在林平之对面的花白胡子自言自语："强中更有强中手，能人之上有能人。又有谁敢自称天下无敌？"他说的声音甚低，后面二人没有听见。

只听那王二叔又道："还有些开镖局子的，如果赚得够了，急流勇退，乘早收业，金盆洗手，不再在刀头上找这卖命钱，也算得是聪明见机之举。"这几句话钻入林平之耳中，当真惊心动魄，心想："我爹爹倘若早几年便急流勇退，金盆洗手，却又如何？"

只听那花白胡子又在自言自语："瓦罐不离井上破，将军难免阵上亡。可是当局者迷，这'急流勇退'四个字，却又谈何容易？"那瞎子道："是啊，因此这几天我老是听人家说：'刘三爷的声名正当如日中天，突然急流勇退，委实了不起，令人好生钦佩'。"

突然间左首桌上有个身穿绸衫的中年汉子说道："兄弟日前在武汉三镇，听得武林中的同道说起，刘三爷金盆洗手，退出武林，实在有不得已的苦衷。"那瞎子转身道："武汉的朋友们却怎样说，这位朋友可否见告？"那人笑了笑，说道："这种话在武汉说说不打紧，到得衡山城中，那可不能随便乱说了。"另一个矮胖子粗声粗气的道："这件事知道的人着实不少，你又何必装得莫测高深？大家都在说，刘三爷只因为武功太高，人缘太好，这才不得不金盆洗手。"

他说话声音很大，茶馆中登时有许多眼光都射向他的脸上。好几个人齐声问道："为什么武功太高，人缘太好，便须退出武林，这岂不奇怪？"

那矮胖汉子得意洋洋的道："不知内情的人自然觉得奇怪，知道了却毫不希奇了。"有人便问："那是什么内情？"那矮胖子只是微笑不语。隔着几张桌子的一个瘦子冷冷的道："你们多问什么？他自己也不知道，只是信口胡吹。"那矮胖汉子受激不过，大声道："谁说我不知道？刘三爷金盆洗手，那是为了顾全大局，免得衡山派中发生门户之争。"

好几人七张八嘴的道："什么顾全大局？""什么门户之争？""难道他们师兄弟之间有意见么？"

那矮胖子道："外边的人虽说刘三爷是衡山派的第二把高手，可是衡山派自己，上上下下却都知道，刘三爷在这三十六路'回风落雁剑'上的造诣，早已高出掌门人莫大先生很多。莫大先生一剑能刺落三头大雁，刘三爷一剑却能刺落五头。刘三爷门下的弟子，个个又胜过莫大先生门下的。眼下形势已越来越不对，再过得几年，莫大先生的声势一定会给刘三爷压了下去，听说双方在暗中已冲突过好几次。刘三爷家大业大，不愿跟师兄争这虚名，因此要金盆洗手，以后便安安稳稳做他的富家翁了。"

好几人点头道："原来如此。刘三爷深明大义，很是难得啊。"又有人道："那莫大先生可就不对了，他逼得刘三爷退出武林，岂不是削弱了自己衡山派的声势？"那身穿绸衫的中年汉子冷笑道："天下事情，哪有面面都顾得周全的？我只要坐稳掌门人的位子，本派声势增强也好，削弱也好，那是管他娘的了。"

那矮胖子喝了几口茶，将茶壶盖敲得当当直响，叫道："冲茶，冲茶！"又道："所以哪，这明明是衡山派中的大事，各门各派中都有贺客到来，可是衡山派自己……"

他说到这里，忽然间门口伊伊呀呀的响起了胡琴之声，有人唱道："叹杨家，秉忠心，大宋……扶保……"嗓门拉得长长的，声音甚是苍凉。众人一齐转头望去，只见一张板桌旁坐了一个身材瘦长的老者，脸色枯槁，披着一件青布长衫，洗得青中泛白，形状甚是落拓，显是个唱戏讨钱的。那矮胖子喝道："鬼叫一般，嘈些什么？打断了老子的话头。"那老者立时放低了琴声，口中仍是哼着："金沙滩……双龙会……一战败了……"

有人问道："这位朋友，刚才你说各门各派都有贺客到来，衡山派自己却又怎样？"那矮胖子道："刘三爷的弟子们，当然在衡山城中到处迎客招呼。但除了刘三爷的亲传弟子之外，你们在城中可遇着了衡山派的其他弟子没有？"众人你瞧瞧我，我瞧瞧你，都道："是啊，怎么一个也不见？这岂非太不给刘三爷脸面了吗？"

那矮胖子向那身穿绸衫的汉子笑道："所以哪，我说你胆小怕事，不敢提衡山派中的门户之争，其实有什么相干？衡山派的人压根儿不会来，又有谁听见了？"

忽然间胡琴之声渐响，调门一转，那老者唱道："小东人，闯下了，滔天大祸……"一个年轻人喝道："别在这里惹厌了，拿钱去罢！"手一扬，一串铜钱飞将过去，拍的一声，不偏不倚的正落在那老者面前，手法甚准。那老者道了声谢，收起铜钱。

那矮胖子赞道："原来老弟是暗器名家，这一手可帅得很哪！"那年轻人笑了笑，道："不算得什么？这位大哥，照你说来，莫大先生当然不会来了！"那矮胖子道："他怎么会来？莫大先生和刘三爷师兄弟俩势成水火，一见面便要拔剑动手。刘三爷既然让了一步，他也该心满意足了。"

那卖唱老者忽然站了起来，慢慢走到他身前，侧头瞧了他半晌。那矮胖子怒道："老头子干什么？"那老者摇头道："你胡说八道！"转身走开。矮胖子大怒，伸手正要往他后心抓去，忽然眼前青光一闪，一柄细细的长剑晃向桌上，叮叮叮的响了几下。

那矮胖子大吃一惊，纵身后跃，生怕长剑刺到他身上，却见那老者缓缓将长剑从胡琴底部插入，剑身尽没。原来这柄剑藏在胡琴之中，剑刃通入胡琴的把手，从外表看来，谁也不知这把残旧的胡琴内竟会藏有兵刃。那老者又摇了摇头，说道："你胡说八道！"缓缓走出茶馆。众人目送他背影在雨中消失，苍凉的胡琴声隐隐约约传来。

忽然有人"啊"的一声惊呼，叫道："你们看，你们看！"众人顺着他手指所指之处瞧去，只见那矮胖子桌上放着的七只茶杯，每一只都被削去了半寸来高的一圈。七个瓷圈跌在茶杯之旁，茶杯却一只也没倾倒。

茶馆中的几十个人都围了拢来，纷纷议论。有人道："这人是谁？剑法如此厉害？"有人道："一剑削断七只茶杯，茶杯却一只不倒，当真神乎其技。"有人向那矮胖子道："幸亏那位老先生剑下留情，否则老兄的头颈，也和这七只茶杯一模一样了。"又有人道："这老先生当然是位成名的高手，又怎能跟常人一般见识？"

那矮胖子瞧着七只半截茶杯，只是怔怔发呆，脸上已无半点血色，对旁人的言语一句也没听进耳中。那身穿绸衫的中年人道："是么？我早劝你少说几句，是非只为多开口，烦恼皆因强出头。眼前衡山城中卧虎藏龙，不知有多少高人到了。这位老先生，定是莫大先生的好朋友，他听得你背后议论莫大先生，自然要教训教训你了。"

那花白胡子忽然冷冷的道："什么莫大先生的好朋友？他自己就是衡山派掌门、'潇湘夜雨'莫大先生！"

众人又都一惊，齐问："什么？他……他便是莫大先生？你怎么知道？"

那花白胡子道："我自然知道。莫大先生爱拉胡琴，一曲《潇湘夜雨》，听得人眼泪也会掉下来。'琴中藏剑，剑发琴音'这八字，是他老先生武功的写照。各位既到衡山城来，怎会不知？这位兄台刚才说什么刘三爷一剑能刺五头大雁，莫大先生却只能刺得三头。他便一剑削断七只茶杯给你瞧瞧。茶杯都能削断，刺雁又有何难？因此他要骂你胡说八道了。”

那矮胖子兀自惊魂未定，垂头不敢作答。那穿绸衫的汉子会了茶钱，拉了他便走。

茶馆中众人见到"潇湘夜雨"莫大先生显露了这一手惊世骇俗的神功，无不心寒，均想适才那矮子称赞刘正风而对莫大先生颇有微词，自己不免随声附和，说不定便此惹祸上身，各人纷纷会了茶钱离去，顷刻之间，一座闹哄哄的茶馆登时冷冷清清。除了林平之之外，便是角落里两个人伏在桌上打盹。

林平之瞧着七只半截茶杯和从茶杯上削下来的七个瓷圈，寻思："这老人模样猥獕，似乎伸一根手指便能将他推倒，哪知他长剑一晃，便削断了七只茶杯。我若不出福州，焉知世上竟有这等人物？我在福威镖局中坐井观天，只道江湖上再厉害的好手，至多也不过和我爹爹在伯仲之间。唉！我若能拜得此人为师，苦练武功，或者尚能报得大仇，否则是终身无望了。"又想："我何不去寻找这位莫大先生，苦苦哀恳，求他救我父母，收我为弟子？"刚站起身来，突然又想："他是衡山派的掌门人，五岳剑派和青城派互通声气，他怎肯为我一个毫不相干之人去得罪朋友？"言念及此，复又颓然坐倒。

忽听得一个清脆娇嫩的声音说道："二师哥，这雨老是不停，溅得我衣裳快湿透了，在这里喝杯茶去。"

林平之心中一凛，认得便是救了他性命的那卖酒丑女的声音，急忙低头。只听另一个苍老的声音说道："好罢，喝杯热茶暖暖肚。"两个人走进茶馆，坐在林平之斜对面的一个座头。林平之斜眼瞧去，果见那卖酒少女一身青衣，背向着自己，打横坐着的是那自称姓萨、冒充少女祖父的老者，心道："原来你二人是师兄妹，却乔装祖孙，到福州城来有所图谋。却不知他们又为什么要救我？

说不定他们知道我爹娘的下落。"

茶博士收拾了桌上的残杯，泡上茶来。那老者一眼见到旁边桌上的七只半截茶杯，不禁"咦"的一声低呼，道："小师妹，你瞧！"那少女也是十分惊奇，道："这一手功夫好了得，是谁削断了七只茶杯？"

那老者低声道："小师妹，我考你一考，一剑七出，砍金断玉，这七只茶杯，是谁削断的？"那少女微嗔道："我又没瞧见，怎知是谁削……"突然拍手笑道："我知道啦！我知道啦！三十六路回风落雁剑，第十七招'一剑落九雁'，这是刘正风刘三爷的杰作。"那老者笑着摇头道："只怕刘三爷的剑法还不到这造诣，你只猜中了一半。"那少女伸出食指，指着他笑道："你别说下去，我知道了。这……这……这是'潇湘夜雨'莫大先生！"

突然间七八个声音一齐响起，有的拍手，有的轰笑，都道："师妹好眼力。"

林平之吃了一惊："哪里来了这许多人？"斜眼瞧去，只见本来伏在桌上打瞌睡的两人已站了起来，另有五人从茶馆内堂走出来，有的是脚夫打扮，有个手拿算盘，是个做买卖的模样，更有个肩头蹲着头小猴儿，似是耍猴儿戏的。

那少女笑道："哈，一批下三滥的原来都躲在这里，倒吓了我一大跳！大师哥呢？"那耍猴儿的笑道："怎么一见面就骂我们是下三滥的？"那少女笑道："偷偷躲起来吓人，怎么不是江湖上下三滥的勾当？大师哥怎的不跟你们在一起？"

那耍猴儿的笑道："别的不问，就只问大师哥。见了面还没说得两三句话，就连问两三句大师哥？怎么又不问问你六师哥？"那少女顿足道："呸！你这猴儿好端端的在这儿，又没死，又没烂，多问你干么？"那耍猴儿的笑道："大师哥又没死，又没烂，你却又问他干么？"那少女嗔道："我不跟你说了，四师哥，只有你是好人，大师哥呢？"那脚夫打扮的人还未回答，已有几个人齐声笑道："只有四师哥是好人，我们都是坏人了。老四，偏不跟她说。"

那少女道："希罕吗？不说就不说。你们不说，我和二师哥在路上遇见一连串希奇古怪的事儿，也别想我告诉你们半句。"

那脚夫打扮的人一直没跟她说笑，似是个淳朴木讷之人，这时才道："我们昨儿跟大师哥在衡阳分手，他叫我们先来。这会儿多半他酒也醒了，就会赶来。"那少女微微皱眉，道："又喝醉了？"那脚夫打扮的人道："是。"那手拿算盘的道："这一会可喝得好痛快，从早晨喝到中午，又从中午喝到傍晚，少说也喝了二三十斤好酒！"那少女道："这岂不喝坏了身子？你怎不劝劝他？"那拿算盘的人伸了伸舌头，道："大师哥肯听人劝，真是太阳从西边出啦。除非小师妹劝他，他或许还这么少喝一斤半斤。"众人都笑了起来。

那少女道："为什么又大喝起来？遇到了什么高兴事么？"那拿算盘的道："这可得问大师哥自己了。他多半知道到得衡山城，就可和小师妹见面，一开心，便大喝特喝起来。"那少女道："胡说八道！"但言下显然颇为欢喜。

林平之听着他们师兄妹说笑，寻思："听他们话中说来，这姑娘对她大师兄似乎颇有情意。然而这二师哥已这样老，大师哥当然更加老了，这姑娘不过十六七岁，怎么去爱上个老头儿？"转念一想，登时明白："啊，是了。这姑娘满脸麻皮，相貌实在太过丑陋，谁也瞧她不上，因此只好去爱上一个老年丧偶的酒鬼。"

只听那少女又问："大师哥昨天一早便喝酒了？"

那耍猴儿的道："不跟你说个一清二楚，反正你也不放过我们。昨儿一早，我们八个人正要动身，大师哥忽然闻到街上酒香扑鼻，一看之下，原来是个叫化子手拿葫芦，一股劲儿的口对葫芦喝酒。大师哥登时酒瘾大发，上前和那化子攀谈，赞他的酒好香，又问那是什么酒。那化子道：'这是猴儿酒！'大师哥道：'什么叫猴儿酒？'那化子说道：湘西山林中的猴儿会用果子酿酒。猴儿采的果子最鲜最甜，因此酿出来的酒也极好，这化子在山中遇上了，刚好猴群不在，便偷了三葫芦酒，还捉了一头小猴儿，喏，就是这家伙了。"说着指指肩头上的猴儿。这猴儿的后腿被一根麻绳缚着，系住在他手臂上，不住的摸头搔腮，挤眉弄眼，神情甚是滑稽。

那少女瞧瞧那猴儿，笑道："六师哥，难怪你外号叫作六猴儿，你和这只小东西，真个是一对兄弟。"

那六猴儿板起了脸，一本正经的道："我们不是亲兄弟，是师兄弟。这小东西是我的师哥，我是老二。"众人听了，都哈哈大笑起来。

那少女笑道："好啊，你敢绕了弯子骂大师哥，瞧我不告你一状，他不踢你几个筋斗才怪！"又问："怎么你兄弟又到了你手里？"六猴儿道："我兄弟？你说这小畜生吗？唉，说来话长，头痛头痛！"那少女笑道："你不说我也猜得到，定是大师哥把这猴儿要了来，叫你照管，盼这小东西也酿一葫芦酒给他喝！"六猴儿道："果真是一……"他似乎本想说"一屁弹中"，但只说了个"一"字，随即忍住，转口道："是，是，你猜得对。"

那少女微笑道："大师哥就爱搞这些古里古怪的玩意儿。猴儿在山里才会做酒，给人家捉住了，又怎肯去采果子酿酒？你放它去采果子，它怎不跑了？"她顿了一顿，笑道："否则的话，怎么又不见咱们的六猴儿酿酒呢？"

六猴儿板起脸道："师妹，你不敬师兄，没上没下的乱说。"那少女笑道："啊唷，这当儿摆起师兄架子来啦。六师哥，你还是没说到正题，大师哥又怎地从早到晚喝个不停。"

六猴儿道："是了。当时大师哥也不嫌脏，就向那叫化子讨酒喝，啊唷，这叫化子身上污垢足足有三寸厚，烂衫上白虱钻进钻出，眼泪鼻涕，满脸都是，多半葫芦中也有不少浓痰鼻涕……"那少女掩口皱眉，道："别说啦，叫人听得恶心。"六猴儿道："你恶心，大师哥才不恶心呢！那化子说：三葫芦猴儿酒，喝得只剩下这大半葫芦，决不肯给人的。大师哥拿出一两银子来，说一两银子喝一口。"那少女又是好气，又是好笑，啐道："馋嘴鬼！"

那六猴儿道："那化子这才答允了，接过银子，说道：'只许一口，多喝可不成！'大师哥道：'说好一口，自然是一口！'他把葫芦凑到嘴上，张口便喝。哪知他这一口好长，只听得骨嘟骨嘟直响，一口气可就把大半葫芦酒都喝干了。原来大师哥使出师父所授的气功来，竟不换气，犹似乌龙取水，把大半葫芦酒喝得滴酒不剩。"

众人听到这里，一齐哈哈大笑。

那六猴儿又道："小师妹，昨天你如在衡阳，亲眼见到大师哥喝酒的这一路功夫，那真非叫你佩服得五体投地不可。他'神凝丹田，息游紫府，身若凌虚而超华岳，气如冲霄而撼北辰'，这门气功当真使得出神入化，奥妙无穷。"那少女笑得直打跌，骂道："瞧你这贫嘴鬼，把大师哥形容得这般缺德。哼，你取笑咱们气功的口诀，可小心些！"

六猴儿笑道："我这可不是瞎说。这里六位师兄师弟，大家都瞧见的。大师哥是不是使气功喝那猴儿酒？"旁边的几人都点头道："小师妹，那确是真的。"

那少女叹了口气，道："这功夫可有多难，大家都不会，偏他一个人会，却拿去骗叫化子的酒喝。"语气中似颇有憾，却也不无赞誉之意。

六猴儿道："大师哥喝得葫芦底朝天，那化子自然不依，拉住他衣衫直嚷，说道明明只许喝一口，怎地将大半葫芦酒都喝干了。大师哥笑道：'我确实只喝一口，你瞧我透过气没有？不换气，就是一口。咱们又没说是一大口，一小口。其实我还只喝了半口，一口也没喝足。一口一两银子，半口只值五钱。还我五钱银子来！'"

那少女笑道："喝了人家的酒，还赖人家钱？"六猴儿道："那叫化急得要哭了。大师哥道：'老兄，瞧你这么着急，定是个好酒的君子！来来来，我做东道，请你喝一个饱。'便拉着他上了街旁的酒楼，两人你一碗我一碗的喝个不停。我们等到中午，他二人还在喝。大师哥向那化子要了猴儿，交给我照看。等到午后，那叫化醉倒在地，爬不起来了，大师哥独个儿还在自斟自饮，不过说话的舌头也大了，叫我们先来衡山，他随后便来。"

那少女道："原来这样。"她沉吟半晌，道："那叫化子是丐帮中的么？"那脚夫模样的人摇头道："不是！他不会武功，背上也没口袋。"

那少女向外面望了一会，见雨兀自淅沥不停，自言自语："倘若昨儿跟大伙一起来了，今日便不用冒雨赶路。"

六猴儿道："小师妹，你说你和二师哥在道上遇到许多希奇古怪的事儿，这好跟咱们说了罢。"那少女道："你急什么？待会见到大师哥再说不迟，免得我又多说一遍。你们约好在哪里相会的？"六猴儿道："没约好。衡山城又没多大，自然撞得到。好，你骗了我说大师哥喝猴儿酒的事，自己的事却又不说了。"

那少女似乎有些心神不属，道："二师哥，请你跟六师哥他们说，好不好？"她向林平之的背影瞧了一眼，又道："这里耳目众多，咱们先找客店，慢慢再说罢。"

另一个身材高高的人一直没说话，此刻说道："衡山城里大大小小店栈都住满了贺客，咱们又不愿去打扰刘府，待会儿会到大师兄，大伙儿到城外寺庙祠堂歇足罢。二师哥，你说怎样？"此时大师兄未至，这老者自成了众同门的首领，他点头说道："好！咱们就在这里等罢。"

六猴儿最是心急，低声道："这驼子多半是个癫子，坐在这里半天了，动也不动，理他作甚？二师哥，你和小师妹到福州去，探到了什么？福威镖局给青城派铲了，那么林家真的没真实武功？"

林平之听他们忽然说到自己镖局，更加凝神倾听。

那老者说道："我和小师妹在长沙见到师父，师父他老人家叫我们到衡山城来，跟大师哥和众位师弟相会。福州的事，且不忙说。莫大先生为什么忽然在这里使这一招'一剑落九雁'？你们都瞧见了，是不是？"六猴儿道："是啊。"抢着将众人如何议论刘正风金盆洗手，莫大先生如何忽然出现、惊走众人的情形一一说了。

那老者"嗯"了一声，隔了半晌，才道："江湖上都说莫大先生跟刘三爷不和，这次刘三爷金盆洗手，莫大先生却又如此行踪诡秘，真叫人猜想不透其中缘由。"那手拿算盘的人道："二师哥，听说泰山派掌门人天门真人亲身驾到，已到了刘府。"那老者道："天门真人亲身驾到？刘三爷好大的面子啊。天门真人既在刘府歇足，要是衡山派莫刘师兄弟当真内哄，刘三爷有天门真人这样一位硬手撑腰，莫大先生就未必能讨得了好去。"

那少女道："二师哥，那么青城派余观主却又帮谁？"

林平之听到"青城派余观主"六个字，胸口重重一震，便似被人当胸猛力捶了一拳。

六猴儿等纷纷道："余观主也来了？""请得动他下青城可真不容易。""这衡山城中可热闹啦，高手云集，只怕要有一场龙争虎斗。""小师妹，你听谁说余观主也来了？"

那少女道："又用得着听谁说？我亲眼见到他来着。"六猴儿道："你见到余观主了？在衡山城？"那少女道："不但在衡山城里见到，在福建见到了，在江西也见到了。"

那手拿算盘的人道："余观主干么去福建？小师妹，你一定不知道的了。"

那少女道："五师哥，你不用激我。我本来要说，你一激，我偏偏不说了。"六猴儿道："这是青城派的事，就算给旁人听去了也不打紧。二师哥，余观主到福建去干什么？你们怎么见到他的？"

那老者道："大师哥还没来，雨又不停，左右无事，让我从头说起罢。大家知道了前因后果，日后遇上了青城派的人，也好心中有个底。去年腊月里，大师哥在汉中打了青城派的侯人英、洪人雄……"

六猴儿突然"嘿"的一声，笑了出来。那少女白了他一眼，道："有什么好笑？"六猴儿笑笑道："我笑这两个家伙妄自尊大，什么人英、人雄的，居然给江湖上叫做什么'英雄豪杰，青城四秀'，反不如我老老实实的叫做'陆大有'，什么事也没有。"那少女道："怎么会什么事也没有？你倘若不姓陆，不叫陆大有，在同门中恰好又排行第六，外号怎么会叫做六猴儿呢？"陆大有笑道：

"好，打从今儿起，我改名为'陆大无'。"

另一人道："你别打断二师哥的话。"陆大有道："不打断就不打断！"却"嘿"的一声，又笑了出来。那少女皱眉道："又有什么好笑？你就爱捣乱！"

陆大有笑道："我想起侯人英、洪人雄两个家伙给大师哥踢得连跌七八个筋斗，还不知踢他们的人是谁，更不知好端端的为什么挨打。原来大师哥只是听到他们的名字就生气，一面喝酒，一面大声叫道：'狗熊野猪，青城四兽'。这侯洪二人自然大怒，上前动手，却给大师哥从酒楼上直踢了下来，哈哈！"

林平之只听得心怀大畅，对华山派这个大师哥突生好感，他虽和侯人英、洪人雄素不相识，但这二人是方人智、于人豪的师兄弟，给这位"大师哥"踢得滚下酒楼，狼狈可知，正是代他出了一口恶气。

那老者道："大师哥打了侯洪二人，当时他们不知道大师哥是谁，事后自然查了出来。于是余观主写了封信给师父，措词倒很客气，说道管教弟子不严，得罪了贵派高足，特此驰书道歉什么的。"陆大有道："这姓余的也当真奸猾得紧，他写信来道歉，其实还不是向师父告状？害得大师哥在大门外跪了一日一夜，众师兄弟一致求情，师父才饶了他。"那少女道："什么饶了他，还不是打了三十下棍子？"陆大有道："我陪着大师哥，也挨了十下。嘿嘿，不过瞧着侯人英、洪人雄那两个小子滚下楼去的狼狈相，挨十下棍子也值得，哈哈，哈哈。"

那高个子道："瞧你这副德性，一点也没悔改之心，这十棍算是白打了。"陆大有道："我怎么悔改啊？大师哥要踢人下楼，我还有本事阻得住他么？"那高个子道："但你从旁劝几句也是好的。师父说的一点不错：'陆大有嘛，从旁劝解是决计不会的，多半还是推波助澜的起哄，打十棍！'哈哈，哈哈！"旁人跟着笑了起来。

陆大有道："这一次师父可真冤枉了我。你想大师哥出脚可有多快，这两位大英雄分从左右抢上，大师哥举起酒碗，骨嘟骨嘟的只是喝酒。我叫道：'大师哥，小心！'却听得拍拍两响，跟着呼呼两声，两位大英雄从楼梯上马不停蹄的一股劲儿往下滚。我只想看得仔细些，也好学一学大师哥这一脚'豹尾脚'的绝招，可是我看也来不及看，哪里还来得及学？推波助澜，更是不消提了。"

那高个子道："六猴儿，我问你，大师哥叫嚷'狗熊野猪，青城四兽'之时，你有没有跟着叫？你跟我老实说。"陆大有嘻嘻一笑，道："大师哥既然叫开了，咱们做师弟的，岂有不随声附和、以壮声势之理？难道你叫我反去帮青城派来骂大师哥么？"那高个子笑道："这么看，师父他老人家就一点也没冤枉了你。"

林平之心道："这六猴儿倒也是个好人，不知他们是哪一派的？"

那老者道："师父他老人家训诫大师哥的话，大家须得牢记心中。师父说道：江湖上学武之人的外号甚多，个个都是过甚其辞，什么'威震天南'，又是什么'追风侠'、'草上飞'等等，你又怎管得了这许多？人家要叫'英雄豪杰'，你尽管让他叫。他的所作所为倘若确是英雄豪杰行径，咱们对他钦佩结交还来不及，怎能稍起仇视之心？但如他不是英雄豪杰，武林中自有公论，人人齿冷，咱们又何必理会？"众人听了二师兄之言，都点头称是。陆大有低声道："倒是我这'六猴儿'的外号好，包管没人听了生气。"

那老者微笑道："大师哥将侯人英、洪人雄踢下楼去之事，青城派视为奇耻大辱，自然绝口不提，连本派弟子也少有人知道。师父谆谆告诫，不许咱们风声外泄，以免惹起不和。从今而后，咱们也别谈论了，提防给人家听了去，传扬开来。"

陆大有道："其实青城派的功夫嘛，我瞧也不过是徒有虚名，得罪了他们，其实也不怎么打紧……"

他一言未毕，那老者喝道："六师弟，你别再胡说八道，小心我回去禀告师父，又打你十下棍子。你知道么？大师哥以一招'豹尾脚'将人家踢下楼去，一来乘人不备，二来大师哥是我派出类拔萃的人物，非旁人可及。你有没有本事将人家踢下楼去？"

陆大有伸了伸舌头，摇手道："你别拿我跟大师哥比。"

那老者脸色郑重，说道："青城派掌门余观主，实是当今武林中的奇才怪杰，谁要小觑了他，那就非倒霉不可。小师妹，你是见过余观主的，你觉得他怎样？"

那少女道："余观主吗？他出手毒辣得很。我……我见了他很害怕，以后我……我再也不愿见他了。"语音微微发颤，似乎犹有余悸。陆大有道："那余观主出手毒辣？你见到他杀了人吗？"那少女身子缩了缩，不答他的问话。

那老者道："那天师父收了余观主的信，大怒之下，重重责打大师哥和六师弟，次日写了封信，命我送上青城山去……"

几名弟子都叫了起来："原来那日你匆匆离山，是上青城去了？"那老者道："是啊，当日师父命我不可向众位兄弟说起，以免旁生枝节。"陆大有问道："哪有什么枝节可生？师父只是做事把细而已。师父他老人家吩咐下来的事，自然大有道理，又有谁能不服了？"

那高个子道："你知道什么？二师哥倘若对你说了，你定会向大师哥多嘴。大师哥虽然不敢违抗师命，但想些刁钻古怪的事来再去跟青城派捣蛋，却也大有可能。"

那老者道："三弟说得是。大师哥江湖上的朋友多，他真要干什么事，也不一定要自己出手。师父跟我说，信中都是向余观主道歉的话，说顽徒胡闹，十分痛恨，本该逐出师门，只是这么一来，江湖上都道贵我两派由此生了嫌隙，反为不美，现下已将两名顽徒……"说到此处，向陆大有瞟了一眼。

陆大有大有愠色，悻悻的道："我也是顽徒了！"那少女道："拿你跟大师哥并列，难道辱没了你？"陆大有登时大为高兴，叫道："对！对！拿酒来，拿酒来！"

但茶馆中卖茶不卖酒，茶博士奔将过来，说道："哈你家，哈小店只有洞庭春、水仙、龙井、祁门、普洱、铁观音，哈你家，不卖酒，哈你家。"衡阳、衡山一带之人，说话开头往往带个"哈"

字，这茶博士尤其厉害。

陆大有道："哈你家，哈你贵店不卖酒，哈我就喝茶不喝酒便了，哈你家！"那茶博士道："是，是！哈你家！"在几把茶壶中冲满了滚水。

那老者又道："师父信中说，现下已将两名顽徒重重责打，原当命其亲上青城，负荆请罪，只是两名顽徒挨打后受伤甚重，难以行走，特命二弟子劳德诺前来领责。此番事端全由顽徒引起，务望余观主看在青城、华山两派素来交好份上，勿予介怀，日后相见，亲自再向余观主谢罪。"

林平之心道："原来你叫劳德诺。你们是华山派，五岳剑派之一。"想到信中说"两派素来交好"，不禁栗栗心惊："这劳德诺和丑姑娘见过我两次，可别给他们认了出来。"

只听劳德诺又道："我到得青城，那侯人英倒还罢了，那洪人雄却心怀不忿，几番出言讥嘲，伸手要和我较量……"

陆大有道："他妈的，青城派的家伙这么可恶！二师哥，较量就较量，怕他什么了？料这姓洪的也不是你的对手。"劳德诺道："师父命我上青城山去道歉谢罪，可不是惹事生非去的。当下我隐忍不发，在青城山待了六日，直到第七日上，才由余观主接见。"陆大有道："哼，好大的架子！二师哥，这六日六夜的日子，恐怕不大好过。"

劳德诺道："青城弟子的冷嘲热讽，自然受了不少。好在我心中知道，师父所以派我去干这件事，不是因我武功上有什么过人之长，只是我年纪大，比起众位师弟来沉得住气，我越能忍耐，越能完成师命。他们可没料到，将我在青城山松风观中多留六日，于他们却没什么好处。我住在松风观里，一直没能见到余观主，自是十分无聊，第三日上，一早便起身散步，暗中做些吐纳功夫，以免将功课搁下荒疏了。信步走到松风观后练武场旁，只见青城派有几十名弟子正在练把式。武林中观看旁人练功，乃是大忌，我自然不便多看，当即掉头回房。但便这么一瞥之间，已引起了我老大疑心。

这几十名弟子人人使剑，显而易见，是在练一路相同的剑法，各人都是新学乍练，因此出招之际都颇生硬，至于是什么剑招，这么匆匆一瞥也瞧不清楚。我回房之后，越想越奇怪。青城派成名已久，许多弟子都是已入门一二十年，何况群弟子入门有先有后，怎么数十人同时起始学一路剑法？尤其练剑的数十人中，有号称'青城四秀'的侯人英、洪人雄、于人豪和罗人杰四人在内。众位师弟，你们要是见到这等情景，那便如何推测？"

那手拿算盘的人说道："青城派或许是新得了一本剑法秘笈，又或许是余观主新创一路剑法，因此上传授给众弟子。"

劳德诺道："那时我也这么想，但仔细一想，却又觉不对。以余观主在剑法上的造诣修为，倘若新创剑招，这些新招自是非同寻常。如是新得剑法秘笈遗篇，那么其中所传剑法一定甚高，否则他也决计瞧不上眼，要弟子习练，岂不练坏了本派的剑法？既是高明的招数，那么寻常弟子就无法领悟，他多半是选择三四名武功最高的弟子来传授指点，决无四十余人同时传授之理。这倒似是教拳的武师开场子骗钱，哪里是名门正派的大宗师行径？第二天早上，我又自观前转到观后，经过练武场旁，见他们仍在练剑。我不敢停步，晃眼间一瞥，记住了两招，想回来请师父指点。那时余观主仍然没接见我，我不免猜测青城派对我华山派大有仇视之心，他们新练剑招，说不定是为了对付我派之用，那就不得不防备一二。"

那高个子道："二师哥，他们会不会在练一个新排的剑阵？"

劳德诺道："那当然也大有可能。只是当时我见到他们都是作对儿拆解，攻的守的，使的都是一般招数，颇不像是练剑阵。到得第三天早上，我又散步经过练武场时，却见场上静悄悄地，竟一个人也没有了。我知他们是故意避我，心中只有疑虑更甚。我这样信步走过，远远望上一眼，又能瞧得见什么隐秘？看来他们果是为了对付本派而在练一门厉害的剑法，否则何必对我如此顾忌？这天晚上，我睡在床上思前想后，一直无法入睡，忽听得远处传来隐隐的兵刃撞击之声。我吃了一惊，难道观中来了强敌？我第一个念头便

·73·

想：莫非大师哥受了师父责备，心中有气，杀进松风观来啦？他一个人寡不敌众，我说什么也得出去相助。这次上青城山，我没携带兵刃，仓卒间无处找剑，只得赤手空拳的前往……"

陆大有突然赞道："了不起！二师哥，你好胆色啊！叫我就不敢赤手空拳的去迎战青城派掌门、松风观观主余沧海。"

劳德诺怒道："六猴儿你说什么死话？我又不是说赤手空拳去迎战余观主，只是我担心大师哥遇险，明知危难，也只得挺身而出。难道你叫我躲在被窝里做缩头乌龟么？"

众师弟一听，都笑了起来。陆大有扮个鬼脸，笑道："我是佩服你、称赞你啊，你又何必发脾气？"劳德诺道："谢谢了，这等称赞，听着不见得怎么受用。"几名师弟齐声道："二师哥快说下去，别理六猴儿打岔。"

劳德诺续道："当下我悄悄起来，循声寻去，但听得兵刃撞击声越来越密，我心中跳得越厉害，暗想：咱二人身处龙潭虎穴，大师哥武功高明，或许还能全身而退，我这可糟了。耳听得兵刃撞击声是从后殿传出，后殿窗子灯火明亮，我矮着身子，悄悄走近，从窗缝中向内一张，这才透了口大气，险些儿失笑。原来我疑心生暗鬼，这几日余观主始终没理我，我胡思乱想，总是往坏事上去想。这哪里是大师哥寻仇生事来了？只见殿中有两对人在比剑，一对是侯人英和洪人雄，另一对是方人智和于人豪。"

陆大有道："嘿，青城派的弟子好用功啊，晚间也不闲着，这叫做临阵磨枪，又叫做平时不烧香，急来抱佛脚。"

劳德诺白了他一眼，微微一笑，续道："只见后殿正中，坐着一个身穿青色道袍的矮小道人，约莫五十来岁年纪，脸孔十分瘦削，瞧他这副模样，最多不过七八十斤重。武林中都说青城掌门是个矮小道人，但若非亲见，怎知他竟是这般矮法，又怎能相信他便是名满天下的余观主？四周站满了数十名弟子，都目不转睛的瞧着四名弟子拆剑。我看得几招，便知这四人所拆的，正是这几天来他们所学的新招。"

"我知道当时处境十分危险，若被青城派发觉了，不但我自身定会受重大羞辱，而传扬了出去，于本派声名也大有妨碍。大师哥一脚将位列'青城四秀'之首的侯人英、洪人雄踢下楼去，师父他老人家虽然责打大师哥，说他不守门规，惹事生非，得罪了朋友，但在师父心中，恐怕也是欢喜的。毕竟大师哥替本派争光，什么青城四秀，可挡不了本派大弟子的一脚。但如我偷窥人家隐秘，给人家拿获，这可比偷人钱财还更不堪，回到山来，师父一气之下，多半便会将我逐出门墙。

"但眼见人家斗得热闹，此事说不定和我派大有干系，我又怎肯掉头不顾？我心中只是说：'只看几招，立时便走。'可是看了几招，又是几招。眼见这四人所使的剑法甚是希奇古怪，我生平可从来没见过，但说这些剑招有什么大威力，却又不像。我只是奇怪：'这剑法并不见得有什么惊人之处，青城派干么要日以继夜的加紧修习？难道这路剑法，竟然便是我华山派剑法的克星么？看来也不见得。'又看得几招，实在不敢再看下去了，乘着那四人斗得正紧，当即悄悄回房。等到他四人剑招一停，止了声息，那便无法脱身了。以余观主这等高强的武功，我在殿外只须跨出一步，只怕立时便给他发觉。

"以后两天晚上，剑击声仍不绝传来，我却不敢再去看了。其实，我倘若早知他们是在余观主面前练剑，说什么也不敢去偷看，那也是阴错阳差，刚好撞上而已。六师弟恭维我有胆色，这可是受之有愧。那天晚上你要是见到我吓得面无人色的那副德行，不骂二师哥是天下第一胆小鬼，我已多谢你啦。"

陆大有道："不敢，不敢！二师哥你最多是天下第二。不过如果换了我，倒也不怕给余观主发觉。那时我吓得全身僵硬，大气不透，寸步难移，早就跟僵尸没什么分别。余观主本领再高，也决不会知道长窗之外，有我陆大有这么一号英雄人物。"众人尽皆绝倒。

劳德诺续道："后来余观主终于接见我了，他言语说得很客气，说师父重责大师哥，未免太过见外了。华山、青城两派素来交好，弟子们一时闹着玩，就如小孩子打架一般，大人何必当真？当晚设筵请了我。次日清晨我向他告辞，余观主还一直送到松风观大门口。我是小辈，辞别时自须跪下磕头。我左膝一跪，余观主右手轻轻一托，就将我托了起来。他这股劲力当真了不起，我只觉全身虚飘飘地，半点力气也使不出来，他若要将我摔出十余丈外，或者将我连翻七八个筋斗，当时我是连半点反抗余地也没有。他微微一笑，问道：'你大师哥比你入师门早了几年？你是带艺投师的，是不是？'我当时给他这么一托，一口气换不过来，隔了好半天才答：'是，弟子是带艺投师的。弟子拜入华山派时，大师哥已在恩师门下十二年了。'余观主又笑了笑，说道：'多十二年，嗯，多十二年。'"

那少女问道："他说'多十二年'，那是什么意思？"劳德诺道："他当时脸上神气很古怪，依我猜想，当是说我武功平平，大师哥就算比我多练了十二年功夫，也未必能好得了多少。"那少女嗯了一声，不再言语。

劳德诺续道："我回到山上，向师父呈上余观主的回书。那封信写得礼貌周到，十分谦下，师父看后很是高兴，问起松风观中的情状。我将青城群弟子黉夜练剑的事说了，师父命我照式试演。我只记得七八式，当即演了出来。师父一看之后，便道：'这是福威镖局林家的辟邪剑法！'"

林平之听到这句话，忍不住身子一颤。

门帘掀处，一个小尼姑悄步走进花厅。但见她清秀绝俗，容色照人，身形婀娜，虽裹在一袭宽大缁衣之中，仍掩不住窈窕娉婷之态。她走到定逸身前，盈盈拜倒。

三 救 难

　　劳德诺又道："当时我问师父：'林家这辟邪剑法威力很大么？青城派为什么这样用心修习？'师父不答，闭眼沉思半晌，才道：'德诺，你入我门之前，已在江湖上闯荡多年，可曾听得武林之中，对福威镖局总镖头林震南的武功，如何评论？'我道：'武林中朋友们说，林震南手面阔，交朋友够义气，大家都卖他的帐，不去动他的镖。至于手底下真实功夫怎样，却不大清楚。'师父道：'是了！福威镖局这些年来兴旺发达，倒是江湖上朋友给面子的居多。你可曾听说，余观主的师父长青子少年之时，曾栽在林远图的辟邪剑法下？'我道：'林……林远图？是林震南的父亲？'师父道：'不，林远图是林震南的祖父，福威镖局是他一手创办的。当年林远图以七十二路辟邪剑法开创镖局，当真是打遍黑道无敌手。其时白道上英雄见他太过威风，也有去找他比试武艺的，长青子便因此而在他辟邪剑法下输了几招。'我道：'如此说来，辟邪剑法果然是厉害得很了？'师父道：'长青子输招之事，双方都守口如瓶，因此武林中都不知道。长青子前辈和你师祖是好朋友，曾对你师祖说起过，他自认这是他毕生的奇耻大辱，但自忖敌不过林远图，此仇终于难报。你师祖曾和他拆解辟邪剑法，想助他找出这剑法中的破绽，然而这七十二路剑法看似平平无奇，中间却藏有许多旁人猜测不透的奥妙，突然之间会变得迅速无比。两人钻研了数月，一直没破解的把握。那时我刚入师门，还只是个十来岁的少年，在旁斟茶侍候，看得熟了，你一试演，便知道这是辟邪剑法。唉，岁月如流，那是许多年前的事了。'"

林平之自被青城派弟子打得毫无招架之功，对家传武功早已信心全失，只盼另投明师，再报此仇，此刻听得劳德诺说起自己曾祖林远图的威风，不由得精神大振，心道："原来我家的辟邪剑法果然非同小可，当年青城派和华山派的首脑人物尚且敌不过。然则爹爹怎么又斗不过青城派的后生小子？多半是爹爹没学到这剑法的奥妙厉害之处。"

只听劳德诺道："我问师父：'长青子前辈后来报了此仇没有？'师父道：'比武输招，其实也算不得是什么仇怨。何况那时候林远图早已成名多年，是武林中众所钦服的前辈英雄，长青子却是个刚出道的小道士。后生小子输在前辈手下，又算得了什么？你师祖劝解了他一番，此事也不再提了。后来长青子在三十六岁上便即逝世，说不定心中放不开此事，以此郁郁而终。事隔数十年，余沧海忽然率领群弟子一起练那辟邪剑法，那是什么缘故？德诺，你想那是什么缘故？'

"我说：'瞧着松风观中众人练剑情形，人人神色郑重，难道余观主是要大举去找福威镖局的晦气，以报上代之仇？'师父点头道：'我也这么想。长青子胸襟极狭，自视又高，输在林远图剑底这件事，一定令他耿耿于怀，多半临死时对余沧海有什么遗命。林远图比长青子先死，余沧海要报师仇，只有去找林远图的儿子林仲雄，但不知如何，直挨到今日才动手。余沧海城府甚深，谋定后动，这一次青城派与福威镖局可要有一场大斗了。'

"我问师父：'你老人家看来，这场争斗谁胜谁败？'师父笑道：'余沧海的武功青出于蓝而胜于蓝，造诣已在长青子之上。林震南的功夫外人虽不知底细，却多半及不上乃祖。一进一退，再加上青城派在暗而福威镖局在明，还没动上手，福威镖局已输了七成。倘若林震南事先得知讯息，邀得洛阳金刀王元霸相助，那么还可斗上一斗。德诺，你想不想去瞧瞧热闹？'我自是欣然奉命。师父便教了我几招青城派的得意剑法，以作防身之用。"

陆大有道："咦，师父怎地会使青城派剑法？啊，是了，当年长青子跟咱们师祖爷爷拆招，要用青城派剑法对付辟邪剑法，师父在旁边都见到了。"

劳德诺道："六师弟，师父他老人家武功的来历，咱们做弟子的不必多加推测。师父又命我不可和众同门说起，以免泄漏了风声。但小师妹毕竟机灵，却给她探知讯息，缠着师父许她和我同行。我二人乔扮改装，假作在福州城外卖酒，每日到福威镖局去察看动静。别的没看到，就看到林震南教他儿子林平之练剑。小师妹瞧得直摇头，跟我说：'这哪里是辟邪剑法了？这是邪辟剑法，邪魔一到，这位林公子便得辟易远避。'"

在华山群弟子哄笑声中，林平之满脸通红，羞惭得无地自容，寻思："原来他二人早就到我局中来窥看多次，我们却毫不知觉，也真算得无能。"

劳德诺续道："我二人在福州城外耽不了几天，青城派的弟子们就陆续到了。最先来的是方人智和于人豪二人。他二人每天到镖局中端盘子，我和小师妹怕撞见他们，就没再去。那一日也是真巧，这位林公子居然到我和师妹开设的大宝号来光顾，小师妹只好送酒给他喝了。当时我们还担心是给他瞧破了，故意上门来点穿的，但跟他一搭上口，才知他是全然蒙在鼓里。这纨袴子弟什么也不懂，跟白痴也差不了什么。便在那时，青城派中两个最不成话的余人彦和贾人达，也到我们大宝号来光顾……"

陆大有鼓掌道："二师哥，你和小师妹开设的大宝号，当真是生意兴隆通四海，财源茂盛达三江。你们在福建可发了大财哪！"

那少女笑道："那还用说么？二师哥早成了大财主，我托他大老板的福，可也捞了不少油水。"众人尽皆大笑。

劳德诺笑道："别瞧那林少镖头武功稀松平常，给咱们小师妹做徒儿也还不配，倒是颇有骨气。余沧海那不成材的小儿子余人彦瞎了眼睛，向小师妹动手动脚，口出调笑之言，那林公子居然伸手来打抱不平……"

林平之又是惭愧，又是愤怒，寻思："原来青城派处心积虑，向我镖局动手，是为了报上代败剑之辱。来到福州的其实远不止方人智等四人。我杀不杀余人彦，可说毫不相干。"他心绪烦扰，劳德诺述说他如何杀死余人彦，就没怎么听进耳去，但听得劳德诺一面说，众人一面笑，显是讥笑他武功甚低，所使招数全不成话。

只听劳德诺又道："当天晚上，我和小师妹又上福威镖局去察看，只见余观主率领了侯人英、洪人雄等十多个大弟子都已到了。我们怕给青城派的人发觉，站得远远的瞧热闹，眼见他们将局中的镖头和趟子手一个个杀了，镖局派出去求援的众镖头，也都给他们治死了，一具具尸首都送了回来，下的手可也真狠毒。当时我想，青城派上代长青子和林远图比剑而败，余观主要报此仇，只须去和林震南父子比剑，胜了他们，也就是了，却何以下手如此狠毒？那定是为了给余人彦报仇。可是他们偏偏放过了林震南夫妻和林平之三人不杀，只是将他们逼出镖局。林家三口和镖局人众前脚出了镖局，余观主后脚就进去，大模大样的往大厅正中太师椅上一坐，这福威镖局算是教他青城派给占了啦。"

陆大有道："他青城派想接手开镖局了，余沧海要做总镖头！"众人都是哈哈一笑。

劳德诺道："林家三口乔装改扮，青城派早就瞧在眼里，方人智、于人豪、贾人达三人奉命追踪擒拿。小师妹定要跟着去瞧热闹，于是我们两个又跟在方人智他们后面。到了福州城南山里的一家小饭铺中，方人智、于人豪、贾人达三个露脸出来，将林家三口都擒住了。小师妹说：'林公子所以杀余人彦，是由我身上而起，咱们可不能见死不救。'我极力劝阻，说道咱们一出手，必定伤了青城、华山两家的和气，何况余观主便在福州，我二人别要闹个灰头土脸。"

陆大有道："二师哥上了几岁年纪，做事自然把细稳重，那岂不扫了小师妹的兴致？"

劳德诺笑道:"小师妹兴致勃勃,二师哥便要扫她的兴,可也扫不掉。当下小师妹先到灶间中去,将那贾人达打得头破血流,哇哇大叫,引开了方于二人,她又绕到前面去救了林公子,放他逃生。"

陆大有拍手道:"妙极,妙极!我知道啦,小师妹可不是为了救那姓林的小子。她心中却另有一番用意。很好,很好。"那少女道:"我另有什么用意?你又来胡说八道。"陆大有道:"我为了青城派而挨师父的棍子,小师妹心中气不过,因此去揍青城派的人,为我出气,多谢啦……"说着站起身来,向那少女深深一揖。那少女噗哧一笑,还了一礼,笑道:"六猴儿师哥不用多礼。"

那手拿算盘的人笑道:"小师妹揍青城弟子,确是为人出气。是不是为你,那可大有研究。挨师父棍子的,不见得只你六猴儿一个。"劳德诺笑道:"这一次六师弟说得对了,小师妹揍那贾人达,确是为了给六师弟出气。日后师父问起来,她也是这么说。"陆大有连连摇手,说道:"这……这个人情我可不敢领,别拉在我身上,教我再挨十下八下棍子。"

那高个儿问道:"那方人智和于人豪没追来吗?"

那少女道:"怎么没追?可是二师哥学过青城派的剑法,只一招'鸿飞冥冥',便将他二人的长剑绞得飞上了天。只可惜二师哥当时用黑布蒙上了脸,方于二人到这时也不知是败在我华山派手下。"

劳德诺道:"不知道最好,否则可又有老大一场风波。倘若只凭真实功夫,我也未必斗得过方于二人,只是我突然使出青城派剑法来,攻的又是他们剑法中的破绽,他哥儿俩大吃一惊,就这么着,咱们又占了一次上风。"

众弟子纷纷议论,都说大师哥知道了这回事后,定然十分高兴。

其时雨声如洒豆一般,越下越大。只见一副馄饨担从雨中挑来,到得茶馆屋檐下,歇下来躲雨。卖馄饨的老人笃笃笃敲着竹片,锅中水气热腾腾的上冒。

华山群弟子早就饿了，见到馄饨担，都脸现喜色。陆大有叫道："喂，给咱们煮九碗馄饨，另加鸡蛋。"那老人应道："是，是!"揭开锅盖，将馄饨抛入热汤中，过不多时，便煮好了五碗，热烘烘的端了上来。

陆大有倒很守规矩，第一碗先给二师兄劳德诺，第二碗给三师兄梁发，以下依次奉给四师兄施戴子、五师兄高根明，第五碗本该他自己吃的，他端起放在那少女面前，说道："小师妹，你先吃。"那少女一直和他说笑，叫他六猴儿，但见他端过馄饨，却站了起来，说道："多谢师哥。"

林平之在旁偷眼相瞧，心想多半他们师门规矩甚严，平时虽可说笑，却不能废了长幼的规矩。劳德诺等都吃了起来，那少女却等陆大有及其他几个师兄都有了馄饨，这才同吃。

梁发问道："二师哥，你刚才说到余观主占了福威镖局，后来怎样?"

劳德诺道："小师妹救了林少镖头后，本想暗中缀着方人智他们，俟机再将林震南夫妇救出。我劝她说：余人彦当日对你无礼，林少镖头仗义出手，你感他的情，救他一命，已足以报答。青城派与福威镖局是上代结下的怨仇，咱们又何必插手? 小师妹依了。当下咱二人又回到福州城，只见十余名青城弟子在福威镖局前前后后严密把守。

"这可就奇了。镖局中众人早就一哄而散，连林震南夫妇也走了，青城派还忌惮什么? 我和小师妹猜不透其中缘由，好奇心起，便想去察看。我们想青城弟子守得如此把细，夜里进去可不大容易，傍晚时分，便在他们换班吃饭之时，闪进菜园子躲了起来。

"一进镖局，只见许多青城弟子到处翻箱倒箧，钻墙挖壁，几乎将偌大一座福威镖局从头至尾都翻了一个身。镖局中自有不少来不及携去的金银财宝，但这些人找到后随手放在一旁，并不如何重视。我当时便想：他们是在找寻一件十分重要的东西，那是什么呢?"

三四个华山弟子齐声道："辟邪剑法的剑谱！"

劳德诺道："不错，我和小师妹也这么想。瞧这模样，显然他们占了福威镖局之后，便即大抄而特抄。眼见他们忙得满头大汗，摆明了是劳而无功。"

陆大有问道："后来他们抄到了没有？"劳德诺道："我和小师妹都想看个水落石出，但青城派这些人东找西抄，连茅厕也不放过，我和小师妹实在无处可躲，只好溜走了。"

五弟子高根明道："二师哥，这次余沧海亲自出马，你看是不是有点儿小题大做？"

劳德诺道："余观主的师父曾败在林远图的辟邪剑下，到底林震南是不肖子孙，还是强爷胜祖，外人不知虚实。余观主如果单派几名弟子来找回这个梁子，未免过于托大，他亲自出马，事先又督率众弟子练剑，有备而发，倒也不算小题大做。不过我瞧他的神情，此番来到福州，报仇倒是次要，主旨却是在得那部剑谱。"

四弟子施戴子道："二师哥，你在松风观中见到他们齐练辟邪剑法，这路剑法既然会使了，又何必再去找寻这剑法的剑谱？说不定是找别的东西。"

劳德诺摇头道："不会。以余观主这等高人，除了武功秘诀之外，世上更有什么是他志在必得之物？后来在江西玉山，我和小师妹又见到他们一次。听到余观主在查问从浙江、广东各地赶去报讯的弟子，问他们有没有找到那东西，神色焦虑，看来大家都没找到。"

施戴子仍是不解，搔头道："他们明明会使这路剑法，又去找这剑谱作甚？真是奇哉怪也！"劳德诺道："四弟你倒想想，林远图当年既能打败长青子，剑法自是极高明的了。可是长青子当时记在心中而传下来的辟邪剑法固然平平无奇，而余观主今日亲眼目睹，林氏父子的武功更殊不足道。这中间一定有什么不对头的了。"施戴子问道："什么不对头？"劳德诺道："那自然是林家的辟邪剑法之中，另有一套诀窍，剑法招式虽然不过如此，威力却极强大，这套诀窍，林震南就没学到。"

施戴子想了一会，点头道："原来如此。不过剑法口诀，都是师父亲口传授的。林远图死了几十年啦，便是找到他的棺材，翻出他死尸来，也没用了。"

劳德诺道："本派的剑诀是师徒口传，不落文字，别家别派的武功却未必都这样。"

施戴子道："二师哥，我还是不明白。倘若在从前，他们要找辟邪剑法的秘诀是有道理的，知己知彼，百战百胜，要胜过辟邪剑法，自须明白其中的窍诀所在。可是眼下青城派将林震南夫妇都已捉了去，福威镖局总局分局，也一古脑儿给他们挑得一干二净，还有什么仇没报？就算辟邪剑法之中真有秘诀，他们找了来又干什么？"

劳德诺道："四弟，青城派的武功，比之咱们五岳剑派怎么样？"施戴子道："我不知道。"过了一会，又道："恐怕不及罢？"劳德诺道："是了，恐怕有所不及。你想，余观主是何等心高气傲之人，岂不想在武林中扬眉吐气，出人头地？要是林家的确另有秘诀，能将招数平平的辟邪剑法变得威力奇大，那么将这秘诀用在青城剑法之上，却又如何？"

施戴子呆了半晌，突然伸掌在桌上大力一拍，站起身来，叫道："这才明白了！原来余沧海要青城剑法在武林中无人能敌！"

便在此时，只听得街上脚步声响，有一群人奔来，落足轻捷，显是武林中人。众人转头向街外望去，只见急雨之中有十余人迅速过来。

这些人身上都披了油布雨衣，奔近之时，看清楚原来是一群尼姑。当先的老尼姑身材甚高，在茶馆前一站，大声喝道："令狐冲，出来！"

劳德诺等一见此人，都认得这老尼姑道号定逸，是恒山白云庵庵主，恒山派掌门定闲师太的师妹，不但在恒山派中威名甚盛，武林中也是谁都忌惮她三分，当即站起，一齐恭恭敬敬的躬身行礼。劳德诺朗声说道："参见师叔。"

定逸师太眼光在众人脸上掠过，粗声粗气的叫道："令狐冲躲到哪里去啦？快给我滚出来。"声音比男子汉还粗豪几分。

劳德诺道："启禀师叔，令狐师兄不在这儿。弟子等一直在此相候，他尚未到来。"

林平之寻思："原来他们说了半天的大师哥名叫令狐冲。此人也真多事，不知怎地，却又得罪这老尼姑了。"

定逸目光在茶馆中一扫，目光射到那少女脸上时，说道："你是灵珊么？怎地装扮成这副怪相吓人？"那少女笑道："有恶人要和我为难，只好装扮了避他一避。"

定逸哼了一声，说道："你华山派的门规越来越松了，你爹爹老是纵容弟子在外面胡闹，此间事情一了，我亲自上华山来评这个理。"灵珊急道："师叔，你可千万别去。大师哥最近挨了爹爹三十下棍子，打得他路也走不动。你去跟爹爹一说，他又得挨六十棍，那不打死了他么？"定逸道："这畜生打死得越早越好。灵珊，你也来当面跟我撒谎！什么令狐冲路也走不动？他走不动路，怎地会将我的小徒儿掳了去？"

她此言一出，华山群弟子尽皆失色。灵珊急得几乎哭了出来，忙道："师叔，不会的！大师哥再胆大妄为，也决计不敢冒犯贵派的师姊。定是有人造谣，在师叔面前挑拨。"

定逸大声道："你还要赖？仪光，泰山派的人跟你说什么来？"

一个中年尼姑走上一步，说道："泰山派的师兄们说，天松道长在衡阳城中，亲眼见到令狐冲师兄，和仪琳师妹一起在一家酒楼上饮酒。那酒楼叫做什么回雁楼。仪琳师妹显然是受了令狐冲师兄的挟持，不敢不饮，神情……神情甚是苦恼。跟他二人在一起饮酒的，还有那个……那个……无恶不作的田……田伯光。"

定逸早已知道此事，此刻第二次听到，仍是一般的暴怒，伸掌在桌上重重拍落，两只馄饨碗跳将起来，呛啷啷数声，在地下跌得粉碎。

华山群弟子个个神色十分尴尬。灵珊只急得泪水在眼眶中滚来滚去，颤声道："他们定是撒谎，又不然……又不然，是天松师叔看错了人。"

定逸大声道："泰山派天松道人是什么人，怎会看错了人？又怎会胡说八道？令狐冲这畜生，居然去和田伯光这等恶徒为伍，堕落得还成什么样子？你们师父就算护犊不理，我可不能轻饶。这万里独行田伯光贻害江湖，老尼非为天下除此大害不可。只是我得到讯息赶去时，田伯光和令狐冲却已挟制了仪琳去啦！我……我……到处找他们不到……"她说到后来，声音已甚为嘶哑，连连顿足，叹道："唉，仪琳这孩子，仪琳这孩子！"

华山派众弟子心头怦怦乱跳，均想："大师哥拉了恒山派门下的尼姑到酒楼饮酒，败坏出家人的清誉，已然大违门规，再和田伯光这等人交结，那更是糟之透顶了。"隔了良久，劳德诺才道："师叔，只怕令狐师兄和田伯光也只是邂逅相遇，并无交结。令狐师兄这几日喝得醺醺大醉，神智迷糊，醉人干事，作不得准……"定逸怒道："酒醉三分醒，这么大一个人，连是非好歹也不分么？"劳德诺道："是，是！只不知令狐师兄到了何处，师侄等急盼找到他，责以大义，先来向师叔磕头谢罪，再行禀告我师父，重重责罚。"

定逸怒道："我来替你们管师兄的吗？"突然伸手，抓住了灵珊的手腕。灵珊腕上便如套上一个铁箍，"啊"的一声，惊叫出来，颤声道："师……师叔！"

定逸喝道："你们华山派掳了我仪琳去。我也掳你们华山派一个女弟子作抵。你们把我仪琳放出来还我，我便也放了灵珊！"一转身，拉了她便走。灵珊只觉上半身一片酸麻，身不由主，跌跌撞撞的跟着她走到街上。

劳德诺和梁发同时抢上，拦在定逸师太面前。劳德诺躬身道："师叔，我大师兄得罪了师叔，难怪师叔生气。只是这件事的确跟小师妹无关，还请师叔高抬贵手。"

定逸喝道："好，我就高抬贵手！"右臂抬起，横掠了出去。

劳德诺和梁发只觉一股极强的劲风逼将过来，气为之闭，身不由主的向后直飞了出去。劳德诺背脊撞在茶馆对面一家店铺的门板之上，喀喇一声，将门板撞断了两块。梁发却向那馄饨担飞了过去。

眼见他势将把馄饨担撞翻，锅中滚水溅得满身都是，非受重伤不可。那卖馄饨的老人伸出左手，在梁发背上一托，梁发登时平平稳稳的站定。

定逸师太回过头来，向那卖馄饨的老人瞪了一眼，说道："原来是你！"那老人笑道："不错，是我！师太的脾气也忒大了些。"定逸道："你管得着么？"

便在此时，街头有两个人张着油纸雨伞，提着灯笼，快步奔来，叫道："这位是恒山派的神尼么？"

定逸道："不敢，恒山定逸在此。尊驾是谁？"

那二人奔到临近，只见他们手中所提灯笼上都写着"刘府"两个红字。当先一人道："晚辈奉敝业师之命，邀请定逸师伯和众位师姊，同到敝处奉斋。晚辈未得众位来到衡山的讯息，不曾出城远迎，恕罪恕罪。"说着便躬身行礼。

定逸道："不须多礼。两位是刘三爷的弟子吗？"那人道："是。晚辈向大年，这是我师弟米为义，向师伯请安。"说着和米为义二人又恭恭敬敬的行礼。定逸见向米二人执礼甚恭，说道："好，我们正要到府上拜访刘三爷。"

向大年向着梁发等道："这几位是？"梁发道："在下华山派梁发。"向大年欢然道："原来是华山派梁三哥，久慕英名，请各位同到敝舍。我师父嘱咐我们到处迎接各路英雄好汉，实因来的人多，简慢之极，得罪了朋友，各位请罢。"

劳德诺走将过来，说道："我们本想会齐大师哥后，同来向刘师叔请安道贺。"向大年道："这位想必是劳二哥了。我师父常日称道华山派岳师伯座下众位师兄英雄了得，令狐师兄更是杰出的英才。令狐师兄既然未到，众位先去也是一样。"劳德诺心想："小师妹给定逸师叔拉了去，看样子是不肯放的了，我们只有陪她一起去。"便道："打扰了。"向大年道："众位劳步来到衡山，那是给我们脸上贴金，怎么还说这些客气话？请！请！"

定逸指着那卖馄饨的人道："这一位你也请么？"

向大年朝那老人瞧了一会，突然有悟，躬身道："原来雁荡山何师伯到了，真是失礼，请，请何师伯驾临敝舍。"他猜到这卖馄饨的老人是浙南雁荡山高手何三七。此人自幼以卖馄饨为生，学成武功后，仍是挑着副馄饨担游行江湖，这副馄饨担可说是他标记。他虽一身武功，但自甘淡泊，以小本生意过活，武林中人说起来都是好生相敬。天下市巷中卖馄饨的何止千万，但既卖馄饨而又是武林中人，那自是非何三七不可了。

何三七哈哈一笑，说道："正要打扰。"将桌上的馄饨碗收拾了。劳德诺道："晚辈有眼不识泰山，何前辈莫怪。"何三七笑道："不怪，不怪。你们来光顾我馄饨，是我衣食父母，何怪之有？七碗馄饨，十文钱一碗，一共七十文。"说着伸出了左掌。

劳德诺好生尴尬，不知何三七是否开玩笑。定逸道："吃了馄饨就给钱啊，何三七又没说请客。"何三七笑道："是啊，小本生意，现银交易，至亲好友，赊欠免问。"劳德诺道："是，是！"却也不敢多给，数了七十文铜钱，双手恭恭敬敬的奉上。何三七收了，转身向定逸伸出手来，说道："你打碎了我两只馄饨碗，两只调羹，一共十四文，赔来。"定逸一笑，道："小气鬼，连出家人也要讹诈。仪光，赔了给他。"仪光数了十四文，也是双手奉上。何三七接过，丢入馄饨担旁直竖的竹筒之中，挑起担子，道："去罢！"

向大年向茶博士道："这里的茶钱，回头再算，都记在刘三爷帐上。"那茶博士笑道："哈，是刘三爷的客人，哈，我们请也请不到，哈，还算什么茶钱？"

向大年将带来的雨伞分给众宾，当先领路。定逸拉着那华山派的少女灵珊，和何三七并肩而行。恒山派和华山派群弟子跟在后面。

林平之心想："我就远远的跟着，且看是否能混进刘正风的家里。"眼见众人转过了街角，便即起身走到街角，见众人向北行去，于是在大雨下挨着屋檐下走去。过了三条长街，只见左首一座大宅，门口点着四盏大灯笼，十余人手执火把，有的张着雨伞，正忙着迎客。定逸、何三七等一行人进去后，又有好多宾客从长街两头过来。

林平之大着胆子，走到门口。这时正有两批江湖豪客由刘门弟子迎着进门，林平之一言不发的跟了进去。知宾的只道他也是贺客，笑脸迎人，道："请进，奉茶。"

踏进大厅，只听得人声喧哗，二百余人分坐各处，分别谈笑。林平之心中一定，寻思："这里这么多人，谁也不会来留心我，只须找到青城派的那些恶徒，便能查知我爹爹妈妈的所在了。"当下在厅角暗处一张小桌旁坐下，不久便有家丁送上清茶、面点、热毛巾。

他放眼打量，见恒山群尼围坐在左侧一桌，华山群弟子围坐在其旁另一桌，那少女灵珊也坐在那里，看来定逸已放开了她。但定逸和何三七却不在其内。林平之一桌一桌瞧过去，突然间心中一震，胸口热血上涌，只见方人智、于人豪二人和一群人围坐在两张桌旁，显然都是青城派的弟子，但他父亲和母亲却不在其间，不知给他们囚禁在何处。

林平之又悲又怒，又是担心，深恐父母已遭了毒手，只想坐到附近的座位去，偷听他们说话，但转念又想，好容易混到了这里，倘若稍有轻举妄动，给方人智他们瞧出了破绽，不但全功尽弃，且有杀身之祸。

正在这时，忽然门口一阵骚动，几名青衣汉子抬着两块门板，匆匆进来。门板上卧着两人，身上盖着白布，布上都是鲜血。厅上众人一见，都抢近去看。听得有人说道："是泰山派的！""泰山派的天松道人受了重伤，还有一个是谁？""是泰山掌门天门真人的弟子，姓迟的，死了吗？""死了，你看这一刀从前胸砍到后背，那还不死？"

众人喧扰声中，一死一伤二人都抬到了后厅，便有许多人跟着进去。厅上众人纷纷议论："天松道人是泰山派的好手，有谁这样大胆，居然将他砍得重伤？""能将天松道人砍伤，自然是武功比他更高的好手。艺高人胆大，便没什么希奇！"

大厅上众人议论纷纷之中，向大年匆匆出来，走到华山群弟子围坐的席上，向劳德诺道："劳师兄，我师父有请。"劳德诺应道："是！"站起身来，随着他走向内室，穿过一条长廊，来到一座花厅之中。

只见上首五张太师椅并列，四张倒是空的，只有靠东一张上坐着一个身材魁梧的红脸道人，劳德诺知道这五张太师椅是为五岳剑派的五位掌门人而设，嵩山、恒山、华山、衡山四剑派掌门人都没到，那红脸道人是泰山派的掌门天门道人。两旁坐着十九位武林前辈，恒山派定逸师太、青城派余沧海、浙南雁荡山何三七都在其内。下首主位坐着个身穿酱色茧绸袍子、矮矮胖胖、犹如财主模样的中年人，正是主人刘正风。劳德诺先向主人刘正风行礼，再向天门道人拜倒，说道："华山弟子劳德诺，叩见天门师伯。"

那天门道人满脸煞气，似是心中郁积着极大的愤怒要爆炸出来，左手在太师椅的靠手上重重一拍，喝道："令狐冲呢？"他这一句话声音极响，当真便如半空中打了个霹雳。

大厅上众人远远听到他这声暴喝，尽皆耸然动容。

那少女灵珊惊道："三师哥，他们又在找大师哥啦。"梁发点了点头，并不说话，过了一会，低声道："大家定些！大厅上各路英雄毕集，别让人小觑了我华山派。"

林平之心想："他们又在找令狐冲啦。这个令狐老儿，闯下的乱子也真不少。"

劳德诺被天门道人这一声积怒凝气的大喝震得耳中嗡嗡作响，在地下跪了片刻，才站起身来，说道："启禀师伯，令狐师兄和晚辈一行人在衡阳分手，约定在衡山城相会，同到刘师叔府上来道贺。他今天如果不到，料想明日定会来了。"

天门道人怒道："他还敢来？他还敢来？令狐冲是你华山派的掌门大弟子，总算是名门正派的人物。他居然去跟那奸淫掳掠、无恶不作的采花大盗田伯光混在一起，到底干什么了？"

劳德诺道："据弟子所知，大师哥和田伯光素不相识。大师哥平日就爱喝上三杯，多半不知对方便是田伯光，无意间跟他凑在一起喝酒了。"

天门道人一顿足，站起身来，怒道："你还在胡说八道，给令狐冲这狗崽子强辩。天松师弟，你……你说给他听，你怎么受的伤？令狐冲识不识得田伯光？"

两块门板停在西首地下，一块板上躺的是一具死尸，另一块上卧着个长须道人，脸色惨白，胡须上染满了鲜血，低声道："今儿早上……我……我和迟师侄在衡阳……回雁……回雁楼头，见到令狐冲……还有田伯光和一个小尼姑……"说到这里，已喘不过气来。

刘正风道："天松道兄，你不用再复述了，我将你刚才说过的话，跟他说便了。"转头向劳德诺道："劳贤侄，你和令狐贤侄众位同门远道光临，来向我道贺，我对岳师兄和诸位贤侄的盛情感激之至。只不知令狐贤侄如何跟田伯光那厮结识上了，咱们须得查明真相，倘若真是令狐贤侄的不是，咱们五岳剑派本是一家，自当好好劝他一番才是……"

天门道人怒道："什么好好劝他！清理门户，取其首级！"

刘正风道："岳师兄向来门规极严。在江湖上华山派向来是一等一的声誉，只是这次令狐贤侄却也太过份了些。"

天门道人怒道："你还称他'贤侄'？贤，贤，贤，贤他个屁！"他一句话出口，便觉在定逸师太这女尼之前吐言不雅，未免有失自己一派大宗师的身份，但说也说了，已无法收回，"波"的一声，怒气冲冲的重重嘘了口气，坐入椅中。

劳德诺道："刘师叔，此事到底真相如何，还请师叔赐告。"

刘正风道："适才天松道兄说道：今日大清早，他和天门道兄的弟子迟百城贤侄上衡阳回雁楼喝酒，上得酒楼，便见到三个人坐在楼上大吃大喝。这三个人，便是淫贼田伯光、令狐师侄，以及定逸师太的高足仪琳小师父了。天松道兄一见，便觉十分碍眼，这三人他本来都不认得，只是从服色之上，得知一个是华山派弟子，一个是恒山派弟子。定逸师太莫恼，仪琳师侄被人强迫，身不由主，那是显而易见的。天松道兄说，那田伯光是个三十来岁的华服男子，也不知此人是谁，后来听令狐师侄说道：'田兄，你虽轻功独步天下，但要是交上了倒霉的华盖运，轻功再高，却也逃不了。'他既姓田，又说轻功独步天下，自必是万里独行田伯光了。天松道兄是个嫉恶如仇之人，他见这三人同桌共饮，自是心头火起。"

劳德诺应道："是！"心想："回雁楼头，三人共饮，一个是恶名昭彰的淫贼，一个是出家的小尼姑，另一个却是我们华山派大弟子，确是不伦不类之至。"

刘正风道："他接着听那田伯光道：'我田伯光独往独来，横行天下，哪里能顾忌得这么多？这小尼姑嘛，反正咱们见也见到了，且让她在这里陪着便是……'"

刘正风说到这里，劳德诺向他瞧了一眼，又瞧瞧天松道人，脸上露出怀疑之色。刘正风登时会意，说道："天松道兄重伤之余，自没说得这般清楚连贯，我给他补上一些，但大意不错。天松道兄，是不是？"天松道："正……正是，不错，不……不错！"

刘正风道："当时迟百城贤侄便忍耐不住，拍桌骂道：'你是淫贼田伯光么？武林中人人都要杀你而甘心，你却在这里大言不惭，可不是活得不耐烦了？'拔出兵刃，上前动手，不幸竟给田伯光杀了。少年英雄，命丧奸人之手，实在可惜。天松道兄随即上前，他侠义为怀，杀贼心切，斗了数百回合后，一不留神，竟给田伯光使卑鄙手段，在他胸口砍了一刀。其后令狐师侄却仍和田伯光那淫贼一起坐着喝酒，未免有失我五岳剑派结盟的义气。天门道兄所以着恼，便是为此。"

天门道人怒道："什么五岳结盟的义气，哼，哼！咱们学武之人，这是非之际，总得分个明白，和这样一个淫贼……这样一个淫贼……"气得脸如喷血，似乎一丛长须中每一根都要竖将起来，忽听得门外有人说道："师父，弟子有事启禀。"天门道人听得是徒儿声音，便道："进来！什么事？"

一个三十来岁、英气勃勃的汉子走了进来，先向主人刘正风行了一礼，又向其余众前辈行礼，然后转向天门道人说道："师父，天柏师叔传了讯息来，说道他率领本门弟子，在衡阳搜寻田伯光、令狐冲两个淫贼，尚未见到踪迹……"

劳德诺听他居然将自己大师哥也归入"淫贼"之列，大感脸上无光，但大师哥确是和田伯光混在一起，又有什么法子？

只听那泰山派弟子续道："但在衡阳城外，却发现了一具尸体，小腹上插着一柄长剑，那口剑是令狐冲那淫贼的……"天门道人急问："死者是谁？"那人的眼光转向余沧海，说道："是余师叔门下的一位师兄，当时我们都不识得，这尸首搬到了衡山城里之后，才有人识得，原来是罗人杰罗师兄……"

余沧海"啊"的一声，站了起来，惊道："是人杰？尸首呢？"

只听得门外有人接口道："在这里。"余沧海极沉得住气，虽然乍闻噩耗，死者又是本门"英雄豪杰"四大弟子之一的罗人杰，却仍然不动声色，说道："烦劳贤侄，将尸首抬了进来。"门外有人应道："是！"两个人抬着一块门板，走了进来。那两人一个是衡山派弟子，一个是青城派弟子。

只见门板上那尸体的腹部插着一柄利剑。这剑自死者小腹插入，斜刺而上。一柄三尺长剑，留在体外的不足一尺，显然剑尖已插到了死者的咽喉，这等自下而上的狠辣招数，武林中倒还真少见。余沧海喃喃的道："令狐冲，哼，令狐冲，你……你好辣手。"

那泰山派弟子说道："天柏师叔派人带了讯来，说道他还在搜查两名淫贼，最好这里的师伯、师叔们有一两位前去相助。"定逸和余沧海齐声道："我去！"

便在此时，门外传进来一个娇嫩的声音，叫道："师父，我回来啦！"

定逸脸色斗变，喝道："是仪琳？快给我滚进来！"

众人目光一齐望向门口，要瞧瞧这个公然与两个万恶淫贼在酒楼上饮酒的小尼姑，到底是怎么一个人物。

门帘掀处，众人眼前陡然一亮，一个小尼姑悄步走进花厅，但见她清秀绝俗，容色照人，实是一个绝丽的美人。她还只十六七岁年纪，身形婀娜，虽裹在一袭宽大缁衣之中，仍掩不住窈窕娉婷之态。她走到定逸身前，盈盈拜倒，叫道："师父……"两字一出口，突然哇的一声，哭了出来。

定逸沉着脸道："你做……你做的好事？怎地回来了？"

仪琳哭道："师父，弟子这一次……这一次，险些儿不能再见着你老人家了。"她说话的声音十分娇媚，两只纤纤小手抓住了定逸的衣袖，白得犹如透明一般。人人心中不禁都想："这样一个美女，怎么去做了尼姑？"

余沧海只向她瞥了一眼，便不再看，一直凝视着罗人杰尸体上的那柄利剑，见剑柄上飘着青色丝穗，近剑柄处的锋刃之上，刻着"华山令狐冲"五个小字。他目光转处，见劳德诺腰间佩剑一模一样，也是飘着青色丝穗，突然间欺身近前，左手疾伸，向他双目插了过去，指风凌厉，刹那间指尖已触到他眼皮。

劳德诺大惊，急使一招"举火燎天"，高举双手去格。余沧海一声冷笑，左手转了个极小的圈子，已将他双手抓在掌中，跟着右手伸出，刷的一声，拔出了他腰间长剑。劳德诺双手入于彼掌，一挣之下，对方屹然不动，长剑的剑尖却已对准了自己胸口，惊呼："不……不关我事！"

余沧海看那剑刃，见上面刻着"华山劳德诺"五字，字体大小，与另一柄剑上的全然相同。他手腕一沉，将剑尖指着劳德诺的小腹，阴森森的道："这一剑斜刺而上，是贵派华山剑法的什么招数？"

劳德诺额头冷汗涔涔而下，颤声道："我……我们华山剑法没……没这一招。"

余沧海寻思："致人杰于死这一招，长剑自小腹刺入，剑尖直至咽喉，难道令狐冲俯下身去，自下而上的反刺？他杀人之后，又为什么不拔出长剑，故意留下证据？莫非有意向青城派挑衅？"忽听得仪琳说道："余师伯，令狐大哥这一招，多半不是华山剑法。"

余沧海转过身来，脸上犹似罩了一层寒霜，向定逸师太道："师太，你倒听听令高徒的说话，她叫这恶贼作什么？"

定逸怒道："我没耳朵么？要你提醒。"她听得仪琳叫令狐冲为"令狐大哥"，心头早已有气，余沧海只须迟得片刻说这句话，她已然开口大声申斥，但偏偏他抢先说了，言语又这等无礼，她便反而转过来回护徒儿，说道："她顺口这么叫，又有什么干系？我五岳剑派结义为盟，五派门下，都是师兄弟、师姊妹，有什么希奇了？"

余沧海笑道："好，好！"丹田中内息上涌，左手内力外吐，将劳德诺推了出去，砰的一声，重重撞在墙上，屋顶灰泥登时簌簌而落，喝道："你这家伙难道是好东西了？一路上鬼鬼祟祟的窥探于我，存的是什么心？"

劳德诺给他这么一推一撞，五脏六腑似乎都要翻了转来，伸手在墙上强行支撑，只觉双膝酸软得犹如灌满了黑醋一般，只想坐倒在地，勉力强行撑住，听得余沧海这么说，暗暗叫苦："原来我和小师妹暗中察看他们行迹，早就给这老奸巨猾的矮道士发觉了。"

定逸道："仪琳，跟我来，你怎地失手给他们擒住，清清楚楚的给师父说。"说着拉了她手，向厅外走去。众人心中都甚明白，这样美貌的一个小尼姑，落入了田伯光这采花淫贼手中，哪里还能保得清白？其中经过情由，自不便在旁人之前吐露，定逸师太是要将她带到无人之处，再行详细查问。

突然间青影一晃，余沧海闪到门前，挡住了去路，说道："此事涉及两条人命，便请仪琳小师父在此间说。"他顿了一顿，又道："迟百城贤侄，是五岳剑派中人。五派门下，大家都是师兄弟，给令狐冲杀了，泰山派或许不怎么介意。我这徒儿罗人杰，可没资格跟令狐冲兄弟相称。"

定逸性格刚猛，平日连大师姊定静、掌门师姊定闲，也都容让她三分，如何肯让余沧海这般挡住去路，出言讥刺？听了这几句话后，两条淡淡的柳眉登即向上竖起。

刘正风素知定逸师太脾气暴躁，见她双眉这么一竖，料想便要动手。她和余沧海都是当今武林中一流高手，两人一交上手，事情可更闹得大了，急忙抢步上前，一揖到地，说道："两位大驾光临刘某舍下，都是在下的贵客，千万冲着我这小小面子，别伤了和气。都是刘某招呼不周，请两位莫怪。"说着连连作揖。

定逸师太哈的一声笑，说道："刘三爷说话倒也好笑，我自生牛鼻子的气，跟你有什么相干？他不许我走，我偏要走。他若不拦着我的路，要我留着，倒也可以。"

余沧海对定逸原也有几分忌惮，和她交手，并无胜算，而且她师姊定闲虽为人随和，武功之高，却是众所周知，今日就算胜了定逸，她掌门师姊决不能撒下不管，这一得罪了恒山派，不免后患无穷，当即也是哈哈一笑，说道："贫道只盼仪琳小师父向大伙儿言明真相。余沧海是什么人，岂敢阻拦恒山派白云庵主的道路？"说着身形一晃，归位入座。

定逸师太道："你知道就好。"拉着仪琳的手，也回归己座，问道："那一天跟你失散后，到底后来事情怎样？"她生怕仪琳年幼无知，将贻羞师门之事也都说了出来，忙加上一句："只拣要紧的说，没相干的，就不用啰唆。"

仪琳应道："是！弟子没做什么有违师训之事，只是田伯光这坏人，这坏人……他……他……他……"定逸点头道："是了，你不用说了，我都知道。我定当杀田伯光和令狐冲那两个恶贼，给你出气……"

仪琳睁着清亮明澈的双眼，脸上露出诧异的神色，说道："令狐大哥？他……他……"突然垂下泪来，呜咽道："他……他已经死了！"

众人听了，都是一惊。天门道人听说令狐冲已死，怒气登时消减，大声问道："他怎么死的？是谁杀死他的？"

仪琳道："就是这……这个青城派的……的坏人。"伸手指着罗人杰的尸体。

余沧海不禁感到得意，心道："原来令狐冲这恶棍竟是给人杰杀的。如此说来，他二人是拼了个同归于尽。好，人杰这孩子，我早知他有种，果然没堕了我青城派的威名。"他瞪视仪琳，冷笑道："你五岳剑派的都是好人，我青城派的便是坏人了？"

仪琳垂泪道："我……我不知道。我不是说你余师伯，我只是说他。"说着又向罗人杰的尸身一指。

定逸向余沧海道："你恶狠狠的吓唬孩子干什么？仪琳，不用怕，这人怎么坏法，你都说出来好了。师父在这里，有谁敢难为你？"说着向余沧海白了一眼。

余沧海道："出家人不打诳语。小师父，你敢奉观音菩萨之名，立一个誓吗？"他怕仪琳受了师父的指使，将罗人杰的行为说得十分不堪，自己这弟子既已和令狐冲同归于尽，死无对证，便只有听仪琳一面之辞了。

仪琳道："我对师父决计不敢撒谎。"跟着向外跪倒，双手合什，垂眉说道："弟子仪琳，向师父和众位师伯叔禀告，决不敢有半句不尽不实的言语。观世音菩萨神通广大，垂怜鉴察。"

众人听她说得诚恳，又是一副楚楚可怜的模样，都对她心生好感。一个黑须书生一直在旁静听，一言不发，此时插口说道："小师父既这般立誓，自是谁也信得过的。"定逸道："牛鼻子听见了么？闻先生都这般说，还有什么假的？"她知这须生姓闻，人人都叫他闻先生，叫什么名字，她却不知，只知他是陕南人，一对判官笔出神入化，是点穴打穴的高手。

众人目光都射向仪琳脸上，但见她秀色照人，恰似明珠美玉，纯净无瑕，连余沧海也想："看来这小尼姑不会说谎。"花厅上寂静无声，只候仪琳开口说话。

只听她说道："昨日下午，我随了师父和众师姊去衡阳，行到中途，下起雨来，下岭之时，我脚底一滑，伸手在山壁上扶了一下，手上弄得满是泥泞青苔。到得岭下，我去山溪里洗手。突然之间，溪水中在我的影子之旁，多了一个男子的影子。我吃了一惊，急忙站起，背心上一痛，已被他点中了穴道。我害怕得很，想要呼叫师父来救我，但已叫不出声来。那人将我身子提起，走了几丈，放在一个山洞之中。我心里害怕之极，偏偏动不了，又叫不出声。过了好一会，听得三位师姊分在三个地方叫我：'仪琳，仪琳，你在哪里？'那人只是笑，低声道：'她们倘若找到这里，我一起都捉了！'三位师姊到处寻找，又走回了头。

"隔了好一会，那人听得我三位师姊已去远了，便拍开了我的穴道。我当即向山洞外逃走，哪知这人的身法比我快得多，我急步外冲，没想到他早已挡在山洞口，我一头撞在他的胸口。他哈哈大笑，说道：'你还逃得了么？'我急忙后跃，抽出长剑，便想向他刺去，但想这人也没伤害我，出家人慈悲为本，何苦伤他性命？我佛门中杀生是第一大戒，因此这一剑就没刺出。我说：'你拦住我干什么？你再不让开，我这剑就要……刺伤你了。'

"那人只是笑，说道：'小师父，你良心倒好。你舍不得杀我，是不是？'我说：'我跟你无怨无仇，何必杀你？'那人道：'那很好啊，那么坐下来谈谈。'我说：'师父师姊在找我呢，再说，师父不许我随便跟男人说话。'那人道：'你说都说了，多说几句，少说几句，又有什么分别？'我说：'快让开罢，你知不知道我师父是很厉害的？她老人家见到你这样无礼，说不定把你两条腿也打断了。'他说：'你要打断我两条腿，我就让你打。你师父嘛，她这样老，我可没胃口。'……"

定逸喝道："胡闹！这些疯话，你也记在心里。"

众人无不忍俊不禁，只是碍着定逸师太，谁也不敢露出半点笑容，人人苦苦忍住。

仪琳道："他是这样说的啊。"定逸道："好啦，这些疯话，无关要紧，不用提了，你只说怎么撞到华山派的令狐冲。"

仪琳道："是。那个人又说了许多话，只是不让我出去，说我……我生得好看，要我陪他睡……"定逸喝道："住嘴！小孩子家口没遮拦，这些话也说得的？"仪琳道："是他说的，我可没答应啊，也没陪他睡觉……"定逸喝声更响："住口！"

便在此时，抬着罗人杰尸身进来的那名青城派弟子再也忍耐不住，终于哈的一声笑了出来。定逸大怒，抓起几上茶碗，一扬手，一碗热茶便向他泼了过去，这一泼之中，使上了恒山派嫡传内力，既迅且准，那弟子不及闪避，一碗热茶都泼在脸上，只痛得哇哇大叫。

余沧海怒道："你的弟子说得，我的弟子便笑不得？好不横蛮！"

定逸师太斜眼道："恒山定逸横蛮了几十年啦，你今日才知？"说着提起那只空茶碗，便欲向余沧海掷去。余沧海正眼也不向她瞧，反而转过了身子。定逸师太见他一番有恃无恐的模样，又素知青城派掌门人武功了得，倒也不敢造次，缓缓放下茶碗，向仪琳道："说下去！那些没要紧的话，别再啰唆。"

仪琳道："是了，师父。我要从山洞中出来，那人却一定拦着不放。眼看天色黑了，我心里焦急得很，提剑便向他刺去。师父，弟子不敢犯杀戒，不是真的要杀他，不过想吓他一吓。我使的是一招'金针渡劫'，不料他左手伸了过来，抓向我……我身上，我吃了一惊，向旁闪避，右手中的长剑便给他夺了去。那人武功好生厉害，右手拿着剑柄，左手大拇指和食指捏住剑尖，只轻轻一扳，卡的一声，便将我这柄剑扳断了一寸来长的一截。"定逸道："扳断了一寸来长的一截？"仪琳道："是！"

定逸和天门道人对望一眼，均想："那田伯光若将长剑从中折断，那是毫不希奇，但以二指之力，扳断一柄纯钢剑寸许一截，指力实是非同小可。"天门道人一伸手，从一名弟子腰间拔出一柄长剑，左手大拇指和食指捏住剑尖，轻轻一扳，卜的一声，扳断了寸许长的一截，问道："是这样么？"仪琳道："是。原来师伯也会！"天门道人哼的一声，将断剑还入弟子的剑鞘，左手在几上一拍，一段寸许来长的断剑头平平嵌入了几面。

仪琳喜道："师伯这一手好功夫，我猜那恶人田伯光一定不会了。"突然间神色黯然，垂下眼皮，轻轻叹息了一声，说道："唉，可惜师伯那时没在，否则令狐大哥也不会身受重伤了。"天门道人道："什么身受重伤？你不是说他已经死了么？"仪琳道："是啊，令狐大哥因为身受重伤，才会给青城派那个恶人罗人杰害死。"

余沧海听她称田伯光为"恶人"，称自己的弟子也是"恶人"，竟将青城门下与那臭名昭彰的淫贼相提并论，不禁又哼了一声。

众人见仪琳一双妙目之中泪水滚来滚去，眼见便要哭出声来，一时谁也不敢去问她。天门道人、刘正风、闻先生、何三七一干长辈，都不自禁的对她心生爱怜之意，倘若她不是出家的尼姑，好几个人都想伸手去拍拍她背脊、摸摸她的头顶加以慰抚了。

仪琳伸衣袖拭了拭眼泪，哽咽道："那恶人田伯光只是逼我，伸手扯我衣裳。我反掌打他，两只手又都被他捉住了。就在这时候，洞外忽然有人笑了起来，哈哈哈，笑三声，停一停，又笑三声。田伯光厉声问道：'是谁？'外面那人又哈哈哈的连笑了三次。田伯光骂道：'识相的便给我滚得远远地。田大爷发作起来，你可没命啦！'那人又是哈哈哈的笑了三声。田伯光不去理他，又来扯我的衣裳，山洞外那人却又笑了起来。那人一笑，田伯光就发怒，我真盼那人快来救我。可是那人知道田伯光厉害，不敢进洞，只是在山洞外笑个不停。

"田伯光就破口骂人，点了我的穴道，呼的一声，窜了出去，但那人早就躲了起来。田伯光找了一会找不到，又回进洞来，刚走到我身边，那人便在山洞外哈哈哈的笑了起来。我觉得有趣，忍不住也笑了出来。"

定逸师太横了她一眼，斥道："自己正在生死关头，亏你还笑得出？"

仪琳脸上微微一红，道："是，弟子也想不该笑的，不过当时不知怎的，竟然便笑了。田伯光伏下身子，悄悄走到洞口，只待他再笑，便冲了出去。可是洞外那人机警得很，却也不发出半点声息，田伯光一步步的往外移，我想那人倘若给他擒住，可就糟了，眼见田伯光正要冲出去，我便叫了起来：'小心，他出来啦！'那人在远处哈哈哈的笑了三声，说道：'多谢你，不过他追不上我。他轻身功夫不行。'"

众人均想，田伯光号称"万里独行"，轻身功夫了得，江湖上素来大大有名，那人居然说他"轻身功夫不行"，自是故意要激怒于他。

仪琳续道："田伯光这恶人突然回身，在我脸上重重扭了一把，我痛得大叫，他便窜了出去，叫道：'狗贼，你我来比比轻身功夫！'哪知道这一下他可上了当。原来那人早就躲在山洞旁边，田伯光一冲出，他便溜了进来，低声道：'别怕，我来救你。他点了你哪里的穴道？'我说：'是右肩和背心，好像是"肩贞""大椎"！你是哪一位？'他说：'解了穴道再说。'便伸手替我在肩贞与大椎两穴推宫过血。

"多半我说的穴位不对，那人虽用力推拿，始终解不开，耳听得田伯光呼啸连连，又追回来了。我说：'你快逃，他一回来，

·103·

可要杀死你了。'他说：'五岳剑派，同气连枝。师妹有难，焉能不救？'"

定逸问道："他也是五岳剑派的？"

仪琳道："师父，他就是令狐冲令狐大哥啊。"

定逸和天门道人、余沧海、何三七、闻先生、刘正风等都"哦"了一声。劳德诺吁了口长气。众人中有些本已料到这人或许便是令狐冲，但总要等仪琳亲口说出，方能确定。

仪琳道："耳听得田伯光啸声渐近，令狐大哥道：'得罪！'将我抱起，溜出山洞，躲在草丛里。刚刚躲好，田伯光便奔进山洞，他找不到我，就大发脾气，破口大骂，骂了许多难听的话，我也不懂是什么意思。他提了我那柄断剑，在草丛中乱砍，幸好这天晚上下雨，星月无光，他瞧不见我们，但他料想我们逃不远，一定躲在附近，因此不停手的砍削。有一次险得不得了，一剑从我头顶掠过，只差得几寸。他砍了一会，口中只是咒骂，向前砍削，一路找了过去。

"忽然之间，有些热烘烘的水点一滴滴的落在脸上，同时我闻到一阵阵血腥气。我吃了一惊，低声问：'你受了伤么？'令狐大哥伸手按住我嘴，过了好一会，听得田伯光砍草之声越去越远，他才低声道：'不碍事。'放开了手。可是流在我脸上的热血越来越多。我说：'你伤得很厉害，须得止血才好。我有"天香断续胶"。'他道：'别出声，一动就给那厮发觉了！'伸手按住了自己伤口。过了一会，田伯光又奔了回来，叫道：'哈哈，原来在这里，我瞧见啦。站起身来！'我听得田伯光说已瞧见了我们，心中只是叫苦，便想站起身来，只是腿上动弹不得……"

定逸师太道："你上了当啦，田伯光骗你们的，他可没瞧见你。"仪琳道："是啊。师父，当时你又不在那里，怎么知道？"定逸道："那有什么难猜？他倘若真的瞧见了你们，过来一剑将令狐冲砍死便是，又何必大叫大嚷？可见令狐冲这小子也没见识。"

仪琳摇头道："不，令狐大哥也猜到了的。他一伸手便按住了我嘴，怕我惊吓出声。田伯光叫嚷了一会，不听到声音，又去砍草找寻。令狐大哥待他去远，低声道：'师妹，咱们若能再挨得半个时辰，你被封的穴道上气血渐畅，我就可以给你解开。只是田伯光那厮一定转头又来，这一次恐怕再难避过。咱们索性冒险，进山洞躲一躲。'"

仪琳说到这里，闻先生、何三七、刘正风三人不约而同的都击了一下手掌。闻先生道："好，有胆，有识！"

仪琳道："我听说再要进山洞去，很是害怕，但那时我对令狐大哥已很钦佩，他既这么说，总是不错的，便道：'好！'他又抱起我，窜进山洞，将我放在地下。我说：'我衣袋里有天香断续胶，是治伤的灵药，请你……请你取出来敷上伤口。'他道：'现在拿不大方便，等你手足能动之后，再给我罢。'他拔剑割下了一幅衣袖，缚在左肩。这时我才明白，原来他为了保护我，躲在草丛中之时，田伯光一剑砍在他的肩头，他一动不动，一声不哼，黑暗之中，田伯光居然没发觉。我心里难过，不明白取药有什么不便……"

定逸哼了一声，道："如此说来，令狐冲倒是个正人君子了。"

仪琳睁大了一双明亮的妙目，露出诧异神色，说道："令狐大哥自然是一等一的好人。他跟我素不相识，居然不顾自己安危，挺身而出，前来救我。"

余沧海冷冷的道："你跟他虽然素不相识，他可多半早就见过你的面了，否则焉有这等好心？"言下之意自是说，令狐冲为了她异乎寻常的美貌，这才如此的奋不顾身。

仪琳道："不，他说从未见过我。令狐大哥决不会对我撒谎，他决计不会！"这几句话说得十分果决，声音虽仍温柔，却大有斩钉截铁之意。众人为她一股纯洁的坚信之意所动，无不深信。

余沧海心想："令狐冲这厮大胆狂妄，如此天不怕、地不怕的胡作非为，既然不是为了美色，那么定是故意去和田伯光斗上一斗，好在武林中大出风头。"

仪琳续道："令狐大哥扎好自己伤口后，又在我肩头和背心的穴道上给我推宫过血。过不多时，便听得洞外刷刷的声响越来越近，田伯光挥剑在草丛中乱砍，走到了山洞门口。我的心怦怦大跳，只听他走进洞来，坐在地上，一声不响。我屏住了呼吸，连气也不敢透一口。突然之间，我肩头一阵剧痛，我出其不意，禁不住低呼了一声。这一下可就糟了，田伯光哈哈大笑，大踏步向我走来。令狐大哥蹲在一旁，仍是不动。田伯光笑着说：'小绵羊，原来还是躲在山洞里。'伸手来抓我，只听得嗤的一声响，他被令狐大哥刺中了一剑。

"田伯光一惊，断剑脱手落地。可惜令狐大哥这一剑没刺中他要害，田伯光向后急跃，拔出了腰间佩刀，便向令狐大哥砍去，当的一声响，刀剑相交，两个人便动起手来。他们谁也瞧不见谁，铮铮铮的拆了几招，两个人便都向后跃开。我只听到他二人的呼吸之声，心中怕得要命。"

天门道人插口问道："令狐冲和他斗了多少回合？"

仪琳道："弟子当时吓得胡涂了，实在不知他二人斗了多久。只听得田伯光笑道：'啊哈，你是华山派的！华山剑法，非我敌手。你叫什么名字？'令狐大哥道：'五岳剑派，同气连枝，华山派也好，恒山派也好，都是你这淫贼的对头……'他话未说完，田伯光已攻了上去，原来他要引令狐大哥说话，好得知他处身的所在。两人交手数合。令狐大哥'啊'的一声叫，又受了伤。田伯光笑道：'我早说华山剑法不是我对手，便是你师父岳老儿亲来，也斗我不过。'令狐大哥却不再睬他。

"先前我肩头一阵剧痛，原来是肩上的穴道解了，这时背心的穴道又痛了几下，我支撑着慢慢爬起，伸手想去摸地下那柄断剑。令狐大哥听到了声音，喜道：'你穴道解开了，快走，快走。'我说：'华山派的师兄，我和你一起跟这恶人拼了！'他说：'你快走！我们二人联手，也打他不过。'田伯光笑道：'你知道就好！何必枉自送了性命？喂，我倒佩服你是条英雄好汉，你叫什么名字？'令狐大哥道：'你问我尊姓大名，本来说给你知，却也不妨。但你如此无礼询问，老子睬也不来睬你。'师父，你说好笑不好笑？令狐大哥又不是他爹爹，却自称是他'老子'。"

定逸哼了一声，道："这是市井中的粗口俗语，又不是真的'老子'！"

仪琳道："啊，原来如此。令狐大哥道：'师妹，你快到衡山城去，咱们许多朋友都在那边，谅这恶贼不敢上衡山城找你。'我道：'我如出去，他杀死了你怎么办？'令狐大哥道：'他杀不了我的！我缠住他，你还不快走！啊哟！'乒乓两声，两人刀剑相交，令狐大哥又受了一处伤，他心中急了，叫道：'你再不走，我可要开口骂你啦！'这时我已摸到了地下的断剑，叫道：'咱们两人打他一个。'田伯光笑道：'再好没有！田伯光只身单刀，会斗华山、恒山两派。'

"令狐大哥真的骂起我来，叫道：'不懂事的小尼姑，你简直胡涂透顶，还不快逃！你再不走，下次见到你，我打你老大的耳括子！'田伯光笑道：'这小尼姑舍不得我，她不肯走！'令狐大哥急了，叫道：'你到底走不走？'我说：'不走！'令狐大哥道：'你再不走，我可要骂你师父啦！定闲这老尼姑是个老胡涂，教了你这小胡涂出来。'我说：'定闲师伯不是我师父。'他说：'好，那么我就骂定静师太！'我说：'定静师伯也不是我师父。'他道：'呸！你仍然不走！我骂定逸这老胡涂……'"

定逸脸色一沉，模样十分难看。

仪琳忙道："师父，你别生气，令狐大哥是为我好，并不是真的要骂你。我说：'我自己胡涂，可不是师父教的！'突然之间，田伯光欺向我身边，伸指向我点来。我在黑暗中挥剑乱砍，才将他逼退。

"令狐大哥叫道：'我还有许多难听的话，要骂你师父啦，你怕不怕？'我说：'你别骂！咱们一起逃罢！'令狐大哥道：'你站在我旁边，碍手碍脚，我最厉害的华山剑法使不出来，你一出去，我便将这恶人杀了。'田伯光哈哈大笑，道：'你对这小尼姑倒是多情多义，只可惜她连你姓名也不知道。'我想这恶人这句话倒是不错，便道：'华山派的师兄，你叫什么名字呢？我去衡山跟师父说，说是你救了我性命。'令狐大哥道：'快走，快走！怎地这等啰唆？我姓劳，名叫劳德诺！'"

劳德诺听到这里，不由得一怔："怎么大师哥冒我的名？"

闻先生点头道："这令狐冲为善而不居其名，原是咱们侠义道的本色。"

定逸师太向劳德诺望了一眼，自言自语："这令狐冲好生无礼，胆敢骂我，哼，多半是他怕我事后追究，便将罪名推在别人头上。"向劳德诺瞪眼道："喂，在那山洞中骂我老胡涂的，就是你了，是不是？"劳德诺忙躬身道："不，不！弟子不敢。"

刘正风微笑道："定逸师太，令狐冲冒他师弟劳德诺之名，是有道理的。这位劳贤侄带艺投师，辈份虽低，年纪却已不小，胡子也这么大把了，他足可做得仪琳师侄的祖父。"

定逸登时恍然，才知令狐冲是为了顾全仪琳。其时山洞中一团漆黑，互不见面，仪琳脱身之后，说起救她的是华山派劳德诺，此人是这么一个干瘪老头子，旁人自无闲言闲语，这不但保全了仪琳的清白名声，也保全了恒山派的威名，言念及此，不由得脸上露出了一丝笑意，点头道："这小子想得周到。仪琳，后来怎样？"

仪琳道："那时我仍然不肯走，我说：'劳大哥，你为救我而涉险，我岂能遇难先遁？师父如知我如此没同道义气，定然将我杀了。师父平日时时教导，我们恒山派虽然都是女流之辈，在这侠义份上，可不能输给了男子汉。'"

定逸拍掌叫道："好，好，说得是！咱们学武之人，要是不顾江湖义气，生不如死，不论男女，都是一样。"

众人见她说这几句话时神情豪迈，均道："这老尼姑的气概，倒是不减须眉。"

仪琳续道："可是令狐大哥却大骂起来，说道：'混帐王八蛋的小尼姑，你在这里啰哩啰唆，教我施展不出华山派天下无敌的剑法来，我这条老命，注定是要送在田伯光手中了。原来你和田伯光串通了，故意来陷害于我。我劳德诺今天倒霉，出门遇见尼姑，而且是个绝子绝孙、绝他妈十八代子孙的混帐小尼姑，害得老子空有一身无坚不摧、威力奇大的绝妙剑法，却怕凌厉剑风带到这小尼姑身上，伤了她性命，以致不能使将出来。罢了，罢了，田伯光，你一刀砍死我罢，我老头子今日是认命啦！'"

众人听得仪琳口齿伶俐，以清脆柔软之音，转述令狐冲这番粗俗无赖的说话，无不为之莞尔。

只听她又道："我听他这么说，虽知他骂我是假，但想我武艺低微，帮不了他忙，在山洞中的确反而使他碍手碍脚，施展不出他精妙的华山剑法来……"

定逸哼了一声道："这小子胡吹大气！他华山剑法也不过如此，怎能说是天下无敌？"

仪琳道："师父，他是吓唬吓唬田伯光，好叫他知难而退啊。我听他越骂越凶，只得说道：'劳大哥，我去了！后会有期。'他骂道：'滚你妈的臭鸭蛋，给我滚得越远越好！一见尼姑，逢赌必输，我以前从来没见过你，以后也永远不见你。老子生平最爱赌钱，再见你干什么？'"

定逸勃然大怒，拍案而起，厉声道："这小子好不混蛋！那时你还不走？"

仪琳道："我怕惹他生气，只得走了，一出山洞，就听得洞里乒乒乓乓、兵刃相交之声大作。我想倘若那恶人田伯光胜了，他又会来捉我，若是那位'劳大哥'胜了，他出洞来见到了我，只怕害得他'逢赌必输'，于是我咬了咬牙，提气疾奔，想追上你老人家，请你去帮着收拾田伯光那恶人。"

定逸"嗯"的一声，点了点头。

仪琳突然问道："师父，令狐大哥后来不幸丧命，是不是因为……因为见到了我，这才运气不好？"

定逸怒道："什么'一见尼姑，逢赌必输'，全是胡说八道的鬼话，那也是信得的？这里这许多人，都见到了我们师徒啦，难道他们一个个运气都不好？"

众人听了都脸露微笑，却谁都不敢笑出声来。

仪琳道："是。我奔到天明时，已望见了衡阳城，心中略定，寻思多半可以在衡阳见到师父，哪知就在此时，田伯光又追了上来。我一见到他，脚也软了，奔不几步，便给他抓住了。我想他既追到这里，那位华山派的劳大哥定在山洞中给他害死了，心中说不出的难受。田伯光见道上行人很多，倒也不敢对我无礼，只说：'你乖乖的跟着我，我便不对你动手动脚。如果倔强不听话，我即刻把你衣服剥得清光，教路上这许多人都笑话你。'我吓得不敢反抗，只有跟着他进城。

"来到那家酒楼回雁楼前，他说：'小师父，你有沉鱼……沉鱼落雁之容。这家回雁楼就是为你开的。咱们上去喝个大醉，大家快活快活罢。'我说：'出家人不用荤酒，这是我白云庵的规矩。'他说：'你白云庵的规矩多着呢，当真守得这么多？待会我还要叫你大大的破戒。什么清规戒律，都是骗人的。你师父……你师父……'"她说到这里，偷眼瞧了定逸一眼，不敢再说下去。

定逸道："这恶人的胡说，不必提他，你只说后来怎样。"仪琳道："是。后来我说：'你瞎三话四，我师父从来不躲了起来，偷偷的喝酒吃狗肉。'"

众人一听，忍不住都笑。仪琳虽不转述田伯光的言语，但从这句答话之中，谁都知道田伯光是诬指定逸"躲了起来，偷偷的喝酒吃狗肉"。

定逸将脸一沉，心道："这孩子便是实心眼儿，说话不知避忌。"

仪琳续道："这恶人伸手抓住我衣襟，说道：'你不上楼去陪我喝酒，我就扯烂你的衣服。'我没法子，只好跟他上去。这恶人叫了些酒菜，他也真坏，我说吃素，他偏偏叫的都是牛肉、猪肉、鸡鸭、鱼虾这些荤菜。他说我如不吃，他要撕烂我衣服。师父，我说什么也不肯吃，佛门戒食荤肉，弟子决不能犯戒。这坏人要撕烂我衣服，虽然不好，却不是弟子的过错。

"正在这时，有一个人走上酒楼来，腰悬长剑，脸色苍白，满身都是血迹，便往我们那张桌旁一坐，一言不发，端起我面前酒碗中的酒，一口喝干了。他自己斟了一碗酒，举碗向田伯光道：'请！'向我道：'请！'又喝干了。我一听到他的声音，不由得又惊又喜，原来他便是在山洞中救我的那位'劳大哥'。谢天谢地，他没给田伯光害死，只是身上到处是血，他为了救我，受伤可着实不轻。

"田伯光向他上上下下的打量，说道：'是你！'他说：'是我！'田伯光向他大拇指一竖，赞道：'好汉子！'他也向田伯光大拇指一竖，赞道：'好刀法！'两人都哈哈大笑起来，一同喝了碗酒。我很是奇怪，他二人昨晚还打得这么厉害，怎么此刻忽然变了朋友？这人没死，我很欢喜；然而他是田伯光这恶人的朋友，弟子又担心起来啦。

"田伯光道：'你不是劳德诺！劳德诺是个糟老头子，哪有你这般年轻潇洒？'我偷偷瞧这人，他不过二十来岁年纪，原来昨晚他说'我老人家活了这大把年纪'什么的，都是骗田伯光的。那人一笑，说道：'我不是劳德诺。'田伯光一拍桌子，说道：'是了，你是华山令狐冲，是江湖上的一号人物。'

"令狐大哥这时便承认了，笑道：'岂敢！令狐冲是你手下败将，见笑得紧。'田伯光道：'不打不相识，咱们便交个朋友如何？令狐兄既看中了这个美貌小尼姑，在下让给你便是。重色轻友，岂是我辈所为？'"

定逸脸色发青，只道："这恶贼该死之极，该死之极！"

仪琳泫然欲涕，说道："师父，令狐大哥忽然骂起我来啦。他说：'这小尼姑脸上全无血色，整日价只吃青菜豆腐，相貌决计好不了。田兄，我生平一见尼姑就生气，恨不得杀尽天下的尼姑！'田伯光笑问：'那又为什么？'"

"令狐大哥道：'不瞒田兄说，小弟生平有个嗜好，那是爱赌如命，只要瞧见了骨牌骰子，连自己姓什么也忘记了。可是只要一见尼姑，这一天就不用赌啦，赌什么输什么，当真屡试不爽。不但是我一人，华山派的师兄师弟们个个都是这样。因此我们华山派弟子，见到恒山派的师伯、师叔、师姊、师妹们，脸上虽然恭恭敬敬，心中却无不大叫倒霉！'"

定逸大怒，反过手掌，拍的一声，清清脆脆的打了劳德诺一个耳括子。她出手又快又重，劳德诺不及闪避，只觉头脑一阵晕眩，险些便欲摔倒。

令狐冲哈哈大笑，说道："小尼姑，你盼我打胜呢，还是打败？"仪琳答道："自然盼你打胜。你坐着打，天下第二，决不能输了给他。"令狐冲道："好，那么你请罢！走得越快越好，越远越好!"

四　坐　斗

　　刘正风笑道："师太怎地没来由生这气？令狐师侄为了要救令高足，这才跟田伯光这般胡说八道，花言巧语，你怎地信以为真了？"定逸一怔，道："你说他是为了救仪琳？"刘正风道："我是这么猜想。仪琳师侄，你说是不是？"

　　仪琳低头道："令狐大哥是好人，就是……就是说话太过粗俗无礼。师父生气，我不敢往下说了！"定逸喝道："你说出来！一字不漏的说出来。我要知道他到底安的是好心，还是歹意。这家伙倘若是个无赖浪子，便算死了，我也要跟岳老儿算帐。"仪琳嗫嚅了几句，不敢往下说。定逸道："说啊，不许为他忌讳，是好是歹，难道咱们还分辨不出？"

　　仪琳道："是！令狐大哥又道：'田兄，咱们学武之人，一生都在刀尖上讨生活，虽然武艺高强的占便宜，但归根结底，终究是在碰运气，你说是不是？遇到武功差不多的对手，生死存亡，便讲运道了。别说这小尼姑瘦得小鸡也似的，提起来没三两重，就算真是天仙下凡，我令狐冲正眼也不瞧她。一个人毕竟性命要紧，重色轻友固然不对，重色轻生，那更是大傻瓜一个。这小尼姑啊，万万碰她不得。'

　　"田伯光笑道：'令狐兄，我只道你是个天不怕、地不怕的好汉子，怎么一提到尼姑，便偏有这许多忌讳？'令狐大哥道：'嘿，我一生见了尼姑之后，倒的霉实在太多，可不由得我不信。

·115·

你想，昨天晚上我还是好端端的，连这小尼姑的面也没见到，只不过听到了她说话的声音，就给你在身上砍了三刀，险些儿丧了性命。这不算倒霉，什么才是倒霉？'田伯光哈哈大笑，道：'这倒说的是。'

"令狐大哥道：'田兄，我不跟尼姑说话，咱们男子汉大丈夫，喝酒便喝个痛快，你叫这小尼姑滚蛋罢！我良言劝你，你只消碰她一碰，你就交上了华盖运，以后在江湖上到处都碰钉子，除非你自己出家去做和尚。这"天下三毒"，你怎么不远而避之？'

"田伯光问道：'什么是"天下三毒"？'令狐大哥脸上现出诧异之色，说道：'田兄多在江湖上行走，见识广博，怎地连天下三毒都不知道？常言道得好："尼姑砒霜金线蛇，有胆无胆莫碰他！"这尼姑是一毒，砒霜又是一毒，金线蛇又是一毒。天下三毒之中，又以尼姑居首。咱们五岳剑派中的男弟子们，那是常常挂在口上说的。'"

定逸大怒，伸手在茶几上重重一拍，破口骂道："放他娘的狗臭……"到得最后关头，这个"屁"字终于忍住了不说。劳德诺吃过她的苦头，本来就远远的避在一旁，见她满脸胀得通红，又退开一步。

刘正风叹道："令狐师侄虽是一番好意，但如此信口开河，也未免过份了些。不过话又得说回来，跟田伯光这等大恶徒打交道，若非说得像煞有介事，可也真不易骗得他相信。"

仪琳问道："刘师叔，你说那些言语，都是令狐大哥故意捏造出来骗那姓田的？"

刘正风道："自然是了。五岳剑派之中，哪有这等既无聊、又无礼的说话？再过一日，便是刘某金盆洗手的大日子，我说什么也要图个吉利，倘若大伙儿对贵派真有什么顾忌，刘某怎肯恭恭敬敬的邀请定逸师太和众位贤侄光临舍下？"

定逸听了这几句话，脸色略和，哼了一声，骂道："令狐冲这小子一张臭嘴，不知是哪个缺德之人调教出来的。"言下之意，自是将令狐冲的师父华山掌门也给骂上了。

刘正风道："师太不须着恼。田伯光那厮，武功是很厉害的。令狐师侄斗他不过，眼见仪琳贤侄身处极大危难，只好编造些言语出来，盼能骗得这恶贼放过了她。想那田伯光走遍天下，见多识广，岂能轻易受骗？世俗之人无知，对出家的师太们有些偏见，也是实情，令狐师侄便乘机而下说词了。咱们身在江湖，行事说话，有时免不了要从权。令狐师侄若不是看重恒山派，华山派自岳先生而下，若不都是心中敬重佩服三位老师太，他又怎肯如此尽心竭力的相救贵派弟子？"

定逸点了点头，道："多承刘三爷美言。"转头向仪琳道："田伯光因此而放了你？"

仪琳摇头道："没有。令狐大哥又说：'田兄，你虽轻功独步天下，但要是交上了倒霉的华盖运，轻功再高，也逃不了。'田伯光一时好似拿不定主意，向我瞧了两眼，摇摇头说道：'我田伯光独往独来，横行天下，哪里能顾忌得这么多？这小尼姑嘛，反正咱们见也见到了，且让她在这里陪着便是。'

"就在这时，邻桌上有个青年男子突然拔出长剑，抢到田伯光面前，喝道：'你……你就是田伯光吗？'田伯光道：'怎样？'那年轻人道：'杀了你这淫贼！武林中人人都要杀你而甘心，你却在这里大言不惭，可不是活得不耐烦了？'挺剑向田伯光刺去。看他剑招，是泰山派的剑法，就是这一位师兄。"说着手指躺在门板上的那具尸身。

天门道人点头道："迟百城这孩子，很好，很好！"

仪琳继续道："田伯光身子一晃，手中已多了一柄单刀，笑道：'坐下，坐下，喝酒，喝酒！'将单刀还入刀鞘。那位泰山派的师兄，却不知如何胸口已中了他一刀，鲜血直冒，他眼睛瞪着田伯光，身子摇晃了几下，倒向楼板。"

她目光转向天松道人，说道："这位泰山派的师伯，纵身抢到田伯光面前，连声猛喝，出剑疾攻。这位师伯的剑招自是十分了得，但田伯光仍不站起身，坐在椅中，拔刀招架。这位师伯攻了二三十剑，田伯光挡了二三十招，一直坐着，没站起身来。"

天门道人黑着脸，眼光瞧向躺在门板上的师弟，问道："师弟，这恶贼的武功当真如此了得？"天松道人一声长叹，缓缓将头转了开去。

仪琳续道："那时候令狐大哥便拔剑向田伯光疾刺。田伯光回刀挡开，站起身来。"

定逸道："这可不对了。天松道长接连刺他二三十剑，他都不用起身，令狐冲只刺他一剑，田伯光便须站起来。令狐冲的武功，又怎能高得过天松道长？"

仪琳道："那田伯光是有道理的。他说：'令狐兄，我当你是朋友，你出兵刃攻我，我如仍然坐着不动，那就是瞧你不起。我武功虽比你高，心中却敬你为人，因此不论胜败，都须起身招架。对付这牛……牛鼻……却又不同。'令狐大哥哼了一声，道：'承你青眼，令狐冲脸上贴金。'嗤嗤嗤向他连攻三剑。师父，这三剑去势凌厉得很，剑光将田伯光的上盘尽数笼罩住了……"

定逸点头道："这是岳老儿的得意之作，叫什么'太岳三青峰'，据说是第二剑比第一剑的劲道狠，第三剑又胜过了第二剑。那田伯光如何拆解？"

仪琳道："田伯光接一招，退一步，连退三步，喝采道：'好剑法！'转头向天松师伯道：'牛鼻子，你为什么不上来夹攻？'令狐大哥一出剑，天松师伯便即退开，站在一旁。天松师伯冷冷的道：'我是泰山派的正人君子，岂肯与淫邪之人联手？'我忍不住了，说道：'你莫冤枉了这位令狐师兄，他是好人！'天松师伯冷笑道：'他是好人？嘿嘿，他是和田伯光同流合污的大大好人！'突然之间，天松师伯'啊'的一声大叫，双手按住了胸口，脸上神色十分古怪。田伯光还刀入鞘，说道：'坐下，坐下！喝酒，喝酒。'

"我见天松师伯双手指缝中不绝的渗出鲜血。不知田伯光使了什么奇妙的刀法，我全没见到他伸臂挥手，天松师伯胸口已然中刀，这一刀当真快极。我吓得只叫：'别……别杀他！'田伯光笑道：'小美人说不杀，我就不杀！'天松师伯按住伤口，冲下了楼梯。

"令狐大哥起身想追下去相救。田伯光拉住他，说道：'令狐兄，这牛鼻子骄傲得紧，宁死不会要你相帮，又何苦自讨没趣？'令狐大哥苦笑着摇摇头，一连喝了两碗酒。师父，那时我想，咱们佛门五大戒，第五戒酒，令狐大哥虽然不是佛门弟子，可是喝酒这么喝个不停，终究不好。不过弟子自然不敢跟他说话，怕他骂我'一见尼姑'什么的。"

定逸道："令狐冲这些疯话，以后不可再提。"仪琳道："是。"定逸道："以后便怎样？"

仪琳道："田伯光说：'这牛鼻子武功不错，我这一刀砍得不算慢，他居然能及时缩了三寸，这一刀竟砍他不死。泰山派的玩艺倒真还有两下子。令狐兄，这牛鼻子不死，今后你的麻烦可就多了。刚才我存心要杀了他，免你后患，可惜这一刀砍他不死。'

"令狐大哥笑道：'我一生之中，麻烦天天都有，管他娘的，喝酒，喝酒。田兄，你这一刀如果砍向我胸口，我武功不及天松师伯，那便避不了。'田伯光笑道：'刚才我出刀之时，确是手下留了情，那是报答你昨晚在山洞中不杀我的情谊。'我听了好生奇怪，如此说来，昨晚山洞中两人相斗，倒还是令狐大哥占了上风，饶了他性命。"

众人听到这里，脸上都现出不以为然的神色，均觉令狐冲不该和这万恶淫贼拉交情。

仪琳续道："令狐大哥道：'昨晚山洞之中，在下已尽全力，艺不如人，如何敢说剑下留情？'田伯光哈哈一笑，说道：'当时你和这小尼姑躲在山洞之中，这小尼姑发出声息，被我查觉，可是你却屏住呼吸，我万万料不到另外有人窥伺在侧。我拉住了这小尼姑，立时便要破了她的清规戒律。你只消得片刻，待我魂飞天外、心无旁骛之时，一剑刺出，定可取了我的性命。令狐兄，你又不是十一二岁的少年，其间的轻重关节，岂有不知？我知你是堂堂丈夫，不愿施此暗算，因此那一剑嘛，嘿嘿，只是在我肩头轻轻这么一刺。'

"令狐大哥道：'我如多待得片刻，这小尼姑岂非受了你的污辱？我跟你说，我虽然见了尼姑便生气，但恒山派总是五岳剑派之一。你欺到我们头上来，那可容你不得。'田伯光笑道：'话是如此，然而你这一剑若再向前送得三四寸，我一条胳臂就此废了，干么你这一剑刺中我后，却又缩回？'令狐大哥道：'我是华山弟子，岂能暗箭伤人？你先在我肩头砍一刀，我便在你肩头还了一剑，大家扯个直，再来交手，堂堂正正，谁也不占谁的便宜。'田伯光哈哈大笑，道：'好，我交了你这个朋友，来来来，喝一碗。'

"令狐大哥道：'武功我不如你，酒量却是你不如我。'田伯光道：'酒量不如你吗？那也未见得，咱们便来比上一比。来，大家先喝十大碗再说。'令狐大哥皱眉道：'田兄，我只道你也是个不占人便宜的好汉，这才跟你赌酒，哪知大谬不然，令我好生失望。'

"田伯光斜眼看他，问道：'我又如何占你便宜了？'令狐大哥道：'你明知我讨厌尼姑，一见尼姑便周身不舒服，胃口大倒，如何还能跟你赌酒？'田伯光又大笑起来，说道：'令狐兄，我知你千方百计，只是要救这小尼姑，可是我田伯光爱色如命，既看上了这千娇百媚的小尼姑，说什么也不放她走。你要我放她，唯有一个条件。'令狐大哥道：'好，你说出来罢，上刀山，下油锅，我令狐冲认命了，皱一皱眉头，不算好汉。'

"田伯光笑嘻嘻的斟满了两碗酒，道：'你喝了这碗酒，我跟你说。'令狐大哥端起酒碗，一口喝干，道：'干！'田伯光也喝了那碗酒，笑道：'令狐兄，在下既当你是朋友，就当按照江湖上的规矩，朋友妻，不可戏。你若答应娶这小尼姑……小尼姑……'"

她说到这里，双颊晕红如火，目光下垂，声音越说越小，到后来已细不可闻。

定逸伸手在桌上一拍，喝道："胡说八道，越说越下流了。后来怎样？”

仪琳细声道：“那田伯光口出胡言，笑嘻嘻的道：‘大丈夫一言既出，驷马难追。你答应娶她……娶她为妻，我即刻放她，还向她作揖陪罪，除此之外，万万不能。’

“令狐大哥呸的一声，道：‘你要我倒足一世霉么？此事再也休提。’田伯光那厮又胡说了一大篇，说什么留起头发，就不是尼姑，还有许多教人说不出口的疯话，我掩住耳朵，不去听他。令狐大哥道：‘住嘴！你再开这等无聊玩笑，令狐冲当场给你气死，哪还有性命来跟你拼酒？你不放她，咱们便来决一死战。’田伯光笑道：‘讲打，你是打我不过的！’令狐大哥道：‘站着打，我不是你对手。坐着打，你便不是我对手。’”

众人先前听仪琳述说，田伯光坐在椅上一直没站起身，却挡架了泰山派好手天松道人二三十招凌厉的攻势，则他善于坐着而斗，可想而知，令狐冲说“站着打，我不是你对手；坐着打，你不是我对手”这句话，自是为了故意激恼他而说。何三七点头道：“遇上了这等恶徒淫贼，先将他激得暴跳如雷，然后乘机下手，倒也不失为一条妙计。”

仪琳续道：“田伯光听了，也不生气，只笑嘻嘻的道：‘令狐兄，田伯光佩服的，是你的豪气胆识，可不是你的武功。’令狐大哥道：‘令狐冲佩服你的，乃是你站着打的快刀，却不是坐着打的刀法。’田伯光道：‘你这个可不知道了，我少年之时，腿上得过寒疾，有两年时光我坐着习练刀法，坐着打正是我拿手好戏。适才我和那泰山派的牛……牛……道人拆招，倒不是轻视于他，只是我坐着使刀使得惯了，也就懒得站将起来。令狐兄，这一门功夫，你是不如我的。’令狐大哥道：‘田兄，你这个可不知道了。你不过少年之时为了腿患寒疾，坐着练了两年刀法，时候再多，也不过两年。我别的功夫不如你，这坐着使剑，却比你强。我天天坐着练剑。’”

众人听到这里，目光都向劳德诺瞧去，均想：“可不知华山派武功之中，有没这样一项坐着练剑的法门？"劳德诺摇头道："大师哥骗他的，敝派没这一门功夫。"

仪琳道："田伯光脸上露出诧异的神色，说道：'当真有这回事？在下这可是孤陋寡闻了，倒想见识见识华山派的坐……坐……什么剑法啊？'令狐大哥笑道：'这些剑法不是我恩师所授，是我自己创出来的。'田伯光一听，登时脸色一变，道：'原来如此，令狐兄大才，令人好生佩服。'"

众人均知田伯光何以动容。武学之中，要新创一路拳法剑法，当真谈何容易，若非武功既高，又有过人的才智学识，决难别开蹊径，另创新招。像华山派这等开山立派数百年的名门大派，武功的一招一式无不经过千锤百炼，要将其中一招稍加变易，也已极难，何况另创一路剑法？劳德诺心想："原来大师哥暗中创了一套剑法，怎地不跟师父说？"

只听仪琳续道："当时令狐大哥嘻嘻一笑，说道：'这路剑法臭气冲天，有什么值得佩服之处？'田伯光大感诧异，问道：'怎地臭气冲天？'我也是好生奇怪，剑法最多是不高明，哪会有什么臭气？令狐大哥道：'不瞒田兄说，我每天早晨出恭，坐在茅厕之中，到处苍蝇飞来飞去，好生讨厌，于是我便提起剑来击刺苍蝇。初时刺之不中，久而久之，熟能生巧，出剑便刺到苍蝇，渐渐意与神会，从这些击刺苍蝇的剑招之中，悟出一套剑法来。使这套剑法之时，一直坐着出恭，岂不是臭气有点难闻么？'

"他说到这里，我忍不住便笑了出来，这位令狐大哥真是滑稽，天下哪有这样练剑的。田伯光听了，却脸色铁青，怒道：'令狐兄，我当你是个朋友，你出此言，未免欺人太甚，你当我田伯光是茅厕中的苍蝇，是不是？好，我便领教领教你这路……你这路……'"

众人听到这话，都暗暗点头，均知高手比武，倘若心意浮躁，可说已先自输了三成，令狐冲这些言语显然意在激怒对方，现下田伯光终于发怒，那是第一步已中计了。

定逸道："很好！后来怎样？"

仪琳道："令狐大哥笑嘻嘻的道：'在下练这路剑法，不过是为了好玩，绝无与人争胜拼斗之意。田兄千万不可误会，小弟决不敢将你当作是茅厕里的苍蝇。'我忍不住又笑了一声。田伯光更加恼怒，抽出单刀，放在桌上，说道：'好，咱们便大家坐着，比上一比。'我见到他眼中露出凶光，很是害怕，他显然已动杀机，要将令狐大哥杀了。

"令狐大哥笑道：'坐着使刀使剑，你没我功夫深，你是比不过我的。令狐冲今日新交了田兄这个朋友，又何必伤了两家和气？再说，令狐冲堂堂丈夫，不肯在自己最擅胜场的功夫上占朋友的便宜。'田伯光道：'这是田伯光自甘情愿，不能说是你占了我便宜。'令狐大哥道：'如此说来，田兄一定要比？'田伯光道：'一定要比！'令狐大哥道：'一定要坐着比！'田伯光道：'对了，一定要坐着比！'令狐大哥道：'好，既是如此，咱们得订下一个规条，胜败未决之时，哪一个先站了起来，便算输。'田伯光道：'不错！胜败未决之时，哪一个先站起身，便算输了。'

"令狐大哥又问：'输了的便怎样？'田伯光道：'你说如何便如何？'令狐大哥道：'待我想一想。有了，第一，比输之人，今后见到这个小尼姑，不得再有任何无礼的言语行动，一见到她，便得上前恭恭敬敬的躬身行礼，说道："小师父，弟子田伯光拜见。"'田伯光道：'呸！你怎知定是我输？要是你输呢？'令狐大哥道：'我也一样，是谁输了，谁便得改投恒山派门下，做定逸老师太的徒孙，做这小尼姑的徒弟。'师父，你想令狐大哥说得滑稽不滑稽？他二人比武，怎地输了要改投恒山派门下？我又怎能收他们做徒弟？"

她说到这里，脸上露出了淡淡的笑容。她一直愁容不展，此刻微现笑靥，更增秀色。

定逸道："这些江湖上的粗鲁汉子，什么话都说得出，你又怎地当真了？这令狐冲存心是在激怒田伯光。"她说到这里，抬起头来，微闭双目，思索令狐冲用什么法子能够取胜，倘若他比武败了，又如何自食其言？想了一会，知道自己的智力跟这些无赖流氓相比实在差得太远，不必徒伤脑筋，便问："那田伯光却又怎样回答？"

仪琳道："田伯光见令狐大哥说得这般有恃无恐，脸上现出迟疑之色，我料他有一些担心了，大概在想：莫非令狐冲坐着使剑，当真有过人之长？令狐大哥又激他：'倘若你决意不肯改投恒山派门下，那么咱们也不用比了。'田伯光怒道：'胡说八道！好，就是这样，输了的拜这小尼姑为师！'我道：'我可不能收你们做徒弟，我功夫不配，再说，我师父也不许。我恒山派不论出家人、在家人，个个都是女子，怎能够……怎能够……'

"令狐大哥将手一挥，说道：'我和田兄商量定的，你不收也得收，哪由得你作主？'他转头向田伯光道：'第二，输了之人，就得举刀一挥，自己做了太监。'师父，不知道什么是举刀一挥，自己做了太监？"

她这么一问，众人都笑了起来。定逸也忍不住好笑，严峻的脸上终于露出了笑容，说道："那些流氓的粗话，好孩子，你不懂就不用问，没什么好事。"

仪琳道："噢，原来是粗话。我本来想有皇帝就有太监，没什么了不起。田伯光听了这话后，斜眼向着令狐大哥问道：'令狐兄，你当真有必胜的把握？'令狐大哥道：'这个自然！站着打，我令狐冲在普天下武林之中，排名第八十九；坐着打，排名第二！'田伯光甚是好奇，问道：'你第二？第一是谁？'令狐大哥道：'那是魔教教主东方不败！'"

众人听她提到"魔教教主东方不败"八字，脸色都为之一变。

仪琳察觉到众人神色突然间大变，既感诧异，又有些害怕，深恐自己说错了话，问道："师父，这话不对么？"定逸道："你别提这人的名字。田伯光却怎么说？"

仪琳道："田伯光点点头，道：'你说东方教主第一，我没异言，可是阁下自居排名第二，未免有些自吹自擂。难道你还胜得过尊师岳先生？'令狐大哥道：'我是说坐着打啊。站着打，我师父排名第八，我是八十九，跟他老人家可差得远了。'田伯光点头道：'原来如此！那么站着打，我排名第几？这又是谁排的？'令狐大哥道：'这是一个大秘密，田兄，我跟你言语投机，说便跟你说了，可千万不能泄漏出去，否则定要惹起武林中老大一场风波。三个月之前，我五岳剑派五位掌门师尊在华山聚会，谈论当今武林名手的高下。五位师尊一时高兴，便将普天下众高手排了一排。田兄，不瞒你说，五位师尊对你的人品骂得一钱不值，说到你的武功，大家认为还真不含糊，站着打，天下可以排到第十四。'"

天门道人和定逸师太齐声道："令狐冲胡说八道，哪有此事？"

仪琳道："原来令狐大哥是骗他的。田伯光也有些将信将疑，但道：'五岳剑派掌门人都是武林中了不起的高人，居然将田伯光排名第十四，那是过奖了。令狐兄，你是否当着五位掌门人之面，施展你那套臭不可闻的茅厕剑法，否则他们何以许你天下第二？'

"令狐大哥笑道：'这套茅厕剑法吗？当众施展，太过不雅，如何敢在五位尊师面前献丑？这路剑法姿势难看，可是十分厉害。令狐冲和一些旁门左道的高手谈论，大家认为除了东方教主之外，天下无人能敌。不过，田兄，话又得说回来，我这路剑法虽然了得，除了出恭时击刺苍蝇之外，却无实用。你想想，当真与人动手比武，又有谁肯大家坐着不动？就算我和你约好了非坐着比不可，等到你一输，你自然老羞成怒，站起身来，你站着打的天下第十四，轻而易举，便能将我这坐着打的天下第二一刀杀了。所以嘛，你这站着打天下第十四是真的，我这坐着打的天下第二却是徒有虚名，毫不足道。'

"田伯光冷哼一声，说道：'令狐兄，你这张嘴当真会说。你又怎知我坐着打一定会输给你，又怎知我会老羞成怒，站起身来杀你？'

"令狐大哥道：'你若答应输了之后不来杀我，那么做太……

太监之约，也可不算，免得你绝子绝孙，没了后代。好罢，废话少说，这就动手！'他手一掀，将桌子连酒壶、酒碗都掀得飞了出去，两个人就面对面的坐着，一个手中提了把刀，一个手中握了柄剑。

"令狐大哥道：'进招罢！是谁先站起身来，屁股离开了椅子，谁就输了。'田伯光道：'好，瞧是谁先站起身来！'他二人刚要动手，田伯光向我瞧了一眼，突然哈哈大笑，说道：'令狐兄，我服了你啦。原来你暗中伏下人手，今日存心来跟田伯光为难。我和你坐着相斗，谁都不许离开椅子，别说你的帮手一拥而出，单是这小尼姑在我背后动手动脚，说不定便逼得我站起身来。'

"令狐大哥也是哈哈大笑，说道：'只教有人插手相助，便算是令狐冲输了。小尼姑，你盼我打胜呢，还是打败？'我道：'自然盼你打胜。你坐着打，天下第二，决不能输了给他。'令狐大哥道：'好，那么你请罢！走得越快越好，越远越好！这么一个光头小尼姑站在我眼前，令狐冲不用打便输了。'他不等田伯光出言阻止，刷的一剑，便向他刺去。

"田伯光挥刀挡开，笑道：'佩服，佩服！好一条救小尼姑脱身的妙计。令狐兄，你当真是个多……多情种子。只是这一场凶险，冒得忒也大了些。'我那时才明白，原来令狐大哥一再说谁先站起谁输，是要我有机会逃走。田伯光身子不能离椅，自然无法来捉我了。"

众人听到这里，对令狐冲这番苦心都不禁赞叹。他武功不及田伯光，除此之外，确无良策可让仪琳脱身。

定逸道："什么'多情种子'等等，都是粗话，以后嘴里千万不可提及，连心里也不许想。"仪琳垂目低眉，道："是，原来那也是粗话，弟子知道了。"定逸道："那你就该立即走路啊，倘若田伯光将令狐冲杀了，你便又难逃毒手。"

仪琳道："是。令狐大哥一再催促，我只得向他拜了拜，说道：'多谢令狐师兄救命之恩。'转身下楼，刚走到楼梯口，只听得田伯光喝道："中！"我一回头，两点鲜血飞了过来，溅上我的衣衫，原来令狐大哥肩头中了一刀。

"田伯光笑道："怎么样？你这坐着打天下第二的剑法，我看也是稀松平常！"令狐大哥道："这小尼姑还不走，我怎打得过你？那是我命中注定要倒大霉。"我想令狐大哥讨厌尼姑，我留着不去，只怕真的害了他性命，只得急速下楼。一到酒楼之下，但听楼上刀剑之声相交不绝，田伯光又大喝一声："中！"

"我大吃一惊，料想令狐大哥又给他砍中了一刀，但不敢再上楼去观看，于是从楼旁攀援而上，到了酒楼屋顶，伏在瓦上，从窗子里向内张望，只见令狐大哥仍是持剑狠斗，身上溅满了鲜血，田伯光却一处也没受伤。

"又斗了一阵，田伯光又喝一声："中！"一刀砍在令狐大哥的左臂，收刀笑道："令狐兄，我这一招是刀下留情！"令狐大哥笑道："我自然知道，你落手稍重，我这条臂膀便给你砍下来啦！"师父，在这当口，他居然还笑得出来。田伯光道："你还打不打？"令狐大哥道："当然打啊，我又没站起身来。"田伯光道："我劝你认输，站了起来罢。咱们说过的话不算数，你不用拜那小尼姑为师啦。"令狐大哥道："大丈夫一言既出，驷马难追。说过的话，岂有不算数的？"田伯光道："天下硬汉子我见过多了，令狐兄这等人物，田伯光今日第一次见到。好！咱们不分胜败，两家罢手如何？"

"令狐大哥笑嘻嘻的瞧着他，并不说话，身上各处伤口中的鲜血不断滴向楼板，嗒嗒嗒的作声。田伯光抛下单刀，正要站起，突然想到一站起身便算输了，身子只这么一晃，便又坐实，总算没离开椅子。令狐大哥笑道："田兄，你可机灵得很啊！""

众人听到这里，都情不自禁"唉"的一声，为令狐冲可惜。

仪琳继续说道："田伯光拾起单刀，说道："我要使快刀了，再迟得片刻，那小尼姑便要逃得不知去向，追她不上了。"我听他说还要追我，只吓得浑身发抖，又担心令狐大哥遭了他的毒手，不知如何是好。忽地想起，令狐大哥所以拼命和他缠斗，只是为了救我，唯有我去自刎在他二人面前，方能使令狐大哥不死。当下我拔出腰间断剑，正要涌身跃入酒楼，突然间只见令狐大哥身子一晃，连人带椅倒下地来，又见他双手撑地，慢慢爬了开去，那只椅子压在他身上。他受伤甚重，一时挣扎着站不起来。

"田伯光甚是得意，笑道：'坐着打天下第二，爬着打天下第几？'说着站起身来。

"令狐大哥也是哈哈一笑，说道：'你输了！'田伯光笑道：'你输得如此狼狈，还说是我输了？'令狐大哥伏在地下，问道：'咱们先前怎么说来？'田伯光道：'咱们约定坐着打，是谁先站起身来，屁股离了椅子……便……便……便……'他连说了三个'便'字，再也说不下去，左手指着令狐大哥。原来这时他才醒悟已上了当。他已经站起，令狐大哥可兀自未曾起立，屁股也未离开椅子，模样虽然狼狈，依着约定的言语，却算是胜了。"

众人听到这里，忍不住拍手大笑，连声叫好。

只余沧海哼了一声，道："这无赖小子，跟田伯光这淫贼去要流氓手段，岂不丢了名门正派的脸面？"定逸怒道："什么流氓手段？大丈夫斗智不斗力。可没见你青城派中有这等见义勇为的少年英侠？"她听仪琳述说令狐冲奋不顾身，保全了恒山派的颜面，心下实是好生感激，先前怨怪令狐冲之意，早就丢到了九霄云外。余沧海又哼了一声，道："好一个爬在地下的少年英侠！"定逸厉声道："你青城派……"

刘正风怕他二人又起冲突，忙打断话头，问仪琳道："贤侄，田伯光认不认输？"

仪琳道："田伯光怔怔的站着，一时拿不定主意。令狐大哥叫道：'恒山派的小师妹，你下来罢，恭喜你新收了一位高足啊！'原来我在屋顶窥探，他早就知道了。田伯光这人虽恶，说过了的话倒不抵赖，那时他本可上前一刀将令狐大哥杀了，回头再来对付我，但他却大声叫道：'小尼姑，我跟你说，下次你再敢见我，我一刀便将你杀了。'我本来就不愿收这恶人做徒弟，他这么说，我正是求之不得。田伯光说了这句话，将单刀往刀鞘里一插，大踏步下了酒楼。我这才跳进楼去，将令狐大哥扶了起来，取出天香断续胶给他敷上伤口，我一数，他身上大大小小的伤口，竟有十三处之多……"

余沧海忽然插口道："定逸师太，恭喜恭喜!"定逸瞪眼道："恭什么喜?"余沧海道："恭喜你新收了一位武功卓绝、天下扬名的好徒孙!"定逸大怒，一拍桌子，站起身来。天门道人道："余观主，这可是你的不对了。咱们玄门清修之士，岂可开这等无聊玩笑?"余沧海一来自知理屈，二来对天门道人十分忌惮，当下转过了头，只作没有听见。

仪琳续道："我替令狐大哥敷完了药，扶他坐上椅子。令狐大哥不住喘气，说道：'劳你驾，给斟一碗酒。'我斟了一碗酒递给他。忽然楼梯上脚步声响，上来了两人，一个就是他。"伸指指着抬罗人杰尸身进来的那青城派弟子，又道："另一个便是那恶人罗人杰。他们二人看看我，看看令狐大哥，眼光又转过来看我，神色间甚是无礼。"

众人均想，罗人杰他们乍然见到令狐冲满身鲜血，和一个美貌尼姑坐在酒楼之上，而那小尼姑又斟酒给他喝，自然会觉得大大不以为然，神色无礼，那也不足为奇了。

仪琳续道："令狐大哥向罗人杰瞧了一眼，问道：'师妹，你可知青城派最擅长的是什么功夫?'我道：'不知道，听说青城派高明的功夫多得很。'令狐大哥道：'不错，青城派高明的功夫很多，但其中最高明的一招，嘿嘿，免伤和气，不说也罢。'说着向罗人杰又瞪了一眼。罗人杰抢将过来，喝道：'最高明的是什么? 你倒说说看?'令狐大哥笑道：'我本来不想说，你一定要我说，是不是? 那是一招"屁股向后平沙落雁式"。'罗人杰伸手在桌上一拍，喝道：'胡说八道，什么叫做"屁股向后平沙落雁式"，从来没听

见过！'

"令狐大哥笑道：'这是贵派的看家招式，你怎地会没听见过？你转过身来，我演给你瞧。'罗人杰骂了几句，出拳便向令狐大哥打去。令狐大哥站起来想避，但实在失血过多，半点力气也没有了，身子一晃，便即坐倒，给他这一拳打在鼻上，鲜血长流。

"罗人杰第二拳又待再打，我忙伸掌格开，道：'不能打！他身受重伤，你没瞧见么？你欺负受伤之人，算是什么英雄好汉？'罗人杰骂道：'小尼姑见小贼生得潇洒，动了凡心啦！快让开。你不让开，连你也打了。'我说：'你敢打我，我告诉你师父余观主去。'他说：'哈哈，你不守清规，破了淫戒，天下人个个打得。'师父，他这可不是冤枉人吗？他左手向我一探，我伸手格时，没料到他这一下是虚招，突然间他右手伸出，在我左颊上捏了一把，还哈哈大笑。我又气又急，连出三掌，却都给他避开了。

"令狐大哥道：'师妹，你别动手，我运一运气，那就成了。'我转头瞧他，只见他脸上半点血色也没有。就在那时，罗人杰奔将过去，握拳又要打他。令狐大哥左掌一带，将他带得身子转了半个圈子，跟着飞出一腿，踢中了他的……他的后臀。这一腿又快又准，巧妙之极。那罗人杰站立不定，直滚下楼去。

"令狐大哥低声道：'师妹，这就是他青城派最高明的招数，叫做"屁股向后平沙落雁式"，屁股向后，是专门给人踢的，平沙落……落……雁，你瞧像不像？'我本想笑，可是见他脸色越来越差，很是担心，劝道：'你歇一歇，别说话。'我见他伤口又流出血来，显然刚才踢这一脚太过用力，又将伤口弄破了。

"那罗人杰跌下楼后立即又奔了上来，手中已多了一柄剑，喝道：'你是华山令狐冲，是不是？'令狐大哥笑道：'贵派高手向我施展这招"屁股向后平沙落雁式"的，阁下已是第三人，无怪……无怪……'说着不住咳嗽。我怕罗人杰害他，抽出剑来，在旁守护。

"罗人杰向他师弟道：'黎师弟，你对付这小尼姑。'这姓黎的恶人应了一声，抽出长剑，向我攻来，我只得出剑招架。只见罗人杰一剑又一剑向令狐大哥刺去，令狐大哥勉力举剑招架，形势甚是危急。又打几招，令狐大哥的长剑跌了下来。罗人杰长剑刺出，抵在他胸前，笑道：'你叫我三声青城派的爷爷，我便饶了你性命。'令狐大哥笑道：'好，我叫，我叫！我叫了之后，你传不传我贵派那招屁股向后平沙……'他这句话没说完，罗人杰这恶人长剑往前一送，便刺入了令狐大哥胸口，这恶人当真毒辣……"

她说到这里，晶莹的泪水从面颊上滚滚流下，哽咽着继续道："我……我……我见到这等情状，扑过去阻挡，但那罗人杰的利剑，已刺……刺进了令狐大哥的胸膛。"

一时之间，花厅上静寂无声。

余沧海只觉射向自己脸上的许多眼光之中，都充满着鄙夷和愤恨之意，说道："你这番言语，未免不尽不实。你既说罗人杰已杀了令狐冲，怎地罗人杰又会死在他的剑下？"

仪琳道："令狐大哥中了那剑后，却笑了笑，向我低声道：'小师妹，我……我有个大秘密，说给你听。那福……福威镖局的辟邪……辟邪剑谱，是在……是在……'他声音越说越低，我再也听不见什么，只见他嘴唇在动……"

余沧海听她提到福威镖局的辟邪剑谱，登时心头大震，不由自主的神色十分紧张，问道："在什么……"他本想问"在什么地方"，但随即想起，这句话万万不能当众相询，当即缩住，但心中扑通扑通的乱跳，只盼仪琳年幼无知，当场便说了出来，否则事后定逸师太一加详询，知道了其中的重大关连，那是无论如何不会让自己与闻机密了。

只听仪琳续道："罗人杰对那什么剑谱，好像十分关心，走将过来，俯低身子，要听令狐大哥说那剑谱是在什么地方，突然之间，令狐大哥抓起掉在楼板上的那口剑，一抬手，刺入了罗人杰的小腹之中。这恶人仰天一交跌倒，手足抽搐了几下，再也爬不起来。原来……原来……师父……令狐大哥是故意骗他走近，好杀他报仇。"

她述说完了这段往事，精神再也支持不住，身子晃了几晃，晕了过去。定逸师太伸出手臂，揽住了她腰，向余沧海怒目而视。

众人默然不语，想像回雁楼头那场惊心动魄的格斗。在天门道人、刘正风、闻先生、何三七等高手眼中，令狐冲、罗人杰等人的武功自然都没什么了不起，但这场斗杀如此变幻惨酷，却是江湖上罕见罕闻的凄厉场面，而从仪琳这样一个秀美纯洁的妙龄女尼口中说来，显然并无半点夸大虚妄之处。

刘正风向那姓黎的青城派弟子道："黎世兄，当时你也在场，这件事是亲眼目睹的？"

那姓黎的青城弟子不答，眼望余沧海。众人见了他的神色，均知当时实情确是如此。否则仪琳只消有一句半句假话，他自必出言反驳。

余沧海目光转向劳德诺，脸色铁青，冷冷的问道："劳贤侄，我青城派到底在什么事上得罪了贵派，以致令师兄一再无端生事，向我青城派弟子挑衅？"劳德诺摇头道："弟子不知。那是令狐师哥和贵派罗兄私人间的争斗，和青城、华山两派的交情绝不相干。"余沧海冷笑道："好一个绝不相干！你倒推得干干净净……"

话犹未毕，忽听得豁喇一声，西首纸窗被人撞开，飞进一个人来。厅上众人都是高手，应变奇速，分向两旁一让，各出拳掌护身，还未看清进来的人是谁，豁喇一响，又飞进一个人来。这两人摔在地下，俯伏不动。但见两人都身穿青色长袍，是青城派弟子的服色打扮，袍上臀部之处，清清楚楚的各印着一个泥水的脚印。只听得窗外一个苍老而粗豪的声音朗声道："屁股向后平沙落雁式！哈哈，哈哈！"

余沧海身子一晃，双掌劈出，跟着身随掌势，窜出窗外，左手在窗格上一按，已借势上了屋顶，左足站在屋檐，眼观四方，但见夜色沉沉，雨丝如幕，更无一个人影，心念一动："此人决不能在这瞬息之间，便即逸去无踪，定然伏在左近。"知道此人大是劲敌，伸手拔出长剑，展开身形，在刘府四周迅捷异常的游走了一周。

其时只天门道人自重身份，仍坐在原座不动，定逸师太、何三七、闻先生、刘正风、劳德诺等都已跃上了屋顶，眼见一个身材矮小的道人提剑疾行，黑暗中剑光耀眼，幻作了一道白光，在刘府数十间屋舍外绕行一圈，对余沧海轻身功夫之高，无不暗暗佩服。

余沧海奔行虽快，但刘府四周屋角、树木、草丛各处，没一处能逃过他的眼光，不见有任何异状，当即又跃入花厅，只见两名弟子仍伏在地下，屁股上那两个清清楚楚的脚印，便似化成了江湖上千万人的耻笑，正在讥嘲青城派丢尽了颜面。

余沧海伸手将一名弟子翻过身来，见是弟子申人俊，另一个不必翻身，从他后脑已可见到一部胡子，自是与申人俊焦孟不离的吉人通了。他伸手在申人俊胁下的穴道上拍了两下，问道："着了谁的道儿?"申人俊张口欲语，却发不出半点声息。

余沧海吃了一惊，适才他这么两拍，只因大批高手在侧，故意显得似乎轻描淡写，浑不着力，其实已运上了青城派的上乘内力，但申人俊被封的穴道居然无法解开。当下只得潜运功力，将内力自申人俊背心"灵台穴"中源源输入。

过了好一会，申人俊才结结巴巴的叫道："师……师父。"余沧海不答，又输了一阵内力。申人俊道："弟……弟子没见到对手是谁。"余沧海道："他在哪里下的手?"申人俊道："弟子和吉师弟两个同到外边解手，弟子只觉后心一麻，便着了这龟儿子的道儿。"余沧海脸一沉，道："人家是武林高手，不可胡言谩骂。"申人俊道："是。"

余沧海一时想不透对方是什么路子，一抬头，只见天门道人脸色木然，对此事似是全不关心，寻思："他五岳剑派同气连枝，人杰杀了令狐冲，看来连天门这厮也将我怪上了。"突然想起："下手之人只怕尚在大厅之中。"当即向申人俊招了招手，快步走进大厅。

厅上众人正在纷纷议论，兀自在猜测一名泰山派弟子、一名青城派弟子死于非命，是谁下的毒手，突然见到余沧海进来，有的认得他是青城派掌门，不认得他的，见这人身高不逾五尺，却自有一股武学宗匠的气度，形貌举止，不怒自威，登时都静了下来。

余沧海的眼光逐一向众人脸上扫去。厅上众人都是武林中第二辈的人物，他虽然所识者不多，但一看各人的服色扮扮，十之八九便已知属于何门何派，料想任何门派的第二代弟子之中，决无内力如此深厚的好手，此人若在厅上，必然与众不同。他一个一个的看去，突然之间，两道锋锐如刀的目光停在一个人身上。

这人形容丑陋之极，脸上肌肉扭曲，又贴了几块膏药，背脊高高隆起，是个驼子。

余沧海陡然忆起一人，不由得一惊："莫非是他？听说这'塞北明驼'木高峰素在塞外出没，极少涉足中原，又跟五岳剑派没什么交情，怎会来参与刘正风的金盆洗手之会？但若不是他，武林中又哪有第二个相貌如此丑陋的驼子？"

大厅上众人的目光也随着余沧海而射向那驼子，好几个熟知武林情事的年长之人都惊噫出声。刘正风抢上前去，深深一揖，说道："不知尊驾光临，有失礼数，当真得罪了。"

其实那个驼子，却哪里是什么武林异人了？便是福威镖局少镖头林平之。他深恐被人认出，一直低头兜身，缩在厅角落里，若不是余沧海逐一认人，谁也不会注意到他。这时众人目光突然齐集，林平之登时大为窘迫，忙站起向刘正风还礼，说道："不敢，不敢！"

刘正风知道木高峰是塞北人士，但眼前此人说的却是南方口音，年岁相差甚远，不由得起疑，但素知木高峰行事神出鬼没，不可以常理测度，仍恭恭敬敬的道："在下刘正风，不敢请教阁下高姓大名。"

林平之从未想到有人会来询问自己姓名，嗫嚅了几句，一时不答。刘正风道："阁下跟木大侠……"林平之灵机一动："我姓

'林'，拆了开来，不妨只用一半，便冒充姓'木'好了。"随口道："在下姓木。"

刘正风道："木先生光临衡山，刘某当真是脸上贴金。不知阁下跟'塞北明驼'木大侠如何称呼？"他看林平之年岁甚轻，同时脸上那些膏药，显是在故意掩饰本来面貌，决不是那成名已数十年的"塞北明驼"木高峰。

林平之从未听到过"塞北明驼木大侠"的名字，但听得刘正风语气之中对那姓木之人甚是尊敬，而余沧海在旁侧目而视，神情不善，自己但须稍露行迹，只怕立时便会毙于他的掌下，此刻情势紧迫，只好随口敷衍搪塞，说道："塞北明驼木大侠吗？那是……那是在下的长辈。"他想那人既有"大侠"之称，当然可以说是"长辈"。

余沧海眼见厅上更无别个异样之人，料想弟子申人俊和吉人通二人受辱，定是此人下的手，倘若塞北明驼木高峰亲来，虽然颇有忌惮，却也不惧，这人不过是木高峰的子侄，更加不放在心上，是他先来向青城派生事，岂能白白的咽下这口气去？当即冷冷的道："青城派和塞北木先生素无瓜葛，不知什么地方开罪了阁下？"

林平之和这矮小道人面对面的站着，想起这些日子来家破人散，父母被擒，迄今不知生死，全是因这矮小道人而起，虽知他武功高过自己百倍，但胸口一热血上涌，忍不住便要拔出兵刃向他刺去。然而这些日来多历忧患，已非复当日福州府那个斗鸡走马的纨袴少年，当下强抑怒火，说道："青城派好事多为，木大侠路见不平，自要伸手。他老人家古道热肠，最爱锄强扶弱，又何必管你开罪不开罪于他？"

刘正风一听，不由得暗暗好笑，塞北明驼木高峰武功虽高，人品却颇为低下，这"木大侠"三字，只是自己随口叫上一声，其实以木高峰为人而论，别说"大侠"两字够不上，连跟一个"侠"字也是毫不相干。此人趋炎附势，不顾信义，只是他武功高强，为人机警，倘若跟他结下了仇，那是防不胜防，武林中人对他忌惮畏惧则有之，却无人真的对他有什么尊敬之意。刘正风听林平之这么说，更信他是木高峰的子侄，生怕余沧海出手伤了他，当即笑道："余观主，木兄，两位既来到舍下，都是在下的贵客，便请瞧着刘某的薄面，大家喝杯和气酒。来人哪，酒来！"家丁们轰声答应，斟上酒来。

余沧海对面前这年轻驼子虽不放在眼里，然而想到江湖上传说木高峰的种种阴毒无赖事迹，倒也不敢贸然破脸，见刘府家丁斟上酒来，却不出手去接，要看对方如何行动。

林平之又恨又怕，但毕竟愤慨之情占了上风，寻思："说不定此刻我爹妈已遭这矮道人的毒手，我宁可被你一掌毙于当场，也决不能跟你共饮。"目光中尽是怒火，瞪视余沧海，也不伸手去取酒杯，他本来还想辱骂几句，毕竟慑于对方之威，不敢骂出声来。

余沧海见他对自己满是敌意，怒气上冲，一伸手，便施展擒拿法抓住了他手腕，说道："好，好，好！冲着刘三爷的金面，谁都不能在刘府上无礼。木兄弟，咱们亲近亲近。"

林平之用力一挣，没能挣脱，听得他最后一个"近"字一出口，只觉手腕上一阵剧痛，腕骨格格作响，似乎立即便会给他捏得粉碎。余沧海凝力不发，要逼迫林平之讨饶。哪知林平之对他心怀深仇大恨，腕上虽痛入骨髓，却哼也没哼一声。

刘正风站在一旁，眼见他额头黄豆大的汗珠一滴滴渗将出来，但脸上神色傲然，丝毫不屈，对这青年人的硬气倒也有些佩服，说道："余观主！"正想打圆场和解，忽听得一个尖锐的声音说道："余观主，怎地兴致这么好，欺侮起木高峰的孙子来着？"

众人一齐转头，只见厅口站着一个肥肥胖胖的驼子，这人脸上生满了白癣，却又东一块西一块的都是黑记，再加上一个高高隆起的驼背，实是古怪丑陋之极。厅上众人大都没见过木高峰的庐山真面，这时听他自报姓名，又见到这副怪相，无不耸然动容。

这驼子身材臃肿，行动却敏捷无伦，众人只眼睛一花，见这驼子已欺到了林平之的身边，在他肩头拍了拍，说道："好孙子，乖孙儿，你给爷爷大吹大擂，说什么行侠仗义，锄强扶弱，爷爷听在耳里，可受用得很哪！"说着又在他肩头拍了一下。

他第一次拍肩，林平之只感全身剧震，余沧海手臂上也是一热，险些便放了手，但随即又运功力，牢牢抓住。木高峰一拍没将余沧海的五指震脱，一面跟林平之说话，一面潜运内力，第二下拍在他肩头之时，已使上了十成功力。林平之眼前一黑，喉头发甜，一口鲜血涌到了嘴里。他强自忍住，骨嘟一声，将鲜血吞入了腹中。

余沧海虎口欲裂，再也捏不住，只得放开了手，退了一步，心道："这驼子心狠手辣，果然名不虚传，他为了震脱我手指，居然宁可让他孙子身受内伤。"

林平之勉力哈哈一笑，向余沧海道："余观主，你青城派的武功太也稀松平常，比之这位塞北明驼木大侠，那可差得远了，我瞧你不如改投木大侠门下，请他点拨几招，也可……也可……有点儿进……进益……"他身受内伤，说这番话时心情激荡，只觉五脏便如倒了转来，终于支撑着说完，身子已摇摇欲坠。

余沧海道："好，你叫我改投木先生的门下，学一些本事，余沧海正是求之不得。你自己是木先生门下，本事一定挺高的了，在下倒要领教领教。"指明向林平之挑战，却要木高峰袖手旁观，不得参预。

木高峰向后退了两步，笑道："小孙子，只怕你修为尚浅，不是青城派掌门的对手，一上去就给他毙了。爷爷难得生了你这样一个又驼又俊的好孙子，可舍不得你给人杀了。你不如跪下向爷爷磕头，请爷爷代你出手如何？"

林平之向余沧海瞧了一眼，心想："我若贸然上前和这姓余的动手，他怒火大炽之下，只怕当真一招之间就将我杀了。命既不存，又谈什么报父母之仇？可是我林平之堂堂男子，岂能平白无端的去叫这驼子作爷爷？我自己受他羞辱不要紧，连累爹爹也受此奇耻大辱，终身抬不起头来，日后如何在江湖上立足？我倘若向他一跪，那摆明是托庇于'塞北明驼'的宇下，再也不能自立了。"一时心神不定，全身微微发抖，伸左手扶在桌上。

余沧海道："我瞧你就是没种！要叫人代你出手，磕几个头，又打什么紧？"他已瞧出林平之和木高峰之间的关系有些特异，显然木高峰并非真的是他爷爷，否则为什么林平之只称他"前辈"，始终没叫过一声"爷爷"？木高峰也不会在这当口叫自己的孙儿磕头。他以言语相激，要林平之沉不住气而亲自出手，那便大有回旋余地。

林平之心念电转，想起这些日来福威镖局受到青城派的种种欺压，一幕幕的耻辱，在脑海中纷至沓来的流过，寻思："大丈夫小不忍则乱大谋，只须我日后真能扬眉吐气，今日受一些折辱又有何妨？"当即转过身来，屈膝向木高峰跪倒，连连磕头，说道："爷爷，这余沧海滥杀无辜，抢劫财物，武林中人人得而诛之。请你主持公道，为江湖上除此大害。"

木高峰和余沧海都大出意料之外，这年轻驼子适才被余沧海抓住，以内力相逼，始终强忍不屈，可见颇有骨气，哪知他居然肯磕头哀求，何况是在这大庭广众之间。群豪都道这年轻驼子便是木高峰的孙子，便算不是真的亲生孙儿，也是徒孙、侄孙之类。只有木高峰才知此人与自己绝无半点瓜葛，而余沧海虽瞧出其中大有破绽，却也猜测不到两者真正的关系，只知林平之这声"爷爷"叫得极为勉强，多半是为了贪生怕死而发。

木高峰哈哈大笑，说道："好孙儿，乖孙儿，怎么？咱们真的要玩玩吗？"他口中在称赞林平之，但脸孔正对着余沧海，那两句"好孙儿，乖孙儿"，便似叫他一般。

余沧海更是愤怒，但知今日这一战，不但关系到一己的生死存亡，更与青城一派的兴衰荣辱大有关连，当下暗自凝神戒备，淡淡一笑，说道："木先生有意在众位朋友之前炫耀绝世神技，令咱们大开眼界，贫道只有舍命陪君子了。"适才木高峰这两下拍肩震手，余沧海已知他内力深厚，兼且十分霸道，一旦正面相攻，定如雷霆疾发、排山倒海一般的扑来，寻思："素闻这驼子十分自负，他一时胜我不得，便会心浮气躁的抢攻，我在最初一百招之中只守不攻，先立于不败之地，到得一百招后，当能找到他的破绽。"

木高峰见这矮小道人身材便如孩童一般，提在手里只怕还不到八十斤，然而站在当地，犹如渊渟岳峙，自有一派大宗师的气度，显然内功修为颇深，心想："这小道士果然有些鬼门道，青城派历代名手辈出，这牛鼻子为其掌门，决非泛泛之辈，驼子今日倒不可阴沟里翻船，一世英名，付于流水。"他为人向来谨细，一时不敢贸然发招。

便在二人蓄势待发之际，突然间呼的一声响，两个人从后飞了出来，砰的一声，落在地下，直挺挺的俯伏不动。这两人身穿青袍，臀部处各有一个脚印。只听得一个女童的清脆声音叫道："这是青城派的看家本领，'屁股向后平沙落雁式'！"

余沧海大怒，一转头，不等看清是谁说话，循声辨向，晃身飞跃过去，只见一个绿衫女童站在席边，一伸手便抓住了她的手臂。那女童大叫一声"妈呀！"哇的一声，哭了出来。

余沧海吃了一惊，本来听她口出侮辱之言，狂怒之下，不及细思，认定青城派两名弟子又着了道儿，定是与她有关，这一抓手指上使力甚重，待得听她哭叫，才想此人不过是一个小小女孩，如何可以下重手对待，当着天下英雄之前，岂不是大失青城掌门的身份？急忙放手。岂知那小姑娘越哭越响，叫道："你抓断了我骨头，妈呀，我手臂断啦！呜呜，好痛，好痛！呜呜。"这青城派掌门身经百战，应付过无数大风大浪，可是如此尴尬场面却从来没遇到过，眼见千百道目光都射向自己，而目光中均有责难甚至鄙视之色，不由得脸上发烧，手足无措，低声道："别哭，别哭，手臂没断，不会断的。"

那女童哭道："已经断了，你欺侮人，大人打小孩，好不要脸，哎唷好痛啊，呜呜呜，呜呜呜呜！"

众人见这女童约莫十三四岁年纪，穿一身翠绿衣衫，皮肤雪白，一张脸蛋清秀可爱，无不对她生出同情之意。几个粗鲁之人已喝了起来："揍这牛鼻子！""打死这矮道士！"

余沧海狼狈之极，知道犯了众怒，不敢反唇相稽，低声道："小妹妹，别哭！对不起，我瞧瞧你的手臂，看伤了没有？"说着便欲去捋她衣袖。那女童叫道："不，不，别碰我。妈妈，妈妈，这矮道士打断了我的手臂。"

余沧海正感无法可施，人丛中走出一名青袍汉子，正是青城派中最机灵的方人智。他向那女童道："小姑娘装假，我师父的手连你的衣袖也没碰到，怎会打断了你的手臂？"那女童大叫："妈妈，又有人来打我了！"

定逸师太在旁早已看得大怒，抢步上前，伸掌便向方人智脸上拍去，喝道："大欺小，不要脸。"方人智伸臂欲挡，定逸右手疾探，抓住了他手掌，左手手臂一靠，压向他上臂和小臂之间相交的手肘关节，这一下只教压实了，方人智手臂立断。余沧海回手一指，点向定逸后心。定逸只得放开方人智，反手拍出。余沧海不欲和她相斗，说声："得罪了！"跃开两步。

定逸握住那小姑娘的手，柔声道："好孩子，哪里痛？给我瞧瞧，我给你治治。"一摸她的手臂，并未断折，先放了心，拉起她的衣袖，只见一条雪白粉嫩的圆臂之上，清清楚楚的留下四条乌青的手指印。定逸大怒，向方人智喝道："小子撒谎！你师父没碰到她手臂，那么这四个指印是谁捏的？"

那小姑娘道："是乌龟捏的，是乌龟捏的。"一面说，一面指着余沧海的背心。

突然之间，群雄轰然大笑，有的笑得口中茶水都喷了出来，有的笑弯了腰，大厅之中，尽是哄笑之声。

余沧海不知众人笑些什么，心想这小姑娘骂自己是乌龟，不过是孩子家受了委屈，随口詈骂，又有什么好笑了？只是人人对自己发笑，却也不禁狼狈。方人智纵身而前，抢到余沧海背后，从他衣服上揭下一张纸来，随手一团。余沧海接了过来，展开一看，却见纸上画着一只大乌龟，自是那女童贴在自己背后的。余沧海羞愤之下，心中一凛："这只乌龟当然是早就绘好了的。别人要在我背心上作什么手脚，决无可能，定是那女童大哭大叫，乘我心慌意乱之际，便即贴上，如此说来，暗中定是有大人指使。"转眼向刘正风瞧了一眼，心想："这女孩自是刘家的人，原来刘正风暗中在给我捣鬼。"

刘正风给他这么瞧了一眼，立时明白，知他怪上了自己，当即走上一步，向那女童道："小妹妹，你是谁家的孩子？你爹爹妈妈呢？"这两句问话，一来是向余沧海表白，二来自己确也起疑，要知道这小姑娘是何人带来。

那女童道："我爹爹妈妈有事走开了，叫我乖乖的坐着别动，说一会儿便有把戏瞧，有两个人会飞去躺着不动，说是青城派的看家本领，叫什么'屁股向后平沙落雁式'，果然好看！"说着拍起手来。她脸上晶莹的泪珠兀自未曾拭去，这时却笑得甚是灿烂。

众人一见，不由得都乐了，明知那是阴损青城派的，眼见那两名青城派弟子兀自躺着不动，屁股朝天，屁股上清清楚楚的各有一个脚印，大暴青城派之丑。

余沧海伸手到一名弟子身上拍了拍，发觉二人都被点了穴道，正与先前申人俊、吉人通二人所受一般无异，若要运内力解穴，殊非一时之功，不但木高峰在旁虎视眈眈，而且暗中还伏了大对头，这时可不能为了替弟子解穴而耗损内力，当即低声向方人智道："先抬了下去。"方人智向几名同门一招手，几个青城派弟子奔了出来，将两个同门抬了出厅。

那女童忽然大声道："青城派的人真多！一个人平沙落雁，有两个人抬！两个人平沙落雁，有四个人抬。"

余沧海铁青着脸，向那女童道："你爹爹姓什么？刚才这几句话，是你爹爹教的么？"他想这女童这两句话甚是阴损，若不是大人所教，她小小年纪，决计说不出来，又想："什么'屁股向后平沙落雁式'，是令狐冲这小子胡诌出来的，多半华山派不忿令狐冲为人杰所杀，向我青城派找场子来啦。点穴之人武功甚高，难道……难道是华山派掌门岳不群在暗中捣鬼？"想到岳不群在暗算自己，不但这人甚是了得，而且他五岳剑派联盟，今日要是一齐动手，青城派非一败涂地不可。言念及此，不由得神色大变。

那女童不回答他的问话，笑着叫道："一二得二，二二得四，二三得六，二四得八，二五得十……"不住口的背起九九乘数表来。余沧海道："我问你啊！"声音甚是严厉。那女童嘴一扁，哇的一声，又哭了出来，将脸藏在定逸师太的怀里。

定逸轻轻拍她背心，安慰她道："别怕，别怕！乖孩子，别怕。"转头向余沧海道："你这么凶霸霸吓唬孩子干么？"

余沧海哼了一声，心想："五岳剑派今日一齐跟我青城派干上了，可得小心在意。"

那女童从定逸怀中伸头出来，笑道："老师太，二二得四，青城派两个人屁股向后平沙落雁四个人抬，二三得六，三个人屁股向后平沙落雁就得六个人抬，二四得八……"没再说下去，已格格的笑了起来。

众人觉得这小姑娘动不动便哭，哭了之后随即破涕为笑，如此忽哭忽笑，本来是七八岁孩童的事，这小姑娘看模样已有十三四岁，身材还生得甚高，何况每一句话都是在阴损余沧海，显然不是天真烂漫的孩童之言，暗中另行有人指使，那是绝无可疑的了。

余沧海大声道："大丈夫行为光明磊落，哪一位朋友跟贫道过不去的，尽可现身，这般鬼鬼祟祟的藏头露尾，指使一个小孩子来说些无聊言语，算是哪一门子英雄好汉？"

他身子虽矮，这几句话发自丹田，中气充沛，入耳嗡嗡作响。群豪听了，不由自主的肃然起敬，一改先前轻视的神态。他说完话后，大厅中一片静寂，无人答话。

隔了好一会，那女童忽道："老师太，他问是哪一门子的英雄好汉？他青城派是不是英雄好汉？"定逸是恒山派的前辈人物，虽对青城派不满，不愿公然诋毁整个门派，当下含糊其辞的答道：
"青城派……青城派上代，是有许多英雄好汉的。"那女童又问：
"那么现今呢？还有没有英雄好汉剩下来？"定逸将嘴向余沧海一
努，道："你问这位青城派的掌门道长罢！"

那女童道："青城派掌门道长，倘使人家受了重伤，动弹不
得，却有人上去欺侮他。你说那个乘人之危的家伙，是不是英雄
好汉？"

余沧海心头怦的一跳，寻思："果然是华山派的！"

先前在花厅中曾听仪琳述说罗人杰刺杀令狐冲经过之人，也尽
皆一凛："莫非这小姑娘和华山派有关？"劳德诺却想："这小姑娘
说这番话，明明是为大师哥抱不平来着。她却是谁？"他为了怕小
师妹伤心，匆忙之间，尚未将大师兄的死讯告知同门。

仪琳全身发抖，心中对那小姑娘感激无比。这一句话，她早就
想向余沧海责问，只是她生性和善，又素来敬上，余沧海说什么总
是前辈，这句话便问不出口，此刻那小姑娘代自己说出了心头的言
语，忍不住胸口一酸，泪水便扑簌簌的掉了下来。

余沧海低沉着声音问道："这一句话，是谁教你问的？"

那女童道："青城派有一个罗人杰，是道长的弟子罢？他见人
家受了重伤，那受伤的又是个大大的好人，这罗人杰不去救他，反
而上去刺他一剑。你说这罗人杰是不是英雄好汉？这是不是道长教
他的青城派侠义道本事？"这几句话虽是出于一个小姑娘之口，但
她说得爽脆利落，大有咄咄逼人之意。

余沧海无言可答，又厉声道："到底是谁指使你来问我？你父
亲是华山派的是不是？"

那女童转过了身子，向定逸道："老师太，他这么吓唬小姑
娘，算不算是光明磊落的大丈夫？算不算英雄好汉？"定逸叹了口
气，道："这个我可就说不上来了。"

众人愈听愈奇，这小姑娘先前那些话，多半是大人先行教定了
的，但刚才这两句问话，明明是抓住了余沧海的话柄而发问，讥刺

之意，十分辛辣，显是她随机应变，出于己口，瞧不出她小小年纪，竟这般厉害。

仪琳泪眼模糊之中，看到了这小姑娘苗条的背影，心念一动："这个小妹妹我曾经见过的，是在哪里见过的呢？"侧头一想，登时记起："是了，昨日回雁楼头，她也在那里。"脑海之中，昨天的情景逐步自朦胧而清晰起来。

昨日早晨，她被田伯光威逼上楼，酒楼上本有七八张桌旁坐满了酒客，后来泰山派的二人上前挑战，田伯光砍死了一人，众酒客吓得一哄而散，酒保也不敢再上来送菜斟酒。可是在临街的一角之中，一张小桌旁坐着个身材十分高大的和尚，另一张小桌旁坐着二人，直到令狐冲被杀，自己抱着他尸体下楼，那和尚和那二人始终没有离开。当时她心中惊惶已极，诸种事端纷至沓来，哪有心绪去留神那高大和尚以及另外两人，此刻见到那女童的背影，与脑海中残留的影子一加印证，便清清楚楚的记得，昨日坐在小桌旁的二人之中，其中之一就是这小姑娘。她背向自己，因此只记得她的背影，昨日她穿的是淡黄衫子，此刻穿的却是绿衫，若不是她此刻背转身子，说什么也记不起来。

可是另外一人是谁呢？她只记得那是个男人，那是确定无疑的，是老是少，什么打扮，那是什么都记不得了。还有，记得当时看到那个和尚端起碗来喝酒，在田伯光给令狐冲骗得承认落败之时，那大和尚曾哈哈大笑。这小姑娘当时也笑了的，她清脆的笑声，这时在耳边似乎又响了起来，对，是她，正是她！

那个大和尚是谁？怎么和尚会喝酒？

仪琳的心神全部沉浸在昨日的情景之中，眼前似乎又出现了令狐冲的笑脸：他在临死之际，怎样诱骗罗人杰过来，怎样挺剑刺入敌人小腹。她抱着令狐冲的尸体跌跌撞撞的下楼，心中一片茫然，不知自己身在何处，胡里胡涂的出了城门，胡里胡涂的在道上乱走……

只觉得手中所抱的尸体渐渐冷了下去，她一点不觉得沉重，也不知道悲哀，更不知要将这尸体抱到什么地方。突然之间，她来到了一个荷塘之旁，荷花开得十分鲜艳华美，她胸口似被一个大锤撞了一下，再也支持不住，连着令狐冲的尸体一齐摔倒，就此晕了过去。

　　等到慢慢醒转，只觉日光耀眼，她急忙伸手去抱尸体，却抱了个空。她一惊跃起，只见仍是在那荷塘之旁，荷花仍是一般的鲜艳华美，可是令狐冲的尸体却已影踪不见。她十分惊惶，绕着荷塘奔了几圈，尸体到了何处，找不到半点端倪。回顾自己身上衣衫血渍斑斑，显然并不是梦，险些儿又再晕去，定了定神，四下里又寻了一遍，这具尸体竟如生了翅膀般飞得无影无踪。荷塘中塘水甚浅，她下水去掏了一遍，哪有什么踪迹？

　　这样，她到了衡山城，问到了刘府，找到了师父，心中却无时无刻不在思索："令狐大哥的尸体到哪里去了？有人路过，搬了去么？给野兽拖了去么？"想到他为了相救自己而丧命，自己却连他的尸身也不能照顾周全，如果真是给野兽拖去吃了，自己实在不想活了。其实，就算令狐冲的尸身好端端地完整无缺，她也是不想活了。

　　忽然之间，她心底深处，隐隐冒出来一个念头，那是她一直不敢去想的。这念头在过去一天中曾出现过几次，她立即强行压下，心中只想："我怎地如此不定心？怎会这般的胡思乱想？当真荒谬绝伦！不，决没这会子事。"

　　可是这时候，这念头她再也压不住了，清清楚楚的出现在心中："当我抱着令狐大哥的尸身之时，我心中十分平静安定，甚至有一点儿欢喜，倒似乎是在打坐做功课一般，心中什么也不想，我似乎只盼一辈子抱着他的身子，在一个人也没有的道上随意行走，永远无止无休。我说什么也要将他的尸身找回来，那是为了什么？是不忍他的尸身给野兽吃了么？不！不是的。我要抱着他的尸身在道上乱走，在荷塘边静静的呆着。我为什么晕去？真是该死！我不该这么想，师父不许，菩萨也不容，这是魔念，我不该着了魔。可是，可是令狐大哥的尸身呢？"

她心头一片混乱，一时似乎见到了令狐冲嘴角边的微笑，那样漫不在乎的微笑，一时又见到他大骂"倒霉的小尼姑"时那副鄙夷不屑的脸色。

她胸口剧痛起来，像是刀子在剜割一般……

余沧海的声音又响了起来："劳德诺，这个小女孩是你们华山派的，是不是？"劳德诺道："不是，这个小妹妹，弟子今日也是初见，她不是敝派的。"余沧海道："好，你不肯认，也就算了。"突然间手一扬，青光闪动，一柄飞锥向仪琳射了过去，喝道："小师父，你瞧这是什么？"

仪琳正在呆呆出神，没想到余沧海竟会向自己发射暗器，心中突然感到一阵快意："他杀了我最好，我本就不想活了，杀了我最好！"心中更无半分逃生之念，眼见那飞锥缓缓飞来，好几个人齐声警告："小心暗器！"不知为了什么，她反而觉得说不出的平安喜悦，只觉活在这世上苦得很，难以忍受的寂寞凄凉，这飞锥能杀了自己，那正是求之不得的事。

定逸将那女童轻轻一推，飞身而前，挡在仪琳的身前，别瞧她老态龙钟，这一下飞跃可快得出奇，那飞锥去势虽缓，终究是一件暗器，定逸后发先至，居然能及时伸手去接。

眼见定逸师太一伸手便可将锥接住，岂知那铁锥飞至她身前约莫两尺之处，陡地下沉，拍的一声，掉在地下。定逸伸手接了个空，那是在人前输了一招，不由得脸上微微一红，却又不能就此发作。便在此时，只见余沧海又是手一扬，将一个纸团向那女童脸上掷了过去。这纸团便是绘着乌龟的那张纸搓成的。定逸心念一动："牛鼻子发这飞锥，原来是要将我引开，并非有意去伤仪琳。"

眼见这小小纸团去势甚是劲急，比之适才的那柄飞锥势道还更凌厉，其中所含内力着实不小，掷在那小姑娘脸上，非教她受伤不可，其时定逸站在仪琳的身畔，这一下变起仓卒，已不及过去救援，只叫得一个"你"字，只见那女童矮身坐地，哭叫："妈妈，妈妈，人家要打死我啦！"

她这一缩甚是迅捷，及时避开纸团，明明身有武功，却又这般撒赖。众人都觉好笑。余沧海却也觉得不便再行相逼，满腹疑团，难以索解。

定逸师太见余沧海神色尴尬，暗暗好笑，心想青城派出的丑已着实不小，不愿再和他多所纠缠，向仪琳道："仪琳，这小妹妹的爹娘不知到哪里去了，你陪她找找去，免得没人照顾，给人家欺侮。"

仪琳应道："是！"走过去拉住了那女童的手。那女童向她笑了笑，一同走出厅去。

余沧海冷笑一声，不再理会，转头去瞧木高峰。

令狐冲慢慢闭上了眼睛，渐渐呼吸低沉，入了梦乡。仪琳守在令狐冲身旁，折了一根带叶的树枝，轻轻拂动，替他赶开蚊蝇小虫。

五 治 伤

仪琳和那女童到了厅外，问道："姑娘，你贵姓，叫什么名字？"那女童嘻嘻一笑，说道："我复姓令狐，单名一个冲字。"仪琳心头怦的一跳，脸色沉了下来，道："我好好问你，你怎地开我玩笑？"那女童笑道："怎么开你玩笑了？难道只有你朋友叫得令狐冲，我便叫不得？"仪琳叹了口气，心中一酸，忍不住眼泪又掉了下来，道："这位令狐大哥于我有救命大恩，终于为我而死，我……我不配做他朋友。"

刚说到这里，只见两个佝偻着背脊的人，匆匆从厅外廊上走过，正是塞北明驼木高峰和林平之。那女童嘻嘻一笑，说道："天下真有这般巧，有这么一个丑得怕人的老驼子，又有这么个小驼子。"仪琳听她取笑旁人，心下甚烦，说道："姑娘，你自己去找你爹爹妈妈，好不好？我头痛得很，身子不舒服。"

那女童笑道："头痛不舒服，都是假的，我知道，你听我冒充令狐冲的名头，心里便不痛快。好姊姊，你师父叫你陪我的，怎能撇下我便不管了？要是我给坏人欺侮了，你师父非怪责你不可。"仪琳道："你本事比我大得多，心眼儿又灵巧，连余观主那样天下闻名的大人物，也都栽在你手下。你不去欺侮人家，人家已经谢天谢地啦，谁又敢来欺侮你？"那女童格格而笑，拉着仪琳的手道："你可在损我啦。刚才若不是你师父护着我，这牛鼻子早就打到我了。姊姊，我姓曲，名叫非烟。我爷爷叫我非非，你也叫我非非好啦。"

仪琳听她说了真实姓名，心意顿和，只是奇怪她何以知道自己牵记着令狐冲，以致拿他名字来开玩笑？多半自己在花厅中向师父等述说之时，这精灵古怪的小姑娘躲在窗外偷听去了，说道："好，曲姑娘，咱们去找你爹爹妈妈去罢，你猜他们到了哪里啦？"

曲非烟道："我知道他们到了哪里。你要找，自己找去，我可不去。"仪琳奇道："怎地你自己不去？"曲非烟道："我年纪这么小，怎肯便去？你却不同，你伤心难过，恨不得早早去了才是。"仪琳心下一凛，道："你说你爹爹妈妈……"曲非烟道："我爹爹妈妈早就给人害死啦。你要找他们，便得到阴世去。"仪琳甚是不快，说道："你爹爹妈妈既已去世，怎可拿这事来开玩笑？我不陪你啦。"

曲非烟抓住了她左手，央求道："好姊姊，我一个儿孤苦伶仃的，没人陪我玩儿，你就陪我一会儿。"

仪琳听她说得可怜，便道："好罢，我就陪你一会儿，可是你不许再说无聊的笑话。我是出家人，你叫我姊姊，也不大对。"曲非烟笑道："有些话你以为无聊，我却以为有聊得紧，这是各人想法不同。你比我年纪大，我就叫你姊姊，有什么对不对的？难道我还叫你妹子吗？仪琳姊姊，你不如不做尼姑了，好不好？"

仪琳不禁愕然，退了一步。曲非烟也顺势放脱了她手，笑道："做尼姑有什么好？鱼虾鸡鸭不能吃，牛肉、羊肉也不能吃。姊姊，你生得这般美貌，剃了光头，便大大减色，倘若留起一头乌油油的长发，那才叫好看呢。"仪琳听她说得天真，笑道："我身入空门，四大皆空，哪里还管他皮囊色相的美恶。"

曲非烟侧过了头，仔细端相仪琳的脸，其时雨势稍歇，乌云推开，淡淡的月光从云中斜射下来，在她脸上朦朦胧胧的铺了一层银光，更增秀丽之气。曲非烟叹了口气，幽幽的道："姊姊，你真美，怪不得人家这么想念你呢。"仪琳脸色一红，嗔道："你说什么？你开玩笑，我可要去了。"曲非烟笑道："好啦，我不说了。姊姊，你给我些天香断续胶，我要去救一个人。"仪琳奇道："你去救谁?"曲非烟笑道："这个人要紧得很，这会儿可不能跟你说。"仪琳道："你要伤药去救人性命，本该给你，只是师父曾有严训，这天香断续胶调制不易，倘若受伤的是坏人，却不能救他。"

曲非烟道："姊姊，如果有人无礼，用难听的话骂你师父和你恒山派，这人是好人还是坏人?"仪琳道："这人骂我师父，骂我恒山派，自然是坏人了，怎还好得了?"曲非烟笑道："这可奇。有一个人张口闭口的说，见了尼姑就倒大霉，逢赌必输。他既骂你师父，又骂了你，也骂了你整个恒山派，如果这样的大坏人受了伤……"

仪琳不等她说完，已是脸色一变，回头便走。曲非烟晃身拦在她身前，张开了双手，只是笑，却不让她过去。

仪琳突然心念一动："昨日回雁楼头，她和另一个男人一直坐着。直到令狐大哥死于非命，我抱着他尸首奔下酒家，似乎她还在那里。这一切经过，她早瞧在眼里了，也不用偷听我的说话。她会不会一直跟在我后面呢?"想要问她一句话，却胀红了脸，说不出口。

曲非烟道："姊姊，我知道你想问我：'令狐大哥的尸首到哪里去啦?'是不是?"仪琳道："正是，姑娘若能见告，我……我……实在感激不尽。"

曲非烟道："我不知道，但有一个人知道。这人身受重伤，性命危在顷刻。姊姊若能用天香断续胶救活了他性命，他便能将令狐大哥尸首的所在跟你说。"仪琳道："你自己真的不知?"曲非烟道："我曲非烟如果得悉令狐冲死尸的所在，教我明天就死在余沧海手里，被他长剑在身上刺十七八个窟窿。"仪琳忙道："我信了，不用发誓。那人是谁?"

曲非烟道："这个人哪，救不救在你。我们要去的地方，也不是什么善地。"

为了寻到令狐冲的尸首，便刀山剑林，也去闯了，管他什么善地不善地，仪琳点头道："咱们这就去罢。"

　　两人走到大门口，见门外兀自下雨，门旁放着数十柄油纸雨伞。仪琳和曲非烟各取了一柄，出门向东北角上行去。其时已是深夜，街上行人稀少，两人走过，深巷中便有一两只狗儿吠了起来。仪琳见曲非烟一路走向偏僻狭窄的小街中，心中只挂念着令狐冲尸身的所在，也不去理会她带着自己走向何处。

　　行了好一会，曲非烟闪身进了一条窄窄的弄堂，左边一家门首挑着一盏小红灯笼。曲非烟走过去敲了三下门。有人从院子中走出来，开门探头出来。曲非烟在那人耳边低声说了几句话，又塞了一件物事在他手中。那人道："是，是，小姐请进。"

　　曲非烟回头招了招手。仪琳跟着她进门。那人脸上露出诧异之极的神色，抢在前头领路，过了一个天井，掀开东厢房的门帘，说道："小姐，师父，这边请坐。"门帘开处，扑鼻一股脂粉香气。

　　仪琳进房后，见房中放着一张大床，床上铺着绣花的锦被和枕头。湘绣驰名天下，大红锦被上绣的是一对戏水鸳鸯，颜色灿烂，栩栩欲活。仪琳自幼在白云庵中出家，盖的是青布粗被，一生之中从未见过如此华丽的被褥，只看了一眼，便转过了头。只见几上点着一根红烛，红烛旁是一面明镜，一只梳妆箱子。床前地下两对绣花拖鞋，一对男的，一对女的，并排而置。仪琳心中突的一跳，抬起头来，眼前出现了一张绯红的脸蛋，娇羞腼腆，又带着三分尴尬，三分诧异，正是自己映在镜中的容颜。

　　背后脚步声响，一个仆妇走了进来，笑咪咪的奉上香茶。这仆妇衣衫甚窄，妖妖娆娆地甚是风骚。仪琳越来越害怕，低声问曲非烟："这是什么地方？"曲非烟笑了笑，俯身在那仆妇耳边说了一句话，那仆妇应道："是。"伸手掩住了嘴，嘻的一笑，扭扭捏捏的走了出去。仪琳心道："这女人装模作样的，必定不是好人。"又问曲非烟："你带我来干什么？这里是什么地方？"曲非烟微笑道：

"这地方在衡山城大大有名，叫做群玉院。"仪琳又问："什么群玉院？"曲非烟道："群玉院是衡山城首屈一指的大妓院。"

仪琳听到"妓院"二字，心中怦的一跳，几乎便欲晕去。她见了这屋中的摆设排场，早就隐隐感到不妙，却万万想不到这竟是一所妓院。她虽不十分明白妓院到底是什么所在，却听同门俗家师姊说过，妓女是天下最淫贱的女子，任何男人只须有钱，便能叫妓女相陪。曲非烟带了自己到妓院中来，却不是要自己做妓女么？心中一急，险些便哭了出来。

便在这时，忽听得隔壁房中有个男子声音哈哈大笑，笑声甚是熟悉，正是那恶人"万里独行"田伯光。仪琳双腿酸软，腾的一声，坐倒在椅上，脸上已全无血色。

曲非烟一惊，抢过去看她，问道："怎么啦？"仪琳低声道："是那田……田伯光！"曲非烟嘻的一声笑，说道："不错，我也认得他的笑声，他是你的乖徒儿田伯光。"

田伯光在隔房大声道："是谁在提老子的名字？"

曲非烟道："喂，田伯光，你师父在这里，快快过来磕头！"田伯光怒道："什么师父？小娘皮胡说八道，我撕烂你的臭嘴。"曲非烟道："你在衡山回雁酒楼，不是拜了恒山派的仪琳小师太为师吗？她就在这里，快过来！"

田伯光道："她怎么会在这种地方，咦，你……你怎么知道？你是谁？我杀了你！"声音中颇有惊恐之意。

曲非烟笑道："你来向师父磕了头再说。"仪琳忙道："不，不！你别叫他过来！"

田伯光"啊"的一声惊呼，跟着拍的一声，显是从床上跳到了地下。一个女子声音道："大爷，你干什么？"

曲非烟叫道："田伯光，你别逃走！你师父找你算帐来啦。"田伯光骂道："什么师父徒儿，老子上了令狐冲这小子的当！这小尼姑过来一步，老子立刻杀了她。"仪琳颤声道："是！我不过来，你也别过来。"曲非烟道："田伯光，你在江湖上也算是一号人物，怎

· 155 ·

地说了话竟不算数？拜了师父不认帐？快过来，向你师父磕头。"
田伯光哼了一声不答。

仪琳道："我不要他磕头，也不要见他，他……他不是我的徒弟。"田伯光忙道："是啊！这位小师父根本就不要见我。"曲非烟道："好，算你的。我跟你说，我们适才来时，有两个小贼鬼鬼祟祟的跟着我们，你快去给打发了。我和你师父在这里休息，你就在外看守着，谁也不许进来打扰我们。你做好了这件事，你拜恒山派小师父为师的事，我以后就绝口不提。否则的话，我宣扬得普天下人人都知。"

田伯光突然提声喝道："小贼，好大胆子。"只听得窗格子砰的一声，屋顶上呛啷啷两声响，两件兵刃掉在瓦上。跟着有人长声惨呼，又听得脚步声响，一人飞快的逃走了。

窗格子又是砰的一响，田伯光已跃回房中，说道："杀了一个，是青城派的小贼，另一个逃走了。"曲非烟道："你真没用，怎地让他逃了？"

田伯光道："那个人我不能杀，是……是恒山派的女尼。"曲非烟笑道："原来是你师伯，那自然不能杀。"仪琳却大吃一惊，低声道："是我师姊？那怎么好？"

田伯光问道："小姑娘，你是谁？"曲非烟笑道："你不用问。你乖乖的不说话，你师父永远不会来找你算帐。"田伯光果然就此更不作声。

仪琳道："曲姑娘，咱们快走罢！"曲非烟道："那个受伤之人，还没见到呢。你不是有话要跟他说吗？你要是怕师父见怪，立刻回去，却也不妨。"仪琳沉吟道："反正已经来了，咱们……咱们便瞧瞧那人去。"曲非烟一笑，走到床边，伸手在东边墙上一推，一扇门轻轻开了，原来墙上装有暗门。曲非烟招招手，走了进去。

仪琳只觉这妓院更显诡秘，幸好田伯光是在西边房内，心想跟他离得越远越好，当下大着胆子跟进。里面又是一房，却无灯火，借着从暗门中透进来的烛光，可以看到这房甚小，也有一张床，帐子低垂，依稀似乎睡得有人。仪琳走到门边，便不敢再进去。

曲非烟道："姊姊，你用天香断续胶给他治伤罢！"仪琳迟疑道："他……他当真知道令狐大哥尸首的所在？"曲非烟道："或许知道，或许不知道，我可说不上来。"仪琳急道："你刚才说他知道的。"曲非烟笑道："我又不是大丈夫，说过了的话却不算数，可不可以？你要是愿意一试，不妨便给他治伤。否则的话，你即刻掉头便走，谁也不会来拦你。"

仪琳心想："无论如何要找到令狐大哥的尸首，就算只有一线机会，也不能放过了。"便道："好，我给他治伤。"回到外房去拿了烛台，走到内房的床前，揭开帐子，只见一人仰天而卧，脸上覆了一块绿色锦帕，一呼一吸，锦帕便微微颤动。仪琳见不到他脸，心下稍安，回头问道："他什么地方受了伤？"

曲非烟道："在胸口，伤口很深，差一点儿便伤到了心脏。"

仪琳轻轻揭开盖在那人身上的薄被，只见那人祖裸着胸膛，胸口前正中好大一个伤口，血流已止，但伤口甚深，显是十分凶险。仪琳定了定神，心道："无论如何，我得救活他的性命。"将手中烛台交给曲非烟拿着，从怀中取出装有天香断续胶的木盒子，打开了盒盖，放在床头的几上，伸手在那人创口四周轻轻按了按。曲非烟低声道："止血的穴道早点过了，否则怎能活得到这时候？"

仪琳点点头，发觉那人伤口四处穴道早闭，而且点得十分巧妙，远非自己所能，于是缓缓抽出塞在他伤口中的棉花，棉花一取出，鲜血便即急涌。仪琳在师门曾学过救伤的本事，左手按住伤口，右手便将天香断续胶涂到伤口之上，再将棉花塞入。这天香断续胶是恒山派治伤圣药，一涂上伤口，过不多时血便止了。仪琳听那人呼吸急促，不知他是否能活，忍不住便道："这位英雄，贫尼有一事请教，还望英雄不吝赐教。"

突然之间，曲非烟身子一侧，烛台倾斜，烛火登时熄灭，室中一片漆黑。曲非烟叫了声"啊哟"，道："蜡烛熄了。"

仪琳伸手不见五指，心下甚慌，寻思："这等不干不净的地方，岂是出家人来得的？我及早问明令狐大哥尸身的所在，立时便得离去。"颤声问道："这位英雄，你现下痛得好些了吗？"那人哼了一声，并不回答。

曲非烟道："他在发烧，你摸摸他额头，烧得好生厉害。"仪琳还未回答，右手已被曲非烟捉住，按到了那人额上。本来遮在他面上的锦帕已给曲非烟拿开，仪琳只觉触手处犹如火炭，不由得起了恻隐之心，道："我还有内服的伤药，须得给他服下才好。曲姑娘，请你点亮了蜡烛。"曲非烟道："好，你在这里等着，我去找火。"仪琳听她说要走开，心中急了，忙拉住她袖子道："不，不，你别去，留了我一个儿在这里，那怎么办？"曲非烟低低笑了一声，道："你把内服的伤药摸出来罢。"

仪琳从怀中摸出一个瓷瓶，打开瓶塞，倒了三粒药丸出来，托在掌中，道："伤药取出来啦。你给他吃罢。"曲非烟道："黑暗中别把伤药掉了，人命关天，可不是玩的。姊姊，你不敢留在这里，那么我在这里待着，你出去点火。"仪琳听得要她独自在妓院中乱闯，更是不敢，忙道："不，不！我不去。"曲非烟道："送佛送到西，救人救到底。你把伤药塞在他口里，喂他喝几口茶，不就得了？黑暗之中，他又见不到你是谁，怕什么啊？喏，这是茶杯，小心接着，别倒翻了。"

仪琳慢慢伸出手去，接过了茶杯，踌躇了一会，心想："师父常道，出家人慈悲为本，救人一命，胜造七级浮屠。就算此人不知道令狐大哥尸首的所在，既是命在顷刻，我也当救他。"于是缓缓伸出右手，手背先碰到那人额头，翻过手掌，将三粒内服治伤的"白云熊胆丸"塞在那人口中。那人张口含了，待仪琳将茶杯送到口边时喝了几口，含含糊糊的似是说了声"多谢"。

仪琳道："这位英雄，你身受重伤，本当安静休息，只是我有一件急事请问。令狐冲令狐侠士为人所害，他尸首……"那人道："你……你问令狐冲……"仪琳道："正是！阁下可知这位令狐冲英雄的遗体落在何处？"那人迷迷糊糊的道："什……什么遗体？"

仪琳道："是啊，阁下可知令狐冲令狐侠士的遗体落于何方？"那人含糊说了几个字，但声音极低，全然听不出来。仪琳又问了一遍，将耳朵凑近那人的脸孔，只听得那人呼吸甚促，要想说什么话，却始终说不出来。

仪琳突然想起："本门的天香断续胶和白云熊胆丸效验甚著，药性却也极猛，尤其服了白云熊胆丸后往往要昏晕半日，那正是疗伤的要紧关头，我如何在这时逼问于他？"她轻轻叹了口气，从帐子中钻头出来，扶着床前一张椅子，便即坐倒，低声道："待他好一些再问。"曲非烟道："姊姊，这人性命无碍么？"仪琳道："但愿他能痊愈才好，只是他胸前伤口实在太深。曲姑娘，这一位……是谁？"

曲非烟并不答覆，过了一会，说道："我爷爷说，你什么事情都看不开，是不能做尼姑的。"仪琳奇道："你爷爷认得我？他……他老人家怎知道我什么事情都看不开？"曲非烟道："昨日在回雁楼头，我爷爷带着我，看你们和田伯光打架。"仪琳"啊"了一声，问道："跟你在一起的，是你爷爷？"曲非烟笑道："是啊，你那个令狐大哥，一张嘴巴也真会说，他说他坐着打天下第二，那时我爷爷真的有些相信，还以为他真有一套什么出恭时练的剑法，还以为田伯光斗不过他呢，嘻嘻。"黑暗之中，仪琳瞧不见她的脸，但想像起来，定然满脸都是笑容。曲非烟愈是笑得欢畅，仪琳心头却愈酸楚。

曲非烟续道："后来田伯光逃走了，爷爷说这小子没出息，既然答应输了拜你为师，就应当磕头拜师啊，怎地可以混赖？"仪琳道："令狐大哥为了救我，不过使个巧计，却也不是真的赢了他。"曲非烟道："姊姊，你良心真好，田伯光这小子如此欺侮你，你还给他说好话。令狐大哥给人刺死后，你抱着他的尸身乱走。我爷爷说：'这小尼姑是个多情种子，这一下只怕要发疯，咱们跟着瞧瞧。'于是我们二人跟在你后面，见你抱着这个死人，一直不舍得放下。我爷爷说：'非非，你瞧这小尼姑多么伤心，令狐冲这小子

· 159 ·

倘若不死，小尼姑非还俗嫁给他做老婆不可。'"仪琳羞得满脸通红，黑暗中只觉耳根子和脖子都在发烧。

曲非烟道："姊姊，我爷爷的话对不对？"仪琳道："是我害死了人家。我真盼死的是我，而不是他。倘若菩萨慈悲，能叫我死了，去换得令狐大哥还阳，我……我……我便堕入十八重地狱，万劫不能超生，我也心甘情愿。"她说这几句话时声音诚恳之极。

便在这时，床上那人忽然轻轻呻吟了一下。仪琳喜道："他……他醒转了，曲姑娘，请你问他，可好些了没有？"曲非烟道："为什么要我去问？你自己没生嘴巴？"

仪琳微一迟疑，走到床前，隔着帐子问道："这位英雄，你可……"一句话没说完，只听那人又呻吟了几声。仪琳寻思："他此刻苦痛难当，我怎可烦扰他？"悄立片刻，听得那人呼吸逐渐均匀，显是药力发作，又已入睡。

曲非烟低声道："姊姊，你为什么愿意为令狐冲而死，你当真是这么喜欢他？"仪琳道："不，不！曲姑娘，我是出家人，你别再说这等亵渎佛祖的话。令狐大哥和我素不相识，却为了救我而死。我……我只觉万分的对他不起。"曲非烟道："要是他能活转来，你什么事都肯为他做？"仪琳道："不错，我便为他死一千次，也是毫无怨言。"

曲非烟突然提高声音，笑道："令狐大哥，你听着，仪琳姊姊亲口说了……"仪琳怒道："你开什么玩笑？"曲非烟继续大声道："她说，只要你没死，她什么事都肯答允你。"仪琳听她语气不似开玩笑，头脑中一阵晕眩，心头怦怦乱跳，只道："你……你……"

只听得咯咯两声，眼前一亮，曲非烟已打着了火，点燃蜡烛，揭开帐子，笑着向仪琳招了招手。仪琳慢慢走近，蓦地里眼前金星飞舞，向后便倒。曲非烟伸手在她背后一托，令她不致摔倒，笑道："我早知你会大吃一惊，你看他是谁？"仪琳道："他……他……"声音微弱，几乎连气也透不过来。

床上那人虽然双目紧闭，但长方脸蛋，剑眉薄唇，正便是昨日回雁楼头的令狐冲。

仪琳伸手紧紧抓住了曲非烟的手臂，颤声道："他……他没死?"曲非烟笑道："他现下还没有死，但如你的伤药无效，便要死了。"仪琳急道："不会死的，他一定不会死的。他……他没死!"惊喜逾恒，突然哭了起来。曲非烟奇道："咦，怎么他没有死，你却反而哭了?"仪琳双脚发软，再也支持不住，伏在床前，呜呜咽咽的哭了起来，说道："我好欢喜。曲姑娘，真是多谢你啦。原来，原来是你救了……救了令狐大哥。"

曲非烟道："是你自己救的，我可没有这么大的本事，我又没天香断续胶。"

仪琳突然省悟，慢慢站起，拉住曲非烟的手，道："是你爷爷救的，是你爷爷救的。"

忽然之间，外边高处有人叫道："仪琳，仪琳!"却是定逸师太的声音。

仪琳吃了一惊，待要答应。曲非烟吐气吹熄了手中蜡烛，左掌翻转，按住了仪琳的嘴，在她耳边低声道："这是什么地方? 别答应。"一霎时仪琳六神无主，她身在妓院之中，处境尴尬之极，但听到师父呼唤而不答应，却是一生中从所未有之事。

只听得定逸又大声叫道："田伯光，快给我滚出来! 你把仪琳放出来。"

只听得西首房中田伯光哈哈大笑，笑了一阵，才道："这位是恒山派白云庵前辈定逸师太么? 晚辈本当出来拜见，只是身边有几个俏佳人相陪，未免失礼，这就两免了。哈哈，哈哈!"跟着有四五个女子一齐吃吃而笑，声音甚是淫荡，自是妓院中的妓女，有的还嗲声叫道："好相公，别理她，再亲我一下，嘻嘻，嘻嘻。"几个妓女淫声荡语，越说越响，显是受了田伯光的吩咐，意在气走定逸。

定逸大怒，喝道："田伯光，你再不滚出来，非把你碎尸万段不可。"

田伯光笑道："我不滚出来，你要将我碎尸万段。我滚了出来，你也要将我碎尸万段。那还是不滚出来罢！定逸师太，这种地方，你出家人是来不得的，还是及早请回的为妙。令高徒不在这里，她是一位戒律精严的小师父，怎么会到这里来？你老人家到这种地方来找徒儿，岂不奇哉怪也？"

定逸怒叫："放火，放火，把这狗窝子烧了，瞧他出不出来？"

田伯光笑道："定逸师太，这地方是衡山城著名的所在，叫作'群玉院'。你把它放火烧了不打紧，有分教：江湖上众口喧传，都道湖南省的烟花之地'群玉院'，给恒山派白云庵定逸师太一把火烧了。人家一定要问：'定逸师太是位年高德劭的师太，怎地到这种地方去呀？'别人便道：'她是找徒弟去了！'人家又问：'恒山派的弟子怎会到群玉院去？'这么你一句，我一句，于贵派的声誉可大大不妙。我跟你说，万里独行田伯光天不怕，地不怕，天下就只怕令高足一人，一见到她，我远而避之还来不及，怎么还敢去惹她？"

定逸心想这话倒也不错，但弟子回报，明明见到仪琳走入了这座屋子，她又被田伯光所伤，难道还有假？她只气得五窍生烟，将屋瓦踹得一块块的粉碎，一时却无计可施。

突然间对面屋上一个冷冷的声音道："田伯光，我弟子彭人骐，可是你害死的？"却是青城掌门余沧海到了。

田伯光道："失敬，失敬！连青城派掌门也大驾光临，衡山群玉院从此名闻天下，生意滔滔，再也应接不暇了。有一个小子是我杀的，剑法平庸，有些像是青城派招数，至于是不是叫什么彭人骐，也没功夫去问他。"

只听得飕的一声响，余沧海已穿入房中，跟着乒乒乓乓，兵刃相交声密如联珠，余沧海和田伯光已在房中交起手来。

定逸师太站在屋顶，听着二人兵刃撞击之声，心下暗暗佩服："田伯光那厮果然有点儿真功夫，这几下快刀快剑，竟和青城掌门斗了个势均力敌。"

蓦地间砰的一声大响，兵刃相交声登时止歇。

仪琳握着曲非烟的手，掌心中都是冷汗，不知田余二人相斗到底谁胜谁败，按理说，田伯光数次欺辱于她，该当盼望他被余沧海打败才是，但她竟是盼望余沧海为田伯光所败，最好余沧海快快离去，师父也快快离去，让令狐冲在这里安安静静的养伤。他此刻正在生死存亡的要紧关头，倘若见到余沧海冲进房来，一惊之下，创口再裂，那是非死不可。

却听得田伯光的声音在远处响起，叫道："余观主，房中地方太小，手脚施展不开，咱们到旷地之上，大战三四百回合，瞧瞧到底是谁厉害。要是你打胜，这个千娇百媚的小粉头玉宝儿便让给你，假如你输了，这玉宝儿可是我的。"

余沧海气得几乎胸膛也要炸了开来，这淫贼这番话，竟说自己和他相斗乃是争风吃醋，为了争夺"群玉院"中一个妓女，叫作什么玉宝儿的。适才在房中相斗，顷刻间拆了五十余招，田伯光刀法精奇，攻守俱有法度，余沧海自忖对方武功实不在自己之下，就算再斗三四百招，可也并无必胜把握。

一霎时间，四下里一片寂静。仪琳似乎听到自己扑通扑通的心跳之声，凑头过去，在曲非烟耳边轻轻问道："他……他们会不会进来？"其实曲非烟的年纪比她轻着好几岁，但当这情急之际，仪琳一切全没了主意。曲非烟并不回答，伸手按住了她嘴。

忽听得刘正风的声音说道："余观主，田伯光这厮作恶多端，日后必无好死，咱们要收拾他，也不用忙在一时。这间妓院藏垢纳污，兄弟早就有心将之捣了，这事待兄弟来办。大年，为义，大伙进去搜搜，一个人也不许走了。"刘门弟子向大年和米为义齐声答应。接着听得定逸师太急促传令，吩咐众弟子四周上下团团围住。

仪琳越来越惶急，只听得刘门众弟子大声呼叱，一间间房查将过来。刘正风和余沧海在旁监督，向大年和米为义诸人将妓院中龟头和鸨儿打得杀猪价叫。青城派群弟子将妓院中的家俬用具、茶杯酒壶，乒乒乓乓的打得落花流水。

耳听得刘正风诸人转眼便将过来，仪琳急得几欲晕去，心想："师父前来救我，我却不出声答应，在妓院之中，和令狐大哥深夜同处一室。虽然他身受重伤，但衡山派、青城派这许多男人一涌而进，我便有一百张嘴巴也分说不了。如此连累恒山派的清名，我……我如何对得起师父和众位师姊？"伸手拔出佩剑，便往颈中挥去。

曲非烟听得长剑出鞘之声，已然料到，左手一翻，黑暗中抓住了她手腕，喝声道："使不得！我和你冲出去。"

忽听得悉瑟有声，令狐冲在床上坐了起来，低声道："点亮了蜡烛！"曲非烟道："干什么？"令狐冲道："我叫你点亮了蜡烛！"声音中颇含威严。曲非烟便不再问，取火刀火石打着了火，点燃了蜡烛。

烛光之下，仪琳见到令狐冲脸色白得犹如死人，忍不住低低惊呼了一声。

令狐冲指着床头自己的那件大氅，道："给我披在……在身上。"仪琳全身发抖，俯身取了过来，披在他身上。令狐冲拉过大氅前襟，掩住了胸前的血迹和伤口，说道："你们两人，都睡在床上。"曲非烟嘻嘻一笑，道："好玩，好玩！"拉着仪琳，钻入了被窝。

这时外边诸人都已见到了这间房中的烛火，纷纷叫道："到那边去搜搜。"蜂拥而来。令狐冲提一口气，抢过去掩上了门，横上门闩，回身走到床前，揭开帐子，道："都钻进被窝去！"

仪琳道："你……你别动，小心伤口。"令狐冲伸出左手，将她的头推入被窝中，右手却将曲非烟的一头长发拉了出来，散在枕头之上。只这么一推一拉，自知伤口的鲜血又在不绝外流，双膝一软，坐在床沿之上。

这时房门上已有人擂鼓般敲打，有人叫道："狗娘养的，开门！"跟着砰的一声，有人将房门踢开，三四个人同时抢将进来。

当先一人正是青城派弟子洪人雄。他一见令狐冲，大吃一惊，叫道："令狐……是令狐冲……"急退了两步。向大年和米为义不识得令狐冲，但均知他已为罗人杰所杀，听洪人雄叫出他的名字，都是心头一震，不约而同的后退。各人睁大了双眼，瞪视着他。

令狐冲慢慢站了起来，道："你们……这许多人……"洪人雄道："令狐……令狐冲，原来……原来你没死？"令狐冲冷冷的道："哪有这般容易便死？"

余沧海越众而前，叫道："你便是令狐冲了？好，好！"令狐冲向他瞧了一眼，并不回答。余沧海道："你在这妓院之中，干什么来着？"令狐冲哈哈一笑，道："这叫做明知故问。在妓院之中，还干什么来着？"余沧海冷冷的道："素闻华山派门规甚严，你是华山派掌门大弟子，'君子剑'岳先生的嫡派传人，却偷偷来嫖妓宿娼，好笑啊好笑！"令狐冲道："华山派门规如何，是我华山派的事，用不着旁人来瞎操心。"

余沧海见多识广，见他脸无血色，身子还在发抖，显是身受重伤模样，莫非其中有诈？心念一转之际，寻思："恒山派那小尼姑说这厮已为人杰所杀，其实并未毙命，显是那小尼姑撒谎骗人。听她说来，令狐大哥长，令狐大哥短，叫得脉脉含情，说不定他二人已结下了私情。有人见到那小尼姑来到这妓院之中，此刻却又影踪全无，多半便是给这厮藏了起来。哼，他五岳剑派自负是武林中的名门正派，瞧我青城派不起，我要是将那小尼姑揪将出来，不但羞辱了华山、恒山两派，连整个五岳剑派也是面目无光，叫他们从此不能在江湖上夸口说嘴。"目光四下一转，不见房中更有别人，心想："看来那小尼姑便藏在床上。"向洪人雄道："人雄，揭开帐子，咱们瞧瞧床上有什么好把戏。"

洪人雄道："是！"上前两步，他吃过令狐冲的苦头，情不自禁的向他望了一眼，一时不敢再跨步上前。令狐冲道："你活得不耐烦了？"洪人雄一窒，但有师父撑腰，也不如何惧他，刷的一声，拔出了长剑。

令狐冲向余沧海道："你要干什么？"余沧海道："恒山派走失了一名女弟子，有人见到她是在这座妓院之中，咱们要查一查。"令狐冲道："五岳剑派之事，也劳你青城派来多管闲事？"余沧海道："今日之事，非查明白不可。人雄，动手！"洪人雄应道："是！"长剑伸出，挑开了帐子。

仪琳和曲非烟互相搂抱，躲在被窝之中，将令狐冲和余沧海的对话，一句句都听得清清楚楚，心头只是叫苦，全身瑟瑟发抖，听得洪人雄挑开帐子，更吓得魂飞天外。

帐子一开，众人目光都射到床上，只见一条绣着双鸳鸯的大红锦被之中裹得有人，枕头上舞着长长的万缕青丝，锦被不住颤动，显然被中人十分害怕。

余沧海一见到枕上的长发，好生失望，显然被中之人并非那个光头小尼姑了，原来令狐冲这厮果然是在宿娼。

令狐冲冷冷的道："余观主，你虽是出家人，但听说青城派道士不禁婚娶，你大老婆、小老婆着实不少。你既这般好色如命，想瞧妓院中光身赤裸的女子，干么不爽爽快快的揭开被窝，瞧上几眼？何必借口什么找寻恒山派的女弟子？"

余沧海喝道："放你的狗屁！"右掌呼的一声劈出。令狐冲侧身一闪，避开了掌风，重伤之下，转动不灵，余沧海这一掌又劈得凌厉，还是被他掌风边缘扫中了，站立不定，一交倒在床上。他用力支撑，又站了起来，一张嘴，一大口鲜血喷了出来，身子摇晃两下，又喷出一口鲜血。余沧海欲待再行出手，忽听得窗外有人叫道："以大欺小，好不要脸！"

那"脸"字尾声未绝，余沧海已然右掌转回，劈向窗格，身随掌势，到了窗外。房内烛光照映出来，只见一个丑脸驼子正欲往墙角边逃去。余沧海喝道："站住了！"

那驼子正是林平之所扮。他在刘正风府中与余沧海朝相之后，乘着曲非烟出现，余沧海全神注视到那女童身上，便即悄悄溜了出来。

他躲在墙角边，一时打不定主意，实不知如何，才能救得爹娘，沉吟半晌，心道："我假装驼子，大厅中人人都已见到了，再遇上青城派的人，非死不可。是不是该当回复本来面目？"回思适才给余沧海抓住，全身登时酸软，更无半分挣扎之力，怎地世上竟有如此武功高强之人？心头思潮起伏，只呆呆出神。

也不知过了多少时候，忽然有人在他驼背上轻轻一拍。林平之大吃一惊，急忙转身，眼前一人背脊高耸，正是那正牌驼子"塞北明驼"木高峰，听他笑道："假驼子，做驼子有什么好？干你要冒充是我徒子徒孙？"

林平之情知此人性子凶暴，武功又极高，稍一对答不善，便是杀身之祸，但适才在大厅中向他磕过头，又说他行侠仗义，并未得罪于他，只须继续如此说，谅来也不致惹他生气，便道："晚辈曾听许多人言道：'塞北明驼'木大侠英名卓著，最喜急人之难，扶危解困。晚辈一直好生仰慕，是以不知不觉的便扮成木大侠的模样，万望恕罪。"

木高峰哈哈一笑，说道："什么急人之难，扶危解困？当真胡说八道。"他明知林平之是在撒谎，但这些话总是听来十分入耳，问道："你叫什么名字？是哪一个的门下？"

林平之道："晚辈其实姓林，无意之间冒认了前辈的姓氏。"木高峰冷笑道："什么无意之间？你只是想拿你爷爷的名头来招摇撞骗。余沧海是青城掌门，伸一根手指头也立时将你毙了。你这小子居然敢冲撞于他，胆子当真不小。"林平之一听到余沧海的名字，胸口热血上涌，大声道："晚辈但教有一口气在，定须手刃了这奸贼。"

木高峰奇道："余沧海跟你有什么怨仇？"林平之略一迟疑，寻思："凭我一己之力，难以救得爹爹妈妈，索性再拜他一拜，求他援手。"当即双膝跪倒，磕头道："晚辈父母落入这奸贼之手，恳求前辈仗义相救。"木高峰皱起眉头，连连摇头，说道："没好处之事，木驼子是向来不做的。你爹爹是谁？救了他于我有什么得益？"

正说到这里，忽听门边有人压低了声音说话，语气甚是紧急，说道："快禀报师父，在群玉院妓院中，青城派又有一人给人家杀了，恒山派有人受了伤逃回来。"

木高峰低声道："你的事慢慢再说，眼前有一场热闹好看，你想开眼界便跟我同去。"林平之心想："只须陪在他的身边，便有机会求他。"当即道："是，是。老前辈去哪里，晚辈自当追随。"木高峰道："咱们把话说在头里，木驼子不论什么事，总须对自己有好处才干。你若想单凭几顶高帽子，便叫你爷爷去惹麻烦上身，这种话少提为妙。"

林平之唯唯否否，含糊答应。忽听得木高峰道："他们去了，跟着我来。"只觉右腕一紧，已被他抓住，跟着腾身而起，犹似足不点地般在衡山街上奔驰。

到得群玉院外，木高峰和他挨在一株树后，窥看院中众人动静。余沧海和田伯光交手、刘正风等率人搜查、令狐冲挺身而出等情，他二人都一一听在耳里。待得余沧海又欲击打令狐冲，林平之再也忍耐不住，将"以大欺小，好不要脸"这八个字叫了出来。

林平之叫声出口，自知鲁莽，转身便欲躲藏，哪知余沧海来得快极，一声"站住了！"力随声至，掌力已将林平之全身笼住，只须一发，便能震得他五脏碎裂，骨骼齐折，待见到他形貌，一时含力不发，冷笑道："原来是你！"眼光向林平之身后丈许之外的木高峰射去，说道："木驼子，你几次三番，指使小辈来和我为难，到底是何用意？"

木高峰哈哈一笑，道："这人自认是我小辈，木驼子却没认他。他自姓林，我自姓木，这小子跟我有什么干系？余观主，木驼子不是怕你，只是犯不着做冤大头，给一个无名小辈做挡箭牌。要是做一做挡箭牌有什么好处，金银财宝滚滚而来，木驼子权衡轻重，这算盘打得响，做便做了。可是眼前这般全无进益的蚀本买卖，却是决计不做的。"

余沧海一听，心中一喜，便道："此人既跟木兄并无干系，乃是冒充招摇之徒，贫道不必再顾你的颜面了。"积蓄在掌心中的力道正欲发出，忽听窗内有人说道："以大欺小，好不要脸!"余沧海回过头来，只见一人凭窗而立，正是令狐冲。

余沧海怒气更增，但"以大欺小，好不要脸"这八个字，却正是说中了要害，眼前这二人显然武功远不如己，若欲杀却，原只一举手之劳，但"以大欺小"那四个字，却无论如何是逃不过的，既是"以大欺小"，那下面"好不要脸"四字便也顺理成章的了。但若如此轻易饶了二人，这口气如何便咽得下去？他冷笑一声，向令狐冲道："你的事，以后我找你师父算帐。"回头向林平之道："小子，你到底是哪个门派的？"

林平之怒叫："狗贼，你害得我家破人亡，此刻还来问我？"

余沧海心下奇怪："我几时识得你这丑八怪了？什么害得你家破人亡，这话却从哪里说起？"但四下里耳目众多，不欲细问，回头向洪人雄道："人雄，先宰了这小子，再擒下了令狐冲。"是青城派弟子出手，便说不上"以大欺小"。洪人雄应道："是!"拔剑上前。

林平之伸手去拔佩剑，甫一提手，洪人雄的长剑寒光森然，已直指到了胸前。林平之叫道："余沧海，我林平之……"余沧海一惊，左掌急速拍出，掌风到处，洪人雄的长剑被震得一偏，从林平之右臂外掠过。余沧海道："你说什么？"林平之道："我林平之做了厉鬼，也会找你索命。"余沧海道："你……你是福威镖局的林平之？"

林平之既知已无法隐瞒，索性堂堂正正的死个痛快，双手撕下脸上膏药，朗声道："不错，我便是福州福威镖局的林平之。你儿子调戏良家姑娘，是我杀的。你害得我家破人亡，我爹爹妈妈，你……你……你将他们关在哪里？"

青城派一举挑了福威镖局之事，江湖上早已传得沸沸扬扬。长青子早年败在林远图剑下之事，武林中并不知情，人人都说青城派志在劫夺林家辟邪剑法的剑谱。令狐冲正因听了这传闻，才在回雁楼头以此引得罗人杰俯身过来，挺剑杀却。木高峰也已得知讯息，此刻听得眼前这假驼子是"福威镖局的林平之"，而眼见余沧海一听到他自报姓名，便忙不迭的将洪人雄长剑格开，神情紧张，看来确是想着落在这年青人身上得到《辟邪剑谱》。

其时余沧海左臂长出，手指已抓住林平之的右腕，手臂一缩，便要将他拉了过去。木高峰喝道："且慢！"飞身而出，伸手抓住了林平之的左腕，向后一拉。

林平之双臂分别被两股大力前后拉扯，全身骨骼登时格格作响，痛得几欲晕去。

余沧海知道自己若再使力，非将林平之登时拉死不可，当即右手长剑递出，向木高峰刺去，喝道："木兄，撒手！"

木高峰左手一挥，当的一声响，格开长剑，手中已多了一柄青光闪闪的弯刀。

余沧海展开剑法，嗤嗤嗤声响不绝，片刻间向木高峰连刺了八九剑，说道："木兄，你我无冤无仇，何必为这小子伤了两家和气？"左手仍抓住林平之右腕不放。

木高峰挥动弯刀，将来剑一一格开，说道："适才大庭广众之间，这小子已向我磕过了头，叫了我'爷爷'，这是众目所见、众耳所闻之事。在下和余观主虽然往日无冤，近日无仇，但你将一个叫我爷爷之人捉去杀了，未免太不给我脸面。做爷爷的不能庇护孙子，以后还有谁肯再叫我爷爷？"两人一面说话，兵刃相交声叮当不绝，越打越快。

余沧海怒道："木兄，此人杀了我的亲生儿子，杀子之仇，岂可不报？"木高峰哈哈一笑，道："好，冲着余观主的金面，就替你报仇便了。来来来，你向前拉，我向后拉，一二三！咱们将这小子拉为两片！"他说完这句话后，又叫："一，二，三！"这"三"字一出口，掌上力道加强，林平之全身骨骼格格之声更响。

余沧海一惊，报仇并不急在一时，剑谱尚未得手，却决不能便伤了林平之性命，当即松手。林平之立时便给木高峰拉了过去。

木高峰哈哈一笑，说道："多谢，多谢！余观主当真够朋友，够交情，冲着木驼子的脸面，连杀子大仇也肯放过了。江湖上如此重义之人，还真的没第二位！"余沧海冷冷的道："木兄知道了就好。这一次在下相让一步，以后可不能再有第二次了。"木高峰笑嘻嘻的道："那也未必。说不定余观主义薄云天，第二次又再容让呢。"

余沧海哼了一声，左手一挥，道："咱们走！"率领本门弟子，便即退走。

这时定逸师太急于找寻仪琳，早已与恒山派群尼向西搜了下去。刘正风率领众弟子向东南方搜去。青城派一走，群玉院外便只剩下木高峰和林平之二人。

木高峰笑嘻嘻的道："你非但不是驼子，原来还是个长得挺俊的小子。小子，你也不用叫我爷爷。驼子挺喜欢你，收你做了徒弟如何？"

林平之适才被二人各以上乘内力拉扯，全身疼痛难当，兀自没喘过气来，听木高峰这么说，心想："这驼子的武功高出我爹爹十倍，余沧海对他也颇为忌惮，我要复仇雪恨，拜他为师，便有指望。可是他眼见那青城弟子使剑杀我，本来毫不理会，一听到我的来历，便即出手和余沧海争夺。此刻要收我为弟子，显是不怀好意。"

木高峰见他神色犹豫，又道："塞北明驼的武功声望，你是知道的了。迄今为止，我还没收过一个弟子。你拜我为师，为师的把一身武功倾囊相授，那时别说青城派的小子们决不是你对手，假以时日，要打败余沧海亦有何难？小子，怎么你还不磕头拜师？"

他越说得热切，林平之越是起疑："他如当真爱惜我，怎地刚才抓住我手，用力拉扯，全无丝毫顾忌？余沧海这恶贼得知我是他的杀子大仇之后，反而不想就此拉死我了，自然是为了什么《辟邪剑谱》。五岳剑派中尽多武功高强的正直之士，我欲求明师，该找那些前辈高人才是。这驼子心肠毒辣，武功再高，我也决不拜他为师。"

木高峰见他仍是迟疑，心下怒气渐增，但仍笑嘻嘻道："怎么？你嫌驼子的武功太低，不配做你师父么？"

林平之见木高峰霎时间满面乌云，神情狰狞可怖，但怒色一现即隐，立时又显得和蔼可亲，情知处境危险，若不拜他为师，说不定他怒气发作，立时便将自己杀了，当即道："木大侠，你肯收晚辈为徒，那正是晚辈求之不得之事。只是晚辈学的是家传武功，倘若另投明师，须得家父允可，这一来是家法，二来也是武林中的规矩。"

木高峰点了点头，道："这话倒也有理。不过你这一点玩艺儿，压根儿说不上是什么功夫，你爹爹想来好极也是有限。我老人家今日心血来潮，一时兴起，要收你为徒，以后我未必再有此兴致了。机缘可遇不可求，你这小子瞧来似乎机伶，怎地如此胡涂？这样罢，你先磕头拜师。然后我去跟你爹爹说，谅他也不敢不允。"

林平之心念一动，说道："木大侠，晚辈的父母落在青城派手中，生死不明，求木大侠去救了出来。那时晚辈感恩图报，木大侠有什么嘱咐，自当遵从。"

木高峰怒道："什么？你向我讨价还价？你这小子有什么了不起，我非收你为徒不可？你居然来向我要挟，岂有此理，岂有此理！"随即想到余沧海肯在众目睽睽之下让步，不将杀子大仇人撕开两片，自是另有重大图谋，像余沧海这样的人，哪会轻易上当？多半江湖上传言不错，他林家那《辟邪剑谱》确是非同小可，只要收了这小子为徒，这部武学宝笈迟早便能得到手，说道："快磕头，三个头磕下去，你便是我的徒弟了。徒弟的父母，做师父的焉有不关心之理？余沧海捉了我徒弟的父母，我去向他要人，名正言顺，他怎敢不放？"

林平之救父母心切，心想："爹爹妈妈落在奸人手中，度日如年，说什么也得尽快将他们救了出来。我一时委屈，拜他为师，只须他救出我爹爹妈妈，天大的难事也担当了。"当即屈膝跪倒，便要磕头。木高峰怕他反悔，伸手往他头顶按落，揿将下去。

林平之本想磕头，但给他这么使力一揿，心中反感陡生，自然而然的头颈一硬，不让他按下去。木高峰怒道："嘿，你不磕头吗？"手上加了一分劲道。林平之本来心高气傲，做惯了少镖头，平生只有受人奉承，从未遇过屈辱，此番为了搭救父母，已然决意磕头，但木高峰这么伸手一揿，弄巧反拙，激发了他的倔强本性，大声道："你答应救我父母，我便答应拜你为师，此刻要我磕头，却是万万不能。"

木高峰道："万万不能？咱们瞧瞧，果真是万万不能？"手上又加了一分劲力。林平之腰板力挺，想站起身来，但头顶便如有千斤大石压住了，却哪里站得起来？他双手撑地，用力挣扎，木高峰手上劲力又加了一分。林平之只听得自己颈中骨头格格作响。木高峰哈哈大笑，道："你磕不磕头？我手上再加一分劲道，你的头颈便折断了。"

林平之的头被他一寸一寸的按将下去，离地面已不过半尺，奋力叫道："我不磕头，偏不磕头！"木高峰道："瞧你磕不磕头？"手一沉，林平之的额头又被他按低了两寸。

便在此时，林平之忽觉背心上微微一热，一股柔和的力道传入体内，头顶的压力斗然间轻了，双手在地下一撑，便即站起。

这一下固然大出林平之意料之外，而木高峰更是大吃一惊，适才冲开他手上劲道的这股内力，似乎是武林中盛称的华山派"紫霞功"，听说这门内功初发时若有若无，绵如云霞，然而蓄劲极韧，到后来更铺天盖地，势不可当，"紫霞"二字由此而来。

木高峰惊诧之下，手掌又迅即按上林平之头顶，掌心刚碰到林平之头顶，他顶门上又是一股柔韧的内力升起，两者一震，木高峰手臂发麻，胸口也隐隐作痛。他退后两步，哈哈一笑，说道："是华山派的岳兄吗？怎地悄悄躲在墙脚边，开驼子的玩笑？"

墙角后一人纵声大笑，一个青衫书生踱了出来，轻袍缓带，右手摇着折扇，神情甚是潇洒，笑道："木兄，多年不见，丰采如昔，可喜可贺。"

木高峰眼见此人果然便是华山派掌门"君子剑"岳不群，心中向来对他颇为忌惮，此刻自己正在出手欺压一个武功平平的小辈，恰好给他撞见，而且出手相救，不由得有些尴尬，当即笑嘻嘻的道："岳兄，你越来越年轻了，驼子真想拜你为师，学一学这门'阴阳采补'之术。"岳不群"呸"的一声，笑道："驼子越来越无聊。故人见面，不叙契阔，却来胡说八道。小弟又懂什么这种邪门功夫了？"木高峰笑道："你说不会采补功夫，谁也不信，怎地你快六十岁了，忽然返老还童，瞧起来倒像是驼子的孙儿一般。"

林平之当木高峰的手一松，便已跳开几步，眼见这书生颏下五柳长须，面如冠玉，一脸正气，心中景仰之情，油然而生，知道适才是他出手相救，听得木高峰叫他为"华山派的岳兄"，心念一动："这位神仙般的人物，莫非便是华山派掌门岳先生？只是他瞧上去不过四十来岁，年纪不像。那劳德诺是他弟子，可比他老得多了。"待听木高峰赞他驻颜有术，登时想起：曾听母亲说过，武林中高手内功练到深处，不但能长寿不老，简直真能返老还童，这位岳先生多半有此功夫，不禁更是钦佩。

岳不群微微一笑，说道："木兄一见面便不说好话。木兄，这少年是个孝子，又是颇具侠气，原堪造就，怪不得木兄喜爱。他今日种种祸患，全因当日在福州仗义相救小女灵珊而起，小弟实在不能袖手不理，还望木兄瞧着小弟薄面，高抬贵手。"

木高峰脸上现出诧异神色，道："什么？凭这小子这一点儿微末道行，居然能去救灵珊侄女？只怕这话要倒过来说，是灵珊贤侄女慧眼识玉郎……"

岳不群知道这驼子粗俗下流，接下去定然没有好话，便截住他话头，说道："江湖上同道有难，谁都该当出手相援，粉身碎骨是救，一言相劝也是救，倒也不在乎武艺的高低。木兄，你如决意收他为徒，不妨让这少年禀明了父母，再来投入贵派门下，岂不两全其美？"

木高峰眼见岳不群插手，今日之事已难以如愿，便摇了摇头，道："驼子一时兴起，要收他为徒，此刻却已意兴索然，这小子便再磕我一万个头，我也不收了。"说着左腿忽起，拍的一声，将林平之踢了个筋斗，摔出数丈。这一下却也大出岳不群的意料之外，全没想到他抬腿便踢，事先竟没半点朕兆，浑不及出手阻拦。好在林平之摔出后立即跃起，似乎并未受伤。岳不群道："木兄，怎地跟孩子们一般见识？我说你倒是返老还童了。"

木高峰笑道："岳兄放心，驼子便有天大的胆子，也不敢得罪了你这位……你这位……哈哈……我也不知道是你这位什么。再见，再见，真想不到华山派如此赫赫威名，对这《辟邪剑谱》却也会眼红。"一面说，一面拱手退开。

岳不群抢上一步，大声道："木兄，你说什么话来？"突然之间，脸上满布紫气，只是那紫气一现即隐，顷刻间又回复了白净面皮。

木高峰见到他脸上紫气，心中打了个突，寻思："果然是华山派的'紫霞功'！岳不群这厮剑法高明，又练成了这神奇内功，驼子倒得罪他不得。"当下嘻嘻一笑，说道："我也不知《辟邪剑谱》是什么东西，只是见青城余沧海不顾性命的想抢夺，随口胡诌几句，岳兄不必介意。"说着掉转身子，扬长而去。

岳不群瞧着他的背影在黑暗中隐没，叹了口气，自言自语："武林中似他这等功夫，那也是很难得了，可就偏生自甘……"下面"下流"两字，忍住了不说，却摇了摇头。

突然间林平之奔将过来，双膝一屈，跪倒在地，不住磕头，说道："求师父收录门墙，弟子恪遵教诲，严守门规，决不敢有丝毫违背师命。"

岳不群微微一笑，说道："我若收了你为徒，不免给木驼子背后说嘴，说我跟他抢夺徒弟。"林平之磕头道："弟子一见师父，说不出的钦佩仰慕，那是弟子诚心诚意的求恳。"说着连连磕头。岳不群笑道："好罢，我收你不难，只是你还没禀明父母呢，也不知他们是否允可。"林平之道："弟子得蒙恩师收录，家父家母欢喜都还来不及，决无不允之理。家父家母为青城派众恶贼所擒，尚请师父援手相救。"岳不群点了点头，道："起来罢！好，咱们这就去找你父母。"回头叫道："德诺、阿发、珊儿，大家出来！"

只见墙角后走出一群人来，正是华山派的群弟子。原来这些人早就到了，岳不群命他们躲在墙后，直到木高峰离去，这才现身，以免人多难堪，令他下不了台。劳德诺等都欢然道贺："恭喜师父新收弟子。"岳不群笑道："平之，这几位师哥，在那小茶馆中，你早就都见过了，你向众师哥见礼。"

老者是二师兄劳德诺，身形魁梧的汉子是三师兄梁发，脚夫模样的是四师兄施戴子，手中总是拿着个算盘的是五师兄高根明，六师兄六猴儿陆大有，那是谁都一见就不会忘记的人物，此外七师兄陶钧、八师兄英白罗是两个年青弟子。林平之一一拜见了。

忽然岳不群身后一声娇笑，一个清脆的声音道："爹爹，我算是师姊，还是师妹？"

林平之一怔，认得说话的是当日那个卖酒少女、华山门下人人叫她作"小师妹"的，原来她竟是师父的女儿。只见岳不群的青袍后面探出半边雪白的脸蛋，一只圆圆的左眼骨溜溜地转了几转，打量了他一眼，又缩回岳不群身后。林平之心道："那卖酒少女容貌丑陋，满脸都是麻皮，怎地变了这副模样？"她乍一探头，便即缩回，又在夜晚，月色朦胧，无法看得清楚，但这少女容颜俏丽，却是绝无可疑。又想："她说她乔装改扮，到福州城外卖酒，定逸师太又说她装成一副怪模怪样，那么她的丑样，自然是故意装成的了。"

岳不群笑道："这里个个人入门比你迟，却都叫你小师妹。你这师妹命是坐定了的，那自然也是小师妹了。"那少女笑道："不行，从今以后，我可得做师姊了。爹爹，林师弟叫我师姊，以后你再收一百个弟子、两百个弟子，也都得叫我师姊了。"

她一面说，一面笑，从岳不群背后转了出来，濛濛月光下，林平之依稀见到一张秀丽的瓜子脸蛋，一双黑白分明的眼睛，射向他脸。林平之深深一揖，说道："岳师姊，小弟今日方蒙恩师垂怜收录门下。先入门者为大，小弟自然是师弟。"

岳灵珊大喜，转头向父亲道："爹，是他自愿叫我师姊的，可不是我强逼他。"岳不群笑道："人家刚入我门下，你就说到'强逼'两字。他只道我门下个个似你一般，以大压小，岂不吓坏了他？"说得众弟子都笑了起来。

岳灵珊道："爹，大师哥躲在这地方养伤，又给余沧海那臭道士打了一掌，只怕十分凶险，快去瞧瞧他。"岳不群双眉微蹙，摇了摇头，道："根明、戴子，你二人去把大师哥抬出来。"高根明和施戴子齐声应诺，从窗口跃入房中，但随即听到他二人说道："师父，大师哥不在这里，房里没人。"跟着窗中透出火光，他二人已点燃了蜡烛。

岳不群眉头皱得更加紧了，他不愿身入妓院这等污秽之地，向劳德诺道："你进去瞧瞧。"劳德诺道："是！"走向窗口。

岳灵珊道："我也去瞧瞧。"岳不群反手抓住她的手臂，道："胡闹！这种地方你去不得。"岳灵珊急得几乎要哭出声来，道："可是……可是大师哥身受重伤……只怕他有性命危险。"岳不群低声道："不用担心，他敷了恒山派的'天香断续胶'，死不了。"岳灵珊又惊又喜，道："爹，你……你怎么知道？"岳不群道："低声，别多嘴！"

令狐冲重伤之余，再给余沧海掌风带到，创口剧痛，又呕了几口血，但神智清楚，耳听得木高峰和余沧海争执，众人逐一退去，又听得师父到来。他向来天不怕、地不怕，便只怕师父，一听到师父和木高峰说话，便想自己这番胡闹到了家，不知师父会如何责罚，一时忘了创口剧痛，转身向床，悄声道："大事不好，我师父来了，咱们快逃。"立时扶着墙壁，走出房去。

曲非烟拉着仪琳，悄悄从被窝中钻出，跟了出去，只见令狐冲摇摇晃晃，站立不定，两人忙抢上扶住。令狐冲咬着牙齿，穿过了一条走廊，心想师父耳目何等灵敏，只要一出去，立时便给他知觉，眼见右首是间大房，当即走了进去，道："将……将门窗关上。"曲非烟依言带上了门，又将窗子关了。令狐冲再也支持不住，斜躺床上，喘气不止。

三个人不作一声，过了良久，才听得岳不群的声音远远说道："他不在这里了，咱们走罢!"令狐冲吁了口气，心下大宽。

又过一会，忽听得有人蹑手蹑脚的在院子中走来，低声叫道："大师哥，大师哥。"却是陆大有。令狐冲心道："毕竟还是六猴儿跟我最好。"正想答应，忽觉床帐簌簌抖动，却是仪琳听到有人寻来，害怕起来。令狐冲心想："我这一答应，累了这位小师父的清誉。"当下便不作声，耳听得陆大有从窗外走过，一路"大师哥，大师哥"的呼叫，渐渐远去，再无声息。

曲非烟忽道："喂，令狐冲，你会死么?"令狐冲道："我怎么能死? 我如死了，大损恒山派的令誉，太对不住人家了。"曲非烟奇道："为什么?"令狐冲道："恒山派的治伤灵药，给我既外敷，又内服，如果仍然治不好，令狐冲岂非大大的对不住……对不住这位恒山派的师妹?"曲非烟笑道："对，你要是死了，太也对不住人家了。"

仪琳见他伤得如此厉害，兀自在说笑话，既佩服他的胆气，又稍为宽心，道："令狐大哥，那余观主又打了你一掌，我再瞧瞧你的伤口。"令狐冲支撑着要坐起身来。曲非烟道："不用客气啦，你这就躺着罢。"令狐冲全身乏力，实在坐不起身，只得躺在床上。

曲非烟点亮了蜡烛。仪琳见令狐冲衣襟都是鲜血，当下顾不得嫌疑，轻轻揭开他长袍，取过脸盆架上挂着的一块洗脸手巾，替他抹净了伤口上的血迹，将怀中所藏的天香断续胶尽数抹在他伤口上。令狐冲笑道："这么珍贵的灵药，浪费在我身上，未免可惜。"

仪琳道："令狐大哥为我受此重伤，别说区区药物，就是……就是……"说到这里，只觉难以措词，嗫嚅一会，续道："连我师父她老人家，也赞你是见义勇为的少年英侠，因此和余观主吵了起来呢。"令狐冲笑道："赞倒不用了，师太她老人家只要不骂我，已经谢天谢地啦。"仪琳道："我师父怎……怎会骂我？令狐大哥，你只须静养十二个时辰，伤口不再破裂，那便无碍了。"又取出三粒白云熊胆丸，喂着他服了。

曲非烟忽道："姊姊，你在这里陪着他，提防坏人又来加害。爷爷等着我呢，我这可要去啦。"仪琳急道："不，不！你不能走。我一个人怎能耽在这里？"曲非烟笑道："令狐冲不是好端端在这里么？你又不是一个人。"说着转身便走。仪琳大急，纵身上前，一把抓住她左臂，情急之下，使上了恒山派擒拿手法，牢牢抓住她臂膀，道："你别走！"曲非烟笑道："哎哟，动武吗？"仪琳脸一红，放开了手，央求道："好姑娘，你陪着我。"曲非烟笑道："好，好，好！我陪着你便是。令狐冲又不是坏人，你干什么这般怕他？"

仪琳稍稍放心，道："对不起，曲姑娘，我抓痛了你没有？"曲非烟道："我倒不痛。令狐冲却好像痛得很厉害。"仪琳一惊，掠开帐子看时，只见令狐冲双目紧闭，已自沉沉睡去。她伸手探他鼻息，觉得呼吸匀净，正感宽慰，忽听得曲非烟格的一笑，窗格声响。仪琳急忙转过身来，只见她已然从窗中跳了出去。

仪琳大惊失色，一时不知如何是好，走到床前，说道："令狐大哥，令狐大哥，她……她走了。"但其时药力正在发作，令狐冲昏昏迷迷的，并不答话。仪琳全身发抖，说不出的害怕，过了好一会，才过去将窗格拉上，心想："我快快走罢，令狐大哥倘若醒转，跟我说话，那怎么办？"转念又想："他受伤如此厉害，此刻便是一个小童过来，随手便能制他死命，我岂能不加照护，自行离去？"黑夜之中，只听到远处深巷中偶然传来几下犬吠之声，此外一片静寂，妓院中诸人早已逃之夭夭，似乎这世界上除了帐中的令狐冲外，更无旁人。

她坐在椅上，一动也不敢动，过了良久，四处鸡啼声起，天将黎明。仪琳又着急起来："天一亮，便有人来了，那怎么办？"

她自幼出家，一生全在定逸师太照料之下，全无处世应变的经历，此刻除了焦急之外，想不出半点法子。正惶乱间，忽听得脚步声响，有三四人从巷中过来，四下俱寂之中，脚步声特别清晰。这几人来到群玉院门前，便停住了，只听一人说道："你二人搜东边，我二人搜西边，要是见到令狐冲，要拿活的。他身受重伤，抗拒不了。"

仪琳初时听到人声，惊惶万分，待听到那人说要来擒拿令狐冲，心中立时闪过一个念头："说什么也要保得令狐大哥周全，决不能让他落入坏人手里。"这主意一打定，惊恐之情立去，登时头脑清醒了起来，抢到床边，拉起垫在褥子上的被单，裹住令狐冲身子，抱了起来，吹灭烛火，轻轻推开房门，溜了出去。

这时也不辨东西南北，只是朝着人声来处的相反方向快步而行，片刻间穿过一片菜圃，来到后门。只见门户半掩，原来群玉院中诸人匆匆逃去，打开了后门便没关上。她横抱着令狐冲走出后门，从小巷中奔了出去。不一会便到了城墙边，暗忖："须得出城才好，衡山城中，令狐大哥的仇人太多。"沿着城墙疾行，一到城门口，便急窜而出。

一口气奔出七八里，只是往荒山中急钻，到后来再无路径，到了一处山坳之中。她心神略定，低头看看令狐冲时，只见他已醒转，脸露笑容，正注视着自己。

她突然见到令狐冲的笑容，心中一慌，双手发颤，失手便将他身子掉落。她"啊哟"一声，急使一招"敬捧宝经"，俯身伸臂，将他托住，总算这一招使得甚快，没将他摔着，但自己下盘不稳，一个踉跄，向前抢了几步这才站住，说道："对不住，你伤口痛吗?"

令狐冲微笑道："还好！你歇一歇罢！"

仪琳适才为了逃避青城群弟子的追拿，一心一意只想如何才能使令狐冲不致遭到对方毒手，全没念及自己的疲累，此刻一定下来，只觉全身四肢都欲散了开来一般，勉力将令狐冲轻轻放在草地之上，再也站立不定，一交坐倒，喘气不止。

令狐冲微笑道："你只顾急奔，却忘了调匀气息，那是学武……学武之人的大忌，这样挺容易……容易受伤。"仪琳脸上微微一红，说道："多谢令狐大哥指点。师父本来也教过我，一时心急，那便忘了。"顿了一顿，问道："你伤口痛得怎样?"令狐冲道："已不怎么痛，略略有些麻痒。"仪琳大喜，道："好啦，好啦，伤口麻痒是痊愈之象，想不到竟好得这么快。"

令狐冲见她喜悦无限，心下也有些感动，笑道："那是贵派灵药之功。"忽然间叹了口气，恨恨的道："只可惜我身受重伤，致受鼠辈之侮，适才倘若落入了青城派那几个小子手中，死倒不打紧，只怕还得饱受一顿折辱。"

仪琳道："原来你都听见了?"想起自己抱着他奔驰了这么久，也不知他从何时起便睁着眼睛在瞧自己，不由得脸如飞霞。

令狐冲不知她忽然害羞，只道她奔跑过久，耗力太多，说道："师妹，你打坐片刻，以贵派本门心法，调匀内息，免得受了内伤。"

仪琳道："是。"当即盘膝而坐，以师授心法运动内息，但心意烦躁，始终无法宁静，过不片刻，便睁眼向令狐冲瞧一眼，看他伤势有何变化，又看他是否在瞧自己，看到第四眼时，恰好和令狐冲的目光相接。她吓了一跳，急忙闭眼，令狐冲却哈哈大笑起来。

仪琳双颊晕红，忸怩道："为……为什么笑?"令狐冲道："没什么。你年纪小，坐功还浅，一时定不下神来，就不必勉强。定逸师伯一定教过你，练功时过份勇猛精进，会有大碍，这等调匀内息，更须心平气和才是。"他休息片刻，又道："你放心，我元气已在渐渐恢复，青城派那些小子们再追来，咱们不用怕他，叫他们再摔一个……摔一个屁股向后……向后……"仪琳微笑道："摔一个青城派的平沙落雁式。"令狐冲笑道："不错，妙极。什么屁股向后，说起来太过不雅，咱们就叫之为'青城派的平沙……落雁式'！"说到最后几个字，已有些喘不过气来。

仪琳道："你别多说话，再好好儿睡一忽罢。"

令狐冲道："我师父也到了衡山城。我恨不得立时起身，到刘师叔家瞧瞧热闹去。"

仪琳见他口唇发焦，眼眶干枯，知他失血不少，须得多喝水才是，便道："我去找些水给你喝。一定口干了，是不是？"令狐冲道："我见来路之上，左首田里有许多西瓜。你去摘几个来罢。"仪琳道："好。"站起身来，一摸身边，却一文也无，道："令狐大哥，你身边有钱没有？"令狐冲道："做什么？"仪琳道："去买西瓜呀！"令狐冲笑道："买什么？顺手摘来便是。左近又无人家，种西瓜的人一定住得很远，却向谁买去？"仪琳嗫嚅道："不予而取，那是偷……偷盗了，这是五戒中的第二戒，那是不可的。倘若没钱，向他们化缘，讨一个西瓜，想来他们也肯的。"令狐冲有些不耐烦了，道："你这小……"他本想骂她"小尼姑好胡涂"，但想到她刚才出力相救，说到这"小"字便即停口。

仪琳见他脸色不快，不敢再说，依言向左首寻去。走出二里有余，果见数亩瓜田，累累的生满了西瓜，树巅蝉声鸣响，四下里却一个人影也无，寻思："令狐大哥要吃西瓜。可是这西瓜是有主之物，我怎可随便偷人家的？"快步又走出里许，站到一个高冈之上，四下眺望，始终不见有人，连农舍茅屋也不见一间，只得又退了回来，站在瓜田之中，踟蹰半响，伸手待去摘瓜，又缩了回来，想起师父谆谆告诫的戒律，决不可偷盗他人之物，欲待退去，脑海中又出现了令狐冲唇干舌燥的脸容，咬一咬牙，双手合什，暗暗祝祷："菩萨垂鉴，弟子非敢有意偷盗，实因令狐大哥……令狐大哥要吃西瓜。"转念一想，又觉"令狐大哥要吃西瓜"这八个字，并不是什么了不起的理由，心下焦急，眼泪已然夺眶而出，双手捧住一个西瓜，向上一提，瓜蒂便即断了，心道："人家救你性命，你便为他堕入地狱，永受轮回之苦，却又如何？一人作事一身当，是我仪琳犯了戒律，这与令狐大哥无干。"捧起西瓜，回到令狐冲身边。

令狐冲于世俗的礼法教条，从来不瞧在眼里，听仪琳说要向人化缘讨西瓜，只道这小尼姑年轻不懂事，浑没想到她为了采摘这一个西瓜，心头有许多交战，受了这样多委屈，见她折了西瓜回来，心头一喜，赞道："好师妹，乖乖的小姑娘。"

仪琳蓦地听到他这么称呼自己，心头一震，险些将西瓜摔落，急忙抄起衣襟兜住。令狐冲笑道："干么这等慌张？你偷西瓜，有人要捉你么？"仪琳脸上又是一红，道："不，没人捉我。"缓缓坐了下来。

其时天色新晴，太阳从东方升起，令狐冲和她所坐之处是在山阴，日光照射不到，满山树木为雨水洗得一片青翠，山中清新之气扑面而来。

仪琳定了定神，拔出腰间断剑，见到剑头断折之处，心想："田伯光这恶人武功如此了得，当日若不是令狐大哥舍命相救，我此刻怎能太太平平的仍然坐在这里？"一瞥眼，见到令狐冲双目深陷，脸上没半点血色，自忖："为了他，我便再犯多大恶业，也始终无悔，偷一只西瓜，却又如何？"言念及此，犯戒后心中的不安登时尽去，用衣襟将断剑抹拭干净，便将西瓜剖了开来，一股清香透出。

令狐冲嗅了几下，叫道："好瓜！"又道："师妹，我想起了一个笑话。今年元宵，我们师兄妹相聚饮酒，灵珊师妹出了个灯谜，说是：'左边一只小狗，右边一个傻瓜'，打一个字。那时坐在她左边的，是我六师弟陆大有，便是昨晚进屋来寻找我的那个师弟。我是坐在她右首。"仪琳微笑道："她出这个谜儿，是取笑你和这位陆师兄了。"令狐冲道："不错，这个谜儿倒不难猜，便是我令狐冲

- 183 ·

的这个'狐'字。她说是个老笑话，从书上看来的。只难得刚好六师弟坐在她左首，我坐在她右首。也真凑巧，此刻在我身旁，又是这边一只小狗，这边一只大瓜。"说着指指西瓜，又指指她，脸露微笑。

仪琳微笑道："好啊，你绕弯儿骂我小狗。"将西瓜剖成一片一片，剔去瓜子，递了一片给他。令狐冲接过咬了一口，只觉满口香甜，几口便吃完了。仪琳见他吃得欢畅，心下甚是喜悦，又见他仰卧着吃瓜，襟前汁水淋漓，便将第二片西瓜切成一小块、一小块的递在他手里，一口一块，汁水便不再流到衣上。见他吃了几块，每次伸手来接，总不免引臂牵动伤口，心下不忍，便将一小块一小块西瓜喂在他口里。

令狐冲吃了小半只西瓜，才想起仪琳却一口未吃，说道："你自己也吃些。"仪琳道："等你吃够了我再吃。"令狐冲道："我够了，你吃罢！"

仪琳早已觉得口渴，又喂了令狐冲几块，才将一小块西瓜放入自己口中，眼见令狐冲目不转睛的瞧着自己，害羞起来，转过身子，将背脊向着他。

令狐冲忽然赞道："啊，真是好看！"语气之中，充满了激赏之意。仪琳大羞，心想他怎么忽然赞我好看，登时便想站起身来逃走，可是一时却又拿不定主意，只觉全身发烧，羞得连头颈中也红了。

只听得令狐冲又道："你瞧，多美！见到了么？"仪琳微微侧身，见他伸手指着西首，顺着他手指望去，只见远处一道彩虹，从树后伸了出来，七彩变幻，艳丽无方，这才知他说"真是好看"，乃是指这彩虹而言，适才是自己会错了意，不由得又是一阵羞惭。只是这时的羞惭中微含失望，和先前又是忸怩、又是暗喜的心情却颇有不同了。

令狐冲道："你仔细听，听见了吗？"仪琳侧耳细听，但听得彩虹处隐隐传来有流水之声，说道："好像是瀑布。"

令狐冲道："正是，连下了几日雨，山中一定到处是瀑布，咱们过去瞧瞧。"仪琳道："你……你还是安安静静的多躺一会儿。"令狐冲道："这地方都是光秃秃的乱石，没一点风景好看，还是去看瀑布的好。"

仪琳不忍拂他之意，便扶着他站起，突然之间，脸上又是一阵红晕掠过，心想："我曾抱过他两次，第一次当他已经死了，第二次是危急之际逃命。这时他虽然身受重伤，但神智清醒，我怎么能再抱他？他一意要到瀑布那边去，莫非……莫非要我……"

正犹豫间，却见令狐冲已拾了一根断枝，撑在地下，慢慢向前走去，原来自己又会错了意。

仪琳忙抢了过去，伸手扶住令狐冲的臂膊，心下自责："我怎么了？令狐大哥明明是个正人君子，今日我怎地心猿意马，老是往歪路上想。总是我单独和一个男子在一起，心下处处提防，其实他和田伯光虽然同是男子，却是一个天上，一个地下，怎可相提并论？"

令狐冲步履虽然不稳，却尽自支撑得住。走了一会，见到一块大石，仪琳扶着他过去，坐下休息，道："这里也不错啊，你一定要过去看瀑布么？"令狐冲笑道："你说这里好，我就陪你在这里瞧一会。"仪琳道："好罢。那边风景好，你瞧着心里欢喜，伤口也好得快些。"令狐冲微微一笑，站起身来。

两人缓缓转过了个山坳，便听得轰轰的水声，又行了一段路，水声愈响，穿过一片松林后，只见一条白龙也似的瀑布，从山壁上倾泻下来。令狐冲喜道："我华山的玉女峰侧也有一道瀑布，比这还大，形状倒差不多。灵珊师妹常和我到瀑布旁练剑。她有时顽皮起来，还钻进瀑布中去呢。"

仪琳听他第二次提到"灵珊师妹"，突然醒悟："他重伤之下，一定要到瀑布旁来，不见得真是为了观赏风景，却是在想念他的灵珊师妹。"不知如何，心头猛地一痛，便如给人重重一击一般。只听令狐冲又道："有一次在瀑布旁练剑，她失足滑倒，险些摔入下面的深潭之中，幸好我一把拉住了她，那一次可真危险。"

仪琳淡淡问道："你有很多师妹么？"令狐冲道："我华山派共有七个女弟子，灵珊师妹是师父的女儿，我们都管她叫小师妹。其余六个都是师母收的弟子。"仪琳道："嗯，原来她是岳师伯的小姐。她……她……她和你很谈得来罢？"令狐冲慢慢坐了下来，道："我是个无父无母的孤儿，十五年前蒙恩师和师母收录门下，那时小师妹还只三岁，我比她大得多，常常抱了她出去采野果、捉兔子。我和她是从小一块儿长大的。师父师母没儿子，待我犹似亲生儿子一般，小师妹便等如是我的妹子。"仪琳应了一声："嗯。"过了一会，道："我也是个无父无母的孤儿，自幼便蒙恩师收留，从小就出了家。"

令狐冲道："可惜，可惜！"仪琳转头向着他，目光中露出疑问神色。令狐冲道："你如不是已在定逸师伯门下，我就可求师母收你为弟子，我们师兄弟姊妹人数很多，二十几个人，大家很热闹的。功课一做完，各人结伴游玩，师父师母也不怎么管。你见到我小师妹，一定喜欢她，会和她做好朋友的。"仪琳道："可惜我没这好福气。不过，我在白云庵里，师父、师姊们都待我很好，我……我……我也很快活。"令狐冲道："是，是，我说错了。定逸师伯剑法通神，我师父师母说到各家各派的剑法时，对你师父她老人家是很佩服的。恒山派哪里不及我华山派了？"

仪琳道："令狐大哥，那日你对田伯光说，站着打，田伯光是天下第十四，岳师伯是第八，那么我师父是天下第几？"令狐冲笑了起来，道："我是骗骗田伯光的，哪里有这回事了？武功的强弱，每日都有变化，有的人长进了，有的人年老力衰退步了，哪里真能排天下第几？田伯光这家伙武功是高的，但说是天下第十四，却也不见得。我故意把他排名排得高些，引他开心。"

仪琳道："原来你是骗他的。"望着瀑布出了会神，问道："你常常骗人么？"令狐冲嘻嘻一笑，道："那得看情形，不会是'常常'罢！有些人可以骗，有些人不能骗。师父师母问起什么事，我自然不敢相欺。"

　　仪琳"嗯"了一声，道："那么你同门的师兄弟、师姊妹呢?"她本想问："你骗不骗你的灵珊师妹?"但不知如何，竟不敢如此直截了当的相询。令狐冲笑道："那要看是谁，又得瞧是什么事。我们师兄弟们常闹着玩，说话不骗人，又有什么好玩?"仪琳终于问道："连灵珊姊姊，你也骗她么?"

　　令狐冲从未想过这件事，皱了皱眉头，沉吟半晌，想起这一生之中，从未在什么大事上骗过她，便道："要紧事，那决不会骗她。玩的时候，哄哄她，说些笑话，自然是有的。"

　　仪琳在白云庵中，师父不苟言笑，戒律严峻，众师姊个个冷口冷面的，虽然大家互相爱护关顾，但极少有人说什么笑话，闹着玩之事更是难得之极。定静、定闲两位师伯门下倒有不少年轻活泼的俗家女弟子，但也极少和出家的同门说笑。她整个童年便在冷静寂寞之中度过，除了打坐练武之外，便是敲木鱼念经，这时听到令狐冲说及华山派众同门的热闹处，不由得悠然神往，寻思："我若能跟着他到华山去玩玩，岂不有趣。"但随即想起："这一次出庵，遇到这样的大风波，看来回庵之后，师父再也不许我出门了。什么到华山去玩玩，那岂不是痴心妄想?"又想："就算到了华山，他整日价陪着他的小师妹，我什么人也不识，又有谁来陪我玩?"心中忽然一阵凄凉，眼眶一红，险些掉下泪来。

　　令狐冲却全没留神，瞧着瀑布，说道："我和小师妹正在钻研一套剑法，借着瀑布水力的激荡，施展剑招。师妹，你可知那有什么用?"仪琳摇了摇头，道："我不知道。"她声音已有些哽咽，令狐冲仍没觉察到，继续说道："咱们和人动手，对方倘若内功深厚，兵刃和拳掌中往往附有厉害的内力，无形有质，能将我们的长剑荡了开去。我和小师妹在瀑布中练剑，就当水力中的冲激是敌人内力，不但要将敌人的内力挡开，还得借力打力，引对方的内力去打他自己。"

　　仪琳见他说得兴高采烈，问道："你们练成了没有?"令狐冲摇头道："没有，没有！自创一套剑法，谈何容易？再说，我们也创不出什么剑招，只不过想法子将师父所传的本门剑法，在瀑布中击刺而已。就算有些新花样，那也是闹着玩的，临敌时没半点用处。否则的话，我又怎会给田伯光这厮打得全无还手之力？"他顿了一顿，伸手缓缓比划了一下，喜道："我又想到了一招，等得伤好后，回去可和小师妹试试。"

仪琳轻轻的道："你们这套剑法，叫什么名字？"令狐冲笑道："我本来说，这不能另立名目。但小师妹一定要给取个名字，她说叫作'冲灵剑法'，因为那是我和她两个一起试出来的。"

仪琳轻轻的道："冲灵剑法，冲灵剑法。嗯，这剑法中有你的名字，也有她的名字，将来传到后世，人人都知道是你们……你们两位合创的。"令狐冲笑道："我小师妹小孩儿脾气，才这么说的，凭我们这一点儿本领火候，哪有资格自创什么剑法？你可千万不能跟旁人说，要是给人知道了，岂不笑掉了他们的大牙？"

仪琳道："是，我决不会对旁人说。"她停了一会，微笑道："你自创剑法的事，人家早知道了。"令狐冲吃了一惊，问道："是么？是灵珊师妹跟人说的？"仪琳笑了笑，道："是你自己跟田伯光说的。你不是说自创了一套坐着刺苍蝇的剑法么？"令狐冲大笑，说道："我对他胡说八道，亏你都记在心里。"

令狐冲这么放声一笑，牵动伤口，眉头皱了起来。仪琳道："啊哟，都是我不好，累得你伤口吃痛。快别说话了，安安静静的睡一会儿。"

令狐冲闭上了眼睛，但只过得一会，便又睁了开来，道："我只道这里风景好，但到得瀑布旁边，反而瞧不见那彩虹了。"仪琳道："瀑布有瀑布的好看，彩虹有彩虹的好看。"令狐冲点了点头，道："你说得不错，世上哪有十全十美之事。一个人千辛万苦的去寻求一件物事，等得到了手，也不过如此，而本来拿在手中的物事，却反而抛掉了。"仪琳微笑道："令狐大哥，你这几句话，隐隐含有禅机，只可惜我修为太浅，不明白其中的道理。倘若师父听了，定有一番解释。"令狐冲叹了口气，道："什么禅机不禅机，我懂得什么？唉，好倦！"慢慢闭上了眼睛，渐渐呼吸低沉，入了梦乡。

仪琳守在他身旁，折了一根带叶的树枝，轻轻拂动，替他赶开蚊蝇小虫，坐了一个多时辰，自己也有些倦了，迷迷糊糊的合上眼想睡，忽然心想："待会他醒来，一定肚饿，这里没什么吃的，我再去采几个西瓜，既能解渴，也可以充饥。"于是快步奔向西瓜田，又摘了两个西瓜来。她生怕离开片刻，有人或是野兽来侵犯令狐冲，急急匆匆的赶回，见他兀自安安稳稳的睡着，这才放心，轻轻坐在他身边。

令狐冲睁开眼来，微笑道："我以为你回去了。"仪琳奇道："我回去？"令狐冲道："你师父、师姊们不是在找你么？她们一定挂念得很。"仪琳一直没想到这事，听他这么一说，登时焦急起来，又想："明儿见到师父，不知他老人家会不会责怪？"

令狐冲道："师妹，多谢你陪了我半天，我的命已给你救活啦，你还是早些回去罢。"仪琳摇头道："不，荒山野岭，你独个儿耽在这里，没人服侍照料，那怎么行？"令狐冲道："你到得衡山城刘师叔家里，悄悄跟我的师弟们一说，他们就会过来照料我。"

仪琳心中一酸，暗想："原来他是要他的小师妹相陪，只盼我越快去叫她来越好。"再也忍耐不住，泪珠儿一滴一滴的落了下来。

令狐冲见她忽然流泪，大为奇怪，问道："你……你……为什么哭了？怕回去给师父责骂么？"仪琳摇了摇头。令狐冲又道："啊，是了，你怕路上又撞到田伯光。不用怕，从今而后，他见了你便逃，再也不敢见你的面了。"仪琳又摇了摇头，泪珠儿落得更多了。

令狐冲见她哭得更厉害了，心下大感不解，说道："好，好，是我说错了话，我跟你陪不是啦。小师妹，你别生气。"

仪琳听他言语温柔，心下稍慰，但转念又想："他说这几句

189

话，这般的低声下气，显然是平时向他小师妹陪不是惯了的，这时候却顺口说了出来。"突然间"哇"的一声，哭了起来，顿足道："我又不是你的小师妹，你……你……你心中便是记着你那个小师妹。"这句话一出口，立时想起，自己是出家人，怎可跟他说这等言语，未免大是忘形，不由得满脸红晕，忙转过了头。

令狐冲见她忽然脸红，而泪水未绝，便如瀑布旁溅满了水珠的小红花一般，娇艳之色，难描难画，心道："原来她竟也生得这般好看，倒不比灵珊妹子差呢。"怔了一怔，柔声道："你年纪比我小得多，咱们五岳剑派，同气连枝，大家都是师兄弟姊妹，你自然也是我的小师妹啦。我什么地方得罪了你，你跟我说，好不好？"

仪琳道："你也没得罪我。我知道了，你要我快快离开，免得瞧在眼中生气，连累你倒霉。你说过的，一见尼姑，逢赌……"说到这里，又哭了起来。

令狐冲不禁好笑，心想："原来她要跟我算回雁楼头这笔帐，那确是非陪罪不可。"便道："令狐冲当真该死，口不择言。那日在回雁楼头胡说八道，可得罪了贵派全体上下啦，该打，该打！"提起手来，拍拍两声，便打了自己两个耳光。

仪琳急忙转身，说道："别……别打……我……不是怪你。我……我只怕连累了你。"

令狐冲道："该打之至！"拍的一声，又打了自己一个耳光。

仪琳急道："我不生气了，令狐大哥，你……你别打了。"令狐冲道："你说过不生气了？"仪琳摇了摇头。令狐冲道："你笑也不笑，那不是还在生气么？"

仪琳勉强笑了一笑，但突然之间，也不知为什么伤心难过，悲从中来，再也忍耐不住，泪水从脸颊上流了下来，忙又转过了身子。

令狐冲见她哭泣不止，当即长叹一声。仪琳慢慢止住了哭泣，幽幽的道："你……你又为什么叹气？"

令狐冲心下暗笑："毕竟她是个小姑娘，也上了我这个当。"他自幼和岳灵珊相伴，岳灵珊时时使小性儿，生了气不理他，千哄万哄，总是哄不好，不论跟她说什么，她都不瞅不睬，令狐冲便装模作样，引起她的好奇，反过来相问。仪琳一生从未和人闹过别扭，自是一试便灵，落入了他的圈套。令狐冲又是长叹一声，转过了头不语。

仪琳问道："令狐大哥，你生气了么？刚才是我得罪你，你……你别放在心上。"令狐冲道："没有，你没得罪我。"仪琳见他仍然面色忧愁，哪知他肚里正在大觉好笑，这副脸色是假装的，着急起来，道："我害得你自己打了自己，我……我打还了赔你。"说着提起手来，拍的一声，在自己右颊上打了一掌。第二掌待要再打，令狐冲急忙仰身坐起，伸手抓住了她手腕，但这么一用力，伤口剧痛，忍不住轻哼了一声。仪琳急道："啊哟！快……快躺下，别弄痛了伤口。"扶着他慢慢卧倒，一面自怨自艾："唉，我真是蠢，什么事情总做得不对，令狐大哥，你……你痛得厉害么？"

令狐冲的伤处痛得倒也真厉害，若在平时，他决不承认，这时心生一计："只有如此如此，方能逗她破涕为笑。"便皱起眉头，大哼了几声。仪琳甚是惶急，道："但愿不……不再流血才好。"伸手摸他额头，幸喜没有发烧，过了一会，轻声问道："痛得好些了么？"令狐冲道："还是很痛。"

仪琳愁眉苦脸，不知如何是好。令狐冲叹道："唉，好痛！六……六师弟在这里就好啦。"仪琳道："怎么？他有止痛药么？"令狐冲道："是啊，他一张嘴巴就是止痛药。以前我也受过伤，痛得十分厉害。六师弟最会说笑话，我听得高兴，就忘了伤处的疼痛。他要是在这里就好了，哎唷……怎么这样痛……这样痛……哎唷，哎唷！"

仪琳为难之极，定逸师太门下，人人板起了脸诵经念佛、坐功练剑，白云庵中只怕一个月里也难得听到一两句笑声，要她说个笑话，那真是要命了，心想："那位陆大有师兄不在这里，令狐大哥要听笑话，只有我说给他听了，可是……可是……我一个笑话也不知道。"突然之间，灵机一动，想起一件事来，说道："令狐大哥，笑话我是不会说，不过我在藏经阁中看到过一本经书，倒是很有趣的，叫做《百喻经》，你看过没有？"

令狐冲摇头道："没有，我什么书都不读，更加不读佛经。"仪琳脸上微微一红，说道："我真傻，问这等蠢话。你又不是佛门弟子，自然不会读经书。"顿了一顿，继续说道："那部《百喻经》，是天竺国一位高僧伽斯那作的，里面有许多有趣的故事。"

令狐冲忙道："好啊，我最爱听有趣的故事，你说几个给我听。"

仪琳微微一笑，那《百喻经》中的无数故事，一个个在她脑海中流过，便道："好，我说那个'以犁打破头喻'。从前，有一个秃子，头上一根头发也没有，他是天生的秃头。这秃子和一个种田人不知为什么争吵起来。那种田人手中正拿着一张耕田的犁，便举起犁来，打那秃子，打得他头顶破损流血。可是那秃子只默然忍受，并不避开，反而发笑。旁人见了奇怪，问他为什么不避，反而发笑。那秃子笑道：'这种田人是个傻子，见我头上无毛，以为是块石头，于是用犁来撞石头。我倘若逃避，岂不是教他变得聪明了？'"

她说到这里，令狐冲大笑起来，赞道："好故事！这秃子当真聪明得紧，就算要给人打死，那也是无论如何不能避开的。"

仪琳见他笑得欢畅，心下甚喜，说道："我再说个'医与王女药，令卒长大喻'。从前，有一个国王，生了个公主。这国王很是性急，见婴儿幼小，盼她快些长大，便叫了御医来，要他配一服灵药给公主吃，令她立即长大。御医奏道：'灵药是有的，不过搜配各种药材，再加炼制，很费功夫。现下我把公主请到家中，同时加紧制药，请陛下不可催逼。'国王道：'很好，我不催你就是。'御医便抱了公主回家，每天向国王禀报，灵药正在采集制炼。过了十二年，御医禀道：'灵药制炼已就，今日已给公主服下。'于是带领公主来到国王面前。国王见当年的小小婴儿已长成为亭亭玉立的少女，心中大喜，称赞御医医道精良，一服灵药，果然能令我女快高长大，命左右赏赐金银珠宝，不计其数。"

令狐冲又是哈哈大笑，说道："你说这国王性子急，其实一点也不性急，他不是等了十二年吗？要是我作那御医哪，只须一天功夫，便将那婴儿公主变成个十七八岁、亭亭玉立的少女公主。"

仪琳睁大了眼睛，问道："你用什么法子？"令狐冲微笑道："外搭天香断续胶，内服白云熊胆丸。"仪琳笑道："那是治疗金创之伤的药物，怎能令人快高长大？"令狐冲道："治不治得金创，我也不理，只须你肯挺身帮忙便是了。"仪琳笑道："要我帮忙？"令狐冲道："不错，我把婴儿公主抱回家后，请四个裁缝……"仪琳更是奇怪，问道："请四个裁缝干什么？"

令狐冲道："赶制新衣服啊。我要他们度了你的身材，连夜赶制公主衣服一袭。第二日早晨，你穿了起来，头戴玲珑凤冠，身穿百花锦衣，足登金绣珠履，这般仪态万方、娉娉婷婷的走到金銮殿上，三呼万岁，躬身下拜，叫道：'父王在上，孩儿服了御医令狐冲的灵丹妙药之后，一夜之间，便长得这般高大了。'那国王见到这样一位美丽可爱的公主，心花怒放，哪里还来问你真假。我这御医令狐冲，自是重重有赏了。"

仪琳不住口的格格嘻笑，直听他说完，已是笑得弯下了腰，伸不直身子，过了一会，才道："你果然比那《百喻经》中的御医聪明得多，只可惜我……我这么丑怪，半点也不像公主。"令狐冲道："倘若你丑怪，天下便没美丽的人了。古往今来，公主成千成万，却哪有一个似你这般好看？"仪琳听他直言称赞自己，芳心窃喜，笑道："这成千成万的公主，你都见过了？"令狐冲道："这个自然，我在梦中一个个都见过。"仪琳笑道："你这人，怎么做梦老是梦见公主？"令狐冲嘻嘻一笑，道："日有所思……"但随即想起，仪琳是个天真无邪的妙龄女尼，陪着自己说笑，已犯她师门戒律，怎可再跟她肆无忌惮的胡言乱语？言念及此，脸色登时一肃，假意打个呵欠。

仪琳道："啊，令狐大哥，你倦了，闭上眼睡一忽儿。"令狐冲道："好，你的笑话真灵，我伤口果然不痛了。"他要仪琳说笑话，本是要哄得她破涕为笑，此刻见她言笑晏晏，原意已遂，便缓缓闭上了眼睛。

仪琳坐在他身旁，又再轻轻摇动树枝，赶开蝇蚋。只听得远处山溪中传来一阵阵蛙鸣，犹如催眠的乐曲一般，仪琳到这时实在倦得很了，只觉眼皮沉重，再也睁不开来，终于也迷迷糊糊的入了睡乡。

睡梦之中，似乎自己穿了公主的华服，走进一座辉煌的宫殿，旁边一个英俊青年携着自己的手，依稀便是令狐冲，跟着足底生云，两个人轻飘飘的飞上半空，说不出的甜美欢畅。忽然间一个老尼横眉怒目，仗剑赶来，却是师父。仪琳吃了一惊，只听得师父喝道："小畜生，你不守清规戒律，居然大胆去做公主，又和这浪子在一起厮混！"一把抓住她手臂，用力拉扯。霎时之间，眼前一片漆黑，令狐冲不见了，师父也不见了，自己在黑沉沉的乌云中不住往下翻跌。仪琳吓得大叫："令狐大哥，令狐大哥！"只觉全身酸软，手足无法动弹，半分挣扎不得。

叫了几声，一惊而醒，却是一梦，只见令狐冲睁大了双眼，正瞧着自己。

仪琳晕红了双颊，忸怩道："我……我……"令狐冲道："你做了梦么？"仪琳脸上又是一红，道："也不知是不是？"一瞥眼间，见令狐冲脸上神色十分古怪，似在强忍痛楚，忙道："你……你伤口痛得厉害么？"令狐冲道："还好！"但声音发颤，过得片刻，额头黄豆大的汗珠一粒粒的渗了出来，疼痛之剧，不问可知。

仪琳甚是惶急，只说："那怎么好？那怎么好？"从怀中取出块布帕，替他抹去额上汗珠，小指碰到他额头时，犹似火炭。她曾听师父说过，一人受了刀剑之伤后，倘若发烧，情势十分凶险，情急之下，不由自主的念起经来："若有无量百千万亿众生，受诸苦恼，闻是观世音菩萨，一心称名，观世音菩萨即时观其音声，皆得解脱。若有持是观世音菩萨名者。设入大火，火不能烧，由是菩萨威神力故。若为大水所漂，称其名号，即得浅处……"她念的是《妙法莲华经观世音普门品》，初时声音发颤，念了一会，心神逐渐宁定。

令狐冲听仪琳语音清脆，越念越是冲和安静，显是对经文的神通充满了信心，只听她继续念道：

"若复有人临当被害，称观世音菩萨名者，彼所执刀杖，寻段段坏，而得解脱。若三千大千国土，满中夜叉罗刹，欲来恼人，闻其称观世音菩萨名者，是诸恶鬼，尚不能以恶眼视之，况复加害？设复有人，若有罪、若无罪，杻械枷锁检系其身，称观世音菩萨名者，皆悉断坏，即得解脱……"

令狐冲越听越是好笑，终于"嘿"的一声笑了出来。仪琳奇道："什……什么好笑？"令狐冲道："早知如此，又何必学什么武功？如有恶人仇人要来杀我害我，我……我只须口称观世音菩萨之名，恶人的刀杖断成一段一段，岂不是平安……平安大吉。"

仪琳正色道："令狐大哥，你休得亵渎了菩萨，心念不诚，念经便无用处。"

她继续轻声念道："若恶兽围绕，利牙爪可怖，念彼观音力，疾走无边方。蚖蛇及蝮蝎，气毒烟火然，念彼观音力，寻声自回去。云雷鼓掣电，降雹澍大雨，念彼观音力，应时得消散。众生被困厄，无量苦逼身，观音妙智力，能救世间苦……"

令狐冲听她念得虔诚，声音虽低，却显是全心全意的在向观世音菩萨求救，似乎整个心灵都在向菩萨呼喊哀恳，要菩萨显大神通，解脱自己的苦难，好像在说："观世音菩萨，求求你免除令狐大哥身上痛楚，把他的痛楚都移到我身上。我变成畜生也好，身入地狱也好，只求菩萨解脱令狐大哥的灾难……"到得后来，令狐冲已听不到经文的意义，只听到一句句祈求祷告的声音，是这么恳挚，这么热切。不知不觉，令狐冲眼中充满了眼泪，他自幼没了父母，师父师母虽待他恩重，毕竟他太过顽劣，总是责打多而慈爱少；师兄弟姊妹间，人人以他是大师兄，一向尊敬，不敢拂逆；灵珊师妹虽和他交好，但从来没有对他如此关怀过，竟是这般宁愿把世间千万种苦难都放到自己身上，只是要他平安喜乐。

令狐冲不由得胸口热血上涌，眼中望出来，这小尼姑似乎全身隐隐发出圣洁的光辉。

仪琳诵经的声音越来越柔和，在她眼前，似乎真有一个手持杨枝、遍洒甘露、救苦救难的白衣大士，每一句"南无观世音菩萨"，都是在向菩萨为令狐冲虔诚祈求。

令狐冲心中既感激，又安慰，在那温柔虔诚的念佛声中入了睡乡。

刘正风脸露微笑，捋起衣袖，伸出双手，便要放入金盆，忽听得大门外有人厉声喝道："且住！"

六　洗　手

　　岳不群收录林平之于门墙后，率领众弟子径往刘府拜会。刘正风得到讯息，又惊又喜，武林中大名鼎鼎的"君子剑"华山掌门居然亲身驾到，忙迎了出来，没口子的道谢。岳不群甚是谦和，满脸笑容的致贺，和刘正风携手走进大门。天门道人、定逸师太、余沧海、闻先生、何三七等也都降阶相迎。

　　余沧海心怀鬼胎，寻思："华山掌门亲自到此，谅那刘正风也没这般大的面子，必是为我而来。他五岳剑派虽然人多势众，我青城派可也不是好惹的，岳不群倘若口出不逊之言，我先问他令狐冲嫖妓宿娼，是什么行径。当真说翻了脸，也只好动手。"哪知岳不群见到他时，一般的深深一揖，说道："余观主，多年不见，越发的清健了。"余沧海作揖还礼，说道："岳先生，你好。"

　　各人寒暄得几句，刘府中又有各路宾客陆续到来。这天是刘正风"金盆洗手"的正日，到得巳时二刻，刘正风便返入内堂，由门下弟子招待客人。

　　将近午时，五六百位远客流水般涌到。丐帮副帮主张金鳌，郑州六合门夏老拳师率领了三个女婿，川鄂三峡神女峰铁姥姥，东海海砂帮帮主潘吼，曲江二友神刀白克、神笔卢西思等人先后到来。这些人有的互相熟识，有的只是慕名而从未见过面，一时大厅上招呼引见，喧声大作。

　　天门道人和定逸师太分别在厢房中休息，不去和众人招呼，均想："今日来客之中，有的固然在江湖上颇有名声地位，有的却显是不三不四之辈。刘正风是衡山派高手，怎地这般不知自重，如此滥交，岂不堕了我五岳剑派的名头？"岳不群名字虽然叫作"不群"，却十分喜爱朋友，来宾中许多藉藉无名、或是名声不甚清白之徒，只要过来和他说话，岳不群一样和他们有说有笑，丝毫不摆出华山派掌门、高人一等的架子来。

刘府的众弟子指挥厨伕仆役，里里外外摆设了二百来席。刘正风的亲戚、门客、帐房，和刘门弟子向大年、米为义等肃请众宾入席。依照武林中的地位声望，泰山派掌门天门道人该坐首席，只是五岳剑派结盟，天门道人和岳不群、定逸师太等有一半是主人，不便上坐，一众前辈名宿便群相退让，谁也不肯坐首席。

忽听得门外砰砰两声铳响，跟着鼓乐之声大作，又有鸣锣喝道的声音，显是什么官府来到门外。群雄一怔之下，只见刘正风穿着崭新熟罗长袍，匆匆从内堂奔出。群雄欢声道贺。刘正风略一拱手，便走向门外，过了一会，见他恭恭敬敬的陪着一个身穿公服的官员进来。群雄都感奇怪："难道这官儿也是个武林高手？"眼见他虽衣履皇然，但双眼昏昏，一脸酒色之气，显非身具武功。岳不群等人则想："刘正风是衡山城大绅士，平时免不了要结交官府，今日是他大喜的好日子，地方上的官员来敷衍一番，那也不足为奇。"

却见那官员昂然直入，居中一站，身后的衙役右腿跪下，双手高举过顶，呈上一只用黄缎覆盖的托盘，盘中放着一个卷轴。那官员躬着身子，接过了卷轴，朗声道："圣旨到，刘正风听旨。"

群雄一听，都吃了一惊："刘正风金盆洗手，封剑归隐，那是江湖上的事情，与朝廷有什么相干？怎么皇帝下起圣旨来？难道刘正风有逆谋大举，给朝廷发觉了，那可是杀头抄家诛九族的大罪啊。"各人不约而同的想到了这一节，登时便都站了起来，沉不住气的便去抓身上兵刃，料想这官员既来宣旨，刘府前后左右一定已密布官兵，一场大厮杀已难避免，自己和刘正风交好，决不能袖手不理，再说覆巢之下，焉有完卵，自己既来刘府赴会，自是逆党中人，纵欲置身事外，又岂可得？只待刘正风变色喝骂，众人白刃交加，顷刻间便要将那官员斩为肉酱。

哪知刘正风竟是镇定如恒，双膝一屈，便跪了下来，向那官员连磕了三个头，朗声道："微臣刘正风听旨，我皇万岁万岁万万岁。"

群雄一见，无不愕然。

那官员展开卷轴，念道："奉天承运皇帝诏曰：据湖南省巡抚奏知，衡山县庶民刘正风，急公好义，功在桑梓，弓马娴熟，才堪大用，着实授参将之职，今后报效朝廷，不负朕望，钦此。"

刘正风又磕头道："微臣刘正风谢恩，我皇万岁万岁万万岁。"站起身来，向那官员弯腰道："多谢张大人栽培提拔。"那官员撚须微笑，说道："恭喜，恭喜，刘将军，此后你我一殿为臣，却又何必客气？"刘正风道："小将本是一介草莽匹夫，今日蒙朝廷授官，固是皇上恩泽广被，令小将光宗耀祖，却也是当道恩相、巡抚大人和张大人的逾格栽培。"那官员笑道："哪里，哪里！"刘正风转头向方千驹道："方贤弟，奉敬张大人的礼物呢？"方千驹道："早就预备在这里了。"转身取过一只圆盘，盘中是个锦袱包裹。

刘正风双手取过，笑道："些些微礼，不成敬意，张大人哂纳。"那张大人笑道："自己兄弟，刘将军却又这般多礼。"使个眼色，身旁的差役便接了过去。那差役接过盘子时，双臂向下一沉，显然盘中之物份量着实不轻，并非白银而是黄金。那张大人眉花眼笑，道："小弟公务在身，不克久留，来来来，斟三杯酒，恭贺刘将军今日封官授职，不久又再升官晋爵，皇上恩泽，绵绵加被。"早有左右斟过酒来。张大人连尽三杯，拱拱手，转身出门。刘正风满脸笑容，直送到大门外。只听鸣锣喝道之声响起，刘府又放礼铳相送。

这一幕大出群雄意料之外，人人面面相觑，做声不得，各人脸色又是尴尬，又是诧异。

来到刘府的一众宾客虽然并非黑道中人，也不是犯上作乱之徒，但在武林中各具名望，均是自视甚高的人物，对官府向来不瞧在眼中，此刻见刘正风趋炎附势，给皇帝封一个"参将"那样芝麻绿豆的小小武官，便感激涕零，作出种种肉麻的神态来，更且公然行贿，心中都瞧他不起，有些人忍不住便露出鄙夷之色。年纪较大的来宾均想："看这情形，他这顶官帽定是用金银买来的，不知他花了多少黄金白银，才买得了巡抚的保举。刘正风向来为人正直，怎地临到老来，利禄薰心，居然不择手段的买个官来做做？"

刘正风走到群雄身前，满脸堆欢，揖请各人就座。无人肯坐首席，居中那张太师椅便任其空着。左首是年寿最高的六合门夏老拳师，右首是丐帮副帮主张金鳌。张金鳌本人虽无惊人艺业，但丐帮是江湖上第一大帮，丐帮帮主解风武功及名望均高，人人都敬他三分。

群雄纷纷坐定，仆役上来献菜斟酒。米为义端出一张茶几，上面铺了锦缎。向大年双手捧着一只金光灿烂、径长尺半的黄金盆子，放在茶几之上，盆中盛满了清水。只听得门外砰砰砰放了三声铳，跟着砰拍、砰拍的连放了八响大爆竹。在后厅、花厅坐席的一众后辈子弟，都涌到大厅来瞧热闹。

刘正风笑嘻嘻的走到厅中，抱拳团团一揖。群雄都站起还礼。

刘正风朗声说道："众位前辈英雄，众位好朋友，众位年青朋友。各位远道光临，刘正风实是脸上贴金，感激不尽。兄弟今日金盆洗手，从此不过问江湖上的事，各位想必知其中原因。兄弟已受朝廷恩典，做一个小小官儿。常言道：食君之禄，忠君之事。江湖上行事讲究义气；国家公事，却须奉公守法，以报君恩。这两者如有冲突，叫刘正风不免为难。从今以后，刘正风退出武林，我门下弟子如果愿意改投别门别派，各任自便。刘某邀请各位到此，乃是请众位好朋友作个见证。以后各位来到衡山城，自然仍是刘某人的好朋友，不过武林中的种种恩怨是非，刘某却恕不过问了。"说着又是一揖。

群雄早已料到他有这一番说话，均想："他一心想做官，那是人各有志，勉强不来。反正他也没得罪我，从此武林中算没了这号人物便是。"有的则想："此举实在有损衡山派的光采，想必衡山掌门莫大先生十分恼怒，是以竟没到来。"更有人想："五岳剑派近年来在江湖上行侠仗义，好生得人钦仰，刘正风却做出这等事来。人家当面不敢说什么，背后却不免齿冷。"也有人幸灾乐祸，寻思："说什么五岳剑派是侠义门派，一遇到升官发财，还不是巴巴的向官员磕头？还提什么'侠义'二字？"

群雄各怀心事，一时之间，大厅上鸦雀无声。本来在这情景之下，各人应纷纷向刘正风道贺，恭维他什么"福寿全归"、"急流勇退"、"大智大勇"等等才是，可是一千余人济济一堂，竟是谁也不说话。

刘正风转身向外，朗声说道："弟子刘正风蒙恩师收录门下，授以武艺，未能张大衡山派门楣，十分惭愧。好在本门有莫师哥主持，刘正风庸庸碌碌，多刘某一人不多，少刘某一人不少。从今而后，刘某人金盆洗手，专心仕宦，却也决计不用师传武艺，以求升官进爵，至于江湖上的恩怨是非，门派争执，刘正风更加决不过问。若违是言，有如此剑。"右手一翻，从袍底抽出长剑，双手一扳，拍的一声，将剑锋扳得断成两截。他折断长剑，顺手让两截断剑堕下，嗤嗤两声轻响，断剑插入了青砖之中。

群雄一见，尽皆骇异，自这两截断剑插入青砖的声音中听来，这口剑显是砍金断玉的利器，以手劲折断一口寻常钢剑，以刘正风这等人物，自是毫不希奇，但如此举重若轻、毫不费力的折断一口宝剑，则手指上功夫之纯，实是武林中一流高手的造诣。闻先生叹了口气，说道："可惜，可惜！"也不知是他可惜这口宝剑，还是可惜刘正风这样一位高手，竟然甘心去投靠官府。

刘正风脸露微笑，捋起了衣袖，伸出双手，便要放入金盆，忽听得大门外有人厉声喝道："且住！"

刘正风微微一惊，抬起头来，只见大门口走进四个身穿黄衫的汉子。这四人一进门，分往两边一站，又有一名身材甚高的黄衫汉子从四人之间昂首直入。这人手中高举一面五色锦旗，旗上缀满了珍珠宝石，一展动处，发出灿烂宝光。许多人认得这面旗子的，心中都是一凛："五岳剑派盟主的令旗到了！"

那人走到刘正风身前，举旗说道："刘师叔，奉五岳剑派左盟主旗令：刘师叔金盆洗手大事，请暂行押后。"刘正风躬身说道："但不知盟主此令，是何用意？"那汉子道："弟子奉命行事，实不知盟主的意旨，请刘师叔恕罪。"

刘正风微笑道："不必客气。贤侄是千丈松史贤侄罢？"他脸上虽然露出笑容，但语音已微微发颤，显然这件事来得十分突兀，以他如此多历阵仗之人，也不免大为震动。

那汉子正是嵩山派门下的弟子千丈松史登达，他听得刘正风知道自己的名字和外号，心中不免得意，微微躬身，道："弟子史登达拜见刘师叔。"他抢上几步，又向天门道人、岳不群、定逸师太等人行礼，道："嵩山门下弟子，拜见众位师伯、师叔。"其余四名黄衣汉子同时躬身行礼。

定逸师太甚是欢喜，一面欠身还礼，说道："你师父出来阻止这件事，那是再好也没有了。我说呢，咱们学武之人，侠义为重，在江湖上逍遥自在，去做什么劳什子的官儿？只是我见刘贤弟一切安排妥当，决不肯听老尼姑的劝，也免得多费一番唇舌。"

刘正风脸色郑重，说道："当年我五岳剑派结盟，约定攻守相助，维护武林中的正气，遇上和五派有关之事，大伙儿须得听盟主的号令。这面五色令旗是我五派所共制，见令旗如见盟主，原是不错。不过在下今日金盆洗手，是刘某的私事，既没违背武林的道义规矩，更与五岳剑派并不相干，那便不受盟主旗令约束。请史贤侄转告尊师，刘某不奉旗令，请左师兄恕罪。"说着走向金盆。

史登达身子一晃，抢着拦在金盆之前，右手高举锦旗，说道："刘师叔，我师父千叮万嘱，务请师叔暂缓金盆洗手。我师父言道，五岳剑派，同气连枝，大家情若兄弟。我师父传此旗令，既是顾全五岳剑派的情谊，亦为了维护武林中的正气，同时也是为刘师叔的好。"

刘正风道："我这可不明白了。刘某金盆洗手喜筵的请柬，早已恭恭敬敬的派人送上嵩山，另有长函禀告左师兄。左师兄倘若真有这番好意，何以事先不加劝止？直到此刻才发旗令拦阻，那不是明着要刘某在天下英雄之前出尔反尔，叫江湖上好汉耻笑于我？"

史登达道："我师父嘱咐弟子，言道刘师叔是衡山派铁铮铮的好汉子，义薄云天，武林中同道向来对刘师叔甚是尊敬，我师父心下也十分钦佩，要弟子万万不可有丝毫失礼，否则严惩不贷。刘师叔大名播于江湖，这一节却不必过虑。"

刘正风微微一笑，道："这是左盟主过奖了，刘某焉有这等声望？"

定逸师太见二人僵持不决，忍不住又插口道："刘贤弟，这事便搁一搁又有何妨。今日在这里的，个个都是好朋友，又会有谁来笑话于你？就算有一二不知好歹之徒，妄肆讥评，纵然刘贤弟不和他计较，贫尼就先放他不过。"说着眼光在各人脸上一扫，大有挑战之意，要看谁有这么大胆，来得罪她五岳剑派中的同道。

刘正风点头道："既然定逸师太也这么说，在下金盆洗手之事，延至明日午时再行。请各位好朋友谁都不要走，在衡山多盘桓一日，待在下向嵩山派的众位贤侄详加讨教。"

便在此时，忽听得后堂一个女子的声音叫道："喂，你这是干什么的？我爱跟谁在一起玩儿，你管得着么？"群雄一怔，听她口音便是早一日和余沧海大抬其杠的少女曲非烟。

又听得一个男子的声音道："你给我安安静静的坐着，不许乱说乱动，过得一会，我自然放你走。"曲非烟道："咦，这倒奇了，这是你的家吗？我喜欢跟刘家姊姊到后园子去捉蝴蝶，为什么你拦着不许？"那人道："好罢！你要去，自己去好了，请刘姑娘在这里耽一会儿。"曲非烟道："刘姊姊说见到你便讨厌，你快给我走得远远地。刘姊姊又不认得你，谁要你在这里缠七缠八。"只听得另一个女子声音说道："妹妹，咱们去罢，别理他。"那男子道："刘姑娘，请你在这里稍坐片刻。"

刘正风越听越气，寻思："哪一个大胆狂徒到我家来撒野，居然敢向我菁儿无礼？"

刘门二弟子米为义闻声赶到后堂，只见师妹和曲非烟手携着手，站在天井之中，一个黄衫青年张开双手，拦住了她二人。米为义一见那人服色，认得是嵩山派的弟子，不禁心中有气，咳嗽一声，大声道："这位师兄是嵩山派门下罢，怎不到厅上坐地？"

那人傲然道："不用了。奉盟主号令，要看住刘家的眷属，不许走脱了一人。"

这几句话声音并不甚响，但说得骄矜异常，大厅上群雄人人听见，无不为之变色。

刘正风大怒，向史登达道："这是从何说起？"史登达道："万师弟，出来罢，说话小心些。刘师叔已答应不洗手了。"后堂那汉子应道："是！那就再好不过。"说着从后堂转了来，向刘正风微一躬身，道："嵩山门下弟子万大平，参见刘师叔。"

刘正风气得身子微微发抖，朗声说道："嵩山派来了多少弟子，大家一齐现身罢！"

他一言甫毕，猛听得屋顶上、大门外、厅角落、后院中，前后左右，数十人齐声应道："是，嵩山派弟子参见刘师叔。"几十人的声音同时叫了出来，声既响亮，又是出其不意，群雄都吃了一惊。但见屋顶上站着十余人，一色的身穿黄衫。大厅中诸人却各样打扮都有，显然是早就混了进来，暗中监视着刘正风，在一千余人之中，谁都没有发觉。

定逸师太第一个沉不住气，大声道："这……这是什么意思？太欺侮人了！"

史登达道："定逸师伯恕罪。我师父传下号令，说什么也得劝阻刘师叔，不可让他金盆洗手，深恐刘师叔不服号令，因此上多有得罪。"

便在此时，后堂又走出十几个人来，却是刘正风的夫人，他的两个幼子，以及刘门的七名弟子，每一人身后都有一名嵩山弟子，手中都持匕首，抵住了刘夫人等人后心。

刘正风朗声道："众位朋友，非是刘某一意孤行，今日左师兄竟然如此相胁，刘某若为威力所屈，有何面目立于天地之间？左师兄不许刘某金盆洗手，嘿嘿，刘某头可断，志不可屈。"说着上前一步，双手便往金盆中伸去。

史登达叫道："且慢！"令旗一展，拦在他身前。刘正风左手疾探，两根手指往他眼中插去。史登达双臂向上挡格，刘正风左手缩回，右手两根手指又插向他双眼。史登达无可招架，只得后退。刘正风一将他逼开，双手又伸向金盆。只听得背后风声飒然，有两人扑将上来，刘正风更不回头，左腿反弹而出，砰的一声，将一名嵩山弟子远远踢了出去，右手辨声抓出，抓住另一名嵩山弟子的胸口，顺势提起，向史登达掷去。他这两下左腿反踢，右手反抓，便如背后生了眼睛一般，部位既准，动作又快得出奇，确是内家高手，大非寻常。

嵩山群弟子一怔之下，一时无人再敢上来。站在他儿子身后的嵩山弟子叫道："刘师叔，你不住手，我可要杀你公子了。"

刘正风回过头来，向儿子望了一眼，冷冷的道："天下英雄在此，你胆敢动我儿一根寒毛，你数十名嵩山弟子尽皆身为肉泥。"此言倒非虚声恫吓，这嵩山弟子倘若当真伤了他的幼子，定会激起公愤，群起而攻，嵩山弟子那就难逃公道。他一回身，双手又向金盆伸去。

眼见这一次再也无人能加阻止，突然银光闪动，一件细微的暗器破空而至。刘正风退后两步，只听得叮的一声轻响，那暗器打在金盆边缘。金盆倾侧，掉下地来，呛啷啷一声响，盆子翻转，盆底向天，满盆清水都泼在地下。

同时黄影晃动，屋顶上跃下一人，右足一起，往金盆底踹落，一只金盆登时变成平平的一片。这人四十来岁，中等身材，瘦削异常，上唇留了两撇鼠须，拱手说道："刘师兄，奉盟主号令，不许你金盆洗手。”

刘正风识得此人是嵩山派掌门左冷禅的第四师弟费彬，一套大嵩阳手武林中赫赫有名，瞧情形嵩山派今日前来对付自己的，不仅第二代弟子而已。金盆既已被他踹烂，金盆洗手之举已不可行，眼前之事是尽力一战，还是暂且忍辱？霎时间心念电转："嵩山派虽执五岳盟旗，但如此咄咄逼人，难道这里千余位英雄好汉，谁都不挺身出来说一句公道话？"当下拱手还礼，说道："费师兄驾到，如何不来喝一杯水酒，却躲在屋顶，受那日晒之苦？嵩山派多半另外尚有高手到来，一齐都请现身罢。单是对付刘某，费师兄一人已绰绰有余，若要对付这里许多英雄豪杰，嵩山派只怕尚嫌不足。"

费彬微微一笑，说道："刘师兄何须出言挑拨离间？就算单是和刘师兄一人为敌，在下也抵挡不了适才刘师兄这一手'小落雁式'。嵩山派决不敢和衡山派有什么过不去，决不敢得罪了此间哪一位英雄，甚至连刘师兄也不敢得罪了，只是为了武林中千百万同道的身家性命，前来相求刘师兄不可金盆洗手。"

此言一出，厅上群雄尽皆愕然，均想："刘正风是否金盆洗手，怎么会和武林中千百万同道的身家性命相关？"

果然听得刘正风接口道："费师兄此言，未免太也抬举小弟了。刘某只是衡山派中一介庸手，儿女俱幼，门下也只收了这么八九个不成材的弟子，委实无足轻重之至。刘某一举一动，怎能涉及武林中千百万同道的身家性命？"

定逸师太又插口道："是啊。刘贤弟金盆洗手，去做那芝麻绿豆官儿，老实说，贫尼也大大的不以为然，可是人各有志，他爱升官发财，只要不害百姓，不坏了武林同道的义气，旁人也不能强加阻止啊。我瞧刘贤弟也没这么大的本领，居然能害到许多武林同道。"

费彬道："定逸师太，你是佛门中有道之士，自然不明白旁人的鬼蜮技俩。这件大阴谋倘若得逞，不但要害死武林中不计其数的同道，而且普天下善良百姓都会大受毒害。各位请想一想，衡山派刘三爷是江湖上名头响亮的英雄豪杰,岂肯自甘堕落,去受那些肮脏狗官的龌龊气?刘三爷家财万贯,哪里还贪图升官发财?这中间自有不可告人的原因。"

群雄均想:"这话倒也有理,我早在怀疑,以刘正风的为人,去做这么一个小小武官,实在太过不伦不类。"

刘正风不怒反笑,说道:"费师兄,你要血口喷人,也要看说得像不像。嵩山派别的师兄们,便请一起现身罢!"

只听得屋顶上东边西边同时各有一人应道:"好!"黄影晃动,两个人已站到了厅口,这轻身功夫,便和刚才费彬跃下时一模一样。站在东首的是个胖子,身材魁伟,定逸师太等认得他是嵩山派掌门人的二师弟托塔手丁勉,西首那人却极高极瘦,是嵩山派中坐第三把交椅的仙鹤手陆柏。这二人同时拱了拱手,道:"刘三爷请,众位英雄请。"

丁勉、陆柏二人在武林中都是大有威名,群雄都站起身来还礼,眼见嵩山派的好手陆续到来,各人心中都隐隐觉得,今日之事不易善罢,只怕刘正风非吃大亏不可。

定逸师太气忿忿的道:"刘贤弟,你不用担心,天下事抬不过一个'理'字。别瞧人家人多势众,难道咱们泰山派、华山派、恒山派的朋友,都是来睁眼吃饭不管事的不成?"

刘正风苦笑道:"定逸师太,这件事说起来当真好生惭愧,本来是我衡山派内里的门户之事,却劳得诸位好朋友操心。刘某此刻心中已清清楚楚,想必是我莫师哥到嵩山派左盟主那里告了我一状,说了我种种不是,以致嵩山派的诸位师兄来大加问罪,好好好,是刘某对莫师哥失了礼数,由我向莫师哥认错陪罪便是。"

费彬的目光在大厅上自东而西的扫射一周,他眼睛眯成一线,但精光灿然,显得内功深厚,说道:"此事怎地跟莫大先生有关了?莫大先生请出来,大家说个明白。"他说了这几句话后,大厅中寂静无声,过了半晌,却不见"潇湘夜雨"莫大先生现身。

刘正风苦笑道:"我师兄弟不和,武林朋友众所周知,那也不须相瞒。小弟仗着先人遗荫，家中较为宽裕。我莫师哥却家境贫寒。本来朋友都有通财之谊，何况是师兄弟？但莫师哥由此见嫌，绝足不上小弟之门，我师兄弟已有数年没来往、不见面，莫师哥今日自是不会光临了。在下心中所不服者，是左盟主只听了我莫师哥的一面之辞，便派了这么多位师兄来对付小弟，连刘某的老妻子女，也都成为阶下之囚，那……那未免是小题大做了。"

费彬向史登达道："举起令旗。"史登达道："是！"高举令旗，往费彬身旁一站。费彬森然说道："刘师兄，今日之事，跟衡山派掌门莫大先生没半分干系，你不须牵扯到他身上。左盟主吩咐了下来，要我们向你查明：刘师兄和魔教教主东方不败暗中有什么勾结？设下了什么阴谋，来对付我五岳剑派以及武林中一众正派同道？"

此言一出，群雄登时耸然动容，不少人都惊噫一声。魔教和白道中的英侠势不两立，双方结仇已逾百年，缠斗不休，互有胜败。这厅上千余人中，少说也有半数曾身受魔教之害，有的父兄被杀，有的师长受戕，一提到魔教，谁都切齿痛恨。五岳剑派所以结盟，最大的原因便是为了对付魔教。魔教人多势众，武功高强，名门正派虽然各有绝艺，却往往不敌，魔教教主东方不败更有"当世第一高手"之称，他名字叫做"不败"，果真是艺成以来，从未败过一次，实是非同小可。群雄听得费彬指责刘正风与魔教勾结，此事确与各人身家性命有关，本来对刘正风同情之心立时消失。

刘正风道："在下一生之中，从未见过魔教教主东方不败一面，所谓勾结，所谓阴谋，却是从何说起？"

费彬侧头瞧着三师兄陆柏，等他说话。陆柏细声细气的道："刘师兄，这话恐怕有些不尽不实了。魔教中有一个护法长老，名字叫作曲洋的，不知刘师兄是否相识？"

刘正风本来十分镇定，但听到他提起"曲洋"二字，登时变色，口唇紧闭，并不答话。

那胖子丁勉自进厅后从未出过一句声，这时突然厉声问道：

"你识不识得曲洋？"他话声洪亮之极，这七个字吐出口来，人人耳中嗡嗡作响。他站在那里一动不动，身材本已魁梧奇伟，在各人眼中看来，似乎更突然高了尺许，显得威猛无比。

刘正风仍不置答，数千对眼光都集中在他脸上。各人都觉刘正风答与不答，都是一样，他既然答不出来，便等于默认了。过了良久，刘正风点头道："不错！曲洋曲大哥，我不但识得，而且是我生平唯一知己，最要好的朋友。"

霎时之间，大厅中嘈杂一片，群雄纷纷议论。刘正风这几句话大出众人意料之外，各人猜到他若非抵赖不认，也不过承认和这曲洋曾有一面之缘，万没想到他竟然会说这魔教长老是他的知交朋友。

费彬脸上微现笑容，道："你自己承认，那是再好也没有，大丈夫一人作事一身当。刘正风，左盟主定下两条路，凭你抉择。"

刘正风宛如没听到费彬的说话，神色木然，缓缓坐了下来，右手提起酒壶，斟了一杯，举杯就唇，慢慢喝了下去。群雄见他绸衫衣袖笔直下垂，不起半分波动，足见他定力奇高，在这紧急关头居然仍能丝毫不动声色，那是胆色与武功两者俱臻上乘，方克如此，两者缺一不可，各人无不暗暗佩服。

费彬朗声说道："左盟主言道：刘正风乃衡山派中不可多得的人才，一时误交匪人，入了歧途，倘若能深自悔悟，我辈均是侠义道中的好朋友，岂可不与人为善，给他一条自新之路？左盟主吩咐兄弟转告刘师兄：你若选择这条路，限你一个月之内，杀了魔教长老曲洋，提头来见，那么过往一概不究，今后大家仍是好朋友、好兄弟。"

群雄均想：正邪不两立，魔教的旁门左道之士，和侠义道人物一见面就拼你死我活，左盟主要刘正风杀了曲洋自明心迹，那也不算是过份的要求。

刘正风脸上突然闪过一丝凄凉的笑容，说道："曲大哥和我一见如故，倾盖相交。他和我十余次联床夜话，偶然涉及门户宗派的

·211·

异见，他总是深自叹息，认为双方如此争斗，殊属无谓。我和曲大哥相交，只是研讨音律。他是七弦琴的高手，我喜欢吹箫，二人相见，大多时候总是琴箫相和，武功一道，从来不谈。"他说到这里，微微一笑，续道："各位或者并不相信，然当今之世，刘正风以为抚琴奏乐，无人及得上曲大哥，而按孔吹箫，在下也不作第二人想。曲大哥虽是魔教中人，但自他琴音之中，我深知他性行高洁，大有光风霁月的襟怀。刘正风不但对他钦佩，抑且仰慕。刘某虽是一介鄙夫，却决计不肯加害这位君子。"

群雄愈听愈奇，万料不到他和曲洋相交，竟然由于音乐，欲待不信，又见他说得十分诚恳，实无半分作伪之态，均想江湖上奇行特立之士甚多，自来声色迷人，刘正风耽于音乐，也非异事。知道衡山派底细的人又想：衡山派历代高手都喜音乐，当今掌门人莫大先生外号"潇湘夜雨"，一把胡琴不离手，有"琴中藏剑，剑发琴音"八字外号，刘正风由吹箫而和曲洋相结交，自也大有可能。

费彬道："你与曲魔头由音律而结交，此事左盟主早已查得清清楚楚。左盟主言道：魔教包藏祸心，知道我五岳剑派近年来好生兴旺，魔教难以对抗，便千方百计的想从中破坏，挑拨离间，无所不用其极。或动以财帛，或诱以美色。刘师兄素来操守谨严，那便设法投你所好，派曲洋来从音律入手。刘师兄，你脑子须得清醒些，魔教过去害死过咱们多少人，怎地你受了人家鬼蜮技俩的迷惑，竟然毫不醒悟？"

定逸师太道："是啊，费师弟此言不错。魔教的可怕，倒不在武功阴毒，还在种种诡计令人防不胜防。刘师弟，你是正人君子，上了卑鄙小人的当，那有什么关系？你尽快把曲洋这魔头一剑杀了，干净爽快之极。我五岳剑派同气连枝，千万不可受魔教中歹人的挑拨，伤了同道的义气。"天门道人点头道："刘师弟，君子之过，如日月之食，人所共知，知过能改，善莫大焉。你只须杀了那姓曲的魔头，侠义道中人，谁都会翘起大拇指，说一声'衡山派刘正风果然是个善恶分明的好汉子。'我们做你朋友的，也都面上有光。"

刘正风并不置答，目光射到岳不群脸上，道："岳师兄，你是位明辨是非的君子，这里许多位武林高人都逼我出卖朋友，你却怎么说？"

岳不群道："刘贤弟，倘若真是朋友，我辈武林中人，就为朋友两胁插刀，也不会皱一皱眉头。但魔教中那姓曲的，显然是笑里藏刀，口蜜腹剑，设法来投你所好，那是最最阴毒的敌人。他旨在害得刘贤弟身败名裂，家破人亡，包藏祸心之毒，不可言喻。这种人倘若也算是朋友，岂不是污辱了'朋友'二字？古人大义灭亲，亲尚可灭，何况这种算不得朋友的大魔头、大奸贼？"

群雄听他侃侃而谈，都喝起采来，纷纷说道："岳先生这话说得再也明白不过。对朋友自然要讲义气，对敌人却是诛恶务尽，哪有什么义气好讲？"

刘正风叹了口气，待人声稍静，缓缓说道："在下与曲大哥结交之初，早就料到有今日之事。最近默察情势，猜想过不多时，我五岳剑派和魔教便有一场大火拼。一边是同盟的师兄弟，一边是知交好友，刘某无法相助哪一边，因此才出此下策，今日金盆洗手，想要遍告天下同道，刘某从此退出武林，再也不与闻江湖上的恩怨仇杀，只盼置身事外，免受牵连。去捐了这个芝麻绿豆大的武官来做做，原是自污，以求掩人耳目。哪想到左盟主神通广大，刘某这一步棋，毕竟瞒不过他。"

群雄一听，这才恍然大悟，心中均道："原来他金盆洗手，暗中含有这等深意，我本来说嘛，这样一位衡山派高手，怎么会甘心去做这等芝麻绿豆小官。"刘正风一加解释，人人都发觉自己果然早有先见之明。

费彬和丁勉、陆柏三人对视一眼，均感得意："若不是左师兄识破了你的奸计，及时拦阻，便给你得逞了。"

刘正风续道："魔教和我侠义道百余年来争斗仇杀，是是非非，一时也说之不尽。刘某只盼退出这腥风血雨的斗殴，从此归老林泉，吹箫课子，做一个安份守己的良民，自忖这份心愿，并不违犯本门门规和五岳剑派的盟约。"

费彬冷笑道："如果人人都如你一般，危难之际，临阵脱逃，岂不是便任由魔教横行江湖，为害人间？你要置身事外，那姓曲的魔头却又如何不置身事外？"

刘正风微微一笑，道："曲大哥早已当着我的面，向他魔教祖师爷立下重誓，今后不论魔教和白道如何争斗，他一定置身事外，决不插手，人不犯我，我不犯人！"

费彬冷笑道："好一个'人不犯我，我不犯人'！倘若咱们白道中人去犯了他呢？"

刘正风道："曲大哥言道：他当尽力忍让，决不与人争强斗胜，而且竭力弥缝双方的误会嫌隙。曲大哥今日早晨还派人来跟我说，华山派弟子令狐冲为人所伤，命在垂危，是他出手给救活了的。"

此言一出，群雄又群相耸动，尤其华山派、恒山派以及青城派诸人，更交头接耳的议论了起来。华山派的岳灵珊忍不住问道："刘师叔，我大师哥在哪里？真的是……是那位姓曲的……姓曲的前辈救了他性命么？"

刘正风道："曲大哥既这般说，自非虚假。日后见到令狐贤侄，你可亲自问他。"

费彬冷笑道："那有什么奇怪？魔教中人拉拢离间，什么手段不会用？他能千方百计的来拉拢你，自然也会千方百计的去拉拢华山派弟子。说不定令狐冲也会由此感激，要报答他的救命之恩，咱们五岳剑派之中，又多一个叛徒了。"转头向岳不群道："岳师兄，小弟这话只是打个比方，请勿见怪。"岳不群微微一笑，说道："不怪！"

刘正风双眉一轩，昂然问道："费师兄，你说又多一个叛徒，这个'又'字，是什么用意？"费彬冷笑道："哑子吃馄饨，心里有数，又何必言明。"刘正风道："哼，你直指刘某是本派叛徒了。刘某结交朋友，乃是私事，旁人却也管不着。刘正风不敢欺师灭祖，背叛衡山派本门，'叛徒'二字，原封奉还。"他本来恂恂有礼，便如一个财主乡绅，有些小小的富贵之气，又有些土气，但这时突然显出勃勃英气，与先前大不相同。群雄眼见他处境十分不利，却仍与费彬针锋相对的论辩，丝毫不让，都不禁佩服他的胆量。

费彬道："如此说来，刘师兄第一条路是不肯走的了，决计不愿诛妖灭邪，杀那大魔头曲洋了？"

刘正风道："左盟主若有号令，费师兄不妨就此动手，杀了刘某的全家！"

费彬道："你不须有恃无恐，只道天下的英雄好汉在你家里作客，我五岳剑派便有所顾忌，不能清理门户。"伸手向史登达一招，说道："过来！"史登达应道："是！"走上三步。费彬从他手中接过五色令旗，高高举起，说道："刘正风听者：左盟主有令，你若不应允在一月之内杀了曲洋，则五岳剑派只好立时清理门户，以免后患，斩草除根，决不容情。你再想想罢！"

刘正风惨然一笑，道："刘某结交朋友，贵在肝胆相照，岂能杀害朋友，以求自保？左盟主既不肯见谅，刘正风势孤力单，又怎能与左盟主相抗？你嵩山派早就布置好一切，只怕连刘某的棺材也给买好了，要动手便即动手，又等何时？"

费彬将令旗一展，朗声道："泰山派天门师兄、华山派岳师兄、恒山派定逸师太、衡山派诸位师兄师侄，左盟主有言吩咐：自来正邪不两立，魔教和我五岳剑派仇深似海，不共戴天。刘正风结交匪人，归附仇敌，凡我五岳同门，出手共诛之。接令者请站到左首。"

天门道人站起身来，大踏步走到左首，更不向刘正风瞧上一眼。天门道人的师父当年命丧魔教一名女长老之手，是以他对魔教恨之入骨。他一走到左首，门下众弟子都跟了过去。

岳不群起身说道："刘贤弟，你只须点一点头，岳不群负责为你料理曲洋如何？你说大丈夫不能对不起朋友，难道天下便只曲洋一人才是你朋友，我们五岳剑派和这里许多英雄好汉，便都不是你朋友了？这里千余位武林同道，一听到你要金盆洗手，都千里迢迢的赶来，满腔诚意的向你祝贺，总算够交情了罢？难道你全家老幼的性命，五岳剑派师友的恩谊，这里千百位同道的交情，一并加将起来，还及不上曲洋一人？"

刘正风缓缓摇了摇头，说道："岳师兄，你是读书人，当知道大丈夫有所不为。你这番良言相劝，刘某甚是感激。人家逼我杀害曲洋，此事万万不能。正如若是有人逼我害你岳师兄，或是要我加害这里任何哪一位好朋友，刘某纵然全家遭难，却也决计不会点一点头。曲大哥是我至交好友，那是不错，但岳师兄何尝不是刘某的好友？曲大哥倘若有一句提到，要暗害五岳剑派中刘某哪一位朋友，刘某便鄙视他的为人，再也不当他是朋友了。"他这番话说得极是诚恳，群雄不由得为之动容，武林中义气为重，刘正风这般顾全与曲洋的交情，这些江湖汉子虽不以为然，却禁不住暗自赞叹。

岳不群摇头道："刘贤弟，你这话可不对了。刘贤弟顾全朋友义气，原是令人佩服，却未免不分正邪，不问是非。魔教作恶多端，残害江湖上的正人君子、无辜百姓。刘贤弟只因一时琴箫投缘，便将全副身家性命都交了给他，可将'义气'二字误解了。"

刘正风淡淡一笑，说道："岳师兄，你不喜音律，不明白小弟的意思。言语文字可以撒谎作伪，琴箫之音却是心声，万万装不得假。小弟和曲大哥相交，以琴箫唱和，心意互通。小弟愿意以全副身家性命担保，曲大哥是魔教中人，却无一点一毫魔教的邪恶之气。"

岳不群长叹一声，走到了天门道人身侧。劳德诺、岳灵珊、陆大有等也都随着过去。

定逸师太望着刘正风，问道："从今而后，我叫你刘贤弟，还是刘正风？"刘正风脸露苦笑，道："刘正风命在顷刻，师太以后也不会再叫我了。"定逸师太合什念道："阿弥陀佛！"缓缓走到岳不群之侧，说道："魔深孽重，罪过，罪过。"座下弟子也都跟了过去。

费彬道："这是刘正风一人之事，跟旁人并不相干。衡山派的众弟子只要不甘附逆，都站到左首去。"

大厅中寂静片刻，一名年青汉子说道："刘师伯，弟子们得罪了。"便有三十余名衡山派弟子走到恒山派群尼身侧，这些都是刘正风的师侄辈，衡山派第一代的人物都没到来。

费彬又道："刘门亲传弟子，也都站到左首去。"

向大年朗声道："我们受师门重恩，义不相负，刘门弟子，和恩师同生共死。"

刘正风热泪盈眶，道："好，好！大年，你说这番话，已很对得起师父了。你们都过去罢。师父自己结交朋友，和你们可没干系。"

米为义刷的一声，拔出长剑，说道："刘门一系，自非五岳剑派之敌，今日之事，有死而已。哪一个要害我恩师，先杀了姓米的。"说着便在刘正风身前一站，挡住了他。

丁勉左手一扬，嗤的一声轻响，一丝银光电射而出。刘正风一惊，伸手在米为义右膀上一推，内力到处，米为义向左撞出，那银光便向刘正风胸口射来。向大年护师心切，纵身而上，只听他大叫一声，那银针正好射中心脏，立时气绝身亡。

刘正风左手将他尸体抄起，探了探他鼻息，回头向丁勉道："丁老二，是你嵩山派先杀了我弟子！"丁勉森然道："不错，是我们先动手，却又怎样？"

刘正风提起向大年的尸身，运力便要向丁勉掷去。丁勉见他运劲的姿式，素知衡山派的内功大有独到之处，刘正风是衡山派中的一等高手，这一掷之势非同小可，当即暗提内力，准备接过尸身，立时再向他反掷回去。哪知刘正风提起尸身，明明是要向前掷出，突然间身子往斜里窜出，双手微举，却将向大年的尸身送到费彬胸前。这一下来得好快，费彬出其不意，只得双掌竖立，运劲挡住尸身，便在此时，双胁之下一麻，已被刘正风点了穴道。

刘正风一招得手，左手抢过他手中令旗，右手拔剑，横架在他咽喉，左肘连撞，封了他背心三处穴道，任由向大年的尸身落在地下。这几下兔起鹘落，变化快极，待得费彬受制，五岳令旗被夺，众人这才省悟，刘正风所使的，正是衡山派绝技，叫做"百变千幻衡山云雾十三式"。众人久闻其名，这一次算是大开眼界。

岳不群当年曾听师父说过，这一套"百变千幻衡山云雾十三式"乃衡山派上代一位高手所创。这位高手以走江湖变戏法卖艺为生。那走江湖变戏法，仗的是声东击西，虚虚实实，幻人耳目。到得晚年，他武功愈高，变戏法的技能也是日增，竟然将内家功夫使用到戏法之中，街头观众一见，无不称赏，后来更是一变，反将变戏法的本领渗入了武功，五花八门，层出不穷。这位高手生性滑稽，当时创下这套武功游戏自娱，不料传到后世，竟成为衡山派的三大绝技之一。只是这套功夫变化虽然古怪，但临敌之际，却也并无太大的用处，高手过招，人人严加戒备，全身门户，无不守备綦谨，这些幻人耳目的花招多半使用不上，因此衡山派对这套功夫也并不如何着重，如见徒弟是飞扬佻脱之人，便不传授，以免他专务虚幻，于扎正根基的踏实功夫反而欠缺了。

刘正风是个深沉寡言之人，在师父手上学了这套功夫，平生从未一用，此刻临急而使，一击奏功，竟将嵩山派中这个大名鼎鼎、真实功夫决不在他之下的"大嵩阳手"费彬制服。他右手举着五岳剑派的盟旗，左手长剑架在费彬的咽喉之中，沉声道："丁师兄、陆师兄，刘某斗胆夺了五岳令旗，也不敢向两位要胁，只是向两位求情。"

丁勉与陆柏对望了一眼，均想："费师弟受了他的暗算，只好且听他有何话说。"丁勉道："求什么情？"刘正风道："求两位转告左盟主，准许刘某全家归隐，从此不干预武林中的任何事务。刘某与曲洋曲大哥从此不再相见，与众位师兄朋友，也……也就此分手。刘某携带家人弟子，远走高飞，隐居海外，有生之日，绝足不履中原一寸土地。"

丁勉微一踌躇，道："此事我和陆师弟可作不得主，须得归告左师哥，请他示下。"

刘正风道："这里泰山、华山两派掌门在此，恒山派有定逸师太，也可代她掌门师姊作主，此外，众位英雄好汉，俱可作个证见。"他眼光向众人脸上扫过，沉声道："刘某向众位朋友求这个情，让我顾全朋友义气，也得保家人弟子的周全。"

定逸师太外刚内和，脾气虽然暴躁，心地却极慈祥，首先说道："如此甚好，也免得伤了大家的和气。丁师兄、陆师兄，咱们答应了刘贤弟罢。他既不再和魔教中人结交，又远离中原，等如是世上没了这人，又何必定要多造杀业？"天门道人点头道："这样也好，岳贤弟，你以为如何？"岳不群道："刘贤弟言出如山，他既这般说，大家都是信得过的。来来来，咱们化干戈为玉帛，刘贤弟，你放了费贤弟，大伙儿喝一杯解和酒，明儿一早，你带了家人弟子，便离开衡山城罢！"

陆柏却道："泰山、华山两派掌门都这么说，定逸师太更竭力为刘正风开脱，我们又怎敢违抗众意？但费师弟刻下遭受刘正风的暗算，我们倘若就此答允，江湖上势必人人言道，嵩山派是受了刘正风的胁持，不得不低头服输，如此传扬开去，嵩山派脸面何存？"

定逸师太道："刘贤弟是在向嵩山派求情，又不是威胁逼迫，要说'低头服输'，低头服输的是刘正风，不是嵩山派。何况你们又已杀了一名刘门弟子。"

陆柏哼了一声，说道："狄修，预备着。"嵩山派弟子狄修应道："是！"手中短剑轻送，抵进刘正风长子背心的肌肉。陆柏道："刘正风，你要求情，便跟我们上嵩山去见左盟主，亲口向他求情。我们奉命差遣，可作不得主。你即刻把令旗交还，放了我费师弟。"

刘正风惨然一笑，向儿子道："孩儿，你怕不怕死？"刘公子道："孩儿听爹爹的话，孩儿不怕！"刘正风道："好孩子！"陆柏喝道："杀了！"狄修短剑往前一送，自刘公子的背心直刺入他心窝，短剑跟着拔出。刘公子俯身倒地，背心创口中鲜血泉涌。

刘夫人大叫一声，扑向儿子尸身。陆柏又喝道："杀了！"狄修手起剑落，又是一剑刺入刘夫人背心。

定逸师太大怒，呼的一掌，向狄修击了过去，骂道："禽兽！"丁勉抢上前来，也击出一掌。双掌相交，定逸师太退了三步，胸口一甜，一口鲜血涌到了嘴中，她要强好胜，硬生生将这口血咽入口腹中。丁勉微微一笑，道："承让！"

定逸师太本来不以掌力见长，何况适才这一掌击向狄修，以长攻幼，本就未使全力，也不拟这一掌击死了他，不料丁勉突然出手，他那一掌却是凝聚了十成功力。双掌陡然相交，定逸师太欲待再催内力，已然不及，丁勉的掌力如排山倒海般压到，定逸师太受伤呕血，大怒之下，第二掌待再击出，一运力间，只觉丹田中痛如刀割，知道受伤已然不轻，眼前无法与抗，一挥手，怒道："咱们走！"大踏步向门外走去，门下群尼都跟了出去。

陆柏喝道："再杀！"两名嵩山弟子推出短剑，又杀了两名刘门弟子。陆柏道："刘门弟子听着，若要活命，此刻跪地求饶，指斥刘正风之非，便可免死。"

刘正风的女儿刘菁怒骂："奸贼，你嵩山派比魔教奸恶万倍！"陆柏喝道："杀了！"万大平提起长剑，一剑劈下，从刘菁右肩直劈至腰。史登达等嵩山弟子一剑一个，将早已点了穴道制住的刘门亲传弟子都杀了。

大厅上群雄虽然都是毕生在刀枪头上打滚之辈，见到这等屠杀惨状，也不禁心惊肉跳。有些前辈英雄本想出言阻止，但嵩山派动手实在太快，稍一犹豫之际，厅上已然尸横遍地。各人又想：自来邪正不两立，嵩山派此举并非出于对刘正风的私怨，而是为了对付魔教，虽然出手未免残忍，却也未可厚非。再者，其时嵩山派已然控制全局，连恒山派的定逸师太亦已铩羽而去，眼见天门道人、岳不群等高手都不作声，这是他五岳剑派之事，旁人倘若多管闲事，强行出头，势不免惹下杀身之祸，自以明哲保身的为是。

杀到这时，刘门徒弟子女已只剩下刘正风最心爱的十五岁幼子刘芹。陆柏向史登达道："问这小子求不求饶？若不求饶，先割了他的鼻子，再割耳朵，再挖眼珠，叫他零零碎碎的受苦。"史登达道："是！"转向刘芹，问道："你求不求饶？"

刘芹脸色惨白，全身发抖。刘正风道："好孩子，你哥哥姊姊何等硬气，死就死了，怕什么？"刘芹颤声道："可是……爹，他们要……要割我鼻子，挖……挖我眼睛……"刘正风哈哈一笑，道："到这地步，难道你还想他们放过咱们么？"刘芹道："爹爹，你……你就答允杀了曲……曲伯伯……"刘正风大怒，喝道："放屁！小畜生，你说什么？"

史登达举起长剑，剑尖在刘芹鼻子前晃来晃去，道："小子，你再不跪下求饶，我一剑削下来了。一……二……"他那"三"字还没说出口，刘芹身子战抖，跪倒在地，哀求道："别……别杀我……我……"陆柏笑道："很好，饶你不难。但你须得向天下英雄指斥刘正风的不是。"刘芹双眼望着父亲，目光中尽是哀求之意。

刘正风一直甚是镇定，虽见妻子儿女死在他的眼前，脸上肌肉亦毫不牵动，这时却愤怒难以遏制，大声喝道："小畜生，你对得起你娘么？"

刘芹眼见母亲、哥哥、姊姊的尸身躺在血泊之中，又见史登达的长剑不断在脸前晃来晃去，已吓得心胆俱裂，向陆柏道："求求你饶了我，饶了……饶了我爹爹。"陆柏道："你爹爹勾结魔教中的恶人，你说对不对？"刘芹低声道："不……不对！"陆柏道："这样的人，该不该杀？"刘芹低下了头，不敢答话。陆柏道："这小子不说话，一剑把他杀了。"

史登达道："是！"知道陆柏这句话意在恫吓，举起了剑，作势砍下。

刘芹忙道："该……该杀！"陆柏道："很好！从今而后，你不是衡山派的人了，也不是刘正风的儿子，我饶了你的性命。"刘芹跪在地下，吓得双腿都软了，竟然站不起来。

群雄瞧着这等模样，忍不住为他羞惭，有的转过了头，不去

· 221 ·

看他。

刘正风长叹一声，道："姓陆的，是你赢了！"右手一挥，将五岳令旗向他掷去，左足一抬，把费彬踢开，朗声道："刘某自求了断，也不须多伤人命了。"左手横过长剑，便往自己颈中刎去。

便在这时，檐头突然掠下一个黑衣人影，行动如风，一伸臂便抓住了刘正风的左腕，喝道："君子报仇，十年未晚，去！"右手向后舞了一个圈子，拉着刘正风向外急奔。

刘正风惊道："曲大哥……你……"

群雄听他叫出"曲大哥"三字，知道这黑衣人便是魔教长老曲洋，尽皆心头一惊。

曲洋叫道："不用多说！"足下加劲，只奔得三步，丁勉、陆柏二人四掌齐出，分向他二人后心拍来。曲洋向刘正风喝道："快走！"出掌在刘正风背上一推，同时运劲于背，硬生生受了丁勉、陆柏两大高手的并力一击。砰的一声响，曲洋身子向外飞出去，跟着一口鲜血急喷而出，回手连挥，一丛黑针如雨般散出。

丁勉叫道："黑血神针，快避！"急忙向旁闪开。群雄见到这丛黑针，久闻魔教黑血神针的大名，无不惊心，你退我闪，乱成一团，只听得"哎唷！""不好！"十余人齐声叫了起来。厅上人众密集，黑血神针又多又快，毕竟还是有不少人中了毒针。

混乱之中，曲洋与刘正风已逃得远了。

山石后转出三个人影，夜色朦胧，依稀可见三人二高一矮，高的是两个男子，矮的是个女子。

七 授 谱

令狐冲所受剑伤虽重，但得恒山派治伤圣药天香断续胶外敷、白云熊胆丸内服，兼之他年轻力壮，内功又已有相当火候，在瀑布旁睡了一天两晚后，创口已然愈合。这一天两晚中只以西瓜为食。令狐冲求仪琳捉鱼射兔，她却说什么也不肯，说道令狐冲这次死里逃生，全凭观世音菩萨保佑，最好吃一两年长素，向观世音菩萨感恩，要她破戒杀生，那是万万不可。令狐冲笑她迂腐无聊，可也无法勉强，只索罢了。

这日傍晚，两人背倚石壁，望着草丛间流萤飞来飞去，点点星火，煞是好看。

令狐冲道："前年夏天，我曾捉了几千只萤火虫儿，装在十几只纱囊之中，挂在房里，当真有趣。"仪琳心想，凭他的性子，决不会去缝制十几只纱囊，问道："你小师妹叫你捉的，是不是？"令狐冲笑道："你真聪明，猜得好准，怎么知道是小师妹叫我捉的？"仪琳微笑道："你性子这么急，又不是小孩子了，怎会这般好耐心，去捉几千只萤火虫来玩。"又问："后来怎样？"令狐冲笑道："师妹拿来挂在她帐子里，说道满床晶光闪烁，她像是睡在天上云端里，一睁眼，前后左右都是星星。"仪琳道："你小师妹真会玩，偏你这个师哥也真肯凑趣，她就是要你去捉天上的星星，只怕你也肯。"

令狐冲笑道："捉萤火虫儿，原是为捉天上的星星而起。那天晚上我跟她一起乘凉，看到天上星星灿烂，小师妹忽然叹了一口气，说道：'可惜过一会儿，便要去睡了，我真想睡在露天，半夜里醒来，见到满天星星都在向我眨眼，那多有趣。但妈妈一定不会答应。'我就说：'咱们捉些萤火虫来，放在你蚊帐里，不是像星星一样吗？'"

仪琳轻轻道："原来还是你想的主意。"

令狐冲微微一笑，说道："小师妹说：'萤火虫飞来飞去，扑在脸上身上，那可讨厌死了。有了，我去缝些纱布袋儿，把萤火虫装在里面。'就这么，她缝袋子，我捉飞萤，忙了整整一天一晚，可惜只看得一晚，第二晚萤火虫全都死了。"

仪琳身子一震，颤声道："几千只萤火虫，都给害死了？你们……你们怎地如此……"

令狐冲笑道："你说我们残忍得很，是不是？唉，你是佛门子弟，良心特别好。其实萤火虫儿一到天冷，还是会尽数冻死的，只不过早死几天，那又有什么干系？"

仪琳隔了半晌，才幽幽的道："其实世上每个人也都这样，有的人早死，有的人迟死，或早或迟，终归要死。无常，苦，我佛说每个人都不免有生老病死之苦。但大彻大悟，解脱轮回，却又谈何容易？"令狐冲道："是啊，所以你又何必念念不忘那些清规戒律，什么不可杀生，不可偷盗。菩萨要是每一件事都管，可真忙坏了他。"

仪琳侧过了头，不知说什么好，便在此时，左首山侧天空中一个流星疾掠而过，在天空划成了一道长长的火光。仪琳道："仪净师姊说，有人看到流星，如果在衣带上打一个结，同时心中许一个愿，只要在流星隐没之前先打好结，又许完愿，那么这个心愿便能得偿。你说是不是真的？"

令狐冲笑道："我不知道。咱们不妨试试，只不过恐怕手脚没这么快。"说着拈起了衣带，道："你也预备啊，慢得一忽儿，便来不及了。"

仪琳拈起了衣带，怔怔的望着天边。夏夜流星甚多，片刻间便有一颗流星划过长空，但流星一瞬即逝，仪琳的手指只一动，流星便已隐没。她轻轻"啊"了一声，又再等待。第二颗流星自西至东，拖曳甚长，仪琳动作敏捷，竟尔打了个结。

令狐冲喜道："好，好！你打成了！观世音菩萨保佑，一定教你得偿所愿。"仪琳叹了口气，道："我只顾着打结，心中却什么也没想。"令狐冲笑道："那你快些先想好了罢，在心中先默念几遍，免得到时顾住了打结，却忘了许愿。"

仪琳拈着衣带，心想："我许什么愿好？我许什么愿好？"向令狐冲望了一眼，突然晕红双颊，急忙转开了头。

这时天上连续划过了几颗流星，令狐冲大呼小叫，不住的道："又是一颗，咦，这颗好长，你打了结没有？这次又来不及吗？"

仪琳心乱如麻，内心深处，隐隐有一个渴求的愿望，可是这愿望自己想也不敢想，更不用说向观世音菩萨祈求了，一颗心怦怦乱跳，只觉说不出的害怕，却又是说不出的喜悦。只听令狐冲又问："你想好了心愿没有？"仪琳心底轻轻的说："我要许什么愿？我要许什么愿？"眼见一颗颗流星从天边划过，她仰起了头瞧着，竟是痴了。

令狐冲笑道："你不说，我便猜上一猜。"仪琳急道："不，不，你不许说。"令狐冲笑道："那有什么打紧？我猜三次，且看猜不猜得中。"仪琳站起身来，道："你再说，我可要走了。"令狐冲哈哈大笑，道："好，我不说。就算你心中想做恒山派掌门，那也没什么可害臊的。"仪琳一怔，心道："他……他猜我想做恒山派掌门？我可从来没这么想过。我又怎做得来掌门人？"

忽听得远处传来铮铮几声，似乎有人弹琴。令狐冲和仪琳对望了一眼，都是大感奇怪："怎地这荒山野岭之中有人弹琴？"琴声不断传来，甚是优雅，过得片刻，有几下柔和的箫声夹入琴韵之中。七弦琴的琴音和平中正，夹着清幽的洞箫，更是动人，琴韵箫声似在一问一答，同时渐渐移近。令狐冲凑身过去，在仪琳耳边低声道："这音乐来得古怪，只怕于我们不利，不论有什么事，你千万别出声。"仪琳点了点头，只听琴音渐渐高亢，箫声却慢慢低沉下去，但箫声低而不断，有如游丝随风飘荡，却连绵不绝，更增回肠荡气之意。

只见山石后转出三个人影，其时月亮被一片浮云遮住了，夜色朦胧，依稀可见三人二高一矮，高的是两个男子，矮的是个女子。两个男子缓步走到一块大岩石旁，坐了下来，一个抚琴，一个吹箫，那女子站在抚琴者的身侧。令狐冲缩身石壁之后，不敢再看，生恐给那三人发现。只听琴箫悠扬，甚是和谐。令狐冲心道："瀑布便在旁边，但流水轰轰，竟然掩不住柔和的琴箫之音，看来抚琴吹箫的二人内功着实不浅。嗯，是了，他们所以到这里吹奏，正是为了这里有瀑布声响，那么跟我们是不相干的。"当下便放宽了心。

忽听瑶琴中突然发出锵锵之音，似有杀伐之意，但箫声仍是温雅婉转。过了一会，琴声也转柔和，两音忽高忽低，蓦地里琴韵箫声陡变，便如有七八具瑶琴、七八支洞箫同时在奏乐一般。琴箫之声虽然极尽繁复变幻，每个声音却又抑扬顿挫，悦耳动心。令狐冲只听得血脉贲张，忍不住便要站起身来，又听了一会，琴箫之声又是一变，箫声变了主调，那七弦琴只是玎玎珰珰的伴奏，但箫声却越来越高。令狐冲心中莫名其妙的感到一阵酸楚，侧头看仪琳时，只见她泪水正涔涔而下。突然间铮的一声急响，琴音立止，箫声也即住了。霎时间四下里一片寂静，唯见明月当空，树影在地。

只听一人缓缓说道："刘贤弟，你我今日毕命于此，那也是大数使然，只是愚兄未能及早出手，累得你家眷弟子尽数殉难，愚兄心下实是不安。"另一个道："你我肝胆相照，还说这些话干么……"

仪琳听到他的口音，心念一动，在令狐冲耳边低声道："是刘正风师叔。"他二人于刘正风府中所发生大事，绝无半点知闻，忽见刘正风在这旷野中出现，另一人又说什么"你我今日毕命于此"，什么"家眷弟子尽数殉难"，自都惊讶不已。

只听刘正风续道："人生莫不有死，得一知己，死亦无憾。"另一人道："刘贤弟，听你箫中之意，却犹有遗恨，莫不是为了令郎临危之际，贪生怕死，羞辱了你的令名？"刘正风长叹一声，道："曲大哥猜得不错，芹儿这孩子我平日太过溺爱，少了教诲，没想到竟是个没半点气节的软骨头。"曲洋道："有气节也好，没气节也好，百年之后，均归黄土，又有什么分别？愚兄早已伏在屋顶，本该及早出手，只是料想贤弟不愿为我之故，与五岳剑派的故人伤了和气，又想到愚兄曾为贤弟立下重誓，决不伤害侠义道中人士，是以迟迟不发，又谁知嵩山派为五岳盟主，下手竟如此毒辣。"

刘正风半晌不语，长长叹了口气，说道："此辈俗人，怎懂得你我以音律相交的高情雅致？他们以常情猜度，自是料定你我结交，将大不利于五岳剑派与侠义道。唉，他们不懂，须也怪他们不得。曲大哥，你是大椎穴受伤，震动了心脉？"曲洋道："正是，嵩山派内功果然厉害，没料到我背上挺受了这一击，内力所及，居然将你的心脉也震断了。早知贤弟也是不免，那一丛黑血神针倒也不必再发了，多伤无辜，于事无补。幸好针上并没喂毒。"

令狐冲听得"黑血神针"四字，心头一震："这人曾救我性命，难道他竟是魔教中的高手？刘师叔又怎会和他结交？"

刘正风轻轻一笑，说道："但你我却也因此而得再合奏一曲，从今而后，世上再也无此琴箫之音了。"曲洋一声长叹，说道："昔日嵇康临刑，抚琴一曲，叹息《广陵散》从此绝响。嘿嘿，《广陵散》纵然精妙，又怎及得上咱们这一曲《笑傲江湖》？只是当年嵇康的心情，却也和你我一般。"刘正风笑道："曲大哥刚才还甚达观，却又如何执着起来？你我今晚合奏，将这一曲《笑傲江湖》发挥得淋漓尽致。世上已有过了这一曲，你我已奏过了这一曲，人生于世，夫复何恨？"

曲洋轻轻拍掌道："贤弟说得不错。"过得一会，却又叹了口气。刘正风问道："大哥却又为何叹息？啊，是了，定然是放心不下非非。"

仪琳心念一动："非非，就是那个非非？"果然听得曲非烟的声音说道："爷爷，你和刘公公慢慢养好了伤，咱们去将嵩山派的恶徒一个个斩尽杀绝，为刘婆婆他们报仇！"

猛听山壁后传来一声长笑。笑声未绝，山壁后窜出一个黑影，青光闪动，一人站在曲洋与刘正风身前，手持长剑，正是嵩山派的大嵩阳手费彬，嘿嘿一声冷笑，说道："女娃子好大的口气，将嵩山派赶尽杀绝，世上可有这等称心如意之事？"

刘正风站起身来，说道："费彬，你已杀我全家，刘某中了你两位师兄的掌力，也已命在顷刻，你还想干什么？"

费彬哈哈一笑，傲然道："这女娃子说要赶尽杀绝，在下便是来赶尽杀绝啊！女娃子，你先过来领死罢！"

仪琳在令狐冲旁边道："你是非非和她爷爷救的，咱们怎生想个法子，也救他们一救才好？"令狐冲不等她出口，早已在盘算如何设法解围，以报答他祖孙的救命之德，但一来对方是嵩山派高手，自己纵在未受重伤之时，也就远不是他对手，二来此刻已知曲洋是魔教中人，华山派一向与魔教为敌，如何可以反助对头，是以心中好生委决不下。

只听刘正风道："姓费的，你也算是名门正派中有头有脸的人物，曲洋和刘正风今日落在你手中，要杀要剐，死而无怨，你去欺侮一个女娃娃，那算是什么英雄好汉？非非，你快走！"曲非烟道："我陪爷爷和刘公公死在一块，决不独生。"刘正风道："快走，快走！我们大人的事，跟你孩子有什么相干？"

曲非烟道："我不走！"刷刷两声，从腰间拔出两柄短剑，抢过去挡在刘正风身前，叫道："费彬，先前刘公公饶了你不杀，你反而来恩将仇报，你要不要脸？"

费彬阴森森的道："你这女娃娃说过要将我们嵩山派赶尽杀绝，你这可不是来赶尽杀绝了么？难道姓费的袖手任你宰割，还是掉头逃走？"

刘正风拉住曲非烟的手臂，急道："快走，快走！"但他受了嵩山派内力剧震，心脉已断，再加适才演奏了这一曲《笑傲江湖》，心力交瘁，手上已无内劲。曲非烟轻轻一挣，挣脱了刘正风的手，便在此时，眼前青光闪动，费彬的长剑刺到面前。

曲非烟左手短剑一挡，右手剑跟着递出。费彬嘿的一声笑，长剑圈转，拍的一声，击在她右手短剑上。曲非烟右臂酸麻，虎口剧痛，右手短剑登时脱手。费彬长剑斜晃反挑，拍的一声响，曲非烟左手短剑又被震脱，飞出数丈之外。费彬的长剑已指住她咽喉，向曲洋笑道："曲长老，我先把你孙女的左眼刺瞎，再割去她的鼻子，再割了她两只耳朵……"

曲非烟大叫一声，向前纵跃，往长剑上撞去。费彬长剑疾缩，左手食指点出，曲非烟翻身栽倒。费彬哈哈大笑，说道："邪魔外道，作恶多端，便要死却也没这么容易，还是先将你的左眼刺瞎了再说。"提起长剑，便要往曲非烟左眼刺落。

忽听得身后有人喝道："且住！"费彬大吃一惊，急速转过身来，挥剑护身。他不知令狐冲和仪琳早就隐伏在山石之后，一动不动，否则以他功夫，决不致有人欺近而竟不察觉。月光下只见一个青年汉子双手叉腰而立。

费彬喝问："你是谁？"令狐冲道："小侄华山派令狐冲，参见费师叔。"说着躬身行礼，身子一晃一晃，站立不定。费彬点头道："罢了！原来是岳师兄的大弟子，你在这里干什么？"令狐冲道："小侄为青城派弟子所伤，在此养伤，有幸拜见费师叔。"

费彬哼了一声，道："你来得正好。这女娃子是魔教中的邪魔外道，该当诛灭，倘若由我出手，未免显得以大欺小，你把她杀了罢。"说着伸手向曲非烟指了指。

令狐冲摇了摇头，说道："这女娃娃的祖父和衡山派刘师叔结交，攀算起来，她比我也矮着一辈，小侄如杀了她，江湖上也道华山派以大压小，传扬出去，名声甚是不雅。再说，这位曲前辈和刘师叔都已身负重伤，在他们面前欺侮他们的小辈，决非英雄好汉行径，这种事情，我华山派是决计不会做的。尚请费师叔见谅。"言下之意甚是明白，华山派所不屑做之事，嵩山派倘若做了，那么显然嵩山派是大大不及华山派了。

费彬双眉扬起，目露凶光，厉声道："原来你和魔教妖人也在暗中勾结。是了，适才刘正风言道，这姓曲的妖人曾为你治伤，救了你的性命，没想到你堂堂华山弟子，这么快也投了魔教。"手中长剑颤动，剑锋上冷光闪动，似是挺剑便欲向令狐冲刺去。

刘正风道："令狐贤侄，你和此事毫不相干，不必来赶这淌浑水，快快离去，免得将来教你师父为难。"

令狐冲哈哈一笑，说道："刘师叔，咱们自居侠义道，与邪魔外道誓不两立，这'侠义'二字，是什么意思？欺辱身负重伤之人，算不算侠义？残杀无辜幼女，算不算侠义？要是这种种事情都干得出，跟邪魔外道又有什么分别？"

曲洋叹道："这种事情，我们魔教也是不做的。令狐兄弟，你自己请便罢，嵩山派爱干这种事，且由他干便了。"

令狐冲笑道："我才不走呢。大嵩阳手费大侠在江湖上大名鼎鼎，是嵩山派中数一数二的英雄好汉，他不过说几句吓吓女娃儿，哪能当真做这等不要脸之事。费师叔决不是那样的人。"说着双手抱胸，背脊靠上一株松树的树干。

费彬杀机陡起，狞笑道："你以为用言语僵住我，便能逼我饶了这三个妖人？嘿嘿，当真痴心梦想。你既已投了魔教，费某杀三人是杀，杀四人也是杀。"说着踏上了一步。

令狐冲见到他狞恶的神情，不禁吃惊，暗自盘算解围之策，脸上却丝毫不动声色，说道："费师叔，你连我也要杀了灭口，是不是？"

费彬道："你聪明得紧，这句话一点不错。"说着又向前逼近一步。

突然之间，山石后又转出一个妙龄女尼，说道："费师叔，苦海无边，回头是岸，你眼下只有做坏事之心，真正的坏事还没有做，悬崖勒马，犹未为晚。"这人正是仪琳。令狐冲嘱她躲在山石之后，千万不可让人瞧见了，但她眼见令狐冲处境危殆，不及多想，还想以一片良言，劝得费彬罢手。

费彬却也吃了一惊，说道："你是恒山派的，是不是？怎么鬼鬼祟祟躲在这里？"

仪琳脸上一红，嗫嚅道："我……我……"

曲非烟被点中穴道，躺在地下，动弹不得，口中却叫了出来："仪琳姊姊，我早猜到你和令狐大哥在一起。你果然医好了他的伤，只可惜……只可惜咱们都要死了。"

仪琳摇头道："不会的，费师叔是武林中大大有名的英雄豪杰，怎会真的伤害身受重伤之人和你这样的小姑娘？"曲非烟嘿嘿冷笑，道："他真是大英雄、大豪杰么？"仪琳道："嵩山派是五岳剑派的盟主，江湖上侠义道的领袖，不论做什么事，自然要以侠义为先。"

她几句话出自一片诚意，在费彬耳中听来，却全成了讥嘲之言，寻思："一不做，二不休，今日但教走漏了一个活口，费某从此声名受污，虽然杀的是魔教妖人，但诛戮伤俘，非英雄豪杰之所为，势必给人瞧得低了。"当下长剑一挺，指着仪琳道："你既非身受重伤，也不是动弹不得的小姑娘，我总杀得你了罢？"

仪琳大吃一惊，退了几步，颤声道："我……我……我？你为什么要杀我？"

费彬道："你和魔教妖人勾勾搭搭，姊妹相称，也已成了妖人一路，自是容你不得。"说着踏上了一步，挺剑要向仪琳刺去。

令狐冲急忙抢过，拦在仪琳身前，叫道："师妹快走，去请你师父来救命。"他自知远水难救近火，所以要仪琳去讨救兵，只不过支使她开去，逃得性命。

费彬长剑晃动，剑尖向令狐冲右侧攻刺到。令狐冲斜身急避。费彬刷刷刷连环三剑，攻得他险象环生。仪琳大急，忙抽出腰间断剑，向费彬肩头刺去，叫道："令狐大哥，你身上有伤，快快退下。"

费彬哈哈一笑，道："小尼姑动了凡心啦，见到英俊少年，自己命也不要了。"挥剑直斩，当的一声响，双剑相交，仪琳手中断剑登时脱手而飞。费彬长剑挑起，指向她的心口。费彬眼见要杀的有五人之多，虽然个个无甚抵抗之力，但夜长梦多，只须走脱了一个，便有无穷后患，是以出手便下杀招。

　　令狐冲和身扑上，左手双指插向费彬眼珠。费彬双足急点，向后跃开，长剑拖回时乘势一带，在令狐冲左臂上划了长长一道口子。

　　令狐冲拼命扑击，救得仪琳的危难，却也已喘不过气来，身子摇摇欲坠。仪琳抢上去扶住，哽咽道："让他把咱们一起杀了！"令狐冲喘息道："你……你快走……"

　　曲非烟笑道："傻子，到现在还不明白人家的心意，她要陪你一块儿死……"一句话没说完，费彬长剑送出，已刺入了她的心窝。

　　曲洋、刘正风、令狐冲、仪琳齐声惊呼。

　　费彬脸露狞笑，向着令狐冲和仪琳缓缓踏上一步，跟着又踏前了一步，剑尖上的鲜血一滴滴的滴落。

　　令狐冲脑中一片混乱："他……他竟将这小姑娘杀了，好不狠毒！我这也就要死了。仪琳师妹为什么要陪我一块死？我虽救过她，但她也救了我，已补报了欠我之情。我跟她以前素不相识，不过同是五岳剑派的师兄妹，虽有江湖上的道义，却用不着以性命相陪啊。没想到恒山派门下弟子，居然如此顾全武林义气，定逸师太实是个了不起的人物，嘿，是这个仪琳师妹陪着我一起死，却不是我那灵珊小师妹。她……她这时候在干什么？"眼见费彬狞笑的脸渐渐逼近，令狐冲微微一笑，叹了口气，闭上了眼睛。

　　忽然间耳中传入几下幽幽的胡琴声，琴声凄凉，似是叹息，又似哭泣，跟着琴声颤抖，发出瑟瑟的断续之音，如是一滴滴小雨落上树叶。令狐冲大为诧异，睁开眼来。

　　费彬心头一震："潇湘夜雨莫大先生到了。"但听胡琴声越来越凄苦，莫大先生却始终不从树后出来。费彬叫道："莫大先生，怎地不现身相见?"

琴声突然止歇,松树后一个瘦瘦的人影走了出来。令狐冲久闻"潇湘夜雨"莫大先生之名,但从未见过他面,这时月光之下,只见他骨瘦如柴,双肩拱起,真如一个时时刻刻便会倒毙的痨病鬼,没想到大名满江湖的衡山派掌门,竟是这样一个形容猥琐之人。莫大先生左手握着胡琴,双手向费彬拱了拱,说道:"费师兄,左盟主好。"

费彬见他并无恶意,又素知他和刘正风不睦,便道:"多谢莫大先生,俺师哥好。贵派的刘正风和魔教妖人结交,意欲不利我五岳剑派。莫大先生,你说该当如何处置?"

莫大先生向刘正风走近两步,森然道:"该杀!"这"杀"字刚出口,寒光陡闪,手中已多了一柄又薄又窄的长剑,猛地反刺,直指费彬胸口。这一下出招快极,抑且如梦如幻,正是"百变千幻衡山云雾十三式"中的绝招。费彬在刘府曾着了刘正风这门武功的道儿,此刻再度中计,大骇之下,急向后退,嗤的一声,胸口已给利剑割了一道长长的口子,衣衫尽裂,胸口肌肉也给割伤了,受伤虽然不重,却已惊怒交集,锐气大失。

费彬立即还剑相刺,但莫大先生一剑既占先机,后着绵绵而至,一柄薄剑犹如灵蛇,颤动不绝,在费彬的剑光中穿来插去,只逼得费彬连连倒退,半句喝骂也叫不出口。

曲洋、刘正风、令狐冲三人眼见莫大先生剑招变幻,犹如鬼魅,无不心惊神眩。刘正风和他同门学艺,做了数十年师兄弟,却也万万料不到师兄的剑术竟一精至斯。

一点点鲜血从两柄长剑间溅了出来,费彬腾挪闪跃,竭力招架,始终脱不出莫大先生的剑光笼罩,鲜血渐渐在二人身周溅成了一个红圈。猛听得费彬长声惨呼,高跃而起。莫大先生退后两步,将长剑插入胡琴,转身便走,一曲《潇湘夜雨》在松树后响起,渐渐远去。

费彬跃起后便即摔倒,胸口一道血箭如涌泉般向上喷出,适才激战，他运起了嵩山派内力，胸口中剑后内力未消，将鲜血逼得从伤口中急喷而出，既诡异，又可怖。

仪琳扶着令狐冲的手臂，只吓得心中突突乱跳，低声问道："你没受伤罢？"

曲洋叹道："刘贤弟，你曾说你师兄弟不和，没想到他在你临危之际，出手相救。"刘正风道："我师哥行为古怪，教人好生难料。我和他不睦，决不是为了什么贫富之见，只是说什么也性子不投。"曲洋摇了摇头，说道："他剑法如此之精，但所奏胡琴一味凄苦，引人下泪，未免太也俗气，脱不了市井的味儿。"刘正风道："是啊，师哥奏琴往而不复，曲调又是尽量往哀伤的路上走。好诗好词讲究乐而不淫，哀而不伤，好曲子何尝不是如此？我一听到他的胡琴，就想避而远之。"

令狐冲心想："这二人爱音乐入了魔，在这生死关头，还在研讨什么哀而不伤，什么风雅俗气。幸亏莫大师伯及时赶到，救了我们性命，只可惜曲家小姑娘却给费彬害死了。"

只听刘正风又道："但说到剑法武功，我却万万不及了。平日我对他颇失恭敬，此时想来，实在好生惭愧。"曲洋点头道："衡山掌门，果然名不虚传。"转头向令狐冲道："小兄弟，我有一事相求，不知你能答允么？"

令狐冲道："前辈但有所命，自当遵从。"

曲洋向刘正风望了一眼，说道："我和刘贤弟醉心音律，以数年之功，创制了一曲《笑傲江湖》，自信此曲之奇，千古所未有。今后纵然世上再有曲洋，不见得又有刘正风，有刘正风，不见得又有曲洋。就算又有曲洋、刘正风一般的人物，二人又未必生于同时，相遇结交。要两个既精音律，又精内功之人，志趣相投，修为相若，一同创制此曲，实是千难万难了。此曲绝响，我和刘贤弟在九泉之下，不免时发浩叹。"他说到这里，从怀中摸出一本册子来，说道："这是《笑傲江湖曲》的琴谱箫谱，请小兄弟念着我二人一番心血，将这琴谱箫谱携至世上，觅得传人。”

刘正风道："这《笑傲江湖曲》倘能流传于世，我和曲大哥死也瞑目了。"

令狐冲躬身从曲洋手中接过曲谱，放入怀中，说道："二位放心，晚辈自当尽力。"他先前听说曲洋有事相求，只道是十分艰难危险之事，更担心去办理此事，只怕要违犯门规，得罪正派中的同道，但在当时情势之下却又不便不允，哪知只不过是要他找两个人来学琴学箫，登时大为宽慰，轻轻吁了口气。

刘正风道："令狐贤侄，这曲子不但是我二人毕生心血之所寄，还关联到一位古人。这《笑傲江湖曲》中间的一大段琴曲，是曲大哥依据晋人嵇康的《广陵散》而改编的。"

曲洋对此事甚是得意，微笑道："自来相传，嵇康死后，《广陵散》从此绝响，你可猜得到我却又何处得来？"

令狐冲寻思："音律之道，我一窍不通，何况你二人行事大大的与众不同，我又怎猜得到。"便道："尚请前辈赐告。"

曲洋笑道："嵇康这个人，是很有点意思的，史书上说他'文辞壮丽，好言老庄而尚奇任侠'，这性子很对我的脾胃。钟会当时做大官，慕名去拜访他，嵇康自顾自打铁，不予理会。钟会讨了个没趣，只得离去。嵇康问他：'何所闻而来，何所见而去？'钟会说：'闻所闻而来，见所见而去。'钟会这家伙，也算得是个聪明才智之士了，就可惜胸襟太小，为了这件事心中生气，向司马昭说嵇康的坏话，司马昭便把嵇康杀了。嵇康临刑时抚琴一曲，的确很有气度，但他说'广陵散从此绝矣'，这句话却未免把后世之人都看得小了。这曲子又不是他作的。他是西晋时人，此曲就算西晋之后失传，难道在西晋之前也没有了吗？"

令狐冲不解，问道："西晋之前？"曲洋道："是啊！我对他这句话挺不服气，便去发掘西汉、东汉两朝皇帝和大臣的坟墓，一连掘了二十九座古墓，终于在蔡邕的墓中，觅到了《广陵散》的曲谱。"说罢呵呵大笑，甚是得意。

令狐冲心下骇异："这位前辈为了一首琴曲，竟致去连掘二十九座古墓。"

只见曲洋笑容收敛，神色黯然，说道："小兄弟，你是正教中的名门大弟子，我本来不该托你，只是事在危急，迫不得已的牵累于你，莫怪莫怪。"转头向刘正风道："兄弟，咱们这就可以去了。"刘正风道："是！"伸出手来，两人双手相握，齐声长笑，内力运处，迸断内息主脉，闭目而逝。

令狐冲吃了一惊，叫道："前辈，刘师叔。"伸手去探二人鼻息，已无呼吸。

仪琳惊道："他们……他们都死了？"令狐冲点点头，说道："师妹，咱们赶快将四个人的尸首埋了，免得再有人寻来，另生枝节。费彬为莫大先生所杀之事，千万不可泄漏半点风声。"他说到这里，压低了声音，道："此事倘若泄漏了出去，莫大先生自然知道是咱们两人说出去的，祸患那可不小。"仪琳道："是。如果师父问起，我说不说？"令狐冲道："跟谁都不能说。你一说，莫大先生来跟你师父斗剑，岂不糟糕？"仪琳想到适才所见莫大先生的剑法，忍不住打了个寒噤，忙道："我不说。"

令狐冲慢慢俯身，拾起费彬的长剑，一剑又一剑的在费彬的尸体上戳了十七八个窟窿。仪琳心中不忍，说道："令狐大哥，他人都死了，何必还这般恨他，糟蹋他的尸身？"令狐冲笑道："莫大先生的剑刃又窄又薄，行家一看到费师叔的伤口，便知是谁下的手。我不是糟蹋他尸身，是将他身上每一个伤口都捅得乱七八糟，教谁也看不出线索。"

仪琳叹了口气，心想："江湖上偏有这许多机心，真……真是难得很了。"见令狐冲抛下长剑，拾起石块，往费彬的尸身上抛去，忙道："你别动，坐下来休息，我来。"拾起石块，轻轻放在费彬尸身上，倒似死尸尚有知觉，生怕压痛了他一般。

她执拾石块，将刘正风等四具尸体都掩盖了，向着曲非烟的石坟道："小妹子，你倘若不是为了我，也不会遭此危难。但盼你升天受福，来世转为男身，多积功德福报，终于能到西方极乐世界，南无阿弥陀佛，南无救苦救难观世音菩萨……"

令狐冲倚石而坐，想到曲非烟于自己有救命之恩，小小年纪，竟无辜丧命，心下也甚伤感。他素不信佛，但忍不住跟着仪琳念了几句"南无阿弥陀佛"。

歇了一会，令狐冲伤口疼痛稍减，从怀中取出《笑傲江湖》曲谱，翻了开来，只见全书满是古古怪怪的奇字，竟一字不识。他所识文字本就有限，不知七弦琴的琴谱本来都是奇形怪字，还道谱中文字古奥艰深，自己没有读过，随手将册子往怀中一揣，仰起了头，吁了一口长气，心想："刘师叔结交朋友，将全副身家性命都为朋友而送了，虽然结交的是魔教中长老，但两人肝胆义烈，都不愧为铁铮铮的好汉子，委实令人钦佩。刘师叔今天金盆洗手，要退出武林，却不知如何，竟和嵩山派结下了冤仇，当真奇怪。"

正想到此处，忽见西北角上青光闪了几闪，剑路纵横，一眼看去甚是熟悉，似是本门高手和人斗剑，他心中一凛，道："小师妹，你在这里等我片刻，我过去一会儿便回来。"仪琳兀自在堆砌石坟，没看到那青光，还道他是要解手，便点了点头。

令狐冲撑着树枝，走了十几步，拾起费彬的长剑插在腰间，向着青光之处走去。走了一会，已隐隐听到兵刃撞击之声，密如联珠，斗得甚是紧迫，寻思："本门哪一位尊长在和人动手？居然斗得这么久，显然对方也是高手了。"

他伏低了身子，慢慢移近，耳听得兵刃相交声相距不远，当即躲在一株大树之后，向外张望，月光下只见一个儒生手执长剑，端立当地，正是师父岳不群，一个矮小道人绕着他快速无伦的旋转，手中长剑疾刺，每绕一个圈子，便刺出十余剑，正是青城派掌门余沧海。

令狐冲陡然间见到师父和人动手，对手又是青城派掌门，不由得大是兴奋，但见师父气度闲雅，余沧海每一剑刺到，他总是随手一格，余沧海转到他身后，他并不跟着转身，只是挥剑护住后心。余沧海出剑越来越快，岳不群却只守不攻。令狐冲心下佩服："师父在武林中人称'君子剑'，果然蕴藉儒雅，与人动手过招也是毫无霸气。"又看了一会，再想："师父所以不动火气，只因他不但风度甚高，更由于武功甚高之故。"

岳不群极少和人动手，令狐冲往常见到他出手，只是和师母过招，向门人弟子示范，那只是假打，此番真斗自是大不相同；又见余沧海每剑之出，都发出极响的嗤嗤之声，足见剑力强劲。令狐冲心下暗惊："我一直瞧不起青城派，哪知这矮道士竟如此了得，就算我没受伤，也决不是他对手，下次撞到，倒须小心在意，还是尽早远而避之的为妙。"

又瞧了一阵，只见余沧海越转越快，似乎化作一圈青影，绕着岳不群转动，双剑相交声实在太快，已是上一声和下一声连成一片，再不是叮叮当当，而是化成了连绵的长声。令狐冲道："倘若这几十剑都是向我身上招呼，只怕我一剑也挡不掉，全身要给他刺上几个透明窟窿了。这矮道士比之田伯光，似乎又要高出半筹。"眼见师父仍然不转攻势，不由得暗暗担忧："这矮道士的剑法当真了得，师父可别一个疏神，败在他的剑下。"猛听得铮的一声大响，余沧海如一枝箭般向后平飞丈余，随即站定，不知何时已将长剑入鞘。令狐冲吃了一惊，看师父时，只见他长剑也已入鞘，一声不响的稳站当地。这一下变故来得太快，令狐冲竟没瞧出到底谁胜谁败，不知有否哪一人受了内伤。

二人凝立半晌，余沧海冷哼一声，道："好，后会有期！"身形飘动，便向右侧奔去。岳不群大声道："余观主慢走！那林震南夫妇怎么样了？"说着身形一晃，追了下去，余音未了，两人身影皆已杳然。

令狐冲从两人语意之中，已知师父胜过了余沧海，心中暗喜，他重伤之余，这番劳顿，甚感吃力，心忖："师父追赶余沧海去了。他两人展开轻功，在这片刻之间，早已在数里之外！"他撑着树枝，想走回去和仪琳会合，突然间左首树林中传出一下长声惨呼，声音甚是凄厉。令狐冲吃了一惊，向树林走了几步，见树隙中隐隐现出一堵黄墙，似是一座庙宇。他担心是同门师弟妹和青城派弟子争斗受伤，快步向那黄墙处行去。

离庙尚有数丈，只听得庙中一个苍老而尖锐的声音说道："那《辟邪剑谱》此刻在哪里？你只须老老实实的跟我说了，我便替你诛灭青城派全派，为你夫妇报仇。"令狐冲在群玉院床上，隔窗曾听到过这人说话，知道是塞北明驼木高峰，寻思："师父正在找寻林震南夫妇的下落，原来这两人却落入了木高峰的手中。"

只听一个男子声音说道："我不知有什么《辟邪剑谱》。我林家的辟邪剑法世代相传，都是口授，并无剑谱。"令狐冲心道："说这话的，自必是林师弟的父亲、福威镖局总镖头林震南。"又听他说道："前辈肯为在下报仇，自是感激不尽。青城派余沧海多行不义，日后必无好报，就算不为前辈所诛，也必死于另一位英雄好汉的刀剑之下。"

木高峰道："如此说来，你是不肯说的了。'塞北明驼'的名头，或许你也听见过。"林震南道："木前辈威震江湖，谁人不知，哪个不晓？"木高峰道："很好，很好！威震江湖，倒也不见得，但姓木的下手狠辣，从来不发善心，想来你也听到过。"林震南道："木前辈意欲对林某用强，此事早在意料之中。莫说我林家并无《辟邪剑谱》，就算真的有，不论别人如何威胁利诱，那也决计不会说出来。林某自遭青城派擒获，无日不受酷刑，林某武功虽低，几根硬骨头却还是有的。"木高峰道："是了，是了，是了！"

令狐冲在庙外听着，寻思："什么'是了，是了'？嗯，是了，原来如此。"

果然听得木高峰续道："你自夸有硬骨头，熬得住酷刑，不论青城派的矮鬼牛鼻子如何逼迫于你，你总是坚不吐露。倘若你林家根本就无《辟邪剑谱》，那么你不吐露，只不过是无可吐露，谈不上硬骨头不硬骨头。是了，你《辟邪剑谱》是有的，就是说什么也不肯交出来。"过了半晌，叹道："我瞧你实在蠢得厉害。林总镖头，你为什么死也不肯交剑谱出来？这剑谱于你半分好处也没有。依我看啊，这剑谱上所记的剑法，多半平庸之极，否则你为什么连青城派的几名弟子也斗不过？这等武功，不提也罢。"

林震南道："是啊，木前辈说得不错，别说我没《辟邪剑谱》，就算真的有，这等稀松平常的三脚猫剑法，连自己身家性命也保不住，木前辈又怎会瞧在眼里？"

木高峰笑道："我只是好奇，那矮鬼牛鼻子如此兴师动众，苦苦逼你，看来其中必有什么古怪之处。说不定那剑谱中所记的剑法倒是高的，只因你资质鲁钝，无法领悟，这才辱没了你林家祖上的英名。你快拿出来，给我老人家看上一看，指出你林家辟邪剑法的好处来，教天下英雄尽皆知晓，岂不是于你林家的声名大有好处？"林震南道："木前辈的好意，在下只有心领了。你不妨在我全身搜搜，且看是否有那《辟邪剑谱》。"木高峰道："那倒不用。你遭青城派擒获，已有多日，只怕他们在你身上没搜过十遍，也搜过八遍。林总镖头，我觉得你愚蠢得紧，你明不明白？"林震南道："在下确是愚蠢得紧，不劳前辈指点，在下早有自知之明。"木高峰道："不对，你没明白。或许林夫人能够明白，也未可知。爱子之心，慈母往往胜过严父。"

林夫人尖声道："你说什么？那跟我平儿又有什么干系？平儿怎么了？他……他在哪里？"木高峰道："林平之这小子聪明伶俐，老夫一见就很喜欢，这孩子倒也识趣，知道老夫功夫厉害，便拜在老夫门下了。"林震南道："原来我孩子拜了木前辈为师，那真是他的造化。我夫妇遭受酷刑，身受重伤，性命已在顷刻之间，盼木前辈将我孩儿唤来，和我夫妇见上一面。"木高峰道："你要孩子送终，那也是人之常情，此事不难。"林夫人道："平儿在哪儿？木前辈，求求你，快将我孩子叫来，大恩大德，永不敢忘。"木高峰道："好，这我就去叫，只是木高峰素来不受人差遣，我去叫你儿子来，那是易如反掌，你们却须先将《辟邪剑谱》的所在，老老实实的跟我说。"

林震南叹道："木前辈当真不信，那也无法。我夫妇命如悬丝，只盼和儿子再见一面，眼见已难以如愿。如果真有什么《辟邪剑谱》，你就算不问，在下也会求前辈转告我孩儿。"

木高峰道："是啊，我说你愚蠢，就是为此。你心脉已断，我不用在你身上加一根小指头儿，你也活不上一时三刻了。你死也不肯说剑谱的所在，那为了什么？自然是为了要保全林家的祖传功夫。可是你死了之后，林家只剩下林平之一个孩儿，倘若连他也死了，世上徒有剑谱，却无林家的子孙去练剑，这剑谱留在世上，对你林家又有什么好处？"

林夫人惊道："我孩儿……我孩儿安好罢？"木高峰道："此刻自然是安好无恙。你们将剑谱的所在说了出来，我取到之后，保证交给你的孩儿，他看不明白，我还可从旁指点，免得像林总镖头一样，钻研了一世辟邪剑法，临到老来，还是莫名其妙，一窍不通。那不是比之将你孩儿一掌劈死为高么？"跟着只听得喀喇喇一声响，显是他一掌将庙中一件大物劈得垮了下来。

林夫人惊声问道："怎……怎么将我孩儿一掌劈死？"木高峰哈哈一笑，道："林平之是我徒儿，我要他活，他便活着，要他死，他便死了。我喜欢什么时候将他一掌劈死，便提掌劈将过去。"喀喇、喀喇几声响，他又以掌力击垮了什么东西。

林震南道："娘子，不用多说了。咱们孩儿不会是在他手中，否则的话，他怎地不将他带来，在咱们面前威迫？"

木高峰哈哈大笑，道："我说你蠢，你果然蠢得厉害。'塞北明驼'要杀你的儿子，有什么难？就说此刻他不在我手中，我当真决意去找他来杀，难道还办不到？姓木的朋友遍天下，耳目众多，要找你这个宝贝儿子，可说是不费吹灰之力。"

林夫人低声道："相公，倘若他真要找我们孩儿晦气……"木高峰接口道："是啊，你们说了出来，即使你夫妇性命难保，留下

243

了林平之这孩子一脉香烟，岂不是好？"

林震南哈哈一笑，说道："夫人，倘若我们将《辟邪剑谱》的所在说了给他听，这驼子第一件事，便是去取剑谱；第二件事便是杀咱们的孩儿。倘若我们不说，这驼子要得剑谱，非保护平儿性命周全不可，平儿一日不说，这驼子一日便不敢伤他，此中关窍，不可不知。"

林夫人道："不错，驼子，你快把我们夫妇杀了罢。"

令狐冲听到此处，心想木高峰已然大怒，再不设法将他引开，林震南夫妇性命难保，当即朗声道："木前辈，华山派弟子令狐冲奉业师之命，恭请木前辈移驾，有事相商。"

木高峰狂怒之下，举起了手掌，正要往林震南头顶击落，突然听得令狐冲在庙外朗声说话，不禁吃了一惊。他生平极少让人，但对华山掌门岳不群却颇为忌惮，尤其在"群玉院"外亲身领略过岳不群"紫霞神功"的厉害。他向林震南夫妇威逼，这种事情自为名门正派所不齿，岳不群师徒多半已在庙外窃听多时，心道："岳不群叫我出去有什么事情相商？还不是明着好言相劝，实则是冷嘲热讽，损我一番。好汉不吃眼前亏，及早溜开的为是。"当即说道："木某另有要事，不克奉陪。便请拜上尊师，何时有暇，请到塞北来玩玩，木某人扫榻恭候。"说着双足一登，从殿中窜到天井，左足在地下轻轻一点，已然上了屋顶，跟着落于庙后，唯恐给岳不群拦住质问，一溜烟般走了。

令狐冲听得他走远，心下大喜，寻思："这驼子原来对我师父如此怕得要死。他倘若真的不走，要向我动粗，倒是凶险得紧。"当下撑着树枝，走进土地庙中，殿中黑沉沉地并无灯烛，但见一男一女两个人影，半坐半卧的倚傍在一起，当即躬身说道："小侄是华山派门下令狐冲，现与平之师弟已有同门之谊，拜上林伯父、林伯母。"

林震南喜道："少侠多礼，太不敢当。老朽夫妇身受重伤，难以还礼，还请恕罪。我那孩儿，确是拜在华山派岳大侠的门下了吗?"说到最后一句话时语音已然发颤。岳不群的名气在武林中比余沧海要响得多。林震南为了巴结余沧海,每年派人送礼,但岳不群等五岳剑派的掌门人,林震南自知不配结交,连礼也不敢送,眼见木高峰凶神恶煞一般,但一听到华山派的名头,立即逃之夭夭,自己儿子居然有幸拜入华山派门中,实是不胜之喜。

令狐冲道:"正是。那驼子木高峰想强收令郎为徒,令郎执意不允,那驼子正欲加害,我师父恰好经过,出手救了。令郎苦苦相求,要投入我门,师父见他意诚,又是可造之材,便答允了。适才我师父和余沧海斗剑,将他打得服输逃跑,我师父追了下去,要查问伯父、伯母的所在。想不到两位竟在这里。"

林震南道:"但愿……但愿平儿即刻到来才好,迟了……迟了可来不及啦。"

令狐冲见他说话出气多而入气少,显是命在顷刻,说道:"林伯父,你且莫说话。我师父和余沧海算了帐后,便会前来找你,他老人家必有医治你的法子。"

林震南苦笑了一下,闭上了双目,过了一会,低声道:"令狐贤侄,我……我……是不成的了。平儿得在华山派门下,我实是大喜过望,求……求你日后多……多加指点照料。"令狐冲道:"伯父放心,我们同门学艺,便如亲兄弟一般。小侄今日更受伯父嘱咐,自当对林师弟加意照顾。"林夫人插口道:"令狐少侠的大恩大德,我夫妇便死在九泉之下,也必时时刻刻记得。"令狐冲道:"请两位凝神静养,不可说话。"

林震南呼吸急促,断断续续的道:"请……请你告诉我孩子,福州向阳巷老宅地窖中的物事,是……我林家祖传之物,须得……须得好好保管,但……但他曾祖远图公留有遗训,凡我子孙,不得翻看,否则有无穷祸患,要……要他好好记住了。"令狐冲点头道:"好,这几句话我传到便是。"林震南道:"多……多……多……"一个"谢"字始终没说出口,已然气绝。他先前苦苦支撑,只盼能见到儿子,说出心中这句要紧言语,此刻得令狐冲应允传话，又知儿子得了极佳的归宿，大喜之下，更无牵挂，便即撒手而逝。

林夫人道："令狐少侠，盼你叫我孩儿不可忘了父母的深仇。"侧头向庙中柱子的石阶上用力撞去。她本已受伤不轻，这么一撞，便亦毙命。

令狐冲叹了口气，心想："余沧海和木高峰逼他吐露《辟邪剑谱》的所在，他宁死不说，到此刻自知大限已到，才不得不托我转言。但他终于怕我去取了他林家的剑谱，说什么'不得翻看，否则有无穷祸患'。嘿嘿，你当令狐冲是什么人了，会来觊觎你林家的剑谱？当真以小人之心……"此时疲累已极，当下靠柱坐地，闭目养神。

过了良久，只听庙外岳不群的声音说道："咱们到庙里瞧瞧。"令狐冲叫道："师父，师父！"岳不群喜道："是冲儿吗？"令狐冲道："是！"扶着柱子慢慢站起身来。

这时天将黎明，岳不群进庙见到林氏夫妇的尸身，皱眉道："是林总镖头夫妇？"令狐冲道："是！"当下将木高峰如何逼迫、自己如何以师父之名将他吓走、林氏夫妇如何不支逝世等情一一说了，将林震南最后的遗言也禀告了师父。

岳不群沉吟道："嗯，余沧海一番徒劳，作下的罪孽也真不小。"令狐冲道："师父，余矮子向你陪了罪么？"岳不群道："余观主脚程快极，我追了好久，没能追上，反而越离越远。他青城派的轻功，确是胜我华山一筹。"令狐冲笑道："他青城派屁股向后、逃之夭夭的功夫，原比别派为高。"岳不群脸一沉，责道："冲儿，你就是口齿轻薄，说话没点正经，怎能作众师弟师妹的表率？"令狐冲转过了头，伸了伸舌头，应道："是！"

岳不群道："你答应便答应，怎地要伸一伸舌头，岂不是其意不诚？"令狐冲应道："是！"他自幼由岳不群抚养长大，情若父子，虽对师父敬畏，却也并不如何拘谨，笑问："师父，你怎知我伸了伸舌头？"岳不群哼了一声，说道："你耳下肌肉牵动，不是伸舌头是什么？你无法无天，这一次可吃了大亏啦！伤势可好了些吗？"令狐冲道："是，好得多了。"又道："吃一次亏，学一次乖！"

岳不群哼了一声，道："你早已乖成精了，还不够乖？"从怀中取出一枚火箭炮来，走到天井之中，晃火折点燃了药引，向上掷出。

火箭炮冲天飞上，砰的一声响，爆上半天，幻成一把银白色的长剑，在半空中停留了好一会，这才缓缓落下，下降十余丈后，化得满天流星。这是华山掌门召集门人的信号火箭。

过不到一顿饭时分，便听得远处有脚步声响，向着土地庙奔来，不久高根明在庙外叫道："师父，你老人家在这里么？"岳不群道："我在庙里。"高根明奔进庙来，躬身叫道："师父！"见到令狐冲在旁，喜道："大师哥，你身子安好，听到你受了重伤，大伙儿可真担心得紧。"令狐冲微笑道："总算命大，这一次没死。"

说话之间，隐隐又听到了远处脚步之声，这次来的是劳德诺和陆大有。陆大有一见令狐冲，也不及先叫师父，冲上去就一把抱住，大叫大嚷，喜悦无限。跟着三弟子梁发和四弟子施戴子先后进庙。又过了一盏茶功夫，七弟子陶钧、八弟子英白罗、岳不群之女岳灵珊，以及方入门的林平之一同到来。

林平之见到父母的尸身，扑上前去，伏在尸身上放声大哭。众同门无不惨然。

岳灵珊见到令狐冲无恙，本是惊喜不胜，但见林平之如此伤痛，却也不便即向令狐冲说什么喜欢的话，走近身去，在他右手上轻轻一握，低声道："你……你没事么？"令狐冲道："没事！"

这几日来，岳灵珊为大师哥担足了心事，此刻乍然相逢，数日来积蓄的激动再也难以抑制，突然拉住他衣袖，哇的一声哭了出来。

令狐冲轻轻拍她肩头，低声道："小师妹，怎么啦？有谁欺侮你了，我去给你出气！"岳灵珊不答，只是哭泣，哭了一会，心中舒畅，拉起令狐冲的衣袖来擦了擦眼泪，道："你没死，你没死！"
令狐冲摇头道："我没死！"岳灵珊道："听说你又给青城派那余沧海打了一掌，这人的摧心掌杀人不见血，我亲眼见他杀过不少人，只吓得我……吓得我……"想起这几日中柔肠百结，心神熬煎之苦，忍不住眼泪簌簌的流下。

令狐冲微笑道："幸亏他那一掌没打中我。刚才师父打得余沧海没命价飞奔，那才教好看呢，就可惜你没瞧见。"

岳不群道："这件事大家可别跟外人提起。"令狐冲等众弟子齐声答应。

岳灵珊泪眼模糊的瞧着令狐冲，只见他容颜憔悴，更无半点血色，心下甚是怜惜，说道："大师哥，你这次……你这次受伤可真不轻，回山后可须得好好将养才是。"

岳不群见林平之兀自伏在父母尸身上哀哀痛哭，说道："平儿，别哭了，料理你父母的后事要紧。"林平之站起身来，应道："是！"眼见母亲头脸满是鲜血，忍不住眼泪又簌簌而下，哽咽道："爹爹妈妈去世，连最后一面也见我不到，也不知……也不知他们有什么话要对我说。"

令狐冲道："林师弟，令尊令堂去世之时，我是在这里。他二位老人家要我照料于你，那是应有之义，倒也不须多嘱。令尊另外有两句话，要我向你转告。"

林平之躬身道："大师哥，大师哥……我爹爹妈妈去世之时，有你相伴，不致身旁连一个人也没有，小弟……小弟实在感激不尽。"

令狐冲道："令尊令堂为青城派的恶徒狂加酷刑，逼问《辟邪剑谱》的所在，两位老人家绝不稍屈，以致被震断了心脉。后来那木高峰又逼迫他二位老人家，木高峰本是无行小人，那也罢了。余沧海枉为一派宗师，这等行为卑污，实为天下英雄所不齿。"

林平之咬牙切齿的道："此仇不报，林平之禽兽不如！"挺拳重重击在柱子之上。他武功平庸，但因心中愤激，这一拳打得甚是有力，只震得梁上灰尘簌簌而落。

岳灵珊道："林师弟，此事可说由我身上起祸，你将来报仇，做师姊的决不会袖手。"林平之躬身道："多谢师姊。"

岳不群叹了口气，说道："我华山派向来的宗旨是'人不犯我，我不犯人'，除了跟魔教是死对头之外，与武林中各门各派均无嫌隙。但自今而后，青城派……青城派……唉，既是身涉江湖，要想事事都不得罪人，那是谈何容易？"

劳德诺道："小师妹，林师弟，这桩祸事，倒不是由于林师弟打抱不平而杀了余沧海的孽子，完全因余沧海觊觎林师弟的家传《辟邪剑谱》而起。当年青城派掌门长青子败在林师弟曾祖远图公的辟邪剑法之下，那时就已种下祸胎了。"

岳不群道："不错，武林中争强好胜，向来难免，一听到有什么武林秘笈，也不理会是真是假，便都不择手段的去巧取豪夺。其实，以余观主、塞北明驼那样身份的高手，原不必更去贪图你林家的剑谱。"林平之道："师父，弟子家里实在没什么《辟邪剑谱》。这七十二路辟邪剑法，我爹爹手传口授，要弟子用心记忆，倘若真有什么剑谱，我爹爹就算不向外人吐露，却决无向弟子守秘之理。"岳不群点头道："我原不信另有什么《辟邪剑谱》，否则的话，余沧海就不是你爹爹的对手，这件事再明白也没有的了。"

令狐冲道："林师弟，令尊的遗言说道：福州向阳巷……"

岳不群摆手道："这是平儿令尊的遗言，你单独告知平儿便了，旁人不必知晓。"令狐冲应道："是。"岳不群道："德诺、根明，你二人到衡山城中去买两具棺木来。"

收殓林震南夫妇后，雇了人伕将棺木抬到水边，一行人乘了一艘大船，向北进发。

到得豫西，改行陆道。令狐冲躺在大车之中养伤，伤势日渐痊愈。

不一日到了华山玉女峰下。林震南夫妇的棺木暂厝在峰侧的小庙之中，再行择日安葬。高根明和陆大有先行上峰报讯，华山派其余二十多名弟子都迎下峰来，拜见师父。林平之见这些弟子年纪大的已过三旬，年幼的不过十五六岁，其中有六名女弟子，一见到岳灵珊，便都咭咭咯咯的说个不休。劳德诺替林平之一一引见。华山派规矩以入门先后为序，因此就算是年纪最幼的舒奇，林平之也得称他一声师兄。只有岳灵珊是例外，她是岳不群的女儿，无法列入门徒之序，只好按年纪称呼，比她大的叫她师妹。她本来比林平之小着好几岁，但一定争着要做师姊，岳不群既不阻止，林平之便以"师姊"相称。

上得峰来，林平之跟在众师兄之后，但见山势险峻，树木清幽，鸟鸣嘤嘤，流水淙淙，四五座粉墙大屋依着山坡或高或低的构筑。

一个中年美妇缓步走近，岳灵珊飞奔着过去，扑入她的怀中，叫道："妈，我又多了个师弟。"一面笑，一面伸手指着林平之。

林平之早听师兄们说过，师娘岳夫人宁中则和师父本是同门师兄妹，剑术之精，不在师父之下，忙上前叩头，说道："弟子林平之叩见师娘。"

岳夫人笑吟吟的道："很好！起来，起来。"向岳不群笑道："你下山一次，若不搜罗几件宝贝回来，一定不过瘾。这一次衡山大会，我猜想你至少要收三四个弟子，怎么只收一个？"岳不群笑道："你常说兵贵精不贵多，你瞧这一个怎么样？"岳夫人笑道："就是生得太俊了，不像是练武的胚子。不如跟着你念四书五经，将来去考秀才、中状元罢。"林平之脸上一红，心想："师娘见我生得文弱，便有轻视之意。我非努力用功不可，决不能赶不上众位师兄，教人瞧不起。"岳不群笑道："那也好啊。华山派中要是出一个状元郎，那倒是千古佳话。"

岳夫人向令狐冲瞪了一眼，说道："又跟人打架受了伤，是不是？怎地脸色这样难看？伤得重不重？"令狐冲微笑道："已经好得多了，这一次倘若不是命大，险些儿便见不着师娘。"岳夫人又瞪了他一眼，道："好教你得知天外有天，人上有人，输得服气么？"令狐冲道："田伯光那厮的快刀，冲儿抵挡不了，正要请师娘指点。"

岳夫人听说令狐冲是伤于田伯光之手，登时脸有喜色，点头道："原来是跟田伯光这恶贼打架，那好得很啊，我还道你又去惹事生非的闯祸呢。他的快刀怎么样？咱们好好琢磨一下，下次跟他再打过。"一路上途中，令狐冲曾数次向师父请问破解田伯光快刀的法门，岳不群始终不说，要他回华山向师娘讨教，果然岳夫人一听之下，便即兴高采烈。

一行人走进岳不群所居的"有所不为轩"中，互道别来的种种遭遇。六个女弟子听岳灵珊述说在福州与衡山所见，大感艳羡。陆大有则向众师弟大吹大擂大师哥如何力斗田伯光，如何手刃罗人杰，加油添酱，倒似田伯光被大师哥打败、而不是大师哥给他打得一败涂地一般。众人吃过点心，喝了茶，岳夫人便要令狐冲比划田伯光的刀法，又问他如何拆解。

令狐冲笑道："田伯光这厮的刀法当真了得，当时弟子只瞧得眼花缭乱，拼命抵挡也不成，哪里还说得上拆解？"

岳夫人道："你这小子既然抵挡不了，那必定是耍无赖、使诡计，混蒙了过去。"令狐冲自幼是她抚养长大，他的性格本领，岂有不知？

令狐冲脸上一红，微笑道："那时在山洞外相斗，恒山派那位师妹已经走了，弟子心无牵挂，便跟田伯光这厮全力相拼。哪知斗不多久，他便使出快刀刀法来。弟子只挡了两招，心中便暗暗叫苦：'此番性命休矣！'当即哈哈大笑。田伯光收刀不发，问道：'有什么好笑！你挡得了我这"飞沙走石"十三式刀法么？'弟子笑道：'原来大名鼎鼎的田伯光，竟然是我华山派的弃徒，料想不到，当真料想不到！是了，定然你操守恶劣，给本派逐出了门墙。'田伯光道：'什么华山派弃徒，胡说八道。田某武功另成一家，跟你华山派有个屁相干？'弟子笑道：'你这路刀法，共有一十三式，是不是？什么"飞沙走石"，自己胡乱安上个好听名称。我便曾经见师父和师娘拆解过。那是我师娘在绣花时触机想出来的，我华山有座玉女峰，你听见过没有？'田伯光道：'华山有玉女峰，谁不知道，那又怎样？'我说：'我师娘创的剑法，叫做"玉女金针十三剑"，其中一招"穿针引线"，一招"天衣无缝"，一招"夜绣鸳鸯"。'弟子一面说，一面屈指计数，继续说道：'是了，你刚才那两招刀法，是从我师娘所创的第八招"织女穿梭"中化出来的。你这样雄赳赳的一个大汉，却学我师娘娇怯怯的模样，好似那如花如玉的天上织女，坐在布机旁织布，玉手纤纤，将梭子从这边掷过去，又从那边掷过来，千娇百媚，岂不令人好笑……'"他一番话没说完，岳灵珊和一众女弟子都已格格格的笑了起来。

岳不群莞尔而笑，斥道："胡闹，胡闹！"岳夫人"呸"了一声，道："你要乱嚼舌根，什么不好说，却把你师娘给拉扯上了？当真该打。"

令狐冲笑道："师娘你不知道，那田伯光甚是自负，听得弟子将他比作女子，又把他这套神奇的刀法说成是师娘所创，他非辩个明白不可，决不会当时便将弟子杀了。果然他将那套刀法慢慢的一招招使了出来，使一招，问一句：'这是你师娘创的么？'弟子故作神秘，沉吟不语，心中暗记他的刀法，待他一十三式使完，才道：'你这套刀法，和我师娘所创的虽然小异，却大致相同。你如何从华山派偷师学得，可真奇怪得很了。'田伯光怒道：'你挡不了我这套刀法，便花言巧语，拖延时刻，想瞧明白我这套刀法的招式，我岂有不知？令狐冲，你说贵派也有这套刀法，便请施展出来，好令田某开开眼界。'

"弟子说道：'敝派使剑不使刀，再说，我师娘这套"玉女金针剑"只传女弟子，不传男弟子。咱们堂堂男子汉大丈夫，却来使这等姐儿腔的剑法，岂不令武林中的朋友耻笑？'田伯光更加恼怒，说道：'耻笑也罢，不耻笑也罢，今日定要你承认，华山派其实并无这样一套武功。令狐兄，田某佩服你是个好汉，你不该如此信口开河，戏侮于我。'"

岳灵珊插口道："这等无耻恶贼，谁希罕他来佩服了？戏弄他一番，原是活该。"令狐冲道："但瞧他当时情景，我若不将这套杜撰的'玉女金针剑'试演一番，立时便有性命之忧，只得依着他的刀法，胡乱加上些扭扭捏捏的花招，演了出来。"岳灵珊笑道："你这些扭扭捏捏的花招，可使得像不像？"令狐冲笑道："平时瞧你使剑使得多了，又怎有不像之理？"岳灵珊道："啊，你笑人家使剑扭扭捏捏，我三天不睬你。"

岳夫人一直沉吟不语，这时才道："珊儿，你将佩剑给大师哥。"岳灵珊拔出长剑，倒转了剑把，交给令狐冲，笑道："妈要瞧你扭扭捏捏使剑的那副鬼模样。"岳夫人道："冲儿，别理珊儿胡闹，当时你是怎生使来？"

令狐冲知道师娘要看的是田伯光的刀法，当下接过长剑，向师父、师娘躬身行礼，道："师父、师娘，弟子试演田伯光的刀招。"岳不群点了点头。

陆大有向林平之道："林师弟，咱们门中规矩，小辈在尊长面前使拳动剑，须得先行请示。"林平之道："是。多谢六师哥指点。"

只见令狐冲脸露微笑，懒洋洋的打个呵欠，双手软软的提起，似乎要伸个懒腰，突然间右腕陡振，接连劈出三剑，当真快似闪电，嗤嗤有声。众弟子都吃了一惊，几名女弟子不约而同的"啊"了一声。令狐冲长剑使了开来，恍似杂乱无章，但在岳不群与岳夫人眼中，数十招尽皆看得清清楚楚，只见每一劈刺、每一砍削，无不既狠且准。倏忽之间，令狐冲收剑而立，向师父、师娘躬身行礼。

岳灵珊微感失望，道："这样快？"岳夫人点头道："须得这样快才好。这一十三式快刀，每式有三四招变化，在这顷刻之间便使了四十余招，当真是世间少有的快刀。"令狐冲道："田伯光那厮使出之时，比弟子还快得多了。"岳夫人和岳不群对望了一眼，心下均有惊叹之意。

岳灵珊道："大师哥，怎地你一点也没扭扭捏捏？"令狐冲笑道："这些日来，我时时想着这套快刀，使出时自是迅速些。当日在荒山之中向田伯光试演，却没这般敏捷，而且既要故意与他的刀法似是而非，又得加上许多装模作样的女人姿态，那是更加慢了。"岳灵珊笑道："你怎生搔首弄姿？快演给我瞧瞧！"

岳夫人侧过身来，从一名女弟子腰间拔出一柄长剑，向令狐冲道："使快刀！"令狐冲道："是！"嗤的一声，长剑绕过了岳夫人的身子，剑锋向她后腰勾了转来。岳灵珊惊呼："妈，小心！"岳夫人弹身纵出，更不理会令狐冲从后削来的一剑，手中长剑径取令狐冲胸口，也是快捷无伦。岳灵珊又是惊呼："大师哥，小心！"令狐冲也不挡架，反劈一剑，说道："师娘，他还要快得多。"岳夫人刷刷刷连刺三剑，令狐冲同时还了三剑。两人以快打快，尽是进手招数，并无一招挡架防身。瞬息之间，师徒俩已拆了二十余招。

林平之只瞧得目瞪口呆，心道："大师哥说话行事疯疯癫癫，武功却怎地了得，我以后须得片刻也不松懈的练功，才不致给人小看了。"

便在此时，岳夫人嗤的一剑，剑尖已指住了令狐冲咽喉。令狐冲无法闪避，说道："他挡得住。"岳夫人道："好！"手中长剑抖动，数招之后，又指住了令狐冲的心口。令狐冲仍道："他挡得住。"意思说我虽挡不住，但田伯光的刀法快得多，这两招都能挡住。

二人越斗越快，令狐冲到得后来，已无暇再说"他挡得住"，每逢给岳夫人一剑制住，只是摇头示意，表明这一剑仍不能制得田伯光的死命。岳夫人长剑使得兴发，突然间一声清啸，剑锋闪烁不定，围着令狐冲身围疾刺，银光飞舞，众人看得眼都花了。猛地里她一剑挺出，直刺令狐冲心口，当真是捷如闪电，势若奔雷。令狐冲大吃一惊，叫道："师娘！"其时长剑剑尖已刺破他衣衫。岳夫人右手向前疾送，长剑护手已碰到令狐冲的胸膛，眼见这一剑是在他身上对穿而过，直没至柄。

岳灵珊惊呼："娘！"只听得叮叮当当之声不绝，一片片寸来长的断剑掉在令狐冲的脚边。岳夫人哈哈一笑，缩回手来，只见她手中的长剑已只剩下一个剑柄。

岳不群笑道："师妹，你内力精进如此，却连我也瞒过了。"他夫妇是同门结褵，年轻时叫惯了，成婚后仍是师兄妹相称。岳夫人笑道："大师兄过奖，雕虫小技，何足道哉！"

令狐冲瞧着地下一截截断剑，心下骇然，才知师娘这一剑刺出时使足了全力，否则内力不到，出剑难以如此迅捷，但剑尖一碰到肌肤，立即把这一股浑厚的内力缩了转来，将直劲化为横劲，剧震之下，登时将一柄长剑震得寸寸断折，这中间内劲的运用之巧，实已臻于化境，叹服之余，说道："田伯光刀法再快，也决计逃不过师娘这一剑。"

林平之见他一身衣衫前后左右都是窟窿，都是给岳夫人长剑刺破了的，心想："世间竟有如此高明的剑术，我只须学得几成，便能报得父母之仇。"又想："青城派和木高峰都贪图得到我家的《辟邪剑谱》，其实我家的辟邪剑法和师娘的剑法相比，相去天差地远！"

岳夫人甚是得意，道："冲儿，你既说这一剑能制得田伯光的死命，你好好用功，我便传了你。"令狐冲道："多谢师娘。"

岳灵珊道："妈，我也要学。"岳夫人摇了摇头，道："你内功还不到火候，这一剑是学不来的。"岳灵珊呶起了小嘴，心中老大不愿意，说道："大师哥的内功比我也好不了多少，怎么他能学，我便不能学？"岳夫人微笑不语。岳灵珊拉住父亲衣袖，道："爹，你传我一门破解这一剑的功夫，免得大师哥学会这一剑后尽来欺侮我。"岳不群摇头笑道："你妈这一剑叫作'无双无对，宁氏一剑'，天下无敌，我怎有破解的法门？"

岳夫人笑道："你胡诌什么？给我顶高帽戴不打紧，要是传了出去，可给武林同道笑掉了牙齿。"岳夫人这一剑乃是临时触机而创出，其中包含了华山派的内功、剑法的绝诣，又加上她自己的巧心慧思，确是厉害无比，但临时创制，自无什么名目。岳不群本想给取个名字叫作"岳夫人无敌剑"，但转念一想，夫人心高气傲，即是成婚之后，仍是喜欢武林同道叫她作"宁女侠"，不喜欢叫她作"岳夫人"，要知"宁女侠"三字是恭维她自身的本领作为，"岳夫人"三字却不免有依傍一个大名鼎鼎的丈夫之嫌。她口中嗔怪丈夫胡说，心里对"无双无对，宁氏一剑"这八个字却着实喜欢，暗赞丈夫毕竟是读书人，给自己这一剑取了这样个好听名称，当真是其词若有憾焉，其实乃深喜之。

岳灵珊道："爹，你几时也来创几招'无比无敌，岳家十剑'，传给女儿，好和大师哥比拼比拼。"岳不群摇头笑道："不成，爹爹不及你妈聪明，创不出什么新招！"岳灵珊将嘴凑到父亲耳边，低声道："你不是创不出，你是怕老婆，不敢创。"岳不群哈哈大笑，伸手在她脸颊上轻轻一扭，笑道："胡说八道。"

岳夫人道："珊儿，别尽缠住爹胡闹了。德诺，你去安排香烛，让林师弟参拜本派列代祖师的灵位。"劳德诺应道："是！"

片刻间安排已毕，岳不群引着众人来到后堂。林平之见梁间一块匾上写着"以气御剑"四个大字，堂上布置肃穆，两壁悬着一柄柄长剑，剑鞘黝黑，剑穗陈旧，料想是华山派前代各宗师的佩剑，寻思："华山派今日在武林中这么大的声誉，不知道曾有多少奸邪恶贼，丧生在这些前代宗师的长剑之下。"

岳不群在香案前跪下磕了四个头，祷祝道："弟子岳不群，今日收录福州林平之为徒，愿列代祖宗在天之灵庇佑，教林平之用功向学，洁身自爱，恪守本派门规，不让堕了华山派的声誉。"林平之听师父这么说，忙恭恭敬敬跟着跪下。

岳不群站起身来，森然道："林平之，你今日入我华山派门下，须得恪守门规，若有违反，按情节轻重处罚，罪大恶极者立斩不赦。本派立足武林数百年，武功上虽然也能和别派互争雄长，但一时的强弱胜败，殊不足道。真正要紧的是，本派弟子人人爱惜师门令誉，这一节你须好好记住了。"林平之道："是，弟子谨记师父教训。"

岳不群道："令狐冲，背诵本派门规，好教林平之得知。"

令狐冲道："是。林师弟，你听好了。本派首戒欺师灭祖，不敬尊长。二戒恃强欺弱，擅伤无辜。三戒奸淫好色，调戏妇女。四戒同门嫉妒，自相残杀。五戒见利忘义，偷窃财物。六戒骄傲自大，得罪同道。七戒滥交匪类，勾结妖邪。这是华山七戒，本门弟子，一体遵行。"林平之道："是，小弟谨记大师哥所揭示的华山七戒，努力遵行，不敢违犯。"

岳不群微笑道："好了，就是这许多。本派不像别派那样，有许许多多清规戒律。你只须好好遵行这七戒，时时记得仁义为先，做个正人君子，师父师娘就欢喜得很了。"

林平之道："是！"又向师父师娘叩头，向众师兄师姊作揖行礼。

岳不群道："平儿，咱们先给你父母安葬了，让你尽了人子的心事，这才传授本门的基本功夫。"林平之热泪盈眶，拜倒在地，道："多谢师父、师娘。"岳不群伸手扶起，温言道："本门之中，大家亲如家人，不论哪一个有事，人人都是休戚相关，此后不须多礼。"

他转过头来，向令狐冲上上下下的打量，过了好一会才道："冲儿，你这次下山，犯了华山七戒的多少戒条？"

令狐冲心中一惊，知道师父平时对众弟子十分亲和慈爱，但若哪一个犯了门规，却是严责不贷，当即在香案前跪下，道："弟子知罪了，弟子不听师父、师娘的教诲，犯了第六戒骄傲自大，得罪同道的戒条，在衡山回雁楼上，杀了青城派的罗人杰。"岳不群哼了一声，脸色甚是严峻。

岳灵珊道："爹，那是罗人杰来欺侮大师哥的。当时大师哥和田伯光恶斗之后，身受重伤，罗人杰乘人之危，大师哥岂能束手待毙？"岳不群道："不要你多管闲事。这件事还是由当日冲儿足踢两名青城弟子而起。若无以前的嫌隙，那罗人杰好端端地，又怎会来乘冲儿之危？"岳灵珊道："大师哥足踢青城弟子，你已打了他三十棍，责罚过了，前帐已清，不能再算。大师哥身受重伤，不能再挨棍子了。"

岳不群向女儿瞪了一眼，厉声道："此刻是论究本门戒律，你是华山弟子，休得胡乱插嘴。"岳灵珊极少见父亲对自己如此疾言厉色，心中大受委屈，眼眶一红，便要哭了出来。若在平时，岳不群纵然不理，岳夫人也要温言慰抚，但此时岳不群是以掌门人身份，究理门户戒律，岳夫人也不便理睬女儿，只有当作没瞧见。

岳不群向令狐冲道："罗人杰乘你之危，大加折辱，你宁死不屈，原是男子汉大丈夫义所当为，那也罢了。可是你怎地出言对恒山派无礼，说什么'一见尼姑，逢赌必输'？又说连我也怕见尼姑？"岳灵珊噗哧一声笑，叫道："爹！"岳不群向她摇了摇手，却也不再峻色相对了。

令狐冲说道："弟子当时只想要恒山派的那个师妹及早离去。弟子自知不是田伯光的对手，无法相救恒山派的那师妹，可是她顾念同道义气，不肯先退，弟子只得胡说八道一番，这种言语听在恒山派的师伯、师叔们耳中，确是极为无礼。"岳不群道："你要仪琳师侄离去，用意虽然不错，可是什么话不好说，偏偏要口出伤人之言？总是平素太过轻浮。这一件事，五岳剑派中已然人人皆知，旁人背后定然说你不是正人君子，责我管教无方。"令狐冲道："是，弟子知罪。"

岳不群又道："你在群玉院中养伤，还可说迫于无奈，但你将仪琳师侄和魔教中那个小魔女藏在被窝里，对青城派余观主说道是衡山的烟花女子，此事冒着多大的危险？倘若事情败露，我华山派声名扫地，还在其次，累得恒山派数百年清誉毁于一旦，咱们又怎么对得住人家？"令狐冲背上出了一阵冷汗，颤声道："这件事弟子事后想起，也是捏着偌大一把冷汗。原来师父早知道了。"岳不群道："魔教的曲洋将你送至群玉院养伤，我是事后方知，但你命那两个小女孩钻入被窝之时，我已在窗外。"令狐冲道："幸好师父知道弟子并非无行的浪子。"岳不群森然道："倘若你真在妓院中宿娼，我早已取下你项上人头，焉能容你活到今日？"令狐冲道："是！"

岳不群脸色愈来愈严峻，隔了半晌，才道："你明知那姓曲的少女是魔教中人，何不一剑将她杀了？虽说她祖父于你有救命之恩，然而这明明是魔教中人沽恩市义、挑拨我五岳剑派的手段，你又不是傻子，怎会不知？人家救你性命，其实内里伏有一个极大阴谋。刘正风是何等精明能干之人，却也不免着了人家的道儿，到头来闹得身败名裂，家破人亡。魔教这等阴险毒辣的手段，是你亲眼所见。可是咱们从湖南来到华山，一路之上，我没听到你说过一句谴责魔教的言语。冲儿，我瞧人家救了你一命之后，你于正邪忠奸之分这一点上，已然十分胡涂了。此事关涉到你今后安身立命的大关节，这中间可半分含糊不得。"

令狐冲回想那日荒山之夜，倾听曲洋和刘正风琴箫合奏，若说曲洋是包藏祸心，故意陷害刘正风，那是万万不像。

岳不群见他脸色犹豫，显然对自己的话并未深信，又问："冲儿，此事关系到我华山一派的兴衰荣辱，也关系到你一生的安危成败，你不可对我有丝毫隐瞒。我只问你，今后见到魔教中人，是否嫉恶如仇，格杀无赦？"

令狐冲怔怔的瞧着师父，心中一个念头不住盘旋："日后我若见到魔教中人，是不是不问是非，拔剑便杀？"他自己实在不知道，师父这个问题当真无法回答。

岳不群注视他良久，见他始终不答，长叹一声，说道："这时就算勉强要你回答，也是无用。你此番下山，大损我派声誉，罚你面壁一年，将这件事从头至尾的好好想一想。"令狐冲躬身道："是，弟子恭领责罚。"

岳灵珊道："面壁一年？那么这一年之中，每天面壁几个时辰？"岳不群道："什么几个时辰？每日自朝至晚，除了吃饭睡觉之外，便得面壁思过。"岳灵珊急道："那怎么成？岂不是将人闷也闷死了？难道连大小便也不许？"岳夫人喝道："女孩儿家，说话没半点斯文！"岳不群道："面壁一年，有什么希罕？当年你祖师犯过，便曾在这玉女峰上面壁三年另六个月，不曾下峰一步。"

岳灵珊伸了伸舌头，道："那么面壁一年，还算是轻的了？其实大师哥说'一见尼姑，逢赌必输'，全是出于救人的好心，又不是故意骂人！"岳不群道："正因为出于好心，这才罚他面壁一年，要是出于歹意，我不打掉他满口牙齿、割了他的舌头才怪。"

岳夫人道："珊儿不要啰唆爹爹啦。大师哥在玉女峰上面壁思过，你可别去跟他聊天说话，否则爹爹成全他的一番美意，可全教你给毁了。"岳灵珊道："罚大师哥在玉女峰上坐牢，还说是成全哪！不许我去跟他聊天，那么大师哥寂寞之时，有谁给他说话解闷？这一年之中，谁陪我练剑？"岳夫人道："你跟他聊天，他还面什么壁、思什么过？这山上多少师兄师姊，谁都可和你切磋剑术。"岳灵珊侧头想了一会，又问："那么大师哥吃什么呢？一年不下峰，岂不饿死了他？"岳夫人道："你不用担心，自会有人送饭菜给他。"

令狐冲情急之下，伸手便拉住她左手袖子。岳灵珊怒道："放手！"用力一挣，嗤的一声，登时将那衣袖扯了下来，露出白白的半条手膀。

八　面　壁

当日傍晚，令狐冲拜别了师父、师娘，与众师弟、师妹作别，携了一柄长剑，自行到玉女峰绝顶的一个危崖之上。

危崖上有个山洞，是华山派历代弟子犯规后囚禁受罚之所。崖上光秃秃地寸草不生，更无一株树木，除一个山洞外，一无所有。华山本来草木清华，景色极幽，这危崖却是例外，自来相传是玉女发钗上的一颗珍珠。当年华山派的祖师以此危崖为惩罚弟子之所，主要便因此处无草无木，无虫无鸟，受罚的弟子在面壁思过之时，不致为外物所扰，心有旁骛。

令狐冲进得山洞，见地下有块光溜溜的大石，心想："数百年来，我华山派不知道有多少前辈曾在这里坐过，以致这块大石竟坐得这等滑溜。令狐冲是今日华山派第一捣蛋鬼，这块大石我不来坐，由谁来坐？师父直到今日才派我来坐石头，对我可算得宽待之极了。"伸手拍了拍大石，说道："石头啊石头，你寂寞了多年，今日令狐冲又来和你相伴了。"

坐上大石，双眼离开石壁不过尺许，只见石壁左侧刻着"风清扬"三个大字，是以利器所刻，笔划苍劲，深有半寸，寻思："这位风清扬是谁？多半是本派的一位前辈，曾被罚在这里面壁的。啊，是了，我祖师爷是'清'字辈，这位风前辈是我的太师伯或是太师叔。这三字刻得这么劲力非凡，他武功一定十分了得，师父、师娘怎么从来没提到过？想必这位前辈早已不在人世了。"闭目行了大半个时辰坐功，站起来松散半晌，又回入石洞，面壁寻思："我日后见到魔教中人，是否不问是非，拔剑便将他们杀了？难道魔教之中当真便无一个好人？但若他是好人，为什么又入魔教？就算一时误入歧途，也当立即抽身退出才是，既不退出，便是甘心和妖邪为伍、祸害世人了。"

霎时之间，脑海中涌现许多情景，都是平时听师父、师娘以及江湖上前辈所说魔教中人如何行凶害人的恶事：江西于老拳师一家二十三口被魔教擒住了，活活的钉在大树之上，连三岁孩儿也是不免，于老拳师的两个儿子呻吟了三日三夜才死；济南府龙凤刀掌门人赵登魁娶儿媳妇，宾客满堂之际，魔教中人闯将进来，将新婚夫妇的首级双双割下，放在筵前，说是贺礼；汉阳郝老英雄做七十大寿，各路好汉齐来祝寿，不料寿堂下被魔教理了炸药，点燃药引，突然爆炸，英雄好汉炸死炸伤不计其数，泰山派的纪师叔便在这一役中断送了一条膀子，这是纪师叔亲口所言，自然绝无虚假。想到这里，又记起两年前在郑州大路上遇到嵩山派的孙师叔，他双手双足齐被截断，两眼也给挖出，不住大叫："魔教害我，定要报仇，魔教害我，定要报仇！"那时嵩山派已有人到来接应，但孙师叔伤得这么重，如何又能再治？令狐冲想到他脸上那两个眼孔，两个窟窿中不住淌出鲜血，不由得打了个寒噤，心想："魔教中人如此作恶多端，曲洋祖孙出手救我，定然不安好心。师父问我，日后见到魔教中人是否格杀不论，那还有什么犹豫的？当然是拔剑便杀。"

想通了这一节，心情登时十分舒畅，一声长啸，倒纵出洞，在半空轻轻巧巧一个转身，向前纵出，落下地来，站定脚步，这才睁眼，只见双足刚好踏在危崖边上，与崖缘相距只不过两尺，适才纵起时倘若用力稍大，落下时超前两尺，那便堕入万丈深谷，化为肉泥了。他这一闭目转身，原是事先算好了的，既已打定了主意，见到魔教中人出手便杀，心下更无烦恼，便来行险玩上一玩。

他正想："我胆子毕竟还不够大，至少该得再踏前一尺，那才好玩。"忽听得身后有人拍手笑道："大师哥，好得很啊！"正是岳灵珊的声音。令狐冲大喜，转过身来，只见岳灵珊手中提着一只饭篮，笑吟吟的道："大师哥，我给你送饭来啦。"放下饭篮，走进石洞，转身坐在大石上，说道："你这下闭目转身，十分好玩，我也来试试。"

令狐冲心想玩这游戏可危险万分，自己来玩也是随时准拟陪上一条性命，岳灵珊武功远不及自己，力量稍一拿捏不准，那可糟了，但见她兴致甚高，也便不阻止，当即站在峰边。

岳灵珊一心要赛过大师哥，心中默念力道部位，双足一点，身子纵起，也在半空这么轻轻巧巧一个转身，跟着向前窜出。她只盼比令狐冲落得更近峰边，窜出时运力便大了些，身子落下之时，突然害怕起来，睁眼一看，只见眼前便是深不见底的深谷，吓得大叫起来。令狐冲一伸手，拉住她左臂。岳灵珊落下地来，只见双足距崖边约有一尺，确是比令狐冲更前了些，她惊魂略定，笑道："大师哥，我比你落得更远。"

令狐冲见她已骇得脸上全无血色，在她背上轻轻拍了拍，笑道："这个玩意下次可不能再玩了，师父、师娘知道了，非大骂不可，只怕得罚我面壁多加一年。"

岳灵珊定了定神，退后两步，笑道："那我也得受罚，咱两个就在这儿一同面壁，岂不好玩？天天可以比赛谁跳得更远。"

令狐冲道："咱们天天一同在这儿面壁？"向石洞瞧了一眼，不由得心头一荡："我若得和小师妹在这里日夕不离的共居一年，岂不是连神仙也不如我快活？唉，哪有此事！"说道："就只怕师父叫你在正气轩中面壁，一步也不许离开，那么咱们就一年不能见面了。"

岳灵珊道："那不公平，为什么你可以在这里玩，却将我关在正气轩中？"但想父母决不会让自己日夜在这崖上陪伴大师哥，便转过话头道："大师哥，妈妈本来派六猴儿每天给你送饭，我对六猴儿说：'六师哥，每天在思过崖间爬上爬下，虽然你是猴儿，毕竟也很辛苦，不如让我来代劳罢，可是你谢我什么？'六猴儿说：

265

'师娘派给我做的功夫，我可不敢偷懒。再说，大师哥待我最好，给他送一年饭，每天见上他一次，我心中才欢喜呢，有什么辛苦?'大师哥，你说六猴儿坏不坏?"

令狐冲笑道："他说的倒也是实话。"

岳灵珊道："六猴儿还说：'平时我想向大师哥多讨教几手功夫，你一来到，便过来将我赶开，不许我跟大师哥多说话。'大师哥，几时有这样的事啊？六猴儿当真胡说八道。他又说：'今后这一年之中，可只有我能上思过崖去见大师哥，你却见不到他了。'我发起脾气来，他却不理我，后来……后来……"

令狐冲道："后来你拔剑吓他?"岳灵珊摇头道："不是，后来我气得哭了，六猴儿才过来央求我，让我送饭来给你。"令狐冲瞧着她的小脸，只见她双目微微肿起，果然是哭来的，不禁甚是感动，暗想："她待我如此，我便为她死上百次千次，也所甘愿。"

岳灵珊打开饭篮，取出两碟菜肴，又将两副碗筷取出，放在大石之上。令狐冲道："两副碗筷?"岳灵珊笑道："我陪你一块吃。你瞧，这是什么?"从饭篮底下取出一个小小的酒葫芦来。令狐冲嗜酒如命，一见有酒，站起来向岳灵珊深深一揖，道："多谢你了！我正在发愁，只怕这一年之中没酒喝呢。"岳灵珊拔开葫芦塞子，将葫芦送到令狐冲手中，笑道："便是不能多喝，我每日只能偷这么一小葫芦给你，再多只怕给娘知觉了。"

令狐冲慢慢将一小葫芦酒喝干了，这才吃饭。华山派规矩，门人在思过崖上面壁之时戒荤茹素，因此厨房中给令狐冲所煮的只是一大碗青菜、一大碗豆腐。岳灵珊想到自己在和大师哥共经患难，却也吃得津津有味。两人吃过饭后，岳灵珊又和令狐冲有一搭、没一搭的说了半个时辰，眼见天色已黑，这才收拾碗筷下山。

自此每日黄昏，岳灵珊送饭上崖，两人共膳。次日中午令狐冲便吃昨日剩下的饭菜。

令狐冲虽在危崖独居，倒也不感寂寞，一早起来，便打坐练功，温习师授的气功剑法，更默思田伯光的快刀刀法，以及师娘所创的那招"无双无对，宁氏一剑"。这"宁氏一剑"虽只一剑，却蕴蓄了华山派气功和剑法的绝诣。令狐冲自知修为未到这个境界，勉强学步，只有弄巧成拙，是以每日里加紧用功。这么一来，他虽被罚面壁思过，其实壁既未面，过亦不思，除了傍晚和岳灵珊聊天说话以外，每日心无旁骛，只是练功。

如此过了两个多月，华山顶上一日冷似一日。又过了些日子，岳夫人替令狐冲新缝一套棉衣，命陆大有送上峰来给他。这天一早北风怒号，到得午间，便下起雪来。

令狐冲见天上积云如铅，这场雪势必不小，心想："山道险峻，这雪下到傍晚，地下便十分滑溜，小师妹不该再送饭来了。"可是无法向下边传讯，甚是焦虑，只盼师父、师娘得知情由，出言阻止，寻思："小师妹每日代六师弟给我送饭，师父、师娘岂有不知，只是不加理会而已。今日若再上崖，一个失足，便有性命之忧，料想师娘定然不许她上崖。"眼巴巴等到黄昏，每过片刻便向崖下张望，眼见天色渐黑，岳灵珊果然不来了。令狐冲心下宽慰："到得天明，六师弟定会送饭来，只求小师妹不要冒险。"正要入洞安睡，忽听得上崖的山路上簌簌声响，岳灵珊在呼叫："大师哥，大师哥……"

令狐冲又惊又喜，抢到崖边，鹅毛般大雪飘扬之下，只见岳灵珊一步一滑的走上崖来。令狐冲以师命所限，不敢下崖一步，只伸长了手去接她，直到岳灵珊的左手碰到他右手，令狐冲抓住她手，将她凌空提上崖来。暮色朦胧中只见她全身是雪，连头发也都白了，左额上却撞破了老大一块，像个小鸡蛋般高高肿起，鲜血兀自在流。令狐冲道："你……你……"岳灵珊小嘴一扁，似欲哭泣，道："摔了一交，将你的饭篮掉到山谷里去啦，你……你今晚可要挨饿了。"

令狐冲又是感激，又是怜惜，提起衣袖在她伤口上轻轻按了数下，柔声道："小师妹，山道这样滑溜，你实在不该上来。"岳灵珊道："我挂念你没饭吃，再说……再说，我要见你。"令狐冲道："倘若你因此掉下了山谷，教我怎对得起师父、师娘？"岳灵珊微笑道："瞧你急成这副样子！我可不是好端端的么？就可惜我不中用，快到崖边时，却把饭篮和葫芦都摔掉了。"令狐冲道："只求你平安，我便十天不吃饭也不打紧。"岳灵珊道："上到一半时，地下滑得不得了，我提气纵跃了几下，居然跃上了五株松旁的那个陡坡，那时我真怕掉到了下面谷中。"

令狐冲道："小师妹，你答允我，以后你千万不可为我冒险，倘若你掉了下去，我是非陪着你跳下不可。"

岳灵珊双目中流露出喜悦无限的光芒，道："大师哥，其实你不用着急，我为你送饭而失足，是自己不小心，你又何必心中不安？"

令狐冲缓缓摇头，说道："不是为了心中不安。倘若送饭的是六师弟，他因此而掉入谷中送了性命，我会不会也跳下谷去陪他？"说着仍是缓缓摇头，说道："我当尽力奉养他父母，照料他家人，却不会因此而跳崖殉友。"岳灵珊低声道："但如是我死了，你便不想活了？"令狐冲道："正是。小师妹，那不是为了你替我送饭，如果你是替旁人送饭，因而遇到凶险，我也是决计不能活了。"

岳灵珊紧紧握住他的双手，心中柔情无限，低低叫了声"大师哥"。令狐冲想张臂将她搂入怀中，却是不敢。两人四目交投，你望着我，我望着你，一动也不动，大雪继续飘下，逐渐，逐渐，似乎将两人堆成了两个雪人。

过了良久，令狐冲才道："今晚你自己一个人可不能下去。师父、师娘知道你上来么？最好能派人来接你下去。"岳灵珊道："爹爹今早突然收到嵩山派左盟主来信，说有要紧事商议，已和妈妈赶下山去啦。"令狐冲道："那么有人知道你上崖来没有？"岳灵珊笑道："没有，没有。二师哥、三师哥、四师哥和六猴儿四个人跟了爹爹妈妈去嵩山，没人知道我上崖来会你。否则的话，六猴儿定要跟我争着送饭，那可麻烦啦。啊！是了，林平之这小子见我上来的，但我吩咐了他，不许多嘴多舌，否则明儿我就揍他。"令狐冲笑道："哎呀，师姊的威风好大。"岳灵珊笑道："这个自然，好容易有一个人叫我师姊，不摆摆架子，岂不枉了？不像是你，个个都叫你大师哥，那就没什么希罕。"

两人笑了一阵。令狐冲道："那你今晚是不能回去的了，只好在石洞里躲一晚，明天一早下去。"当下携了她手，走入洞中。

石洞窄小，两人仅可容身，已无多大转动余地。两人相对而坐，东拉西扯的谈到深夜，岳灵珊说话越来越含糊，终于合眼睡去。

令狐冲怕她着凉，解下身上棉衣，盖在她身上。洞外雪光映射进来，朦朦胧胧的看到她的小脸，令狐冲心中默念："小师妹待我如此情重，我便为她粉身碎骨，也是心甘情愿。"支颐沉思，自忖从小没了父母，全蒙师父师母抚养长大，对待自己犹如亲生爱子一般，自己是华山派的掌门大弟子，入门固然最早，武功亦非同辈师弟所能及，他日势必要承受师父衣钵，执掌华山一派，而小师妹更待我如此，师门厚恩，实所难报，只是自己天性跳荡不羁，时时惹得师父师母生气，有负他二位的期望，此后须得痛改前非才是，否则不但对不起师父师母，连小师妹也对不起了。

他望着岳灵珊微微飞动的秀发，正自出神，忽听得她轻轻叫了一声："姓林的小子，你不听话！过来，我揍你！"令狐冲一怔，见她双目兀自紧闭了，侧个身，又即呼吸匀净，知道她刚才是说梦话，不禁好笑，心想："她一做师姊，神气得了不得，这些日子中，林师弟定是给她呼来喝去，受饱了气。她在梦中也不忘骂人。"

令狐冲守护在她身旁，直到天明，始终不曾入睡。岳灵珊前一晚劳累很了，睡到辰牌时分，这才醒来，见令狐冲正微笑着注视自己，当下打了个呵欠，报以一笑，道："你一早便醒了。"令狐冲没说一晚没睡，笑道："你做了个什么梦？林师弟揍了你打么？"

岳灵珊侧头想了片刻，笑道："你听到我说梦话了，是不是？林平之这小子倔得紧，便是不听我的话，嘻嘻，我白天骂他，睡着了也骂他。"令狐冲笑道："他怎么得罪你了？"岳灵珊笑道："我梦见叫他陪我去瀑布中练剑，他推三阻四的不肯去，我骗他走到瀑布旁，一把将他推了下去。"令狐冲笑道："哎哟，那可使不得，这不是闹出人命来吗？"岳灵珊笑道："这是做梦，又不是真的，你担心什么？还怕我真的杀了这小子么？"令狐冲笑道："日有所思，夜有所梦。你白天里定然真的想杀了林师弟，想啊想的，晚上便做起梦来。"

岳灵珊小嘴一扁，道："这小子不中用得很，一套入门剑法练了三个月，还是没半点样子，偏生用功得紧，日练夜练，教人瞧得生气。我要杀他，用得着想么？提起剑来，一下子就杀了。"说着右手横着一掠，作势使出一招华山剑法。令狐冲笑道："'白云出岫'，姓林的人头落地！"岳灵珊格格娇笑，说道："我要是真的使这招'白云出岫'，可真非教他人头落地不可。"

令狐冲笑道："你做师姊的，师弟剑法不行，你该点拨点拨他才是，怎么动不动挥剑便杀？以后师父再收弟子，都是你的师弟。师父收一百个弟子，给你几天之中杀了九十九个，那怎么办？"岳灵珊扶住石壁，笑得花枝招展，说道："你说得真对，我可只杀九十九个，非留下一个不可。要是都杀光了，谁来叫我师姊啊？"令狐冲笑道："你要是杀了九十九个师弟，第一百个也逃之夭夭了，你还是做不成师姊。"岳灵珊笑道："那时我就逼你叫我师姊。"令狐冲笑道："叫师姊不打紧，不过你杀我不杀？"岳灵珊笑道："听话就不杀，不听话就杀。"令狐冲笑道："小师姊，求你剑下留情。"

令狐冲见大雪已止，生怕师弟师妹们发觉不见了岳灵珊，若有风言蜚语，那可大大对不起小师妹了，说笑了一阵，便催她下崖。岳灵珊兀自恋恋不舍，道："我要在这里多玩一会儿，爹爹妈妈都不在家，闷也闷死了。"令狐冲道："乖师妹，这几日我又想出了几招冲灵剑法，等我下崖之后，陪你到瀑布中去练剑。"说了好一会，才哄得她下崖。

当日黄昏，高根明送饭上来，说道岳灵珊受了风寒，发烧不退，卧病在床，却记挂着大师哥，命他送饭之时，最要紧别忘了带

270

酒。令狐冲吃了一惊，极是担心，知她昨晚摔了那一交，受了惊吓，恨不得奔下崖去探望她病势。他虽已饿了两天一晚，但拿起碗来，竟是喉咙哽住了，难以下咽。高根明知道大师哥和小师妹两情爱悦，一听到她有病，便焦虑万分，劝道："大师哥却也不须太过担心，昨日天下大雪，小师妹定是贪着玩雪，以致受了些凉。咱们都是修习内功之人，一点小小风寒，碍得了什么，服一两剂药，那便好了。"

岂知岳灵珊这场病却生了十几天，直到岳不群夫妇回山，以内功替她驱除风寒，这才渐渐痊愈，到得她又再上崖，却是二十余日之后了。

两人隔了这么久见面，均是悲喜交集。岳灵珊凝望他的脸，惊道："大师哥，你也生了病吗？怎地瘦得这般厉害？"令狐冲摇摇头，道："我没生病，我……我……"岳灵珊陡地醒悟，突然哭了出来，道："你……你是记挂着我，以致瘦成这个样子。大师哥，我现下全好啦。"令狐冲握着她手，低声道："这些日来，我日日夜夜望着这条路，就只盼着这一刻的时光，谢天谢地，你终于来了。"

岳灵珊道："我却时时见到你的。"令狐冲奇道："你时时见到我？"岳灵珊道："是啊，我生病之时，一合眼，便见到你了。那一日发烧发得最厉害，妈说我老说吃语，尽是跟你说话。大师哥，妈知道了那天晚上我来陪你的事。"

令狐冲脸一红，心下有些惊惶，问道："师娘有没生气？"岳灵珊道："妈没生气，不过……不过……"说到这里，突然双颊飞红，不说下去了。令狐冲道："不过怎样？"岳灵珊道："我不说。"令狐冲见她神态忸怩，心中一荡，忙镇定心神，道："小师妹，你大病刚好了点儿，不该这么早便上崖来。我知道你身子渐渐安好了，五师弟、六师弟给我送饭的时候，每天都说给我听的。"岳灵珊道："那你为什么还要这样瘦？"令狐冲笑了笑，道："你病一好，我即刻便胖了。"

岳灵珊道："你跟我说实话，这些日子中到底你每餐吃几碗饭？六猴儿说你只喝酒，不吃饭，劝你也不听。大师哥，你……为什么不自己保重？"说到这里，眼眶儿又红了。

令狐冲道："胡说，你莫只听他。不论说什么事，六猴儿都爱加上三分虚头，我哪里只喝酒不吃饭了？"说到这里，一阵寒风吹来，岳灵珊机伶伶的打了个寒战。其时正当严寒，危崖四面受风，并无树木遮掩，华山之巅本已十分寒冷，这崖上更加冷得厉害。令狐冲忙道："小师妹，你身子还没大好，这时候千万不能再着凉了，快快下崖去罢，等哪一日出大太阳，你又十分壮健了，再来瞧我。"岳灵珊道："我不冷。这几天不是刮风，便是下雪，要等大太阳，才不知等到几时呢。"令狐冲急道："你再生病，那怎么办？我……我……"

岳灵珊见他形容憔悴，心想："我倘若真的再病，他也非病倒不可。在这危崖之上，没人服侍，那不是要了他的命吗？"只得道："好，那么我去了。你千万保重，少喝些酒，每餐吃三大碗饭。我去跟爹爹说，你身子不好，该得补一补才是，不能老是吃素。"

令狐冲微笑道："我可不敢犯戒吃荤。我见到你病好了，心里欢喜，过不了三天，马上便会胖起来。好妹子，你下崖去罢。"

岳灵珊目光中含情脉脉，双颊晕红，低声道："你叫我什么？"令狐冲颇感不好意思，道："我冲口而出，小师妹，你别见怪。"岳灵珊道："我怎会见怪？我喜欢你这样叫。"令狐冲心口一热，只想张臂将她搂在怀里，但随即心想："她这等待我，我当敬她重她，岂可冒渎了她？"忙转过了头，柔声道："你下崖时一步步的慢慢走，累了便歇一会，可别像平时那样，一口气奔下崖去。"岳灵珊道："是！"慢慢转过身子，走到崖边。

令狐冲听到她脚步声渐远，回过头来，见岳灵珊站在崖下数丈之处，怔怔的瞧着他。两人这般四目交投，凝视良久。令狐冲道："你慢慢走，这该去了。"岳灵珊道："是！"这才真的转身下崖。

这一天中，令狐冲感到了生平从未经历过的欢喜，坐在石上，忍不住自己笑出声来，突然间纵声长啸，山谷鸣响，这啸声中似乎在叫喊："我好欢喜，我好欢喜！"

第二日天又下雪，岳灵珊果然没再来。令狐冲从陆大有口中得知她复原甚快，一天比一天壮健，不胜之喜。

过了二十余日，岳灵珊提了一篮粽子上崖，向令狐冲脸上凝视了一会，微笑道："你没骗我，果真胖得多了。"令狐冲见她脸颊上隐隐透出血色，也笑道："你也大好啦，见到你这样，我真开心。"

岳灵珊道："我天天吵着要来给你送饭，可是妈说什么也不许，又说天气冷，又说湿气重，倒好似一上思过崖来，便会送了性命一般。我说大师哥日日夜夜都在崖上，又不见他生病。妈说大师哥内功高强，我怎能和他相比。妈背后赞你呢，你高兴不高兴？"令狐冲笑着点了点头，道："我常想念师父、师娘，只盼能早点见到他两位一面。"

岳灵珊道："昨儿我帮妈裹了一日粽子，心里想，我要拿几只粽子来给你吃就好啦。哪知道今日妈没等我开口，便说：'这篮粽子，你拿去给冲儿吃。'当真意想不到。"

令狐冲喉头一酸，心想："师娘待我真好。"岳灵珊道："粽子刚煮好，还是热的，我剥两只给你吃。"提着粽子走进石洞，解开粽绳，剥开了粽箬。

令狐冲闻到一阵清香，见岳灵珊将剥开了的粽子递过来，便接过咬了一口。粽子虽是素馅，但草菇、香菌、腐衣、莲子、豆瓣等物混在一起，滋味鲜美。岳灵珊道："这草菇，小林子和我前日一起去采来的……"令狐冲问："小林子？"岳灵珊笑了笑，道："啊，是林师弟，最近我一直叫他小林子。前天他来跟我说，东边山坡的松树下有草菇，陪我一起去采了半天，却只采了小半篮儿。虽然不多，滋味却好，是不是？"令狐冲道："当真鲜得紧，我险些连舌头也吞了下去。小师妹，你不再骂林师弟了吗？"

岳灵珊道："为什么不骂？他不听话便骂。只是近来他乖了些，我便少骂他几句。他练剑用功，有进步时，我也夸奖他几句：

'喏，喏，小林子，这一招使得还不错，比昨天好得多了，就是还不够快，再练，再练。'嘻嘻!"

令狐冲道："你在教他练剑么?"岳灵珊道："嗯! 他说的福建话，师兄师姊们都听不大懂，我去过福州，懂得他话，爹爹就叫我闲时指点他。大师哥，我不能上崖来瞧你，闷得紧，反正没事，便教他几招。小林子倒也不笨，学得很快。"令狐冲笑道："原来师姊兼做了师父，他自然不敢不听你的话了。"岳灵珊道："当真听话，却也不见得。昨天我叫他陪我去捉山鸡，他便不肯，说那两招'白虹贯日'和'天绅倒悬'还没学好，要加紧练习。"

令狐冲微感诧异，道："他上华山来还只几个月，便练到'白虹贯日'和'天绅倒悬'了? 小师妹，本派剑法须得按部就班，可不能躁进。"

岳灵珊道："你别担心，我才不会乱教他呢。小林子要强好胜得很，日也练，夜也练，要跟他闲谈一会，他总是说不了三句，便问到剑法上来。旁人要练三个月的剑法，他只半个月便学会了。我拉他陪我玩儿，他总是不肯爽爽快快的陪我。"

令狐冲默然不语，突然之间，心中涌现了一股说不出的烦扰，一只粽子只吃了两口，手中拿着半截粽子，只感一片茫然。

岳灵珊拉了拉他的衣袖，笑道："大师哥，你把舌头吞下肚去了吗? 怎地不说话了?"令狐冲一怔，将半截粽子送到口中，本来十分清香鲜美的粽子，黏在嘴里，竟然无法下咽。岳灵珊指住了他，格格娇笑，道："吃得这般性急，黏住了牙齿。"令狐冲脸现苦笑，努力把粽子吞下咽喉，心想："我怎地傻! 小师妹爱玩，我又不能下崖，她便拉林师弟作伴，那也寻常得很，我竟这等小气，为此介意!"言念及此，登时心平气和，笑道："这只粽子定是你裹的，可裹得真黏，可将我的牙齿和舌头都黏在一起啦。"岳灵珊哈哈大笑，隔了一会，说道："可怜的大师哥，在这崖上坐牢，馋成了这副样子。"

这次她过了十余日才又上崖，酒饭之外又有一只小小竹篮，盛着半篮松子、栗子。

令狐冲早盼得头颈也长了，这十几日中，向送饭来的陆大有问起小师妹，陆大有神色总是有些古怪，说话不大自然。令狐冲心下起疑，却又问不出半点端倪，问得急了，陆大有便道："小师妹身子很好，每日里练剑用功得很，想是师父不许她上崖来，免得打扰了大师哥的功课。"他日等夜想，陡然见岳灵珊，如何不喜？只见她神采奕奕，比生病之前更显得娇艳婀娜，心中不禁涌起一个念头："她身子早已大好了，怎地隔了这许多日子才上崖来？难道是师父、师娘不许？"

岳灵珊见到令狐冲眼光中困惑的神色，脸上突然一红，道："大师哥，这么多天没来看你，你怪我不怪？"令狐冲道："我怎会怪你？定是师父、师娘不许你上崖来，是不是？"岳灵珊道："是啊，妈教了我一套新剑法，说这路剑法变化繁复，我倘若上崖来跟你聊天，便分心了。"令狐冲道："什么剑法？"岳灵珊道："你倒猜猜？"令狐冲道："'养吾剑'？"岳灵珊道："不是。"令狐冲道："'希夷剑'？"岳灵珊摇头道："再猜？"令狐冲道："难道是'淑女剑'？"岳灵珊伸了伸舌头，道："这是妈的拿手本领，我可没资格练'淑女剑'。跟你说了罢，是'玉女剑十九式'！"言下甚是得意。

令狐冲微感吃惊，喜道："你起始练'玉女剑十九式'了？嗯，那的确是十分繁复的剑法。"言下登时释然，这套"玉女剑"虽只一十九式，但每一式都是变化繁复，倘若记不清楚，连一式也不易使全。他曾听师父说："这玉女剑十九式主旨在于变幻奇妙，跟本派着重以气驭剑的法门颇有不同。女弟子膂力较弱，遇上劲敌之时，可凭此剑法以巧胜拙，但男弟子便不必学了。"因此令狐冲也没学过。凭岳灵珊此时的功力，似乎还不该练此剑法。当日令狐冲和岳灵珊以及其他几个师兄妹同看师父、师娘拆解这套剑法，师父连使各家各派的不同剑法进攻，师娘始终以这"玉女剑十九式"

招架，一十九式玉女剑，居然和十余门剑法的数百招高明剑招斗了个旗鼓相当。当时众弟子瞧得神驰目眩，大为惊叹，岳灵珊便央着母亲要学。岳夫人道："你年纪还小，一来功力不够，二来这套剑法太过伤脑劳神，总得到了二十岁再学。再说，这剑法专为克制别派剑招之用，如果单是由本门师兄妹跟你拆招，练来练去，变成专门克制华山剑法了。冲儿的杂学很多，记得许多外家剑法，等他将来跟你拆招习练罢。"这件事过去已近两年，此后一直没提起，不料师娘竟教了她。

令狐冲道："难得师父有这般好兴致，每日跟你拆招。"这套剑法重在随机应变，决不可拘泥于招式，一上手练便得拆招。华山派中，只有岳不群和令狐冲博识别家剑法，岳灵珊要练"玉女剑十九式"，势须由岳不群亲自出马，每天跟她喂招。

岳灵珊脸上又是微微一红，忸怩道："爹爹才没功夫呢，是小林子每天跟我喂招。"令狐冲奇道："林师弟？他懂得许多别家剑法？"岳灵珊笑道："他只懂得一门他家传的辟邪剑法。爹爹说，这辟邪剑法威力虽然不强，但变招神奇，大有可以借镜之处，我练'玉女剑十九式'，不妨由对抗辟邪剑法起始。"令狐冲点头道："原来如此。"

岳灵珊道："大师哥，你不高兴吗？"令狐冲道："没有！我怎会不高兴？你修习本门的一套上乘剑法，我为你高兴还来不及呢，怎会不高兴了？"岳灵珊道："可是我见你脸上神气，明明很不高兴。"令狐冲强颜一笑，道："你练到第几式了？"

岳灵珊不答，过了好一会，说道："是了，本来娘说过叫你帮我喂招的，现今要小林子喂招，因此你不愿意了，是不是？可是，大师哥，你在崖上一时不能下来，我又心急着想早些练剑，因此不能等你了。"令狐冲哈哈大笑，道："你又来说孩子话了。同门师兄妹，谁给你喂招都是一样。"他顿了一顿，笑道："我知道你宁可要林师弟给你喂招，不愿要我陪你。"岳灵珊脸上又是一红，道："胡说八道！小林子的本领和你相比，那是相差十万八千里了，要他喂招有什么好?"

令狐冲心想:"林师弟入门才几个月,就算他当真有绝顶的聪明,能有多大气候?"说道:"要他喂招自然大有好处。你每一招都杀得他无法还手,岂不是快活得很?"

岳灵珊格格娇笑,说道:"凭他的三脚猫辟邪剑法,还想还手吗?"

令狐冲素知小师妹十分要强好胜,料想她跟林平之拆招,这套新练的剑法自然使来得心应手,招招都占上风,此人武功低微,确是最好的对手,当下郁闷之情立去,笑道:"那么让我来给你过几招,瞧瞧你的'玉女剑十九式'练得怎样了。"岳灵珊大喜,笑道:"好极了,我今天……今天上崖来就是想……"含羞一笑,拔出了长剑。令狐冲道:"你今天上崖来,便是要将新学的剑法试给我看,好,出手罢!"岳灵珊笑道:"大师哥,你剑法一直强过我,可是等我练成了这路'玉女剑十九式',就不会受你欺侮了。"令狐冲道:"我几时欺侮过你了?当真冤枉好人。"岳灵珊长剑一立,道:"你还不拔剑?"

令狐冲笑道:"且不忙!"左手摆个剑诀,右掌迤地窜出,说道:"这是青城派的松风剑法,这一招叫做'松涛如雷'!"以掌作剑,向岳灵珊肩头刺了过去。

岳灵珊斜身退步,挥剑往他手掌上格去,叫道:"小心了!"令狐冲笑道:"不用客气,我挡不住时自会拔剑。"岳灵珊嗔道:"你竟敢用空手斗我的'玉女剑十九式'?"令狐冲笑道:"现下你还没练成。练成之后,我空手便不能了。"

岳灵珊这些日子中苦练"玉女剑十九式",自觉剑术大进,纵与江湖上一流高手相比,也已不输于人,是以十几日不上崖,用意便是要不泄露了风声,好得一鸣惊人,让令狐冲大为佩服,不料他竟十分轻视,只以一双肉掌来接自己的"玉女剑十九式",当下脸孔一板,说道:"我剑下要是伤了你,你可莫怪,也不能跟爹爹妈妈说。"

令狐冲笑道："这个自然，你尽力施展，倘若剑底留情，便显不出真实本领。"说着左掌突然呼的一声劈了出去，喝道："小心了！"

岳灵珊吃了一惊，叫道："怎……怎么？你左手也是剑？"

令狐冲刚才这一掌倘若劈得实了，岳灵珊肩头已然受伤，他回力不发，笑道："青城派有些人使双剑。"

岳灵珊道："对！我曾见到有些青城弟子佩带双剑，这可忘了。看招！"回了一剑。

令狐冲见她这一剑来势飘忽，似是"玉女剑"的上乘招数，赞道："这一剑很好，就是还不够快。"岳灵珊道："还不够快？再快，可割下你的膀子啦。"令狐冲笑道："你倒割割看。"右手成剑，削向她左臂。

岳灵珊心下着恼，运剑如风，将这数日来所练的"玉女剑十九式"一式式使出来。这一十九式剑法，她记到的还只九式，而这九式之中真正能用的不过六式，但单是这六式剑法，已然颇具威力，剑锋所指之处，真使令狐冲不能过份逼近。令狐冲绕着她身子游斗，每逢向前抢攻，总是给她以凌厉的剑招逼了出来，有一次向后急跃，背心竟在一块凸出的山石上重重撞了一下。岳灵珊甚是得意，笑道："还不拔剑？"

令狐冲笑道："再等一会儿。"引着她将"玉女剑"一招招的使将出来，又斗片刻，眼见她翻来覆去，所能使的只是六式，心下已是了然，突然间一个踏步上前，右掌劈出，喝道："松风剑的煞手，小心了。"掌势甚是沉重。岳灵珊见他手掌向自己头顶劈到，急忙举剑上撩。这一招正在令狐冲的意中，左手疾伸而前，中指弹出，当的一声，弹在长剑的剑刃之上。岳灵珊虎口剧痛，把捏不定，长剑脱手飞出，滴溜溜的向山谷中直堕下去。

岳灵珊脸色苍白，呆呆的瞪着令狐冲，一言不发，上颚牙齿紧紧的咬住下唇。

令狐冲叫声"啊哟！"急忙冲到崖边，那剑早已落入了下面千丈深谷，无影无踪。突然之间，只见山崖边青影一闪，似乎是一片衣角，令狐冲定神看时，再也见不到什么，心下怦怦而跳，暗道："我怎么了？我怎么了？跟小师妹比剑过招，不知已有过几千百次，我总是让她，从没一次如今日的出手不留情。我做事可越来越荒唐了。"

岳灵珊转头向山谷瞧了一眼，叫道："这把剑，这把剑！"令狐冲又是一惊，知道小师妹的长剑是一口断金削铁的利器，叫作"碧水剑"，三年前师父在浙江龙泉得来，小师妹一见之下爱不释手，向师父连求数次，师父始终不给，直至今年她十八岁生日，师父才给了她当生日礼物，这一下堕入了深谷，再也难以取回，今次当真是铸成大错了。

岳灵珊左足在地下蹬了两下，泪水在眼眶中滚来滚去，转身便走。令狐冲叫道："小师妹！"岳灵珊更不理睬，奔下崖去。令狐冲追到崖边，伸手待要拉她手臂，手指刚碰到她衣袖，又自缩回，眼见她头也不回的去了。

令狐冲闷闷不乐，寻思："我往时对她什么事都尽量容让，怎么今日一指便弹去了她的宝剑？难道师娘传了她'玉女剑十九式'，我便起了妒忌的念头么？不，不会，决无此事。'玉女剑十九式'本是华山派女弟子的功夫，何况小师妹学的本领越多，我越是高兴。唉，总是独个儿在崖上过得久了，脾气暴躁，只盼她明日又再上崖来，我好好给她陪不是。"

这一晚说什么也睡不着，盘膝坐在大石上练了一会气功，只觉心神难以宁定，便不敢勉强练功。月光斜照进洞，射在石壁之上。令狐冲见到壁上"风清扬"三个大字，伸出手指，顺着石壁上凹入的字迹，一笔一划的写了起来。

突然之间，眼前微暗，一个影子遮住了石壁，令狐冲一惊之下，顺手抢起身畔长剑，不及拔剑出鞘，反手便即向身后刺出，剑到中途，斗地喜叫："小师妹！"硬生生凝力不发，转过身来，却见洞口丈许之外站着一个男子，身形瘦长，穿一袭青袍。

这人身背月光，脸上蒙了一块青布，只露出一双眼睛，瞧这身形显是从来没见过的。令狐冲喝道："阁下是谁？"随即纵出石洞，拔出了长剑。

　　那人不答，伸出右手，向右前方连劈两下，竟然便是岳灵珊日间所使"玉女剑十九式"中的两招。令狐冲大奇，敌意登时消了大半，问道："阁下是本派前辈吗？"

　　突然之间，一股疾风直扑而至，径袭脸面，令狐冲不及思索，挥剑削出，便在此时，左肩头微微一痛，已被那人手掌击中，只是那人似乎未运内劲。令狐冲骇异之极，急忙向左滑开几步。那人却不追击，以掌作剑，顷刻之间，将"玉女十九剑"中那六式的数十招一气呵成的使了出来，这数十招便如一招，手法之快，直是匪夷所思。每一招都是岳灵珊日间曾跟令狐冲拆过的，令狐冲这时在月光下瞧得清清楚楚，可是怎么能将数十招剑法使得犹如一招相似？一时开大了口，全身犹如僵了一般。

　　那人长袖一拂，转身走入崖后。

　　令狐冲隔了半晌，大叫："前辈，前辈！"追向崖后，但见遍地清光，哪里有人？

　　令狐冲倒抽了一口凉气，寻思："他是谁？似他这般使'玉女十九剑'，别说我万万弹不了他手中长剑，他每一招都能把我手掌削了下来。不，岂仅削我手掌而已，要刺我哪里便刺哪里，要斩我哪里便哪里。在这六式'玉女十九剑'之下，令狐冲惟有听由宰割的份儿。原来这套剑法竟有偌大威力。"转念又想："那显然不是在于剑招的威力，而是他使剑的法子。这等使剑，不论如何平庸的招式，我都对付不了。这人是谁？怎么会在华山之上？"

　　思索良久，不得丝毫端倪，但想师父、师娘必会知道这人来历，明日小师妹上崖来，要她去转问师父、师娘便是。

　　可是第二日岳灵珊并没上崖，第三日、第四日仍没上来。直过了十八日，她才和陆大有一同上崖。令狐冲盼望了十八天十八晚才见到她，有满腔言语要说，偏偏陆大有在旁，无法出口。

吃过饭后，陆大有知道令狐冲的心意，说道："大师哥、小师妹，你们多日不见了，在这里多谈一会，我把饭篮子先提下去。"岳灵珊笑道："六猴儿，你想逃么？一块儿来一块儿去。"说着站了起来。令狐冲道："小师妹，我有话跟你说。"岳灵珊道："好罢，大师哥有话说，六猴儿你也站着，听大师哥教训。"令狐冲摇头道："我不是教训。你那口'碧水剑'……"岳灵珊抢着道："我跟妈说过了，说是练'玉女剑十九式'时，一个不小心，脱手将剑掉入了山谷，再也找不到了。我哭了一场，妈非但没骂我，反而安慰我，说下次再设法找一口好剑给我。这件事早过去了，又提他作甚？"说着双手一伸，笑了一笑。

她愈是不当一回事，令狐冲愈是不安，说道："我受罚期满，下崖之后，定到江湖上去寻一口好剑来还你。"岳灵珊微笑道："自己师兄妹，老是记着一口剑干么？何况那剑确是我自己失手掉下山谷的，那只怨我学艺不精，又怪得谁来？大家'蛋几宁施，个必踢米'罢了！"说着格格格的笑了起来。令狐冲一怔，问道："你说什么？"岳灵珊笑道："啊，你不知道，这是小林子常说的'但尽人事，各凭天命'，他口齿不正，我便这般学着取笑他，哈哈，'蛋几宁施，个必踢米'！"

令狐冲微微苦笑，突然想起："那日小师妹使'玉女剑十九式'，我为什么要用青城派的松风剑法跟她对拆。莫非我心中存了对付林师弟的辟邪剑法之心？他林家福威镖局家破人亡，全是伤在青城派手中，我是故意的讥刺于他？我何以这等刻薄小气？"转念又想："那日在衡山群玉院中，我险些便命丧在余沧海的掌力之下，全凭林师弟不顾自身安危，喝一声'以大欺小，好不要脸'，余沧海这才留掌不发。说起来林师弟实可说于我有救命之恩。"言念及此，不由得好生惭愧，吁了一口气，说道："林师弟资质聪明，又肯用功，这几个月来得小师妹指点剑法，想必进境十分迅速。可惜这一年中我不能下崖，否则他有恩于我，我该当好好助他练剑才是。"

岳灵珊秀眉一轩，道："小林子怎地有恩于你了？我可从来不曾听他说起过。"

令狐冲道："他自己自然不会说。"于是将当日情景详细说了。

岳灵珊出了会神，道："怪不得爹爹赞他为人有侠气，因此在'塞北明驼'的手底下救了他出来。我瞧他傻呼呼的，原来他对你也曾挺身而出，这么大喝一声。"说到这里，禁不住哧的一声笑，道："凭他这一点儿本领，居然救过华山派的大师兄，曾为华山掌门的女儿出头而杀了青城掌门的爱子，单就这两件事，已足以在武林中轰传一时了。只是谁也料想不到，这样一位爱打抱不平的大侠，嘿嘿，林平之林大侠，武功却是如此稀松。"

令狐冲道："武功是可以练的，侠义之气却是与生俱来，人品高下，由此而分。"岳灵珊微笑道："我听爹爹和妈妈谈到小林子时，也这么说。大师哥，除了侠气，还有一样气，你和小林子也不相上下。"令狐冲道："什么还有一样气？脾气么？"岳灵珊笑道："是傲气，你两个都骄傲得紧。"

陆大有突然插口道："大师哥是一众师兄妹的首领，有点傲气是应该的。那姓林的是什么东西，凭他也配在华山耍他那一份骄傲？"语气中竟对林平之充满了敌意。令狐冲一愕，问道："六猴儿，林师弟什么时候得罪你了？"陆大有气愤愤的道："他可没得罪我，只是师兄弟们大伙儿瞧不惯他那副德性。"

岳灵珊道："六师哥怎么啦？你老是跟小林子过不去。人家是师弟，你做师哥的该当包涵点儿才是。"陆大有哼了一声，道："他安份守己，那就罢了，否则我姓陆的第一个便容他不得。"岳灵珊道："他到底怎么不安份守己了？"陆大有道："他……他……他……"说了三个"他"字便不说下去了。岳灵珊道："到底什么事啊？这么吞吞吐吐。"陆大有道："但愿六猴儿走了眼，看错了事。"岳灵珊脸上微微一红，就不再问。陆大有嚷着要走，岳灵珊便也和他一同下崖。

令狐冲站在崖边，怔怔的瞧着他二人背影，直至二人转过山坳。突然之间，山坳后面飘上来岳灵珊清亮的歌声，曲调甚是轻快流畅。令狐冲和她自幼一块儿长大，曾无数次听她唱歌，这首曲子可从来没听见过。岳灵珊过去所唱都是陕西小曲，尾音吐得长长的，在山谷间悠然摇曳，这一曲却犹似珠转水溅，字字清圆。令狐冲倾听歌词，依稀只听到："姊妹，上山采茶去"几个字，但她发音古怪，十分之八九只闻其音，不辨其义，心想："小师妹几时学了这首新歌，好听得很啊，下次上崖来请她从头唱一遍。"

　　突然之间，胸口忽如受了铁锤的重重一击，猛地省悟："这是福建山歌，是林师弟教她的！"

　　这一晚心思如潮，令狐冲再也无法入睡，耳边便是响着岳灵珊那轻快活泼、语音难辨的山歌声。几番自怨自责："令狐冲啊令狐冲，你往日何等潇洒自在，今日只为了一首曲子，心中却如此的摆脱不开，枉自为男子汉大丈夫了。"

　　尽管自知不该，岳灵珊那福建山歌的音调却总是在耳边缭绕不去。他心头痛楚，提起长剑，向着石壁乱砍乱削，但觉丹田中一股内力涌将上来，挺剑刺出，运力姿式，宛然便是岳夫人那一招"无双无对，宁氏一剑"，擦的一声，长剑竟尔插入石壁之中，直没至柄。

　　令狐冲吃了一惊，自忖就算这几个月中功力再进步得快，也决无可能一剑刺入石壁，直没至柄，那要何等精纯浑厚的内力贯注于剑刃之上，才能使剑刃入石，如刺朽木，纵然是师父、师娘，也未必有此能耐。他呆了一呆，向外一拉，将剑刃拔了出来，手上登时感到，那石壁其实只薄薄的一层，隔得两三寸便是空处，石壁彼端竟是空洞。

　　他好奇心起，提剑又是一刺，拍的一声，一口长剑断为两截，原来这一次内劲不足，连两三寸的石板也无法穿透。他骂了一句，到石洞外拾起一块斗大石头，运力向石壁上砸去，石头相击，石壁后隐隐有回声传来，显然其后有很大的空旷之处。他运力再砸，突然间砰的一声响，石头穿过石壁，落在彼端地下，但听得砰砰之声不绝，石头不住滚落。

他发现石壁后别有洞天，霎时间便将满腔烦恼抛在九霄云外，又去拾了石头再砸，砸不到几下，石壁上破了一个洞孔，脑袋已可从洞中伸入。他将石壁上的洞孔再砸得大些，点了个火把，钻将进去，只见里面是一条窄窄的孔道，低头看时，突然间全身出了一阵冷汗，只见便在自己足旁，伏着一具骷髅。

这情景实在太过出于意料之外，他定了定神，寻思："难道这是前人的坟墓？但这具骸骨怎地不仰天躺卧，却如此俯伏？瞧这模样，这窄窄的孔道也不是墓道。"俯身看那骷髅，见身上衣着也已腐朽成为尘土，身旁放着两柄大斧，在火把照耀下兀自灿然生光。

他提起一柄斧头，入手沉重，无虞四十来斤，举斧往身旁石壁砍去，嚓的一声，登时落下一大块石头。他又是一怔："这斧头如此锋利，大非寻常，定是一位武林前辈的兵器。"又见石壁上斧头斫过处十分光滑，犹如刀切豆腐一般，旁边也都是利斧砍过的一片片切痕，微一凝思，不由得呆了，举火把一路向下走去，满洞都是斧削的痕迹，心下惊骇无已："原来这条孔道竟是这人用利斧砍出来的。是了，他被人囚禁在山腹之中，于是用利斧砍山，意图破山而出，可是功亏一篑，离出洞只不过数寸，已然力尽而死。唉，这人命运不济，一至于此。"走了十余丈，孔道仍然未到尽头，又想："这人开凿了如此的山道，毅力之坚，武功之强，实是千古罕有。"不由得对他好生钦佩。

又走几步，只见地下又有两具骷髅，一具倚壁而坐，一具蜷成一团，令狐冲寻思："原来被囚在山腹中的，不止一人。"又想："此处是我华山派根本重地，外人不易到来，难道这些骷髅，都是我华山派犯了门规的前辈，被囚死在此地的么？"

再行数丈，顺着甬道转而向左，眼前出现了个极大的石洞，足可容得千人之众，洞中又有七具骷骨，或坐或卧，身旁均有兵刃。

一对铁牌，一对判官笔，一根铁棍，一根铜棒，一具似是雷震挡，另一件则是生满狼牙的三尖两刃刀，更有一件兵刃似刀非刀、似剑非剑，从来没有见过。令狐冲寻思："使这些外门兵刃和那利斧之人，决不是本门弟子。"不远处地下抛着十来柄长剑，他走过去俯身拾起一柄，见那剑较常剑为短，剑刃却阔了一倍，入手沉重，心道："这是泰山派的用剑。"其余长剑，有的轻而柔软，是恒山派的兵刃；有的剑身弯曲，是衡山派所用三种长剑之一；有的剑刃不开锋，只剑尖极是尖利，知是嵩山派中某些前辈喜用的兵刃；另有三柄剑，长短轻重正是本门的常规用剑。他越来越奇："这里抛满了五岳剑派的兵刃，那是什么缘故？"

举起火把往山洞四壁察看，只见右首山壁离地数丈处突出一块大石，似是个平台，大石之下石壁上刻着十六个大字："五岳剑派，无耻下流，比武不胜，暗算害人。"每四个字一排，一共四排，每个字都有尺许见方，深入山石，是用极锋利的兵刃刻入，深达数寸。十六个字棱角四射，大有剑拔弩张之态。又见十六个大字之旁更刻了无数小字，都是些"卑鄙无赖"、"可耻已极"、"低能"、"懦怯"等等诅咒字眼，满壁尽是骂人的语句。令狐冲看得甚是气恼，心想："原来这些人是被我五岳剑派擒住了囚禁在此，满腔气愤，无可发泄，便在石壁上刻些骂人的话，这等行径才是卑鄙无耻。"又想："却不知这些是什么人？既与五岳剑派为敌，自不是什么好人了。"

举起火把更往石壁上照看时，只见一行字刻着道："范松赵鹤破恒山剑法于此。"这一行之旁是无数人形，每两个人形一组，一个使剑而另一个使斧，粗略一计，少说也有五六百个人形，显然是使斧的人形在破解使剑人形的剑法。

在这些人形之旁，赫然出现一行字迹："张乘云张乘风尽破华山剑法。"令狐冲勃然大怒，心道："无耻鼠辈，大胆狂妄已极。华山剑法精微奥妙，天下能挡得住的已屈指可数，有谁胆敢说得上一个'破'字？更有谁胆敢说是'尽破'？"回手拾起泰山派的那柄重剑，运力往这行字上砍去，当的一声，火花四溅，那个"尽"字被他砍去了一角，但便从这一砍之中，察觉石质甚是坚硬，要在这石壁上绘图写字，虽有利器，却也十分不易。

一凝神间，看到那行字旁一个图形，使剑人形虽只草草数笔，线条甚为简陋，但从姿形之中可以明白看出，那正是本门基本剑法的一招"有凤来仪"，剑势飞舞而出，轻盈灵动。与之对拆人形手中持着一条直线形的兵刃，不知算是棍棒还是枪矛，但见这件兵刃之端直指对方剑尖，姿式异常笨拙。令狐冲嘿嘿一声冷笑，寻思："本门这招'有凤来仪'，内藏五个后着，岂是这一招笨招所能破解？"

但再看那图中那人的身形，笨拙之中却含着有余不尽、绵绵无绝之意。"有凤来仪"这一招尽管有五个后着，可是那人这一条棍棒之中，隐隐似乎含有六七种后着，大可对付得了"有凤来仪"的诸种后着。

令狐冲凝视着这个寥寥数笔的人形，不胜骇异，寻思："本门这一招'有凤来仪'招数本极寻常，但后着却威力极大，敌手知机的便挡格闪避，倘若犯难破拆，非吃大亏不可，可是对方这一棍，委实便能破了我们这招'有凤来仪'，这……这……这……"渐渐的自惊奇转为钦佩，内心深处，更不禁大有惶恐之情。

他呆呆凝视这两个人形，也不知过了多少时候，突然之间，右手上觉得一阵剧烈疼痛，却是火把燃到尽头，烧到了手上。他一甩手抛开火把，心想："火把一烧完，洞中便黑漆一团。"急忙奔到前洞，拿了十几根用以烧火取暖的松柴，奔回后洞，在即将烧尽的火把上点着了，仍是瞧着这两个人形，心想："这使棍的如果功力和本门剑手相若，那么本门剑手便有受伤之虞；要是对方功力稍高，则两招相逢，本门剑手立时便得送命。我们这一招'有凤来仪'……确确实实是给人家破了，不管用了！"

他侧头再看第二组图形时，见使剑的所使是本门一招'苍松迎客'，登时精神一振，这一招他当年足足花了一个月时光才练得纯熟，已成为他临敌时的绝招之一。他兴奋之中微感惶恐，只怕这一招又为人所破，看那使棍的人形时，却见他手中共有五条棍子，分击使剑人形下盘五个部位。他登时一怔："怎地有五条棍子？"但一看使棍人形的姿式，便即明白："这不是五条棍子，是他在一刹那间连续击出五棍，分取对方下盘五处。可是他快我也快，他未必来得及连出五棍。这招'苍松迎客'毕竟破解不了。"正自得意，忽然一呆，终于想到："他不是连出五棍，而是在这五棍的方位中任击一棍，我却如何躲避？"

他拾起一柄本门的长剑，使出"苍松迎客"那一招来，再细看石壁上图形，想像对方一棍击来，倘若知道他定从何处攻出，自有对付之方，但他那一棍可以从五个方位中任何一个方位击至，那时自己长剑已刺在外门，势必不及收回，除非这一剑先行将他刺死，否则自己下盘必被击中，但对方既是高手，岂能期望一剑定能制彼死命？眼见敌人沉肩滑步的姿式，定能在间不容发的情势之下避过自己这一剑，这一剑既给避过，反击之来，自己可就避不过了。这么一来，华山派的绝招"苍松迎客"岂不是又给人破了？

令狐冲回想过去三次曾以这一招"苍松迎客"取胜，倘若对方见过这石壁上的图形，知道以此反击，则对方不论使棍使枪、使棒使矛，如此还手，自己非死即伤，只怕今日世上早已没有令狐冲这个人了。他越想越是心惊，额头冷汗涔涔而下，自言自语："不会的，不会的！要是'苍松迎客'真有此法可以破解，师父怎会不知？怎能不向我警告？"但他对这一招的精要诀窍实是所知极稔，眼见使棍人形这五棍之来，凌厉已极，虽只石壁上短短的五条线，每一线却都似重重打在他腿骨、胫骨上一般。

再看下去，石壁上所刻剑招尽是本门绝招，而对方均是以巧妙无伦、狠辣之极的招数破去，令狐冲越看越心惊，待看到一招"无边落木"时，见对方棍棒的还招软弱无力，纯系守势，不由得吁了口长气，心道："这一招你毕竟破不了啦。"

记得去年腊月，师父见大雪飞舞，兴致甚高，聚集了一众弟子讲论剑法，最后施展了这招"无边落木"出来，但见他一剑快似一剑，每一剑都闪中了半空中飘下来的一朵雪花，连师娘都鼓掌喝采，说道："师哥，这一招我可服你了，华山派确该由你做掌门人。"师父笑道："执掌华山一派门户，凭德不凭力，未必一招剑法使得纯熟些，便能做掌门人了。"师娘笑道："羞不羞？你哪一门德行比我高了？"师父笑了笑，便不再说。师娘极少服人，常爱和师父争胜，连她都服，则这招"无边落木"的厉害可想而知。后来师父讲解，这一招的名字取自一句唐诗，就叫做"无边落木"什么的，师父当时念过，可不记得了，好像是说千百棵树木上的叶子纷纷飘落，这招剑法也要如此四面八方的都照顾到。

再看那使棍人形，但见他缩成一团，姿式极不雅观，一副招架无方的挨打神态，令狐冲正觉好笑，突然之间，脸上笑容僵硬了起来，背上一阵冰凉，寒毛直竖。他目不转瞬的凝视那人手中所持棍棒，越看越觉得这棍棒所处方位实是巧妙到了极处。"无边落木"这一招中刺来的九剑、十剑、十一剑、十二剑……每一剑势必都刺在这棍棒之上，这棍棒骤看之下似是极拙，却乃极巧，形似奇弱，实则至强，当真到了"以静制动，以拙御巧"的极诣。

霎时之间，他对本派武功信心全失，只觉纵然学到了如师父一般炉火纯青的剑术，遇到这使棍棒之人，那也是缚手缚脚，绝无抗御的余地，那么这门剑术学下去更有何用？难道华山派剑术当真如此不堪一击？眼见洞中这些骸骨腐朽已久，少说也有三四十年，何以五岳剑派至今仍然称雄江湖，没听说哪一派剑法真的能为人所破？但若说壁上这些图形不过纸上谈兵，却又不然，嵩山等派剑法是否为人所破，他虽不知，但他娴熟华山剑法，深知倘若陡然间遇上对方这等高明之极的招数，决计非一败涂地不可。

他便如给人点中了穴道，呆呆站着不动，脑海之中，一个个念头却层出不穷的闪过，也不知过了多少时候，只听得有人在大叫："大师哥，大师哥，你在哪里？"

令狐冲一惊，急从石洞中转身而出，急速穿过窄道，钻过洞口，回入自己的山洞，只听得陆大有正向着崖外呼叫。令狐冲从洞中纵了出来，转到后崖的一块大石之后，盘膝坐好，叫道："我在这里打坐。六师弟，有什么事？"

　　陆大有循声过来，喜道："大师哥在这里啊！我给你送饭来啦。"令狐冲从黎明起始凝视石壁上的招数，心有专注，不知时刻之过，此时竟然已是午后。他居住的山洞是静居思过之处，陆大有不敢擅入，那山洞甚浅，一瞧不见令狐冲在内，便到崖边寻找。

　　令狐冲见他右颊上敷了一大片草药，血水从青绿的草药糊中渗将出来，显是受了不轻的创伤。忙问："咦！你脸上怎么了？"陆大有道："今早练剑不小心，回剑时划了一下，真蠢！"令狐冲见他神色间气愤多于惭愧，料想必有别情，便道："六师弟，到底是怎生受的伤？难道你连我也瞒么？"

　　陆大有气愤愤的道："大师哥，不是我敢瞒你，只是怕你生气，因此不说。"令狐冲问："是给谁刺伤的？"心下奇怪，本门师兄弟素来和睦，从无打架相斗之事，难道是山上来了外敌？陆大有道："今早我和林师弟练剑，他刚学会了那招'有凤来仪'，我一个不小心，给他划伤了脸。"令狐冲道："师兄弟们过招，偶有失手，平常得很，那也不用生气。林师弟初学乍练，收发不能自如，须怪不得他。只是你未免太大意了。这招'有凤来仪'威力不小，该当小心应付才是。"陆大有道："是啊，可是我怎料到这……这姓林的入门没几个月，便练成了'有凤来仪'？我是拜师后第五年上，师父才要你传我这一招的。"

　　令狐冲微微一怔，心想林师弟入门数月，便学成这招"有凤来仪"，进境确是太过迅速，若非天纵聪明而有过人之能，那便根基不稳，这等以求速成，于他日后练功反而大有妨碍，不知师父何以这般快的传他。

　　陆大有又道："当时我乍见之下，吃了一惊，便给他划伤了。小师妹还在旁拍手叫好，说道：'六猴儿，你连我的徒弟也打不过，以后还敢在我面前逞英雄么？'那姓林的小子自知不合，过来给我包扎伤口，却给我踢了个筋斗。小师妹怒道：'六猴儿，人家好心给你包扎，你怎地打不过人家，便老羞成怒了？'大师哥，原来是小师妹偷偷传给他的。"

刹那之间，令狐冲心头感到一阵强烈的酸苦，这招"有凤来仪"甚是难练，五个后着变化繁复，又有种种诀窍，小师妹教会林师弟这招剑法，定是花了无数心机，不少功夫，这些日子中她不上崖来，原来整日便和林师弟在一起。岳灵珊生性好动，极不耐烦做细磨功夫，为了要强好胜，自己学剑尚有耐心，要她教人，却极难望其能悉心指点，现下居然将这招变化繁复的"有凤来仪"教会了林平之，则对这师弟的关心爱护，可想而知。他过了好一阵，心头较为平静，才淡淡的道："你怎地去和林师弟练剑了？"

陆大有道："昨日我和你说了那几句话，小师妹听了很不乐意，下峰时一路跟我唠叨，今日一早便拉我去跟林师弟拆招。我毫无戒心，拆招便拆招。哪知小师妹暗中教了姓林的小子好几手绝招。我出其不意，中了他暗算。"

令狐冲越听越明白，定是这些日子中岳灵珊和林平之甚是亲热，陆大有和自己交好，看不过眼，不住的冷言讥刺，甚至向林平之辱骂生事，也不出奇，便道："你骂过林师弟好几次了，是不是？"

陆大有气愤愤的道："这卑鄙无耻的小白脸，我不骂他骂谁？他见到我怕得很，我骂了他，从来不敢回嘴，一见到我，转头便即避开，没想到……没想到这小子竟这般阴毒。哼！凭他能有多大气候，若不是师妹背后撑腰，这小子能伤得了我？"

令狐冲心头涌上一股难以形容的苦涩滋味，随即想起后洞石壁上那招专破"有凤来仪"的绝招，从地下拾起一根树枝，随手摆了个姿式，便想将这一招传给陆大有，但转念一想："六师弟对那姓林的小子恼恨已极，此招既出，定然令他重伤，师父师娘追究起来，我们二人定受重责，这事万万不可。"便道："吃一次亏，学一个乖，以后别再上当，也就是了。自己师兄弟，过招时的小小胜败，那也不必在乎。"

陆大有道："是。可是大师哥，我能不在乎，你……你也能不在乎吗？"

令狐冲知他说的是岳灵珊之事，心头感到一阵剧烈痛楚，脸上肌肉也扭曲了起来。

陆大有一言既出，便知这句话大伤师哥之心，忙道："我……我说错了。"令狐冲握住他手，缓缓的道："你没说错。我怎能不在乎？不过……不过……"隔了半响，道："六师弟，这件事咱们此后再也别提。"陆大有道："是！大师哥，那招'有凤来仪'，你教过我的。我一时不留神，才着了那小子的道儿。我一定好好去练，用心去练，要教这小子知道，到底大师哥教的强，还是小师妹教的强。"

令狐冲惨然一笑，说道："那招'有凤来仪'，嘿嘿，其实也算不了什么。"

陆大有见他神情落寞，只道小师妹冷淡了他，以致他心灰意懒，当下也不敢再说什么，陪着他吃过了酒饭，收拾了自去。

令狐冲闭目养了会神，点了个松明火把，又到后洞去看石壁上的剑招。初时总是想着岳灵珊如何传授林平之剑术，说什么也不能凝神细看石壁上的图形，壁上寥寥数笔勾勒成的人形，似乎一个个都幻化为岳灵珊和林平之，一个在教，一个在学，神态亲密。他眼前晃来晃去，都是林平之那俊美的相貌，不由得叹了口长气，心想："林师弟相貌比我俊美十倍，年纪又比我小得多，比小师妹只大一两岁，两人自是容易说得来。"

突然之间，瞥见石壁上图形中使剑之人刺出一剑，运劲姿式，剑招去路，宛然便是岳夫人那一招"无双无对，宁氏一剑"，令狐冲大吃一惊，心道："师娘这招明明是她自创的，怎地石壁上早就刻下了？这可奇怪之极了。"

仔细再看图形，才发觉石壁上这一剑和岳夫人所创的剑招之间，实有颇大不同，石壁上的剑招更加浑厚有力，更为朴实无华，显然出于男子之手，一剑之出，真正便只一剑，不似岳夫人那一剑暗藏无数后着，只因更为单纯，也便更为凌厉。令狐冲暗暗点头："师娘所创这一剑，原来是暗合前人的剑意。其实那也并不奇怪，两者都是从华山剑法的基本道理中变化出来，两人的功力和悟性都差不多，自然会有大同小异的创制。"又想："如此说来，这石壁上的种种剑招，有许多是连师父和师娘都不知道了。难道师父于本门的高深剑法，竟没学全么？"但见对手那一棍也是径自直点，以棍端对准剑尖，一剑一棍，联成了一条直线。

令狐冲看到这一条直线，情不自禁的大叫一声："不好了！"手中火把落地，洞中登时全黑。他心中出现了极强的惧意，只说："那怎么办？那怎么办？"

他清清楚楚的看到了，一棍一剑既针锋相对，棍硬剑柔，双方均以全力点出，则长剑非从中折断不可。这一招双方的后劲都是绵绵不绝，棍棒不但会乘势直点过去，而且剑上后劲会反击自身，委实无法可解。

跟着脑海中又闪过了一个念头："当真无法可解？却也不见得。兵刃既断，对方棍棒疾点过来，其势只有抛去断剑，双膝跪倒，要不然身子向前一扑，才能消解棍上之势。可是像师父、师娘这等大有身份的剑术名家，能使这等姿式么？那自然是宁死不辱的了。唉，一败涂地！一败涂地！"

悄立良久，取火刀火石打着了火，点起火把，向石壁再看下去，只见剑招愈出愈奇，越来越精，最后数十招直是变幻难测，奥秘无方，但不论剑招如何厉害，对方的棍棒必有更加厉害的克制之法。华山派剑法图形尽处，刻着使剑者抛弃长剑，俯首屈膝，跪在使棍者的面前。令狐冲胸中愤怒早已尽消，只余一片沮丧之情，虽觉使棍者此图形未免骄傲刻薄，但华山派剑法被其尽破，再也无法与之争雄，却也是千真万确，绝无可疑。

这一晚间，他在后洞来来回回的不知绕了几千百个圈子，他一生之中，从未受过这般巨大的打击。心中只想："华山派名列五岳剑派，是武林中享誉已久的名门大派，岂知本派武功竟如此不堪一击。石壁上的剑招，至少有百余招是连师父、师娘也不知道的，但即使练成了本门的最高剑法，连师父也是远远不及，却又有何用？只要对方知道了破解之法，本门的最强高手还是要弃剑投降。倘若不肯服输，只有自杀了。"

徘徊来去，焦虑苦恼，这时火把早已熄了，也不知过了多少时候，又点燃火把，看着那跪地投降的人形，愈想愈是气恼，提起剑来，便要往石壁上削去，剑尖将要及壁，突然动念："大丈夫光明磊落，输便是输，赢便是赢，我华山派技不如人，有什么话可说？"抛下长剑，长叹了一声。

再去看石壁上的其余图形时，只见嵩山、衡山、泰山、恒山四派的剑招，也全被对手破尽破绝，其势无可挽救，最后也是跪地投降。令狐冲在师门日久，见闻广博，于嵩山等派的剑招虽然不能明其精深之处，但大致要义，却都听人说过，眼见石壁上所刻四派剑招，没一招不是十分高明凌厉之作，但每一招终是为对方所破。

他惊骇之余，心中充满了疑窦："范松、赵鹤、张乘风、张乘云这些人，到底是什么来头？怎地花下如许心思，在石壁上刻下破我五岳剑派的剑招之法，他们自己在武林中却是没没无闻？而我五岳剑派，居然又得享大名至今？"

心底隐隐觉得，五岳剑法今日在江湖上扬威立万，实不免有点欺世盗名，至少也是侥幸之极。五家剑派中数千名师长弟子，所以得能立足于武林，全仗这石壁上的图形未得泄漏于外，心中忽又生念："我何不提起大斧，将石壁上的图形砍得干干净净，不在世上留下丝毫痕迹？那么五岳剑派的令名便可得保了。只当我从未发现过这个后洞，那便是了。"

他转身去提起大斧，回到石壁之前，但看到壁上种种奇妙招数，这一斧始终砍不下去，沉吟良久，终于大声说道："这等卑鄙无耻的行径，岂是令狐冲所为?"

突然之间，又想起那个青袍蒙面客来:"这人剑术如此高明，多半和这洞里的图形大有关连。这人是谁? 这人是谁?"

回到前洞想了半日，又到后洞去察看壁上图形，这等忽前忽后，也不知走了多少次，眼见天色向晚，忽听得脚步声响，岳灵珊提了饭篮上来。令狐冲大喜，急忙迎到崖边，叫道:"小师妹!"声音也发颤了。

岳灵珊不应，上得崖来，将饭篮往大石上重重一放，一眼也不向他瞧，转身便行。令狐冲大急，叫道:"小师妹，小师妹，你怎么了?"岳灵珊哼了一声，右足一点，纵身便即下崖，任由令狐冲一再叫唤，她始终不应一声，也始终不回头瞧他一眼。令狐冲心情激荡，一时不知如何是好，打开饭篮，但见一篮白饭，两碗素菜，却没了那一小葫芦酒。他痴痴的瞧着，不由得呆了。

他几次三番想要吃饭，但只吃得一口，便觉口中干涩，食不下咽，终于停箸不食，寻思:"小师妹若是恼了我，何以亲自送饭来给我? 若是不恼我，何以一句话不说，眼角也不向我瞧一眼? 难道是六师弟病了，以致要她送饭来? 可是六师弟不送，五师弟、七师弟、八师弟他们都能送饭，为什么小师妹却要自己上来?"思潮起伏，推测岳灵珊的心情，却把后洞石壁的武功置之脑后了。

次日傍晚，岳灵珊又送饭来，仍是一眼也不向他瞧，一句话也不向他说，下崖之时，却大声唱起福建山歌来。令狐冲更是心如刀割，寻思:"原来她是故意气我来着。"

第三日傍晚，岳灵珊又这般将饭篮在石上重重一放，转身便走，令狐冲再也忍耐不住，叫道:"小师妹，留步，我有话跟你说。"岳灵珊转过身来，道:"有话请说。"令狐冲见她脸上犹如罩了一层严霜，竟没半点笑意，喃喃的道:"你……你……你……"岳灵珊道:"我怎样?"令狐冲道:"我……我……"他平时潇洒倜傥，口齿伶俐，但这时竟然说不出话来。岳灵珊道:"你没话说，我可要走了。"转身便行。

令狐冲大急，心想她这一去，要到明晚再来，今日不将话问明白了，这一晚心情煎熬，如何能挨得过去？何况瞧她这等神情，说不定明晚便不再来，甚至一个月不来也不出奇，情急之下，伸手便拉住她左手袖子。岳灵珊怒道："放手！"用力一挣，嗤的一声，登时将那衣袖扯了下来，露出白白的半条手膀。

岳灵珊又羞又急，只觉一条裸露的手膀无处安放，她虽是学武之人，于小节不如寻常闺女般拘谨，但突然间裸露了这一大段臂膀，却也狼狈不堪，叫道："你……大胆！"令狐冲忙道："小师妹，对……对不起，我……我不是故意的。"岳灵珊将右手袖子翻起，罩在左膀之上，厉声道："你到底要说什么？"

令狐冲道："我便是不明白，为什么你对我这样？当真是我得罪了你，小师妹，你……你……拔剑在我身上刺十七八个窟窿，我……我也是死而无怨。"

岳灵珊冷笑道："你是大师兄，我们怎敢得罪你啊？还说什么刺十七八个窟窿呢，我们是你师弟妹，你不加打骂，大伙儿已谢天谢地啦。"令狐冲道："我苦苦思索，当真想不明白，不知哪里得罪了师妹。"岳灵珊气虎虎的道："你不明白！你叫六猴儿在爹爹、妈妈面前告状，你就明白得很了。"令狐冲大奇，道："我叫六师弟向师父、师娘告状了？告……告你么？"岳灵珊道："你明知爹爹妈妈疼我，告我也没用，偏生这么鬼聪明，去告了……告了……哼哼，还装腔作势，你难道真的不知道？"

令狐冲心念一动，登时雪亮，却是愈增酸苦，道："六师弟和林师弟比剑受伤，师父师娘知道了，因而责罚了林师弟，是不是？"心想："只因师父师娘责罚了林师弟，你便如此生我的气。"

岳灵珊道："师兄弟比剑，一个失手，又不是故意伤人，爹爹却偏袒六猴儿，狠狠骂了小林子一顿，又说小林子功力未到，不该学'有凤来仪'这等招数，不许我再教他练剑。好了，是你赢啦！可是……可是……我……我再也不来理你，永远永远不睬你！"这

"永远永远不睬你"七字，原是平时她和令狐冲闹着玩时常说的言语，但以前说时，眼波流转，口角含笑，哪有半分"不睬你"之意？这一次却神色严峻，语气中也充满了当真割绝的决心。

令狐冲踏上一步，道："小师妹，我……"他本想说："我确是没叫六师弟去向师父师娘告状。"但转念又想："我问心无愧，并未做过此事，何必为此向你哀恳乞怜？"说了一个"我"字，便没接口说下去。

岳灵珊道："你怎样？"

令狐冲摇头道："我不怎么样！我只是想，就算师父师娘不许你教林师弟练剑，也不是什么大不了的事，又何必恼我到这等田地？"

岳灵珊脸上一红，道："我便是恼你，我便是恼你！你心中尽打坏主意，以为我不教林师弟练剑，便能每天来陪你了。哼，我永远永远不睬你。"右足重重一蹬，下崖去了。

这一次令狐冲不敢再伸手拉扯，满腹气苦，耳听得崖下又响起了她清脆的福建山歌。走到崖边，向下望去，只见她苗条的背影正在山坳边转过，依稀见到她左膀拢在右袖之中，不禁担心："我扯破了她的衣袖，她如去告知师父师娘，他二位老人家还道我对小师妹轻薄无礼，那……那……那便如何是好？这件事传了出去，连一众师弟师妹也都瞧我不起了。"随即心想："我又不是真的对她轻薄。人家爱怎么想，我管得着么？"

但想到她只是为了不得对林平之教剑，居然如此恼恨自己，实不禁心中大为酸楚，初时还能自己宽慰譬解："小师妹年轻好动，我既在崖上思过，无人陪她说话解闷，她便找上了年纪和她相若的林师弟作个伴儿，其实又岂有他意？"但随即又想："我和她一同长大，情谊何等深重？林师弟到华山来还不过几个月，可是亲疏厚薄之际，竟然这般不同。"言念及此，却又气苦。

这一晚，他从洞中走到崖边，又从崖边走到洞中，来来去去，不知走了几千百次，次日又是如此，心中只是想着岳灵珊，对后洞石壁上的图形，以及那晚突然出现的青袍人，尽皆置之脑后了。

到得傍晚，却是陆大有送饭上崖。他将饭菜放在石上，盛好了饭，说道："大师哥，用饭。"令狐冲嗯了一声，拿起碗筷扒了两口，实是食不下咽，向崖下望了一眼，缓缓放下了饭碗。陆大有道："大师哥，你脸色不好，身子不舒服么？"令狐冲摇头道："没什么。"陆大有道："这冬菇是我昨天去给你采的，你试试味道看。"令狐冲不忍拂他之意，夹了两只冬菇来吃了，道："很好。"其实冬菇滋味虽鲜，他何尝感到了半分甜美之味？

陆大有笑嘻嘻的道："大师哥，我跟你说一个好消息，师父师娘打从昨儿起，不许小林子跟小师妹学剑啦。"令狐冲冷冷的道："你斗剑斗不过林师弟，便向师父师娘哭诉去了，是不是？"陆大有跳了起来，道："谁说我斗他不过了？我……我是为……"说到这里，立时住口。

令狐冲早已明白，虽然林平之凭着一招"有凤来仪"出其不意的伤了陆大有，但毕竟陆大有入门日久，林平之无论如何不是他对手。他所以向师父师娘告状，实则是为了自己。令狐冲突然心想："原来一众师弟师妹，心中都在可怜我，都知道小师妹从此不跟我好了。只因六师弟和我交厚，这才设法帮我挽回。哼哼，大丈夫岂受人怜？"

突然之间，他怒发如狂，拿起饭碗菜碗，一只只的都投入了深谷之中，叫道："谁要你多事？谁要你多事？"

陆大有吃了一惊，他对大师哥素来敬重佩服，不料竟激得他如此恼怒，心下甚是慌乱，不住倒退，只道："大师哥，大……师哥。"令狐冲将饭菜尽数抛落深谷，余怒未息，随手拾起一块块石头，不住投入深谷之中。陆大有道："大师哥，是我不好，你……打我好了。"

令狐冲手中正举起一块石头，听他这般说，转过身来，厉声道："你有什么不好？"陆大有吓得又退了一步，嗫嚅道："我……我……我不知道！"令狐冲一声长叹，将手中石头远远投了出去，拉住陆大有双手，温言道："六师弟，对不起，是我自己心中发闷，可跟你毫不相干。"

陆大有松了口气，道："我下去再给你送饭来。"令狐冲摇头道："不，不用了，我不想吃。"陆大有见大石上昨日饭篮中的饭菜兀自完整不动，不由得脸有忧色，说道："大师哥，你昨天也没吃饭?"令狐冲强笑一声，道："你不用管，这几天我胃口不好。"

陆大有不敢多说，次日还不到未牌时分，便即提饭上崖，心想："今日弄到了一大壶好酒，又煮了两味好菜，无论如何要劝大师哥多吃几碗饭。"上得崖来，却见令狐冲睡在洞中石上，神色甚是憔悴。他心中微惊，说道："大师哥，你瞧这是什么?"提起酒葫芦晃了几晃，拔开葫芦上的塞子，登时满洞都是酒香。

令狐冲当即接过，一口气喝了半壶，赞道："这酒可不坏啊。"陆大有甚是高兴，道："我给你装饭。"令狐冲道："不，这几天不想吃饭。"陆大有道："只吃一碗罢。"说着给他满满装了一碗。令狐冲见他一番好心，只得道："好，我喝完了酒再吃饭。"

可是这一碗饭，令狐冲毕竟没有吃。次日陆大有再送饭上来时，见这碗饭仍满满的放在石上，令狐冲却躺在地下睡着了。陆大有见他双颊潮红，伸手摸他额头，触手火烫，竟是在发高烧，不禁担心。低声道："大师哥，你病了么?"令狐冲道："酒，酒，给我酒!"陆大有虽带了酒来，却不敢给他，倒了一碗清水送到他口边。令狐冲坐起身来，将一大碗水喝干了，叫道："好酒，好酒!"仰天重重睡倒，兀自喃喃的叫道："好酒，好酒!"

陆大有见他病势不轻，甚是忧急，偏生师父师娘这日一早又有事下山去了，当即飞奔下崖，去告知了劳德诺等众师兄。岳不群虽有严训，除了每日一次送饭外，不许门人上崖和令狐冲相见，眼下他既有病，上去探病，谅亦不算犯规。但众门人仍是不敢一同上崖，商量了大伙儿分日上崖探病，先由劳德诺和梁发两人上去。

陆大有又去告知岳灵珊，她余愤兀自未息，冷冷的道："大师哥内功精湛，怎会有病? 我才不上这个当呢。"

令狐冲这场病来势着实凶狠，接连四日四晚昏睡不醒。陆大有向岳灵珊苦苦哀求，请她上崖探视，差点便要跪在她面前。岳灵珊才知不假，也着急起来，和陆大有同上崖去，只见令狐冲双颊深陷，蓬蓬的胡子生得满脸，浑不似平时潇洒倜傥的模样。岳灵珊心下歉仄，走到他身边，柔声道："大师哥，我来探望你啦，你别再生气了，好不好？"

令狐冲神色漠然，睁大了眼睛向她瞧着，眼光中流露出迷茫之色，似乎并不相识。岳灵珊道："大师哥，是我啊。你怎么不睬我？"令狐冲仍是呆呆的瞪视，过了良久，闭眼睡着了，直至陆大有和岳灵珊离去，他始终没再醒来。

这场病直生了一个多月，这才渐渐痊可。这一个多月中，岳灵珊曾来探视了三次。第二次上令狐冲神智已复，见到她时十分欣喜。第三次她再来探病时，令狐冲已可坐起身来，吃了几块她带来的点心。

但自这次探病之后，她却又绝足不来。令狐冲自能起身行走之后，每日之中，倒有大半天是在崖边等待这小师妹的倩影，可是每次见到的，若非空山寂寂，便是陆大有佝偻着身子快步上崖的形相。

令狐冲随手摸到腰间剑鞘，便将剑鞘对准岳夫人长剑，联成一线，却听得擦的一声响，岳夫人的长剑直插入剑鞘之中。

九 邀 客

这日傍晚，令狐冲又在崖上凝目眺望，却见两个人形迅速异常的走上崖来，前面一人衣裙飘飘，是个女子。他见这二人轻身功夫好高，在危崖峭壁之间行走如履平地，凝目看时，竟是师父和师娘。他大喜之下，纵声高呼："师父、师娘！"片刻之间，岳不群和岳夫人双双纵上崖来，岳夫人手中提着饭篮。依照华山派历来相传门规，弟子受罚在思过崖上面壁思过，同门师兄弟除了送饭，不得上崖与之交谈，即是受罚者的徒弟，也不得上崖叩见师父。哪知岳不群夫妇居然亲自上崖，令狐冲不胜之喜，抢上拜倒，抱住了岳不群的双腿，叫道："师父、师娘，可想煞我了。"

岳不群眉头微皱，他素知这个大弟子率性任情，不善律己，那正是修习华山派上乘气功的大忌。夫妇俩上崖之前早已问过病因，众弟子虽未明言，但从各人言语之中，已推测到此病是因岳灵珊而起，待得叫女儿来细问，听她言词吞吐闪烁，知道得更清楚了。这时眼见他真情流露，显然在思过崖上住了半年，丝毫没有长进，心下颇为不怿，哼了一声。

岳夫人伸手将令狐冲扶起，见他容色憔悴，大非往时神采飞扬的情状，不禁心生怜惜，柔声道："冲儿，你师父和我刚从关外回来，听到你生了一场大病，现下可大好了罢？"

令狐冲胸口一热，眼泪险些夺眶而出，说道："已全好了。师父、师娘两位老人家一路辛苦，你们今日刚回，却便上来……上来看我。"说到这里，心情激动，说话哽咽，转过头去擦了擦眼泪。

岳夫人从饭篮中取出一碗参汤，道："这是关外野山人参熬的参汤，于身子大有补益，快喝了罢。"令狐冲想起师父、师娘万里迢迢的从关外回来，携来的人参第一个便给自己服食，心下感激，端起碗时右手微颤，竟将参汤泼了少许出来。岳夫人伸手过去，要将参汤接过来喂他。令狐冲忙大口将参汤喝完了，道："多谢师父、师娘。"

岳不群伸指过去，搭住他的脉搏，只觉弦滑振速，以内功修为而论，比之以前反而大大退步了，更是不快，淡淡的道："病是好了！"过了片刻，又道："冲儿，你在思过崖上这几个月，到底在干什么？怎地内功非但没长进，反而后退了？"令狐冲俯首道："是，师父师娘恕罪。"岳夫人微笑道："冲儿生了一场大病，现下还没全好，内力自然不如从前。难道你盼他越生病，功夫越强么？"

岳不群摇了摇头，说道："我查考他的不是身子强弱，而是内力修为，这跟生不生病无关。本门气功与别派不同，只须勤加修习，纵在睡梦中也能不断进步。何况冲儿修练本门气功已逾十年，若非身受外伤，便不该生病，总之……总之是七情六欲不善控制之故。"

岳夫人知道丈夫所说不错，向令狐冲道："冲儿，你师父向来谆谆告诫，要你用功练气练剑，罚你在思过崖上独修，其实也并非真的责罚，只盼你不受外事所扰，在这一年之内，不论气功和剑术都有突飞猛进，不料……不料……唉……"

令狐冲大是惶恐，低头道："弟子知错了，今日起便当好好用功。"

岳不群道："武林之中，变故日多。我和你师娘近年来四处奔波，眼见所伏祸胎难以消解，来日必有大难，心下实是不安。"他顿了一顿，又道："你是本门大弟子，我和你师娘对你期望甚殷，盼你他日能为我们分任艰巨，光大华山一派。但你牵缠于儿女私情，不求上进，荒废武功，可令我们失望得很了。"

令狐冲见师父脸上忧色甚深，更是愧惧交集，当即拜伏于地，说道："弟子……弟子该死，辜负了师父、师娘的期望。"

岳不群伸手扶他起来，微笑道："你既已知错，那便是了。半月之后，再来考较你的剑法。"说着转身便行。令狐冲叫道："师父，有一件事……"想要禀告后洞石壁上图形和那青袍人之事。岳不群挥一挥手，下崖去了。

岳夫人低声道："这半月中务须用功，熟习剑法。此事与你将来一生大有关连，千万不可轻忽。"令狐冲道："是。师娘……"又待再说石崖剑招和青袍人之事，岳夫人笑着向岳不群背影指了指，摇一摇手，转身下崖，快步追上了丈夫。

令狐冲自忖："为什么师娘说练剑一事与我将来一生大有关连，千万不可轻忽？又为什么师娘要等师父先走，这才暗中叮嘱我？莫非……莫非……"登时想到了一件事，一颗心怦怦乱跳，双颊发烧，再也不敢细想下去，内心深处，浮上了一个指望："莫非师父师娘知道我是为小师妹生病，竟然肯将小师妹许配给我？只是我必须好好用功，不论气功、剑术，都须能承受师父的衣钵。师父不便明言，师娘当我是亲儿子一般，却暗中叮嘱我，否则的话，还有什么事能与我将来一生大有关连？"

想到此处，登时精神大振，提起剑来，将师父所授剑法中最艰深的几套练了一遍，可是后洞石壁上的图形已深印脑海，不论使到哪一招，心中自然而然的浮起了种种破解之法，使到中途，凝剑不发，寻思："后洞石壁上这些图形，这次没来得及跟师父师娘说，半个月后他二位再上崖来，细观之后，必能解破我的种种疑窦。"

岳夫人这番话虽令他精神大振，可是这半个月中修习气功、剑术，却无多大进步，整日里胡思乱想："师父师娘如将小师妹许配于我，不知她自己是否愿意？要是我真能和她结为夫妇，不知她对林师弟是否能够忘情？其实，林师弟不过初入师门，向她讨教剑法，平时陪她说话解闷而已，两人又不是真有情意，怎及得我和小师妹一同长大，十余年来朝夕共处的情谊？那日我险些被余沧海一掌击毙，全蒙林师弟出言解救，这件事我可终身不能忘记，日后自当善待于他。他若遇危难，我纵然舍却性命，也当挺身相救。"

半个月晃眼即过，这日午后，岳不群夫妇又连袂上崖，同来的还有施戴子、陆大有与岳灵珊三人。令狐冲见到小师妹也一起上来，在口称"师父、师娘"之时，声音也发颤了。

岳夫人见他精神健旺，气色比之半个月前大不相同，含笑点了点头，道："珊儿，你替大师哥装饭，让他先吃得饱饱地，再来练剑。"岳灵珊应道："是。"将饭篮提进石洞，放在大石上，取出碗筷，满满装了一碗白米饭，笑道："大师哥，请用饭罢！"

令狐冲道："多……多谢。"岳灵珊笑道："怎么？你还在发冷发热？怎地说起话来声音打颤？"令狐冲道："没……没什么。"心道："倘若此后朝朝暮暮，我吃饭时你能常在身畔，这一生令狐冲更无他求。"这时哪里有心情吃饭，三扒二拨，便将一碗饭吃完。岳灵珊道："我再给你添饭。"令狐冲道："多谢，不用了。师父、师娘在外边等着。"

走出洞来，只见岳不群夫妇并肩坐在石上。令狐冲走上前去，躬身行礼，想要说什么，却觉得什么话都说来不妥。陆大有向他眨了眨眼睛，脸上大有喜色。令狐冲心想："六师弟定是得到了讯息，在代我欢喜呢。"

岳不群的目光在他脸上转来转去，过了好一刻才道："根明昨天从长安来，说道田伯光在长安做了好几件大案。"令狐冲一怔，道："田伯光到了长安？干的多半不是好事了。"岳不群道："那还用说？他在长安城一夜之间连盗七家大户，这也罢了，却在每家墙上写上九个大字：'万里独行田伯光借用'。"

令狐冲"啊"的一声，怒道："长安城便在华山近旁，他留下这九个大字，明明是要咱们华山派的好看。师父，咱们……"岳不群道："怎么？"令狐冲道："只是师父、师娘身份尊贵，不值得叫这恶贼来污了宝剑。弟子功夫却还不够，不是这恶贼的对手，何况弟子是有罪之身，不能下崖去找这恶贼，却让他在华山脚下如此横行，当真可恼可恨。"

岳不群道："倘若你真有把握诛了这恶贼，我自可准你下崖，将功赎罪。你将师娘所授那一招'无双无对，宁氏一剑'演来瞧瞧。这半年之中，想来也已领略到了七八成，请师娘再加指点，未始便真的斗不过那姓田的恶贼。"

令狐冲一怔，心想："师娘这一剑可没传我啊。"但一转念间，已然明白："那日师娘试演此剑，虽然没正式传我，但凭着我对本门功夫的造诣修为，自该明白剑招中的要旨。师父估计我在这半年之中，琢磨修习，该当学得差不多了。"

他心中翻来覆去的说着："无双无对，宁氏一剑！无双无对，宁氏一剑！"额头上不自禁渗出汗珠。他初上崖时，确是时时想着这一剑的精妙之处，也曾一再试演，但自从见到后洞石壁上的图形，发觉华山派的任何剑招都能为人所破，那一招"宁氏一剑"更败得惨不可言，自不免对这招剑法失了信心，一句话几次到了口边，却又缩回："这一招并不管用，会给人家破去的。"但当着施戴子和陆大有之面，可不便指摘师娘这招十分自负的剑法。

岳不群见他神色有异，说道："这一招你没练成么？那也不打紧。这招剑法是我华山派武功的极诣，你气功火候未足，原也练不到家，假以时日，自可慢慢补足。"

岳夫人笑道："冲儿，还不叩谢师父？你师父答允传你'紫霞功'的心法了。"

令狐冲心中一凛，道："是！多谢师父。"便要跪倒。

岳不群伸手阻住，笑道："紫霞功是本门最高的气功心法，我所以不加轻传，倒不是有所吝惜，只因一练此功之后，必须心无杂念，勇猛精进，中途不可有丝毫耽搁，否则于练武功者实有大害，往往会走火入魔。冲儿，我要先瞧瞧你近半年来功夫的进境如何，再决定是否传你这紫霞功的口诀。"

施戴子、陆大有、岳灵珊三人听得大师哥将得"紫霞功"的传授，脸上都露出了艳羡之色。他三人均知"紫霞功"威力极大，自来有"华山九功，第一紫霞"的说法，他们虽知本门中武功之强，无人及得上令狐冲的项背，日后必是他承受师门衣钵，接掌华山派门户，但料不到师父这么快便将本门的第一神功传他。陆大有道："大师哥用功得很，我每日送饭上来，见到他不是在打坐练气，便是勤练剑法。"岳灵珊横了他一眼，偷偷扮个鬼脸，心道："你这六猴儿当面撒谎，只是想帮大师哥。"

岳夫人笑道："冲儿，出剑罢！咱师徒三人去斗田伯光。临时抱佛脚，上阵磨枪，比不磨总要好些。"令狐冲奇道："师娘，你说咱们三人去斗田伯光？"岳夫人笑道："你明着向他挑战，我和你师父暗中帮你。不论是谁杀了他，都说是你杀的，免得武林同道说我和你师父失了身份。"岳灵珊拍手笑道："那好极了。既有爹爹妈妈暗中相帮，女儿也敢向他挑战，杀了他后，说是女儿杀的，岂不是好？"

岳夫人笑道："你眼红了，想来捡这现成便宜，是不是？你大师哥出死入生，曾和田伯光这厮前后相斗数百招，深知对方的虚实，凭你这点功夫，哪里能够？再说，你好好一个女孩儿家，连嘴里也别提这恶贼的名字，更不要说跟他见面动手了。"突然间嗤的一声响，一剑刺到了令狐冲胸口。

她正对着女儿笑吟吟的说话，岂知刹那之间，已从腰间拔出长剑，直刺令狐冲的要害。令狐冲应变也是奇速，立即拔剑挡开，当的一声响，双剑相交，令狐冲左足向后退了一步。岳夫人刷刷刷刷刷刷，连刺六剑，当当当当当当，响了六响，令狐冲一一架开。岳夫人喝道："还招！"剑法陡变，举剑直砍，快劈快削，却不是华山派的剑法。令狐冲当即明白，师娘是在施展田伯光的快刀，以便自己从中领悟到破解之法，诛杀强敌。

眼见岳夫人出招越来越快，上一招与下一招之间已无连接的踪迹可寻，岳灵珊向父亲道："爹，妈这些招数，快是快得很了，只不过还是剑法，不是刀法。只怕田伯光的快刀不会是这样子的。"

岳不群微微一笑，道："田伯光武功了得，要用他的刀法出招，谈何容易？你娘也不是真的模仿他刀法，只是将这个'快'字，发挥得淋漓尽致。要除田伯光，要点不在如何破他刀法，而在设法克制他刀招的迅速。你瞧，好！'有风来仪'！"他见令狐冲左肩微沉，左手剑诀斜引，右肘一缩，跟着便是一招"有风来仪"，这一招用在此刻，实是恰到好处，心头一喜，便大声叫了出来。

不料这"仪"字刚出口，令狐冲这一剑却刺得歪斜无力，不能穿破岳夫人的剑网而前。岳不群轻轻叹了口气，心道："这一招可使糟了。"岳夫人手下毫不留情，嗤嗤嗤三剑，只逼得令狐冲手忙脚乱。

岳不群见令狐冲出招慌张，不成章法，随手抵御之际，十招之中倒有两三招不是本门剑术，不由得脸色越来越难看，只是令狐冲的剑法虽然杂乱无章，却还是把岳夫人凌厉的攻势挡住了。他退到山壁之前，已无退路，渐渐展开反击，忽然间得个机会，使出一招"苍松迎客"，剑花点点，向岳夫人眉间鬓边滚动闪击。

岳夫人当的一剑格开，急挽剑花护身，她知这招"苍松迎客"含有好几个厉害后着，令狐冲对这招习练有素，虽然不会真的刺伤了自己，但也着实不易抵挡，是以转攻为守，凝神以待，不料令狐冲长剑斜击，来势既缓，劲道又弱，竟绝无威胁之力。岳夫人叱道："用心出招，你在胡思乱想什么？"呼呼呼连劈三剑，眼见令狐冲跳跃避开，叫道："这招'苍松迎客'成什么样子？一场大病，生得将剑法全都还给了师父？"令狐冲道："是。"脸现愧色，还了两剑。

施戴子和陆大有见师父的神色越来越是不愉，心下均有惴惴之意，忽听得风声猎猎，岳夫人满场游走，一身青衫化成了一片青影，剑光闪烁，再也分不出剑招。令狐冲脑中却是混乱一片，种种念头此去彼来："我若使'野马奔驰'，对方有以棍横挡的精妙招法可破，我若使那招斜击，却非身受重伤不可。"他每想到本门的

309

一招剑法，不自禁的便立即想到石壁上破解这一招的法门，先前他使"有凤来仪"和"苍松迎客"都半途而废，没使得到家，便因想到了这两招的破法之故，心生惧意，自然而然的缩剑回守。

岳夫人使出快剑，原是想引他用那"无双无对，宁氏一剑"来破敌建功，可是令狐冲随手拆解，非但心神不属，简直是一副胆战心惊、魂不附体的模样。她素知这徒儿胆气极壮，自小便生就一副天不怕、地不怕的性格，目下这等拆招，却是从所未见，不由得大是恼怒，叫道："还不使那一剑？"

令狐冲道："是！"提剑直刺，运劲之法，出剑招式，宛然正便是岳夫人所创那招"无双无对，宁氏一剑"。岳夫人叫道："好！"知道这一招凌厉绝伦，不敢正撄其锋，斜身闪开，回剑疾挑。令狐冲心中却是在想："这一招不成的，没有用，一败涂地。"突然间手腕剧震，长剑脱手飞起。令狐冲大吃一惊，"啊"的一声，叫了出来。

岳夫人随即挺剑直出，剑势如虹，嗤嗤之声大作，正是她那一招"无双无对，宁氏一剑"。此招之出，比之那日初创时威力又大了许多，她自创成此招后，心下甚是得意，每日里潜心思索，如何发招更快，如何内劲更强，务求一击必中，敌人难以抵挡。她见令狐冲使这一招自己的得意之作，初发时形貌甚似，剑至中途，实质竟然大异，当真是"画虎不成反类犬"，将一招威力奇强的绝招，使得猥猥葸葸，拖泥带水，十足脓包模样。她一怒之下，便将这一招使了出来。她虽绝无伤害徒儿之意，但这一招威力实在太强，剑刃未到，剑力已将令狐冲全身笼罩住了。

岳不群眼见令狐冲已然无法闪避，无可挡架，更加难以反击，当日岳夫人长剑甫触令狐冲之身，便以内力震断己剑，此刻这一剑的劲力却尽数集于剑尖，实是使得性发，收手不住，暗叫一声："不好！"忙从女儿身边抽出长剑，踏上一步，岳夫人的长剑只要再向前递得半尺，他便要抢上出剑挡格。他师兄妹功夫相差不远，岳不群虽然稍胜，但岳夫人既占机先，是否真能挡开，也是殊无把握，只盼令狐冲所受创伤较轻而已。

便在这电光石火的一瞬之间，令狐冲顺手摸到腰间剑鞘，身子一矮，沉腰斜坐，将剑鞘对准了岳夫人的来剑。这一招式，正是后洞石壁图形中所绘，使棍者将棍棒对准对方来剑，棍剑联成一线，双方内力相对，长剑非断不可。令狐冲长剑被震脱手，跟着便见师娘势若雷霆的攻将过来，他心中本已混乱之极，脑海中来来去去的尽是石壁上的种种招数，岳夫人这一剑他无可抗御，为了救命，自然而然的便使出石壁上那一招来。来剑既快，他拆解亦速，这中间实无片刻思索余地，又哪有余暇去找棍棒？随手摸到腰间剑鞘，便将剑鞘对准岳夫人长剑，联成一线。别说他随手摸到的是剑鞘，即令是一块泥巴、一根稻草，他也会使出这个姿式来，将之对准长剑，联成一线。

此招一出，臂上内劲自然形成，却听得擦的一声响，岳夫人的长剑直插入剑鞘之中。原来令狐冲惊慌之际，来不及倒转剑鞘，一握住剑鞘，便和来剑相对，不料对准来剑的乃是剑鞘之口，没能震断岳夫人的长剑，那剑却插入了鞘中。

岳夫人大吃一惊，虎口剧痛，长剑脱手，竟被令狐冲用剑鞘夺去。令狐冲这一招中含了好几个后着，其时已然管不住自己，自然而然的剑鞘挺出，点向岳夫人咽喉，而指向她喉头要害的，正是岳夫人所使长剑的剑柄。

岳不群又惊又怒，长剑挥出，击在令狐冲的剑鞘之上。这一下他使上了"紫霞功"，令狐冲只觉全身一热，腾腾腾连退三步，一交坐倒。那剑鞘连着鞘中长剑，都断成了三四截，掉在地下，便在此时，白光一闪，空中那柄长剑落将下来，插在土中，直没至柄。施戴子、陆大有、岳灵珊三人只瞧得目为之眩，尽皆呆了。岳不群抢到令狐冲面前，伸出右掌，拍拍连声，接连打了他两个耳光，怒声喝道："小畜生，干什么来着？"

令狐冲头晕脑胀，身子晃了晃，跪倒在地，道："师父、师娘，弟子该死。"岳不群恼怒已极，喝道："这半年之中，你在思过崖上思什么过？练什么功？"令狐冲道："弟……弟子没……没练什么功？"岳不群厉声又问："你对付师娘这一招，却是如何胡思乱想而来的？"令狐冲嗫嚅道："弟子……弟子想也没想，眼见危急，随手……随手便使了出来。"岳不群叹道："我料到你是想也没想，随手使出，正因如此，我才这等恼怒。你可知自己已经走上了邪路，眼见便会难以自拔么？"令狐冲俯首道："请师父指点。"

岳夫人过了良久，这才心神宁定，只见令狐冲给丈夫击打之后，双颊高高肿起，全成青紫之色，怜惜之情，油然而生，说道："你起来罢！这中间的关键所在，你本来不知。"转头向丈夫道："师哥，冲儿资质太过聪明，这半年中不见到咱二人，自行练功，以致走上了邪路。如今迷途未远，及时纠正，也尚未晚。"岳不群点点头，向令狐冲道："起来。"

令狐冲站起身来，瞧着地下断成了三截的长剑和剑鞘，心头迷茫一片，不知何以师父和师娘都说自己练功走上了邪路。

岳不群向施戴子等人招了招手，道："你们都过来。"施戴子、陆大有、岳灵珊三人齐声应道："是。"走到他身前。

岳不群在石上坐下，缓缓的道："二十五年之前，本门功夫本来分为正邪两途。"令狐冲等都是大为奇怪，均想："华山派武功便是华山派武功了，怎地又有正邪之分？怎么以前从来不曾听师父说起过。"岳灵珊道："爹爹，咱们所练的，当然都是正宗功夫了。"岳不群道："这个自然，难道明知是旁门左道功夫，还会去练？只不过左道的一支，却自认是正宗，说咱们一支才是左道。但日子一久，正邪自辨，旁门左道的一支终于烟消云散，二十五年来，不复存于这世上了。"岳灵珊道："怪不得我从来没听见过。爹爹，这旁门左道的一支既已消灭，那也不用理会了。"

岳不群道："你知道什么？所谓旁门左道，也并非真的邪魔外道，那还是本门功夫，只是练功的着重点不同。我传授你们功夫，最先教什么？"说着眼光盯在令狐冲脸上。

令狐冲道："最先传授运气的口诀，从练气功开始。"岳不群道："是啊。华山一派功夫，要点是在一个'气'字，气功一成，不论使拳脚也好，动刀剑也好，便都无往而不利，这是本门练功正途。可是本门前辈之中另有一派人物，却认为本门武功要点在'剑'，剑术一成，纵然内功平平，也能克敌致胜。正邪之间的分歧，主要便在于此。"

岳灵珊道："爹爹，女儿有句说话，你可不能着恼。"岳不群道："什么话？"岳灵珊道："我想本门武功，气功固然要紧，剑术可也不能轻视。单是气功厉害，倘若剑术练不到家，也显不出本门功夫的威风。"岳不群哼了一声，道："谁说剑术不要紧了？要点在于主从不同。到底是气功为主。"岳灵珊道："最好是气功剑术，两者都是主。"岳不群怒道："单是这句话，便已近魔道。两者都为主，那便是说两者都不是主。所谓'纲举目张'，什么是纲，什么是目，务须分得清清楚楚。当年本门正邪之辨，曾闹得天覆地翻。你这句话如在三十年前说了出来，只怕过不了半天，便已身首异处了。"

岳灵珊伸了伸舌头，道："说错一句话，便要叫人身首异处，哪有这么强凶霸道的？"岳不群道："我在少年之时，本门气剑两宗之争胜败未决。你这句话如果在当时公然说了出来，气宗固然要杀你，剑宗也要杀你。你说气功与剑术两者并重，不分轩轾，气宗自然认为你抬高了剑宗的身份，剑宗则说你混淆纲目，一般的大逆不道。"岳灵珊道："谁对谁错，那有什么好争的？一加比试，岂不就是非立判！"

岳不群叹了口气，缓缓的道："三十多年前，咱们气宗是少数，剑宗中的师伯、师叔占了大多数。再者，剑宗功夫易于速成，见效极快。大家都练十年，定是剑宗占上风；各练二十年，那是各擅胜场，难分上下；要到二十年之后，练气宗功夫的才渐渐的越来越强；到得三十年时，练剑宗功夫的便再也不能望气宗之项背了。然而要到二十余年之后，才真正分出高下，这二十余年中双方争斗之烈，可想而知。"

岳灵珊道："到得后来，剑宗一支认错服输，是不是？"

岳不群摇头不语，过了半晌，才道："他们死硬到底，始终不肯服输，虽然在玉女峰上大比剑时一败涂地，却大多数……大多数横剑自尽。剩下不死的则悄然归隐，再也不在武林中露面了。"

令狐冲、岳灵珊等都"啊"的一声，轻轻惊呼。岳灵珊道："大家是同门师兄弟，比剑胜败，打什么紧！又何必如此看不开？"

岳不群道："武学要旨的根本，那也不是师兄弟比剑的小事。当年五岳剑派争夺盟主之位，说到人材之盛，武功之高，原以本派居首，只以本派内争激烈，玉女峰上大比剑，死了二十几位前辈高手，剑宗固然大败，气宗的高手却也损折不少，这才将盟主之席给嵩山派夺了去。推寻祸首，实是由于气剑之争而起。"令狐冲等都连连点头。

岳不群道："本派不当五岳剑派的盟主，那也罢了；华山派威名受损，那也罢了；最关重大的，是派中师兄弟内哄，自相残杀。同门师兄弟本来亲如骨肉，结果你杀我，我杀你，惨酷不堪。今日回思当年华山上人人自危的情景，兀自心有余悸。"说着眼光转向岳夫人。

岳夫人脸上肌肉微微一动，想是回忆起本派高手相互屠戮的往事，不自禁的害怕。

岳不群缓缓解开衣衫，袒裸胸膛。岳灵珊惊呼一声："啊哟，爹爹，你……你……"只见他胸口横过一条两尺来长的伤疤，自左肩斜伸右胸，伤疤虽然愈合已久，仍作淡红之色，想见当年受伤极重，只怕差一点便送了性命。令狐冲和岳灵珊都是自幼伴着岳不群长大，但直到今日，才知他身上有这样一条伤疤。岳不群掩上衣襟，扣上钮扣，说道："当日玉女峰大比剑，我给本门师叔斩上了一剑，昏晕在地。他只道我已经死了，没再加理会。倘若他随手补上一剑，嘿嘿！"

岳灵珊笑道："爹爹固然没有了，今日我岳灵珊更加不知道在哪里。"

岳不群笑了笑，脸色随即十分郑重，说道："这是本门的大机密，谁也不许泄漏出去。别派人士，虽然都知华山派在一日之间伤折了二十余位高手，但谁也不知真正的原因。我们只说是猝遇瘟疫侵袭，决不能将这件贻羞门户的大事让旁人知晓。其中的前因后果，今日所以不得不告知你们，实因此事关涉太大。冲儿倘若沿着目前的道路走下去，不出三年，那便是'剑重于气'的局面，实是危险万分，不但毁了你自己，毁了当年无数前辈用性命换来的本门正宗武学，连华山派也给你毁了。"

令狐冲只听得全身冷汗，俯首道："弟子犯了大错，请师父、师娘重重责罚。"岳不群喟然道："本来嘛，你原是无心之过，不知者不罪。但想当年剑宗的诸位师伯、师叔们，也都是存着一番好心，要以绝顶武学，光大本门，只不过一经误入歧途，陷溺既深，到后来便难以自拔了。今日我若不给你当头棒喝，以你的资质性子，极易走上剑宗那条抄近路、求速成的邪途。"令狐冲应道："是！"

岳夫人道："冲儿，你适才用剑鞘夺我长剑这一招，是怎生想出来的？"令狐冲惭愧无地，道："弟子只求挡过师娘这凌厉之极的一击，没想到……没想到……"

岳夫人道："这就是了。气宗与剑宗的高下，此刻你已必然明白。你这一招固然巧妙，但一碰到你师父的上乘气功，再巧的招数也是无能为力。当年玉女峰上大比剑，剑宗的高手剑气千幻，剑招万变，但你师祖凭着练得了紫霞功，以拙胜巧，以静制动，尽败剑宗的十余位高手，奠定本门正宗武学千载不拔的根基。今日师父的教诲，大家须得深思体会。本门功夫以气为体，以剑为用；气是主，剑为从；气是纲，剑是目。练气倘若不成，剑术再强，总归无用。"令狐冲、施戴子、陆大有、岳灵珊一齐躬身受教。

岳不群道："冲儿，我本想今日传你紫霞功的入门口诀，然后带你下山，去杀了田伯光那恶贼，这件事眼下可得搁一搁了。这两个月中，你好好修习我以前传你的练气功夫，将那些旁门左道、古灵精怪的剑法尽数忘记，待我再行考核，瞧你是否真有进益。"说到这里，突然声色俱厉的道："倘若你执迷不悟，继续走剑宗的邪路，嘿嘿，重则取你性命，轻则废去你全身武功，逐出门墙，那时再来苦苦哀求，却是晚了。可莫怪我事先没跟你说明白！"

令狐冲额头冷汗涔涔而下，说道："是，弟子决计不敢。"

岳不群转向女儿道："珊儿，你和大有二人，也都是性急鬼，我教训你大师哥这番话，你二人也当记住了。"陆大有道："是。"岳灵珊道："我和六师哥虽然性急，却没大师哥这般聪明，自己创不出剑招，爹爹尽可放心。"岳不群哼了一声，道："自己创不出剑招？你和冲儿不是创了一套冲灵剑法么？"

令狐冲和岳灵珊都是满脸通红。令狐冲道："弟子胡闹。"岳灵珊笑道："这是很久以前的事了，那时我还小，什么也不懂，和大师哥闹着玩的。爹爹怎么也知道了呢？"岳不群道："我门下弟子要自创剑法，自立门户，做掌门人的倘若蒙然不知，岂不胡涂。"岳灵珊拉着父亲袖子，笑道："爹爹，你还在取笑人家！"令狐冲见师父的语气神色之中绝无丝毫说笑之意，不禁心中又是一凛。

岳不群站起身来，说道："本门功夫练到深处，飞花摘叶，俱能伤人。旁人只道华山派以剑术见长，那未免小觑咱们了。"说着左手衣袖一卷，劲力到处，陆大有腰间的长剑从鞘中跃出。岳不群右手袖子跟着拂出，掠上剑身，喀喇一声响，长剑断为两截。令狐冲等无不骇然。岳夫人瞧着丈夫的眼光之中，尽是倾慕敬佩之意。

岳不群道："走罢！"与夫人首先下崖，岳灵珊、施戴子跟随其后。

令狐冲瞧着地下的两柄断剑，心中又惊又喜，寻思："原来本门武学如此厉害，任何一招剑法在师父手底下施展出来，又有谁能破解得了？"又想："后洞石壁上刻了种种图形，注明五岳剑法的绝招尽数可破。但五岳剑派却得享大名至今，始终巍然存于武林，原来各剑派都有上乘气功为根基，剑招上倘若附以浑厚内力，可就不是那么容易破去了。这道理本也寻常，只是我想得钻入了牛角尖，竟尔忽略了，其实同是一招'有凤来仪'，在林师弟剑下使出来，又或是在师父剑下使出来，岂能一概而论？石壁上使棍之人能破林师弟的'有凤来仪'，却破不了师父的'有凤来仪'。"

想通了这一节，数月来的烦恼一扫而空，虽然今日师父未以"紫霞功"相授，更没有出言将岳灵珊许配，他却绝无沮丧之意，反因对本门武功回复信心而大为欣慰，只是想到这半月来痴心妄想，以为师父、师娘要将女儿许配于己，不由得面红耳赤，暗自惭愧。

次日傍晚，陆大有送饭上崖，说道："大师哥，师父、师娘今日一早上陕北去啦。"令狐冲微感诧异，道："上陕北？怎地不去长安？"陆大有道："田伯光那厮在延安府又做了几件案子，原来这恶贼不在长安啦。"

令狐冲"哦"了一声，心想师父、师娘出马，田伯光定然伏诛；内心深处，却不禁微有惋惜之感，觉得田伯光好淫贪色，为祸世间，自是死有余辜，但此人武功可也真高，与自己两度交手，磊落豪迈，也不失男儿汉的本色，只可惜专做坏事，成为武林中的公敌。

此后两日之中，令狐冲勤习气功，别说不再去看石壁上的图形，连心中每一忆及，也立即将那念头逐走，避之唯恐不速，常想："幸好师父及时喝阻，我才不致误入歧途，成为本门的罪人，当真危险之极。"

这日傍晚，吃过饭后，打坐了一个多更次，忽听得远远有人走上崖来，脚步迅捷，来人武功着实不低，他心中一凛："这人不是本门中人，他上崖来干什么？莫非是那蒙面青袍人吗？"忙奔入后洞，拾起一柄本门的长剑，悬在腰间，再回到前洞。

片刻之间，那人已然上崖，大声道："令狐兄，故人来访。"声音甚是熟悉，竟然便是"万里独行"田伯光，令狐冲一惊，心想：

"师父、师娘正下山追杀你，你却如此大胆，上华山来干什么？"当即走到洞口，笑道："田兄远道过访，当真意想不到。"

只见田伯光肩头挑着副担子，放下担子，从两只竹箩中各取出一只大坛子，笑道："听说令狐兄在华山顶上坐牢，嘴里一定淡出鸟来，小弟在长安谪仙酒楼的地窖之中，取得两坛一百三十年的陈酒，来和令狐兄喝个痛快。"

令狐冲走近几步，月光下只见两只极大的酒坛之上，果然贴着"谪仙酒楼"的金字红纸招牌，招纸和坛上篾箍均已十分陈旧，确非近物，忍不住一喜，笑道："将这一百斤酒挑上华山绝顶，这份人情可大得很啦！来来来，咱们便来喝酒。"从洞中取出两只大碗。田伯光将坛上的泥封开了，一阵酒香直透出来，醇美绝伦。酒未沾唇，令狐冲已有醺醺之意。

田伯光提起酒坛倒了一碗，道："你尝尝，怎么样？"令狐冲举碗来喝了一大口，大声赞道："真好酒也！"将一碗酒喝干，大拇指一翘，道："天下名酒，世所罕有！"

田伯光笑道："我曾听人言道，天下名酒，北为汾酒，南为绍酒。最好的汾酒不在山西而在长安，而长安醇酒，又以当年李太白时时去喝得大醉的'谪仙楼'为第一。当今之世，除了这两大坛酒之外，再也没有第三坛了。"令狐冲奇道："难道'谪仙楼'的地窖之中，便只剩下这两坛了？"田伯光笑道："我取了这两坛酒后，见地窖中尚有二百余坛，心想长安城中的达官贵人、凡夫俗子，只须腰中有钱，便能上'谪仙楼'去喝到这样的美酒，又如何能显得华山派令狐大侠的矫矫不群，与众不同？因此上乒乒乓乓，希里花拉，地窖中酒香四溢，酒涨及腰。"令狐冲又是吃惊，又是好笑，道："田兄竟把二百余坛美酒都打了个稀巴烂？"田伯光哈哈大笑，道："天下只此两坛，这份礼才有点贵重啊，哈哈，哈哈！"

令狐冲道："多谢，多谢！"又喝了一碗，说道："其实田兄将这两大坛酒从长安城挑上华山，何等辛苦麻烦，别说是天下名酿，纵是两坛清水，令狐冲也见你的情。"

田伯光竖起右手拇指，大声道："大丈夫，好汉子！"令狐冲问道："田兄如何称赞小弟？"田伯光道："田某是个无恶不作的淫贼，曾将你砍得重伤，又在华山脚边犯案累累，华山派上下无不想杀之而后快。今日担得酒来，令狐兄却坦然而饮，竟不怕酒中下了毒，也只有如此胸襟的大丈夫，才配喝这天下名酒。"

令狐冲道："取笑了。小弟与田兄交手两次，深知田兄品行十分不端，但暗中害人之事却不屑为。再说，你武功比我高出甚多，要取我性命，拔刀相砍便是，有何难处？"

田伯光哈哈大笑，说道："令狐兄说得甚是。但你可知道这两大坛酒，却不是径从长安挑上华山的。我挑了这一百斤美酒，到陕北去做了两件案子，又到陕东去做两件案子，这才上华山来。"令狐冲一惊，心道："却是为何？"略一凝思，便已明白，道："原来田兄不断犯案，故意引开我师父、师娘，以便来见小弟，使的是个调虎离山之计。田兄如此不嫌烦劳，不知有何见教。"田伯光笑道："令狐兄且请猜上一猜。"

令狐冲道："不猜！"斟了一大碗酒，说道："田兄，你来华山是客，荒山无物奉敬，借花献佛，你喝一碗天下第一美酒。"田伯光道："多谢。"将一碗酒喝干了。令狐冲陪了一碗。两人举着空碗一照，哈哈一笑，一齐放下碗来。令狐冲突然右腿飞出，砰砰两声，将两大坛酒都踢入了深谷，隔了良久，谷底才传上来两下闷响。

田伯光惊道："令狐兄踢去酒坛，却为什么？"令狐冲道："你我道不同不相为谋，田伯光，你作恶多端，滥伤无辜，武林之中，人人切齿。令狐冲敬你落落大方，不算是卑鄙猥亵之徒，才跟你喝了三大碗酒。见面之谊，至此而尽。别说两大坛美酒，便是将普天下的珍宝都堆在我面前，难道便能买得令狐冲做你朋友吗？"刷的一声，拔出长剑，叫道："田伯光，在下今日再领教你快刀高招。"

田伯光却不拔刀，摇头微笑，说道："令狐兄，贵派剑术是极高的，只是你年纪还轻，火候未到，此刻要动刀动剑，毕竟还不是田某的对手。"

令狐冲略一沉吟，点了点头，道："此言不错，令狐冲十年之内，无法杀得了田兄。"当下拍的一声，将长剑还入了剑鞘。

田伯光哈哈大笑，道："识时务者为俊杰！"令狐冲道："令狐冲不过是江湖上的无名小卒，田兄不辞辛劳的来到华山，想来不是为了取我颈上人头。你我是敌非友，田兄有何所命，在下一概不允。"田伯光笑道："你还没听到我的说话，便先拒却了。"

令狐冲道："正是。不论你叫我做什么事，我都决不照办。可是我又打你不过，在下脚底抹油，这可逃了。"说着身形一晃，便转到了崖后。他知这人号称"万里独行"，脚下奇快，他刀法固然了得，武林中胜过他的毕竟也为数不少，但他十数年来作恶多端，侠义道几次纠集人手，大举围捕，始终没能伤到他一根寒毛，便因他为人机警、轻功绝佳之故。是以令狐冲这一发足奔跑，立时使出全力。

不料他转得快，田伯光比他更快，令狐冲只奔出数丈，便见田伯光已拦在面前。令狐冲立即转身，想要从前崖跃落，只奔了十余步，田伯光又已追上，在他面前伸手一拦，哈哈大笑。令狐冲退了三步，叫道："逃不了，只好打。我可要叫帮手了，田兄莫怪。"

田伯光笑道："尊师岳先生倘若到来，只好轮到田某脚底抹油。可是岳先生与岳夫人此刻尚在陕东五百里外，来不及赶回相救。令狐兄的师弟、师妹人数虽多，叫上崖来，却仍不是田某敌手，男的枉自送了性命，女的……嘿嘿，嘿嘿。"这几下"嘿嘿"之声，笑得大是不怀好意。

令狐冲心中一惊，暗道："思过崖离华山总堂甚远，我就算纵声大呼，师弟师妹们也无法听见。这人是出名的采花淫贼，倘若小师妹给他见到……啊哟，好险！刚才我幸亏没能逃走，否则田伯光必到华山总堂去找我，小师妹定然会给他撞见。小师妹这等花容月貌，落入了这万恶淫贼眼中，我……我可万死莫赎了。"眼珠一转，已打定了主意："眼下只有跟他敷衍，拖延时光，既难力敌，便当智取，只须拖到师父、师娘回山，那便平安无事了。"便道："好罢，令狐冲打是打你不过，逃又逃不掉，叫不到帮手……"双手一摊，作个无可奈何之状，意思是说你要如何便如何，我只有听天由命了。

田伯光笑道："令狐兄，你千万别会错了意，只道田某要跟你为难，其实此事于你有大大的好处，将来你定会重重谢我。"

令狐冲摇手道："你恶事多为，声名狼藉，不论这件事对我有多大好处，令狐冲洁身自爱，决不跟你同流合污。"

田伯光笑道："田某是声名狼藉的采花大盗，令狐兄却是武林中第一正人君子岳先生的得意弟子，自不能和我同流合污。只是既有今日，何必当初？"令狐冲道："什么叫做既有今日，何必当初？"田伯光笑道："在衡阳回雁楼头，令狐兄和田某曾有同桌共饮之谊。"令狐冲道："令狐冲向来好酒如命，一起喝几杯酒，何足道哉？"田伯光道："在衡山群玉院中，令狐兄和田某曾有同院共嫖之雅。"令狐冲呸的一声，道："其时令狐冲身受重伤，为人所救，暂在群玉院中养伤，怎说得上一个'嫖'字？"田伯光笑道："可是便在那群玉院中，令狐兄却和两位如花似玉的少女，曾有同被共眠之乐。"

令狐冲心中一震，大声道："田伯光，你口中放干净些！令狐冲声名清白，那两位姑娘更是冰清玉洁。你这般口出污言秽语，我要不客气了。"

田伯光笑道："你今日对我不客气有什么用？你要维护华山的清白令名，当时对那两位姑娘就该客气尊重些，却为什么当着青城派、衡山派、恒山派众英雄之前，和这两个小姑娘大被同眠，上下其手，无所不为？哈哈，哈哈！"

令狐冲大怒，呼的一声，一拳向他猛击过去。

田伯光笑着避过，说道："这件事你要赖也赖不掉啦，当日你若不是在床上被中，对这两个小姑娘大肆轻薄，为什么她们今日会对你苦害相思？"

令狐冲心想："这人是个无耻之徒，什么话也说得出口，跟他这般莫名其妙的缠下去，不知他将有多少难听的话说出来，那日在衡阳回雁楼头，他中了我的诡计，这是他生平的奇耻大辱，唯有以此塞他之口。"当下不怒反笑，说道："我道田兄千里迢迢的到华山干什么来着，却原来是奉了你师父仪琳小尼姑之命，送两坛美酒给我，以报答我代她收了这样一个乖徒弟，哈哈，哈哈！"

田伯光脸上一红，随即宁定，正色道："这两坛酒，是田某自己的一番心意，只是田某来到华山，倒确与仪琳小师父有关。"

令狐冲笑道："师父便是师父，怎还有什么大师父、小师父之分？大丈夫一言既出，驷马难追，难道你想不认帐么？仪琳师妹是恒山派的名门高弟，你拜上了这样一位师父，真是你的造化，哈哈！"

田伯光大怒，手按刀柄，便欲拔刀，但随即忍住，冷冷的道："令狐兄，你手上的功夫不行，嘴头的功夫倒很厉害。"令狐冲笑道："刀剑拳脚既不是田兄对手，只好在嘴头上找些便宜。"田伯光道："嘴头上轻薄，田伯光甘拜下风。令狐兄，这便跟我走罢。"

令狐冲道："不去！杀了我也不去！"

田伯光道："你可知我要你到哪里去？"

令狐冲道："不知道！上天也好，入地也好，田伯光到哪里，令狐冲总之是不去。"

田伯光缓缓摇头，道："我是来请令狐兄去见一见仪琳小师父。"

令狐冲大吃一惊，道："仪琳师妹又落入你这恶贼之手么？你忤逆犯上，胆敢对自己师父无礼！"田伯光怒道："田某师尊另有其人，已于多年之前归天，此后休得再将仪琳小师父牵扯在一起。"他神色渐和，又道："仪琳小师父日思夜想，便是牵挂着令狐兄，在下当你是朋友，从此不敢对她再有半分失敬，这一节你倒可放心。咱们走罢！"

令狐冲道："不去！一千个不去，一万个不去！"

田伯光微微一笑，却不作声。令狐冲道："你笑什么？你武功胜过我，便想开硬弓，将我擒下山去吗？"田伯光道："田某对令狐兄并无敌意，原不想得罪你，只是既乘兴而来，便不想败兴而归。"令狐冲道："田伯光，你刀法甚高，要杀我伤我，确是不难，可是令狐冲可杀不可辱，最多性命送在你手，要想擒我下山，却是万万不能。"

田伯光侧头向他斜睨，说道："我受人之托，请你去和仪琳小师父一见，实无他意，你又何必拼命？"令狐冲道："我不愿做的事，别说是你，便是师父、师娘、五岳盟主、皇帝老子，谁也无法勉强。总之是不去，一万个不去，十万个不去。"田伯光道："你既如此固执，田某只好得罪了。"刷的一声，拔刀在手。

令狐冲怒道："你存着擒我之心，早已得罪我了。这华山思过崖，便是今日令狐冲毕命之所。"说着一声清啸，拔剑在手。

田伯光退了一步，眉头微皱，说道："令狐兄，你我无怨无仇，何必性命相搏？咱们不妨再打一个赌。"令狐冲心中一喜："要打赌，那是再好也没有了，我倘若输了，还可强词夺理的抵赖。"口中却道："打什么赌？我赢了固然不去，输了也是不去。"田伯光微笑道："华山派的掌门大弟子，对田伯光的快刀刀法怕得这等厉害，连三十招也不敢接。"令狐冲怒道："怕你什么？大不了给你一刀杀了。"

田伯光道："令狐兄，非是我小觑了你，只怕我这快刀，你三十招也接不下。只须你挡得住我快刀三十招，田某拍拍屁股，立即走路，再也不敢向你啰唆。但若田某侥幸在三十招内胜了你，你只好跟我下山，去和仪琳小师父会上一会。"

令狐冲心念电转，将田伯光的刀法想了一遍，暗忖："自从和他两番相斗之后，将他刀法的种种凌厉杀着，早已想过无数遍，又曾请教过师父、师娘。我只求自保，难道连三十招也挡不住？"喝道："好，便接你三十招！"刷的一剑，向他攻去。这一出手便是本门剑法的杀着"有凤来仪"，剑刃颤动，嗡嗡有声，登时将田伯光的上盘尽数笼罩在剑光之下。

田伯光赞道："好剑法！"挥刀格开，退了一步。令狐冲叫道："一招了！"跟着一招"苍松迎客"，又攻了过去。田伯光又赞道："好剑法！"知道这一招之中，暗藏的后着甚多，不敢挥刀相格，斜身滑步，闪了开去。这一下避让其实并非一招，但令狐冲喝道："两招！"手下毫不停留，又攻了一招。

他连攻五招，田伯光或格或避，始终没有反击，令狐冲却已数到了"五"字。待得他第六招长剑自下而上的反挑，田伯光大喝一声，举刀硬劈，刀剑相撞，令狐冲手中长剑登时沉了下去。田伯光喝道："第六招、第七招、第八招、第九招、第十招！"口中数一招，手上砍一刀，连数五招，钢刀砍了五下，招数竟然并无变化，每一招都是当头硬劈。

这几刀一刀重似一刀，到得第六刀再下来时，令狐冲只觉全身都为对方刀上劲力所胁，连气也喘不过来，奋力举剑硬架，铮的一声巨响，刀剑相交，手臂麻酸，长剑落下地来。田伯光又是一刀砍落，令狐冲双眼一闭，不再理会。

田伯光哈哈一笑，问道："第几招？"令狐冲睁开眼来，说道："你刀法固然比我高，膂力内劲，也都远胜于我，令狐冲不是你对手。"田伯光笑道："这就走罢！"令狐冲摇头道："不去！"

田伯光脸色一沉，道："令狐兄，田某敬你是男子汉大丈夫，言而有信，三十招内令狐兄既然输了，怎么又来反悔？"令狐冲道："我本来不信你能在三十招内胜我，现下是我输了，可是我并没说输招之后便跟你去。我说过没有？"田伯光心想这句话原是自己说的，令狐冲倒确没说过，当下将刀一摆，冷笑道："你姓名中有个'狐'，果然名副其实。你没说过便怎样？"令狐冲道："适才在下输招，是输在力不如你，心中不服，待我休息片刻，咱们再比过。"

田伯光道："好罢，要你输得口服心服。"坐在石上，双手扠腰，笑嘻嘻的瞧着他。

令狐冲寻思："这恶贼定要我随他下山，不知有何奸计，说什

·324·

么去见仪琳师妹，定非实情。他又不是仪琳师妹的真徒弟，何况仪琳师妹一见他便吓得魂不附体，又怎会和他去打什么交道？只是我眼下给他缠上了，却如何脱身才是？"想到适才他向自己连砍这六刀，刀法平平，势道却是沉猛无比，实不知该当如何拆解。

突然间心念一动："那日荒山之夜，莫大先生力杀大嵩阳手费彬，衡山剑法灵动难测，以此对敌田伯光，定然不输于他。后洞石壁之上，刻得有衡山剑法的种种绝招，我去学得三四十招，便可和田伯光拼上一拼了。"又想："衡山剑法精妙无比，顷刻间岂能学会，终究是我的胡思乱想。"

田伯光见他脸色瞬息间忽愁忽喜，忽又闷闷不乐，笑道："令狐兄，破解我这刀法的诡计，可想出来了么？"

令狐冲听他将"诡计"二字说得特别响亮，不由得气往上冲，大声道："要破你刀法，又何必使用诡计？你在这里啰哩啰唆，吵闹不堪，令我心乱意烦，难以凝神思索，我要到山洞里好好想上一想，你可别来滋扰。"田伯光笑道："你去苦苦思索便是，我不来吵你。"令狐冲听他将"苦苦"二字又说得特别响亮，低低骂了一声，走进山洞。

令狐冲点燃蜡烛，钻入后洞，径到刻着衡山派剑法的石壁前去观看，但见一路路剑法变幻无方，若非亲眼所见，真不信世间有如此奇变横生的剑招，心想："片刻之间要真的学会什么剑法，决无可能，我只拣几种最为稀奇古怪的变化，记在心中，出去跟他乱打乱斗，说不定可以攻他一个措手不及。"当下边看边记，虽见每一招衡山派剑法均为敌方所破，但想田伯光决不知此种破法，此点不必顾虑。

他一面记忆，一面手中比划，学得二十余招变化后，已花了大半个时辰，只听得田伯光的声音在洞外传来："令狐兄，你再不出来，我可要冲进来了。"令狐冲提剑跃出，叫道："好，我再接你三十招！"

田伯光笑道："这一次令狐兄若再败了，那便如何？"令狐冲道："那也不是第一次败了。多败一次，又待怎样？"说这句话时，手中长剑已如狂风骤雨般连攻七招。这七招都是他从后洞石壁上新学来的，果是极尽变幻之能事。

田伯光没料到他华山派剑法中有这样的变化，倒给他闹了个手足无措，连连倒退，到得第十招上，心下暗暗惊奇，呼啸一声，挥刀反击。他刀上势道雄浑，令狐冲剑法中的变化便不易施展，到得第十九招上，两人刀剑一交，令狐冲长剑又被震飞。

令狐冲跃开两步，叫道："田兄只是力大，并非在刀法上胜我。这一次仍然输得不服，待我去再想三十招剑法出来，跟你重新较量。"田伯光笑道："令师此刻尚在五百里外，正在到处找寻田某的踪迹，十天半月之内未必能回华山。令狐兄施这推搪之计，只怕无用。"令狐冲道："要靠我师父来收拾你，那又算什么英雄好汉？我大病初愈，力气不足，给你占了便宜，单比招数，难道连你三十招也挡不住？"田伯光笑道："我可不上你这个当。是刀法胜你也好，是膂力胜你也好，输便是输，赢便是赢，口舌上争胜，又有何用？"令狐冲道："好！你等着我，是男儿汉大丈夫，可别越想越怕，就此逃走下山，令狐冲却不会来追赶于你！"田伯光哈哈大笑，退了两步，坐在石上。

令狐冲回入后洞，寻思："田伯光伤过泰山派的天松道长、斗过恒山派的仪琳师妹，适才我又以衡山派剑法和他相斗，但嵩山派的武功他未必知晓。"寻到嵩山派剑法的图形，学了十余招，心道："衡山派的绝招刚才还有十来招没使，我给他夹在嵩山派剑法之中，再突然使几招本门剑招，说不定便能搞得他头晕眼花。"不等田伯光相呼，便出洞相斗。

他剑招忽而嵩山，忽而衡山，中间又将华山派的几下绝招使了出来。田伯光连叫："古怪，古怪！"但拆到二十二招时，终究还是将刀架在令狐冲颈中，逼得他弃剑认输。

令狐冲道："第一次我只能接你五招，动脑筋想了一会，便接得你十八招，再想一会，已接得你二十一招。田兄，你怕不怕？"

田伯光笑道："我怕什么？"令狐冲道："我不断潜心思索，再想几次，便能接得你三十招了。又多想几次，便能反败为胜了，那时我就算不杀你，你岂不是糟糕之极？"田伯光道："田某浪荡江湖，生平所遇对手之中，以令狐兄最为聪明多智，只可惜武功和田某还差着一大截，就算你进步神速，要想在几个时辰之中便能胜过田某，天下决计没这个道理。"

令狐冲道："令狐冲浪荡江湖，生平所遇对手之中，以田兄最为胆大妄为，眼见得令狐冲越战越强，居然并不逃走，难得啊难得。田兄，少陪了，我再进去想想。"

田伯光笑道："请便。"

令狐冲慢慢走入洞中，他嘴上跟田伯光胡说八道，似乎漫不在乎，心中其实越来越担忧："这恶徒来到华山，决计不存好心。他明知师父、师娘正在追杀他，又怎有闲情来跟我拆招比武？将我制住之后，纵然不想杀我，也该点了我的穴道，令我动弹不得，却何以一次又一次的放我？到底是何用意？"

料想田伯光来到华山，实有个恐怖之极的阴谋，但到底是什么阴谋，却全无端倪可寻，寻思："倘若是要绊住了我，好让旁人收拾我一众师弟、师妹，又何不直截了当的杀我？那岂不干脆容易得多？"思索半晌，一跃而起，心想："今日之事，看来我华山派是遇上了极大的危难。师父、师娘不在山上，令狐冲是本门之长，这副重担是我一个人挑了。不管田伯光有何图谋，我须当竭尽心智，和他缠斗到底，只要有机可乘，便即一剑将他杀了。"心念已决，又去观看石壁上的图形，这一次却只拣最狠辣的杀着用心记忆。

待得步出山洞，天色已明，令狐冲已存了杀人之念，脸上却笑嘻嘻地，说道："田兄，你驾临华山，小弟没尽地主之谊，实是万分过意不去。这场比武之后，不论谁输谁赢，小弟当请田兄尝一尝本山的土酿名产。"田伯光笑道："多谢了！"令狐冲道："他日又在山下相逢，你我却是决生死的拼斗，不能再如今日这般，客客气气的数招赌赛了。"田伯光道："像令狐兄这般朋友，杀了实在可惜。

只是我若不杀你，你武功进展神速，他日剑法比我为强之时，你却不肯饶我这采花大盗了。"令狐冲道："正是，如今日这般切磋武功，实是机会难得。田兄，小弟进招了，请你多多指教。"田伯光笑道："不敢，令狐兄请！"

令狐冲笑道："小弟越想越觉不是田兄的对手。"一言未毕，挺剑刺了过去，剑尖将到田伯光身前三尺之处，蓦地里斜向左侧，猛然回刺。田伯光举刀挡格。令狐冲不等剑锋碰到刀刃，忽地从他下阴挑了上去。这一招阴狠毒辣，凌厉之极。田伯光吃了一惊，纵身急跃。令狐冲乘势直进，刷刷刷三剑，每一剑都是竭尽平生之力，攻向田伯光的要害。田伯光失了先机，登处劣势，挥刀东挡西格，只听得嗤的一声响，令狐冲长剑从他右腿之侧刺过，将他裤管刺穿一孔，剑势奇急，与他腿肉相去不及一寸。

田伯光左手砰的一拳，将令狐冲打了个筋斗，怒道："你招招要取我性命，这是切磋武功的打法么？"令狐冲跃起身来，笑道："反正不论我如何尽力施为，终究伤不了田兄的一根寒毛。你左手拳的劲道可真不小啊。"田伯光笑道："得罪了。"令狐冲笑嘻嘻的走上前去，说道："似乎已打断了我两根肋骨。"越走越近，突然间剑交左手，反手刺出。

这一剑当真是匪夷所思，却是恒山派的一招杀着。田伯光大惊之下，剑尖离他小腹已不到数寸，百忙中一个打滚避过。令狐冲居高临下，连刺四剑，只攻得田伯光狼狈不堪，眼见再攻数招，便可将他一剑钉在地下，不料田伯光突然飞起左足，踢在他手腕之上，跟着鸳鸯连环，右足又已踢出，正中他小腹。令狐冲长剑脱手，向后仰跌出去。

田伯光挺身跃起，扑上前去，将刀刃架在他咽喉之中，冷笑道："好狠辣的剑法！田某险些将性命送在你手中，这一次服了吗？"令狐冲笑道："当然不服。咱们说好比剑，你却连使拳脚。又出拳，又出腿，这招数如何算法？"

田伯光放开了刀，冷笑道："便是将拳脚合并计算，也没足三十之数。"令狐冲站起身来，怒道："你在三十招内打败了我，算你武功高强，那又怎样？你要杀便杀，何以耻笑于我？你要笑便笑，却何以要冷笑？"田伯光退了一步，说道："令狐兄责备得对，是田某错了。"一抱拳，说道："田某这里诚意谢过，请令狐兄恕罪。"

令狐冲一怔，万没想到他大胜之余，反肯陪罪，当下抱拳还礼，道："不敢！"寻思："礼下于人，必有所图。他对我如此敬重，不知有何用意？"苦思不得，索性便开门见山的相询，说道："田兄，令狐冲心中有一事不明，不知田兄是否肯直言相告？"田伯光道："田伯光事无不可对人言。奸淫掳掠、杀人放火之事，旁人要隐瞒抵赖，田伯光做便做了，何赖之有？"令狐冲道："如此说来，田兄倒是个光明磊落的好汉子。"田伯光道："'好汉子'三字，那是不敢当，总算得还是个言行如一的真小人。"

令狐冲道："嘿嘿，江湖之上，如田兄这等人物，倒也罕有。请问田兄，你深谋远虑，将我师父远远引开，然后来到华山，一意要我随你同去，到底要我到哪里去？有何图谋？"田伯光道："田某早对令狐兄说过，是请你去和仪琳小师父见上一见，以慰她相思之苦。"令狐冲摇头道："此事太过怪诞离奇，令狐冲又非三岁小儿，岂能相信？"

田伯光怒道："田某敬你是英雄好汉，你却当我是下三滥的无耻之徒。我说的话，你如何不信？难道我口中说的不是人话，却是大放狗屁么？田某若有虚言，连猪狗也不如。"

令狐冲见他说得十分真诚，实不由得不信，不禁大奇，问道："田兄拜那小师父为师之事，只是一句戏言，原当不得真，却何以为了她，千里迢迢的来邀我下山？"田伯光神色颇为尴尬，道："其中当然另有别情。凭她这点微末本事，怎能做得我的师父？"令狐冲心念一动，暗忖："莫非田伯光对仪琳师妹动了真情，一番欲念，竟尔化成了爱意么？"说道："田兄是否对仪琳小师太一见倾心，心甘情愿的听她指使？"田伯光摇头道："你不要胡思乱想，哪有此事？"令狐冲道："到底其中有何别情，还盼田兄见告。"

田伯光道："这是田伯光倒霉之极的事，你何必苦苦追问？总而言之，田伯光要是请不动你下山，一个月之后，便会死得惨不堪言。"

令狐冲一惊，脸上却不动声色，道："天下哪有此事？"

田伯光捋起衣衫，袒裸胸膛，指着双乳之下的两枚钱大红点，说道："田伯光给人在这里点了死穴，又下了剧毒，被迫来邀你去见那小师父。倘若请你不到，这两块红点在一个月后便腐烂化脓，逐渐蔓延，从此无药可治，终于全身都化为烂肉，要到三年六个月后，这才烂死。"他神色严峻，说道："令狐兄，田某跟你实说，不是盼你垂怜，乃是要你知道，不管你如何坚决拒却，我是非请你去不可的。你当真不去，田伯光什么事都做得出来。我平日已然无恶不作，在这生死关头，更有什么顾忌？"

令狐冲寻思："看来此事非假，我只须设法能不随他下山，一个月后他身上毒发，这个为祸世间的恶贼便除去了，倒不须我亲手杀他。"当下笑吟吟道："不知是哪一位高手如此恶作剧，给田兄出了这样一个难题？田兄身上所中的却又不知是何种毒药？不管是如何厉害的毒药，也总有解救的法门。"田伯光气愤愤的道："点穴下毒之人，那也不必提了。要解此死穴奇毒，除了下手之人，天下只怕惟有'杀人名医'平一指一人，可是他又怎肯给我解救？"令狐冲微笑道："田兄善言相求，或是以刀相迫，他未必不肯解。"田伯光道："你别尽说风凉话，总而言之，我真要是请你不动，田某固然活不成，你也难以平安大吉。"令狐冲道："这个自然，但田兄只须打得我口服心服，令狐冲念你如此武功，得来不易，随你下山走一趟，也未始不可。田兄稍待，我可又要进洞去想想了。"

他走进山洞，心想："那日我曾和他数度交手，未必每一次都拆不上三十招，怎地这一次反而退步了，说什么也接不到他三十招？"沉吟片刻，已得其理："是了，那日我为了救仪琳师妹，跟他性命相扑，管他拆的是三十招，还是四十招。眼下我口中不断数着一招、两招、三招，心中想着的只是如何接满三十招，这般分心，剑法上自不免大大打了个折扣。令狐冲啊令狐冲，你怎如此胡涂？"想明白了这一节，精神一振，又去钻研石壁上的武功。

这一次看的却是泰山派剑法。泰山剑招以厚重沉稳见长，一时三刻，无论如何学不到其精髓所在，而其规矩谨严的剑路也非他性之所喜。看了一会，正要走开，一瞥眼间见到图形中以短枪破解泰山剑法的招数，却十分轻逸灵动。他越看越着迷，不由得沉浸其中，忘了时刻已过，直到田伯光等得实在不耐烦，呼他出去，两人这才又动手相斗。

这一次令狐冲学得乖了，再也不去数招，一上手便剑光霍霍，向田伯光急攻。田伯光见他剑招层出不穷，每进洞去思索一会，出来时便大有新意，却也不敢怠慢。两人以快打快，瞬息之间，已拆了不知若干招。突然间田伯光踏进一步，伸手快如闪电，已扣住了令狐冲的手腕，扭转他手臂，将剑尖指向他咽喉，只须再使力一送，长剑便在他喉头一穿而过，喝道："你输了！"

令狐冲手腕奇痛，口中却道："是你输了！"田伯光道："怎地是我输了？"令狐冲道："这是第三十二招。"田伯光道："三十二招？"令狐冲道："正是第三十二招！"田伯光道："你口中又没数。"令狐冲道："我口中不数，心中却数着，清清楚楚，明明白白，这是第三十二招。"其实他心中又何尝数了？三十二招云云，只是信口胡吹。

田伯光放开他手腕，说道："不对！你第一剑这么攻来，我便如此反击，你如此招架，我又这样砍出，那是第二招。"他一刀一式，将适才相斗的招式从头至尾的复演一遍，数到伸手抓住令狐冲的手腕时，却只二十八招。令狐冲见他记心如此了得，两人拆招这么快捷，他却每一招每一式都记得清清楚楚，次序丝毫不乱，实是武林中罕见的奇才，不由得好生佩服，大拇指一翘，说道："田兄记心惊人，原来是小弟数错了，我再去想过。"

田伯光道："且慢！这山洞中到底有什么古怪，我要进去看看。洞里是不是藏得有什么武学秘笈？为什么你进洞一次，出来后便多了许多古怪招式?"说着便走向山洞。

令狐冲吃了一惊,心想:"倘若给他见到石壁上的图形,那可大大不妥。"脸上却露出喜色,随即又将喜色隐去,假装出一副十分担忧的神情,双手伸开拦住,说道:"这洞中所藏,是敝派武学秘本,田兄非我华山派弟子,可不能入内观看。"

田伯光见他脸上喜色一现即隐,其后的忧色显得甚是夸张,多半是假装出来的,心念一动:"他听到我要进山洞去,为什么登时即喜动颜色?其后又假装忧愁,显是要掩饰内心真情,只盼我闯进洞去。山洞之中,必有对我大大不利的物事,多半是什么机关陷阱,或是他养驯了的毒蛇怪兽,我可不上这个当。"说道:"原来洞内有贵派武学秘笈,田某倒不便进去观看了。"令狐冲摇了摇头,显得颇为失望。

此后令狐冲进洞数次,又学了许多奇异招式,不但有五岳剑派各派绝招,而破解五派剑法的种种怪招也学了不少,只是仓卒之际,难以融会贯通,现炒现卖,高明有限,始终无法挡得住田伯光快刀的三十招。田伯光见他进洞去思索一会,出来后便怪招纷呈,精采百出,虽无大用,克制不了自己,但招式之妙,平生从所未睹,实令人叹为观止,心中固然越来越不解,却也亟盼和他斗得越久越好,俾得多见识一些匪夷所思的剑法。

眼见天色过午,田伯光又一次将令狐冲制住后,蓦地想起:"这一次他所使剑招,似乎大部份是嵩山派的,莫非山洞之中,竟有五岳剑派的高手聚集?他每次进洞,便有高手传他若干招式,叫他出来和我相斗。啊哟,幸亏我没贸然闯进洞去,否则怎斗得过五岳剑派的一众高手?"他心有所思,随口问道:"他们怎么不出来?"令狐冲道:"谁不出来?"田伯光道:"洞中教你剑法的那些前辈高手。"

令狐冲一怔,已明其意,哈哈一笑,说道:"这些前辈,不……不愿跟田兄动手。"

田伯光大怒,大声道:"哼,这些人沽名钓誉,自负清高,不屑和我淫贼田伯光过招。你叫他们出来，只消是单打独斗，他名气再大，也未必便是田伯光的对手。"

令狐冲摇摇头，笑道："田兄倘若有兴，不妨进洞向这十一位前辈领教领教。他们对田兄的刀法，言下倒也颇为看重呢。"他知田伯光在江湖上作恶多端，树敌极众，平素行事向来十分的谨慎小心，他既猜想洞内有各派高手，那便说什么也不会激得他闯进洞去，他不说十位高手，偏偏说个十一位的畸零数字，更显得实有其事。

果然田伯光哼了一声，道："什么前辈高手？只怕都是些浪得虚名之徒，否则怎地一而再、再而三的传你种种招式，始终连田某的三十招也挡不过？"他自负轻功了得，心想就算那十一个高手一涌而出，我虽然斗不过，逃总逃得掉，何况既是五岳剑派的前辈高手，他们自重身份，决不会联手对付自己。

令狐冲正色道："那是由于令狐冲资质愚鲁，内力肤浅，学不到这些前辈武功的精要。田兄嘴里可得小心些，莫要惹怒了他们。任是哪一位前辈出手，田兄不等一月后毒发，转眼便会在这思过崖上身首异处了。"田伯光道："你倒说说看，洞中到底是哪几位前辈。"令狐冲神色诡秘，道："这几位前辈归隐已久，早已不预闻外事，他们在这里聚集，更和田兄毫不相干。别说这几位老人家名号不能外泄，就是说了出来，田兄也不会知道。不说也罢，不说也罢。"田伯光见他脸色古怪，显是在极力掩饰，说道："嵩山、泰山、衡山、恒山四派之中，或许还有些武功不凡的前辈高人，可是贵派之中，却没什么耆宿留下来了。那是武林中众所周知之事。令狐兄信口开河，难入人信。"

令狐冲道："不错，华山派中，确无前辈高人留存至今。当年敝派不幸为瘟疫侵袭，上一辈的高手凋零殆尽，华山派元气大伤，否则的话，也决不能让田兄单枪匹马的闯上山来，打得我华山派竟无招架之力。田兄之言甚是，山洞之中，的确并无敝派高手。"

田伯光既然认定他是在欺骗自己，他说东，当然是西，他说华山派并无前辈高手留存，那么一定是有，思索半晌，猛然间想起一事，一拍大腿，叫道："啊！我想起来了！原来是风清扬风老前辈！"

令狐冲登时想起石壁上所刻的那"风清扬"三个大字，忍不住一声惊噫，这一次倒非作假，心想这位风前辈难道此时还没死？不管怎样，连忙摇手，道："田兄不可乱说。风……风……"他想"风清扬"的名字中有个"清"字，那是比师父"不"字辈高了一辈的人物，接着道："风太师叔归隐多年，早已不知去向，也不知他老人家是否尚在人世，怎么会到华山来？田兄不信，最好自己到洞中去看看，那便真相大白了。"

田伯光越见他力邀自己进洞，越是不肯上这个当，心想："他如此惊慌，果然我所料不错。听说华山派前辈，当年在一夕之间尽数暴毙，只有风清扬一人其时不在山上，逃过了这场劫难，原来尚在人世，但说什么也该有七八十岁了，武功再高，终究精力已衰，一个糟老头子，我怕他个屁？"说道："令狐兄，咱们已斗了一日一晚，再斗下去，你终究是斗我不过的，虽有你风太师叔不断指点，终归无用。你还是乖乖的随我下山去罢。"

令狐冲正要答话，忽听得身后有人冷冷的道："倘若我当真指点几招，难道还收拾不下你这小子？"

那老者点点头，叹了口气，慢慢走到大石之前，坐了下来。田伯光喝道："看刀！"挥刀向令狐冲砍了过来。令狐冲侧身闪避，长剑还刺。

十　传　剑

令狐冲大吃一惊，回过头来，见山洞口站着一个白须青袍老者，神气抑郁，脸如金纸。令狐冲心道："这老先生莫非便是那晚的蒙面青袍人？他是从哪里来的？怎地站在我身后，我竟没半点知觉？"心下惊疑不定，只听田伯光颤声道："你……你便是风老先生？"

那老者叹了口气，说道："难得世上居然还有人知道风某的名字！"

令狐冲心念电转："本派中还有一位前辈，我可从来没听师父、师娘说过，倘若他是顺着田伯光之言随口冒充，我如上前参拜，岂不令天下好汉耻笑？再说，事情哪里真有这么巧法？田伯光提到风清扬，便真有一个风清扬出来。"

那老者摇头叹道："令狐冲你这小子，实在也太不成器！我来教你。你先使一招'白虹贯日'，跟着便使'有凤来仪'，再使一招'金雁横空'，接下来使'截剑式'……"一口气滔滔不绝的说了三十招招式。

那三十招招式令狐冲都曾学过，但出剑和脚步方位，却无论如何连不在一起。那老者道："你迟疑什么？嗯，三十招一气呵成，凭你眼下的修为，的确有些不易，你倒先试演一遍看。"他嗓音低沉，神情萧索，似是含有无限伤心，但语气之中自有一股威严。令狐冲心想："便依言一试，却也无妨。"当即使一招"白虹贯日"，剑尖朝天，第二招"有凤来仪"便使不下去，不由得一呆。

那老者道："唉，蠢才，蠢才！无怪你是岳不群的弟子，拘泥不化，不知变通。剑术之道，讲究如行云流水，任意所之。你使完那招'白虹贯日'，剑尖向上，难道不会顺势拖下来吗？剑招中虽没这等姿式，难道你不会别出心裁，随手配合么？"

这一言登时将令狐冲提醒，他长剑一勒，自然而然的便使出"有凤来仪"，不等剑招变老，已转"金雁横空"。长剑在头顶划过，一勾一挑，轻轻巧巧的变为"截剑式"，转折之际，天衣无缝，心下甚是舒畅。当下依着那老者所说，一招一式的使将下去，使到"钟鼓齐鸣"收剑，堪堪正是三十招，突然之间，只感到说不出的欢喜。

那老者脸色间却无嘉许之意，说道："对是对了，可惜斧凿痕迹太重，也太笨拙。不过和高手过招固然不成，对付眼前这小子，只怕也将就成了。上去试试罢！"

令狐冲虽尚不信他便是自己太师叔，但此人是武学高手，却绝无可疑，当即长剑下垂，躬身为礼，转身向田伯光道："田兄请！"

田伯光道："我已见你使了这三十招，再跟你过招，还打个什么？"令狐冲道："田兄不愿动手，那也很好，这就请便。在下要向这位老前辈多多请教，无暇陪伴田兄了。"田伯光大声道："那是什么话？你不随我下山，田某一条性命难道便白白送在你手里？"转面向那老者道："风老前辈，田伯光是后生小子，不配跟你老人家过招，你若出手，未免有失身份。"那老者点点头，叹了口气，慢慢走到大石之前，坐了下来。

田伯光大为宽慰，喝道："看刀！"挥刀向令狐冲砍了过来。

令狐冲侧身闪避，长剑还刺，使的便是适才那老者所说的第四招"截剑式"。他一剑既出，后着源源倾泻，剑法轻灵，所用招式有些是那老者提到过的，有些却在那老者所说的三十招之外。他既领悟了"行云流水，任意所之"这八个字的精义，剑术登时大进，翻翻滚滚的和田伯光拆了一百余招。突然间田伯光一声大喝，举刀直劈，令狐冲眼见难以闪避，一抖手，长剑指向他胸膛。田伯光回刀削剑，当的一声，刀剑相交，他不等令狐冲抽剑，放脱单刀，纵身而上，双手扼住了他喉头。令狐冲登时为之窒息，长剑也即脱手。

田伯光喝道："你不随我下山，老子扼死你。"他本来和令狐冲称兄道弟，言语甚是客气，但这番百余招的剧斗一过，打得性发，牢牢扼住他喉头后，居然自称起"老子"来。

令狐冲满脸紫胀，摇了摇头。田伯光咬牙道："一百招也好，二百招也好，老子赢了，便要你跟我下山。他妈的三十招之约，老子不理了。"令狐冲想要哈哈一笑，只是给他十指扼住了喉头，无论如何笑不出声。

忽听那老者道："蠢才！手指便是剑。那招'金玉满堂'，定要用剑才能使吗？"

令狐冲脑海中如电光一闪，右手五指疾刺，正是一招"金玉满堂"，中指和食指戳在田伯光胸口"膻中穴"上。田伯光闷哼一声，委顿在地，抓住令狐冲喉头的手指登时松了。

令狐冲没想到自己随手这么一戳，竟将一个名动江湖的"万里独行"田伯光轻轻易易的便点倒在地。他伸手摸摸自己给田伯光扼得十分疼痛的喉头，只见这淫贼蜷缩在地，不住轻轻抽搐，双眼翻白，已晕了过去，不由得又惊又喜，霎时之间，对那老者钦佩到了极点，抢到他身前，拜伏在地，叫道："太师叔，请恕徒孙先前无礼。"说着连连磕头。

那老者淡淡一笑，说道："你再不疑心我是招摇撞骗了么？"令狐冲磕头道："万万不敢。徒孙有幸，得能拜见本门前辈风太师叔，实是万千之喜。"

那老者风清扬道："你起来。"令狐冲又恭恭敬敬的磕了三个头，这才站起，眼见那老者满面病容，神色憔悴，道："太师叔，你肚子饿？徒孙洞里藏得有些干粮。"说着便欲去取。风清扬摇头道："不用！"眯着眼向太阳望了望，轻声道："日头好暖和啊，可有好久没晒太阳了。"令狐冲好生奇怪，却不敢问。

风清扬向缩在地下的田伯光瞧了一眼，说道："他给你戳中了
膻中穴，凭他功力，一个时辰后便会醒转，那时仍会跟你死缠。你
再将他打败，他便只好乖乖的下山去了。你制服他后，须得逼他发
下毒誓，关于我的事决不可泄漏一字半句。"令狐冲道："徒孙适才
取胜，不过是出其不意，侥幸得手，剑法上毕竟不是他的敌手，要
制服他……制服他……"

风清扬摇摇头，说道："你是岳不群的弟子，我本不想传你武
功。但我当年……当年……曾立下重誓，有生之年，决不再与人当
真动手。那晚试你剑法，不过让你知道，华山派'玉女十九剑'倘
若使得对了，又怎能让人弹去手中长剑？我若不假手于你，难以逼
得这田伯光立誓守秘，你跟我来。"说着走进山洞，从那孔穴中走
进后洞。令狐冲跟了进去。

风清扬指着石壁说道："壁上这些华山派剑法的图形，你大都
已经看过记熟，只是使将出来，却全不是那一回事。唉！"说着摇
了摇头。令狐冲寻思："我在这里观看图形，原来太师叔早已瞧在
眼里。想来每次我都瞧得出神，以致全然没发觉洞中另有旁人，倘
若……倘若太师叔是敌人……嘿嘿，倘若他是敌人，我就算发觉
了，也难道能逃得性命？"

只听风清扬续道："岳不群那小子，当真是狗屁不通。你本是
块大好的材料，却给他教得变成了蠢牛木马。"令狐冲听得他辱及
恩师，心下气恼，当即昂然说道："太师叔，我不要你教了，我出
去逼田伯光立誓不可泄漏太师叔之事就是。"

风清扬一怔，已明其理，淡淡的道："他要是不肯呢？你这就
杀了他？"令狐冲踌躇不答，心想田伯光数次得胜，始终不杀自
己，自己又怎能一占上风，却便即杀他？风清扬道："你怪我骂你
师父，好罢，以后我不提他便是，他叫我师叔，我称他一声'小
子'，总称得罢？"令狐冲道："太师叔不骂我恩师，徒孙自是恭聆

教诲。"风清扬微微一笑，道："倒是我来求你学艺了。"令狐冲躬身道："徒孙不敢，请太师叔恕罪。"

风清扬指着石壁上华山派剑法的图形，说道："这些招数，确是本派剑法的绝招，其中泰半已经失传，连岳……岳……嘿嘿……连你师父也不知道。只是招数虽妙，一招招的分开来使，终究能给旁人破了……"

令狐冲听到这里，心中一动，隐隐想到了一层剑术的至理，不由得脸现狂喜之色。风清扬道："你明白了什么？说给我听听。"令狐冲道："太师叔是不是说，要是各招浑成，敌人便无法可破？"

风清扬点了点头，甚是欢喜，说道："我原说你资质不错，果然悟性极高。这些魔教长老……"一面说，一面指着石壁上使棍棒的人形。令狐冲道："这是魔教中的长老？"风清扬道："你不知道么？这十具骸骨，便是魔教十长老了。"说着手指地下一具骸骨。令狐冲奇道："怎么这魔教十长老都死在这里？"风清扬道："再过一个时辰，田伯光便醒转了，你尽问这些陈年旧事，还有时刻学武功么？"令狐冲道："是，是，请太师叔指点。"

风清扬叹了口气，说道："这些魔教长老，也确都是了不起的聪明才智之士，竟将五岳剑派中的高招破得如此干净彻底。只不过他们不知道，世上最厉害的招数，不在武功之中，而是阴谋诡计，机关陷阱。倘若落入了别人巧妙安排的陷阱，凭你多高明的武功招数，那也全然用不着了……"说着抬起了头，眼光茫然，显是想起了无数旧事。

令狐冲见他说得甚是苦涩，神情间更有莫大愤慨，便不敢接口，心想："莫非我五岳剑派果然是'比武不胜，暗算害人'？风太师叔虽是五岳剑派中人，却对这些卑鄙手段似乎颇不以为然。但对付魔教人物，使些阴谋诡计，似乎也不能说不对。"

风清扬又道："单以武学而论，这些魔教长老们也不能说真正已窥上乘武学之门。他们不懂得，招数是死的，发招之人却是活的。死招数破得再妙，遇上了活招数，免不了缚手缚脚，只有任人屠戮。这个'活'字，你要牢牢记住了。学招时要活学，使招时要活使。倘若拘泥不化，便练熟了几千万手绝招，遇上了真正高手，终究还是给人家破得干干净净。"

令狐冲大喜，他生性飞扬跳脱，风清扬这几句话当真说到了他心坎里去，连称："是，是！须得活学活使。"

风清扬道："五岳剑派中各有无数蠢才，以为将师父传下来的剑招学得精熟，自然而然便成高手，哼哼，熟读唐诗三百首，不会作诗也会吟！熟读了人家诗句，做几首打油诗是可以的，但若不能自出机杼，能成大诗人么？"他这番话，自然是连岳不群也骂在其中了，但令狐冲一来觉得这话十分有理，二来他并未直提岳不群的名字，也就没有抗辩。

风清扬道："活学活使，只是第一步。要做到出手无招，那才真是踏入了高手的境界。你说'各招浑成，敌人便无法可破'，这句话还只说对了一小半。不是'浑成'，而是根本无招。你的剑招使得再浑成，只要有迹可寻，敌人便有隙可乘。但如你根本并无招式，敌人如何来破你的招式？"

令狐冲一颗心怦怦乱跳，手心发热，喃喃的道："根本无招，如何可破？根本无招，如何可破？"斗然之间，眼前出现了一个生平从所未见、连做梦也想不到的新天地。

风清扬道："要切肉，总得有肉可切；要斩柴，总得有柴可斩；敌人要破你剑招，你须得有剑招给人家来破才成。一个从未学过武功的常人，拿了剑乱挥乱舞，你见闻再博，也猜不到他下一剑要刺向哪里，砍向何处。就算是剑术至精之人，也破不了他的招式，只因并无招式，'破招'二字，便谈不上了。只是不曾学过武功之人，虽无招式，却会给人轻而易举的打倒。真正上乘的剑术，则是能制人而决不能为人所制。"他拾起地下的一根死人腿骨，随手以一端对着令狐冲，道："你如何破我这一招？"

令狐冲不知他这一下是什么招式，一怔之下，便道："这不是招式，因此破解不得。"

风清扬微微一笑，道："这就是了。学武之人使兵刃，动拳脚，总是有招式的，你只须知道破法，一出手便能破招制敌。"令狐冲道："要是敌人也没招式呢？"风清扬道："那么他也是一等一的高手了，二人打到如何便如何，说不定是你高些，也说不定是他高些。"叹了口气，说道："当今之世，这等高手是难找得很了，只要能侥幸遇上一两位，那是你毕生的运气，我一生之中，也只遇上过三位。"令狐冲问道："是哪三位？"

　　风清扬向他凝视片刻，微微一笑，道："岳不群的弟子之中，居然有如此多管闲事、不肯专心学剑的小子，好极，妙极！"令狐冲脸上一红，忙躬身道："弟子知错了。"风清扬微笑道："没有错，没有错。你这小子心思活泼，很对我的脾胃。只是现下时候不多了，你将这华山派的三四十招融合贯通，设想如何一气呵成，然后全部将它忘了，忘得干干净净，一招也不可留在心中。待会便以什么招数也没有的华山剑法，去跟田伯光打。"

　　令狐冲又惊又喜，应道："是！"凝神观看石壁上的图形。

　　过去数月之中，他早已将石壁上的本门剑法记得甚熟，这时也不必再花时间学招，只须将许多毫不连贯的剑招设法串成一起就是。风清扬道："一切须当顺其自然。行乎其不得不行，止乎其不得不止，倘若串不成一起，也就罢了，总之不可有半点勉强。"令狐冲应了，只须顺乎自然，那便容易得紧，串得巧妙也罢，笨拙也罢，那三四十招华山派的绝招，片刻间便联成了一片，不过要融成一体，其间并无起迄转折的刻划痕迹可寻，那可十分为难了。他提着长剑左削右劈，心中半点也不去想石壁图形中的剑招，像也好，不像也好，只是随意挥洒，有时使到顺溜处，亦不禁暗暗得意。

　　他从师练剑十余年，每一次练习，总是全心全意的打起了精神，不敢有丝毫怠忽。岳不群课徒极严，众弟子练拳使剑，举手提足间只要稍离了尺寸法度，他便立加纠正，每一个招式总要练得十全十美，没半点错误，方能得到他点头认可。令狐冲是开山门的大弟子，又生来要强好胜，为了博得师父、师娘的赞许，练习招式时加倍的严于律己。不料风清扬教剑全然相反，要他越随便越好，这正投其所好，使剑时心中畅美难言，只觉比之痛饮数十年的美酒还要滋味无穷。

正使得如痴如醉之时，忽听得田伯光在外叫道："令狐兄，请你出来，咱们再比。"

令狐冲一惊，收剑而立，向风清扬道："太师叔，我这乱挥乱削的剑法，能挡得住他的快刀么？"风清扬摇头道："挡不住，还差得远呢！"令狐冲惊道："挡不住？"风清扬道："要挡，自然挡不住，可是你何必要挡？"

令狐冲一听，登时省悟，心下大喜："不错，他为了求我下山，不敢杀我。不管他使什么刀招，我不必理会，只是自行进攻便了。"当即仗剑出洞。

只见田伯光横刀而立，叫道："令狐兄，你得风老前辈指点诀窍之后，果然剑法大进，不过适才给你点倒，乃是一时疏忽，田某心中不服，咱们再来比过。"令狐冲道："好！"挺剑歪歪斜斜的刺去，剑身摇摇晃晃，没半分劲力。

田伯光大奇，说道："你这是什么剑招？"眼见令狐冲长剑刺到，正要挥刀挡格，却见令狐冲突然间右手后缩，向空处随手刺了一剑，跟着剑柄疾收，似乎要撞上他自己胸膛，跟着手腕立即反抖，这一撞便撞向右侧空处。田伯光更是奇怪，向他轻轻试劈一刀。令狐冲不避不让，剑尖一挑，斜刺对方小腹。田伯光叫道："古怪！"回刀反挡。

两人拆得数招，令狐冲将石壁上数十招华山剑法使了出来，只攻不守，便如自顾自练剑一般。田伯光给他逼得手忙脚乱，叫道："我这一刀你如再不挡，砍下了你的臂膀，可别怪我！"令狐冲笑道："可没这么容易。"刷刷刷三剑，全是从希奇古怪的方位刺削而至。田伯光仗着眼明手快，一一挡过，正待反击，令狐冲忽将长剑向天空抛了上去。田伯光仰头看剑，砰的一声，鼻上已重重吃了一拳，登时鼻血长流。

田伯光一惊之间，令狐冲以手作剑，疾刺而出，又戳中了他的膻中穴。田伯光身子慢慢软倒，脸上露出十分惊奇、又十分愤怒的神色。

令狐冲回过身来，风清扬招呼他走入洞中，道："你又多了一个半时辰练剑，他这次受创较重，醒过来时没第一次快。只不过下次再斗，说不定他会拼命，未必肯再容让，须得小心在意。你去练练衡山派的剑法。"

令狐冲得风清扬指点后，剑法中有招如无招，存招式之意，而无招式之形，衡山派的绝招本已变化莫测，似鬼似魅，这一来更无丝毫迹象可寻。田伯光醒转后，斗得七八十招，又被他打倒。

眼见天色已晚，陆大有送饭上崖，令狐冲将点倒了的田伯光放在岩石之后，风清扬则在后洞不出。令狐冲道："这几日我胃口大好，六师弟明日多送些饭菜上来。"陆大有见大师哥神采飞扬，与数月来郁郁寡欢的情形大不相同，心下甚喜，又见他上身衣衫都汗湿了，只道他在苦练剑法，说道："好，明儿我提一大篮饭上来。"

陆大有下崖后，令狐冲解开田伯光穴道，邀他和风清扬及自己一同进食。风清扬只吃小半碗饭便饱了。田伯光愤愤不平，食不下咽，一面扒饭，一面骂人，突然间左手使劲太大，拍的一声，竟将一只瓦碗捏成十余块，碗片饭粒，跌得身上地下都是。

令狐冲哈哈大笑，说道："田兄何必跟一只饭碗过不去？"

田伯光怒道："他妈的，我是跟你过不去。只因为我不想杀你，咱们比武，你这小子只攻不守，这才占尽了便宜，你自己说，这公道不公道？倘若我不让你哪，三十招之内便砍下了你脑袋。哼！哼！他妈的那小尼……小尼……"他显是想骂仪琳那小尼姑，但不知怎的，话到口边，没再往下骂了。站起身来，拔刀在手，叫道："令狐冲，有种的再来斗过。"

令狐冲道："好！"挺剑而上。

令狐冲又施故技，对田伯光的快刀并不拆解，自行以巧招刺他。不料田伯光这次出手甚狠，拆得二十余招后，刷刷两刀，一刀砍中令狐冲大腿，一刀在他左臂上划了一道口子，但毕竟还是刀下留情，所伤不重。令狐冲又惊又痛，剑法散乱，数招后便给田伯光踢倒。

田伯光将刀刃架在他喉头，喝道："还打不打？打一次便在你身上砍几刀，纵然不杀你，也要你肢体不全，流干了血。"令狐冲笑道："自然再打！就算令狐冲斗你不过，难道我风太师叔袖手不理，任你横行？"田伯光道："他是前辈高人，不会跟我动手。"说着收起单刀，心下毕竟也甚惴惴，生怕将令狐冲砍伤了，风清扬一怒出手，看来这人虽然老得很了，糟却半点不糟，神气内敛，眸子中英华隐隐，显然内功着实了得，剑术之高，那也不用说了，他也不必挥剑杀人，只须将自己逐下华山，那便糟糕之极了。

令狐冲撕下衣襟，裹好了两处创伤，走进洞中，摇头苦笑，说道："太师叔，这家伙改变策略，当真砍杀啦！如果给他砍中了右臂，使不得剑，这可就难以胜他了。"风清扬道："好在天色已晚，你约他明晨再斗。今晚你不要睡，咱们穷一晚之力，我教你三招剑法。"令狐冲道："三招？"心想只三招剑法，何必花一晚时光来教。

风清扬道："我瞧你人倒挺聪明的，也不知是真聪明，还是假聪明。倘若真的聪明，那么这一个晚上，或许能将这三招剑法学会了。要是资质不佳，悟心平常，那么……那么……明天早晨你也不用再跟他打了，自己认输，乖乖的跟他下山去罢！"

令狐冲听太师叔如此说，料想这三招剑法非比寻常，定然十分难学，不由得激发了他要强好胜之心，昂然道："太师叔，徒孙要是不能在一晚间学会这三招，宁可给他一刀杀了，决不投降屈服，随他下山。"

风清扬笑了笑，道："那便很好。"抬起了头，沉思半晌，道："一晚之间学会三招，未免强人所难，这第二招暂且用不着，咱们只学第一招和第三招。不过……不过……第三招中的许多变化，是从第二招而来，好，咱们把有关的变化都略去，且看是否管用。"

自言自语，沉吟一会，却又摇头。

令狐冲见他如此顾虑多端，不由得心痒难搔，一门武功越是难学，自然威力越强，只听风清扬又喃喃的道："第一招中的三百六十种变化如果忘记了一变，第三招便会使得不对，这倒有些为难了。"

令狐冲听得单是第一招便有三百六十种变化，不由得吃了一惊，只见风清扬屈起手指，数道："归妹趋无妄，无妄趋同人，同人趋大有。甲转丙，丙转庚，庚转癸。子丑之交，辰巳之交，午未之交。风雷是一变，山泽是一变，水火是一变。乾坤相激，震兑相激，离巽相激。三增而成五，五增而成九……"越数越是忧色重重，叹道："冲儿，当年我学这一招，花了三个月时光，要你在一晚之间学会两招，那是开玩笑了，你想：'归妹趋无妄……'"说到这里，便住了口，显是神思不属，过了一会，问道："刚才我说什么来着？"

令狐冲道："太师叔刚才说的是归妹趋无妄，无妄趋同人，同人趋大有。"风清扬双眉一轩，道："你记性倒不错，后来怎样？"令狐冲道："太师叔说道：'甲转丙，丙转庚，庚转癸……'"一路背诵下去，竟然背了一小半，后面的便记不得了。

风清扬大奇，问道："这独孤九剑的总诀，你曾学过的？"令狐冲道："徒孙没学过，不知这叫做'独孤九剑'。"风清扬问道："你没学过，怎么会背？"令狐冲道："我刚才听得太师叔这么念过。"

风清扬满脸喜色，一拍大腿，道："这就有法子了。一晚之间虽学不全，然而可以硬记，第一招不用学，第三招只学小半招好了。你记着。归妹趋无妄，无妄趋同人，同人趋大有……"一路念将下去，足足念了三百余字，才道："你试背一遍。"令狐冲早就在全神记忆，当下依言背诵，只错了十来个字。风清扬纠正了，令狐冲第二次再背，只错了七个字，第三次便没再错。

风清扬甚是高兴，道："很好，很好！"又传了三百余字口诀，待令狐冲记熟后，又传三百余字。那"独孤九剑"的总诀足足有三千余字，而且内容不相连贯，饶是令狐冲记性特佳，却也不免记得了后面，忘记了前面，直花了一个多时辰，经风清扬一再提点，这才记得一字不错。风清扬要他从头至尾连背三遍，见他确已全部记住，说道："这总诀是独孤九剑的根本关键，你此刻虽记住了，只是为求速成，全凭硬记，不明其中道理，日后甚易忘记。从今天起，须得朝夕念诵。"令狐冲应道："是！"

风清扬道："九剑的第一招'总诀式'，有种种变化，用以体演这篇总诀，现下且不忙学。第二招是'破剑式'，用以破解普天下各门各派的剑法，现下也不忙学。第三招'破刀式'，用以破解单刀、双刀、柳叶刀、鬼头刀、大砍刀、斩马刀种种刀法。田伯光使的是单刀中的快刀法，今晚只学专门对付他刀法的这一部份。"

令狐冲听得独孤九剑的第二招可破天下各门各派的剑法，第三招可破种种刀法，惊喜交集，说道："这九剑如此神妙，徒孙直是闻所未闻。"兴奋之下，说话声音也颤抖了。

风清扬道："独孤九剑的剑法你师父没见识过，这剑法的名称，他倒听见过的。只不过他不肯跟你们提起罢了。"令狐冲大感奇怪，问道："却是为何？"风清扬不答他此问，说道："这第三招'破刀式'讲究以轻御重，以快制慢。田伯光那厮的快刀是快得很了，你却要比他更快。似你这等少年，和他比快，原也可以，只是或输或赢，并无必胜把握。至于我这等糟老头子，却也要比他快，唯一的法子便是比他先出招。你料到他要出什么招，却抢在他头里。敌人手还没提起，你长剑已指向他的要害，他再快也没你快。"

令狐冲连连点头，道："是，是！想来这是教人如何料敌机先。"

风清扬拍手赞道："对，对！孺子可教。'料敌机先'这四个字，正是这剑法的精要所在，任何人一招之出，必定有若干朕兆。他下一刀要砍向你的左臂，眼光定会瞧向你左臂，如果这时他的单刀正在右下方，自然会提起刀来，划个半圆，自上而下的斜向下砍。"于是将这第三剑中克破快刀的种种变化，一项项详加剖析。令狐冲只听得心旷神怡，便如一个乡下少年忽地置身于皇宫内院，目之所接，耳之所闻，莫不新奇万端。

这第三招变化繁复之极，令狐冲于一时之间，所能领会的也只十之二三，其余的便都硬记在心。一个教得起劲，一个学得用心，竟不知时刻之过，猛听得田伯光在洞外大叫："令狐兄，天光啦，睡醒了没有？"

令狐冲一呆，低声道："啊哟，天亮啦。"风清扬叹道："只可惜时刻太过迫促，但你学得极快，已远过我的指望。这就出去跟他打罢！"

令狐冲道："是。"闭上眼睛，将这一晚所学大要，默默存想了一遍，突然睁开眼来，道："太师叔，徒孙尚有一事未明，何以这种种变化，尽是进手招数，只攻不守？"

风清扬道："独孤九剑，有进无退！招招都是进攻，攻敌之不得不守，自己当然不用守了。创制这套剑法的独孤求败前辈，名字叫做'求败'，他老人家毕生想求一败而不可得，这剑法施展出来，天下无敌，又何必守？如果有人攻得他老人家回剑自守，他老人家真要心花怒放，喜不自胜了。"

令狐冲喃喃的道："独孤求败，独孤求败。"想像当年这位前辈仗剑江湖，无敌于天下，连找一个对手来逼得他回守一招都不可得，委实令人可惊可佩。

只听田伯光又在呼喝："快出来，让我再砍你两刀。"令狐冲叫道："我来也！"

风清扬皱眉道："此刻出去和他接战，有一事大是凶险，他如上来一刀便将你右臂或右腕砍伤，那只有任他宰割，更无反抗之力了。这件事可真叫我担心。"

令狐冲意气风发，昂然道："徒孙尽力而为！无论如何，决不能辜负了太师叔这一晚尽心教导。"提剑出洞，立时装出一副萎靡之状，打了个呵欠，又伸了个懒腰，揉了揉眼睛，说道："田兄起得好早，昨晚没好睡吗？"心中却在盘算："我只须挨过得眼前这个难关，再学几个时辰，便永远不怕他了。"

　　田伯光一举单刀，说道："令狐兄，在下实在无意伤你，但你太也固执，说什么也不肯随我下山。这般斗将下去，逼得我要砍你十刀廿刀，令得你遍体鳞伤，岂不是十分的对你不住？"令狐冲心念一动，说道："倒也不须砍上十刀廿刀，你只须一刀将我右臂砍断，要不然砍伤了我右手，叫我使不得剑。那时候你要杀要擒，岂不是悉随尊便？"田伯光摇头道："我只是要你服输，何必伤你右手右臂？"令狐冲心中大喜，脸上却装作深有忧色，说道："只怕你口中虽这么说，输得急了，到头来还是什么野蛮的毒招都使将出来。"田伯道："你不用以言语激我。田伯光一来跟你无怨无仇，二来敬你是条有骨气的汉子，三来真的伤你重了，只怕旁人要跟我为难。出招罢！"

　　令狐冲道："好！田兄请。"田伯光虚晃一刀，第二刀跟着斜劈而出，刀光映日，势道甚是猛恶。令狐冲待要使用"独孤九剑"中第三剑的变式予以破解，哪知田伯光的刀法实在太快，甫欲出剑，对方刀法已转，终是慢了一步。他心中焦急，暗叫："糟糕，糟糕！新学的剑法竟然完全用不上，太师叔一定在骂我蠢才。"再拆数招，额头汗水已涔涔而下。

　　岂知自田伯光眼中看出来，却见他剑法凌厉之极，每一招都是自己刀法的克星，心下也是吃惊不小，寻思："他这几下剑法，明明已可将我毙了，却为什么故意慢了一步？是了，他是手下留情，要叫我知难而退。可是我虽然'知难'，苦在不能'而退'，非硬挺到底不可。"他心中这么想，单刀劈出时劲力便不敢使足。两人互相忌惮，均是小心翼翼的拆解。

　　又斗一会，田伯光刀法渐快，令狐冲应用独孤氏第三剑的变式也渐趋纯熟，刀剑光芒闪烁，交手越来越快。蓦地里田伯光大喝一声，右足飞起，踹中令狐冲小腹。令狐冲身子向后跌出，心念电转："我只须再有一日一夜的时刻，明日此时定能制他。"当即摔剑脱手，双目紧闭，凝住呼吸，假作晕死之状。

田伯光见他晕去，吃了一惊，但深知他狡谲多智，不敢俯身去看，生怕他暴起袭击，败中求胜，当下横刀身前，走近几步，叫道："令狐兄，怎么了？"叫了几声，才见令狐冲悠悠醒转，气息微弱，颤声道："咱们……咱们再打过。"支撑着要站起身来，左腿一软，又摔倒在地。田伯光道："你是不行的了，不如休息一日，明儿随我下山去罢。"

令狐冲不置可否，伸手撑地，意欲站起，口中不住喘气。

田伯光更无怀疑，踏上一步，抓住他右臂，扶了他起来，但踏上这一步时若有意、若无意的踏住了令狐冲落在地下的长剑，右手执刀护身，左手又正抓在令狐冲右臂的穴道之上，叫他无法行使诡计。令狐冲全身重量都挂在他的左手之上，显得全然虚弱无力，口中却兀自怒骂："谁要你讨好？他奶奶的。"一跛一拐的回入洞中。

风清扬微笑道："你用这法子取得了一日一夜，竟不费半点力气，只不过有点儿卑鄙无耻。"令狐冲笑道："对付卑鄙无耻之徒，说不得，只好用点卑鄙无耻的手段。"风清扬正色道："要是对付正人君子呢？"令狐冲一怔，道："正人君子？"一时答不出话来。

风清扬双目炯炯，瞪视着令狐冲，森然问道："要是对付正人君子，那便怎样？"令狐冲道："就算他真是正人君子，倘若想要杀我，我也不能甘心就戮，到了不得已的时候，卑鄙无耻的手段，也只好用上这么一点半点了。"风清扬大喜，朗声道："好，好！你说这话，便不是假冒为善的伪君子。大丈夫行事，爱怎样便怎样，行云流水，任意所之，什么武林规矩，门派教条，全都是放他妈的狗臭屁！"

令狐冲微微一笑，风清扬这几句话当真说到了他心坎中去，听来说不出的痛快，可是平素师父谆谆叮嘱，宁可性命不要，也决计不可违犯门规，不守武林规矩，以致败了华山派的清誉，太师叔这番话是不能公然附和的；何况"假冒为善的伪君子"云云，似乎是在讥刺他师父那"君子剑"的外号，当下只微微一笑，并不接口。

风清扬伸出干枯的手指抚摸令狐冲头发，微笑道："岳不群门下，居然有你这等人才，这小子眼光是有的，倒也不是全无可取之处。"他所说的"这小子"，自然是指岳不群了。

他拍拍令狐冲的肩膀，说道："小娃子很合我心意，来来来，咱们把独孤大侠的第一剑和第三剑再练上一些。"当下又将独孤氏的第一剑诀择要讲述，待令狐冲领悟后，再将第三剑中的有关变化，连讲带比，细加指点。后洞中所遗长剑甚多，两人都以华山派的长剑比划演式。令狐冲用心记忆，遇到不明之处，便即询问。这一日时候充裕，学剑时不如前晚之迫促，一剑一式均能阐演周详。晚饭之后，令狐冲睡了两个时辰，又再学招。

次日清晨，田伯光只道他早一日受伤不轻，竟然并不出声索战。令狐冲乐得在后洞继续学剑，到得午末未初，独孤氏第三剑的种种变化已尽数学全。风清扬道："今日倘若仍然打他不过，也不要紧。再学一日一晚，无论如何，明日必胜。"

令狐冲应了，倒提本派前辈所遗下的一柄长剑，缓步走出洞来，见田伯光在崖边眺望，假作惊异之色，说道："咦，田兄，怎么你还不走？"田伯光道："在下恭候大驾。昨日得罪，今日好得多了罢？"令狐冲道："也不见得好，腿上给田兄所砍的这一刀，痛得甚是厉害。"田伯光笑道："当日在衡阳相斗，令狐兄伤势可比今日重得多了，却也不曾出过半句示弱之言。我深知你鬼计多端，你这般装腔作势，故意示弱，想攻我一个出其不意，在下可不会上当。"

令狐冲笑道："你这当已经上了，此刻就算醒觉，也来不及啦！田兄，看招！"剑随声出，直刺其胸。田伯光举刀急挡，却挡了个空。令狐冲第二剑又已刺了过来。田伯光赞道："好快！"横刀封架。令狐冲第三剑、第四剑又已刺出，口中说道："还有快的。"第五剑、第六剑跟着刺出，攻势既发，竟是一剑连着一剑，一剑快似一剑，连绵不绝，当真学到了这独孤剑法的精要，"独孤九剑，有进无退"，每一剑全是攻招。

十余剑一过，田伯光胆战心惊，不知如何招架才是，令狐冲刺一剑，他便退一步，刺得十余剑，他已退到了崖边。令狐冲攻势丝毫不缓，刷刷刷刷，连刺四剑，全是指向他要害之处。田伯光奋力挡开了两剑，第三剑无论如何挡不开了，左足后退，却踏了个空。他知道身后是万丈深谷，这一跌下去势必粉身碎骨，便在这千钧一发之际，猛力一刀砍向地下，借势稳住身子。令狐冲的第四剑已指在他咽喉之上。田伯光脸色苍白，令狐冲也是一言不发，剑尖始终不离他的咽喉。过了良久，田伯光怒道："要杀便杀，婆婆妈妈作甚？"

令狐冲右手一缩，向后纵开数步，道："田兄一时疏忽，给小弟占了机先，不足为凭，咱们再打过。"田伯光哼了一声，舞动单刀，犹似狂风骤雨般攻将过来，叫道："这次由我先攻，可不能让你占便宜了。"

令狐冲眼见他钢刀猛劈而至，长剑斜挑，径刺他小腹，自己上身一侧，已然避开了他刀锋。田伯光见他这一剑来得峻急，疾回单刀，往他剑上砸去，自恃力大，只须刀剑相交，准能将他长剑砸飞。令狐冲只一剑便抢到了先着，第二剑、第三剑源源不绝的发出，每一剑都是又狠且准，剑尖始终不离对手要害。田伯光挡架不及，只得又再倒退，十余招过去，竟然重蹈覆辙，又退到了崖边。令狐冲长剑削下，逼得他提刀护住下盘，左手伸出，五指虚抓，正好抢到空隙，五指指尖离他胸口膻中穴已不到两寸，凝指不发。田伯光曾两次被他以手指点中膻中穴，这一次若再点中，身子委倒时不再是晕在地下，却要跌入深谷之中了，眼见他手指虚凝，显是有意容让。两人僵持半晌，令狐冲又再向后跃开。

田伯光坐在石上，闭目养了会神，突然间一声大吼，舞刀抢攻，一口钢刀直上直下，势道威猛之极。这一次他看准了方位，背心向山，心想纵然再给你逼得倒退，也是退入山洞之中，说什么也要决一死战。

令狐冲此刻于单刀刀招的种种变化，已尽数了然于胸，待他钢刀砍至，侧身向右，长剑便向他左臂削去。田伯光回刀相格，令狐冲的长剑早已改而刺他左腰。田伯光左臂与左腰相去不到一尺，但这一回刀，守中带攻，含有反击之意，力道甚劲，钢刀直荡了出去，急切间已不及收刀护腰，只得向右让了半步。令狐冲长剑起处，刺向他左颊。田伯光举刀挡架，剑尖忽地已指向左腿。田伯光无法再挡，再向右踏出一步。令狐冲一剑连着一剑，尽是攻他左侧，逼得他一步又一步的向右退让，十余步一跨，已将他逼向右边石崖的尽头。

该处一块大石壁阻住了退路，田伯光背心靠住岩石，舞起七八个刀花，再也不理令狐冲长剑如何来攻，耳中只听得嗤嗤声响，左手衣袖、左边衣衫、左足裤管已被长剑接连划中了六剑。这六剑均是只破衣衫，不伤皮肉，但田伯光心中雪亮，这六剑的每一剑都能教自己断臂折足，破肚开膛，到这地步，霎时间只觉万念俱灰，哇的一声，张嘴喷出一大口鲜血。

令狐冲接连三次将他逼到了生死边缘，数日之前，此人武功还远胜于己，此刻竟是生杀之权操于己手，而且胜来轻易，大是行有余力，脸上不动声色，心下却已大喜若狂，待见他大败之后口喷鲜血，不由得歉疚之情油然而生，说道："田兄，胜败乃是常事，何必如此？小弟也曾折在你手下多次！"

田伯光抛下单刀，摇头道："风老前辈剑术如神，当世无人能敌，在下永远不是你的对手了。"令狐冲替他拾起单刀，双手递过，说道："田兄说得不错，小弟侥幸得胜，全凭风太师叔的指点。风太师叔想请田兄答应一件事。"田伯光不接单刀，惨然道："田某命悬你手，有什么好说的。"令狐冲道："风太师叔隐居已久，不预世事，不喜俗人烦扰。田兄下山之后，请勿对人提起他老人家的事，在下感激不尽。"

田伯光冷冷的道："你只须这么一剑刺将过来，杀人灭口，岂不干脆？"令狐冲退后两步，还剑入鞘，说道："当日田兄武艺远胜于我之时，倘若一刀将我杀了，焉有今日之事？在下请田兄不向旁人泄露我风太师叔的行踪，乃是相求，不敢有丝毫胁迫之意。"田伯光道："好，我答允了。"令狐冲深深一揖，道："多谢田兄。"

田伯光道："我奉命前来请你下山。这件事田某干不了，可是事情没完。讲打，我这一生是打你不过的了，却未必便此罢休。田某性命攸关，只好烂缠到底，你可别怪我不是好汉子的行径。令狐兄，再见了。"说着一抱拳，转身便行。

令狐冲想到他身中剧毒，此番下山，不久便毒发身亡，和他恶斗数日，不知不觉间已对他生出亲近之意，一时冲动，脱口便想叫将出来："我随你下山便了。"但随即想起，自己被罚在崖上思过，不奉师命，决不能下崖一步，何况此人是个作恶多端的采花大盗，这一随他下山，变成了和他同流合污，将来身败名裂，祸患无穷，话到口边，终于缩住。

眼见他下崖而去，当即回入山洞，向风清扬拜伏在地，说道："太师叔不但救了徒孙性命，又传了徒孙上乘剑术，此恩此德，永难报答。"

风清扬微笑道："上乘剑术，上乘剑术，嘿嘿，还差得远呢。"他微笑之中，大有寂寞凄凉的味道。令狐冲道："徒孙斗胆，求恳太师叔将独孤九剑的剑法尽数传授。"风清扬道："你要学独孤九剑，将来不会懊悔么？"

令狐冲一怔，心想将来怎么会懊悔？一转念间，心道："是了，这独孤九剑并非本门剑法，太师叔是说只怕师父知道之后会见责于我。但师父本来不禁我涉猎别派剑法，曾说他山之石，可以攻玉。再者，我从石壁的图形之中，已学了不少恒山、衡山、泰山、嵩山各派的剑法，连魔教十长老的武功也学了不少。这独孤九剑如此神妙，实是学武之人梦寐以求的绝世妙技，我得蒙本门前辈指点传授，当真是莫大的机缘。"当即拜道："这是徒孙的毕生幸事，将来只有感激，决无懊悔。"

风清扬道："好，我便传你。这独孤九剑我若不传你，过得几年，世上便永远没这套剑法了。"说时脸露笑容，显是深以为喜，说完之后，神色却转凄凉，沉思半晌，这才说道："田伯光决不会就此甘心，但纵然再来，也必在十天半月之后。你武功已胜于他，阴谋诡计又胜于他，永远不必怕他了。咱们时候大为充裕，须得从头学起，扎好根基。"于是将独孤九剑第一剑的"总诀式"依着口诀次序，一句句的解释，再传以种种附于口诀的变化。

令狐冲先前硬记口诀，全然未能明白其中含义，这时得风清扬从容指点，每一刻都领悟到若干上乘武学的道理，每一刻都学到几项奇巧奥妙的变化，不由得欢喜赞叹，情难自已。

一老一少，便在这思过崖上传习独孤九剑的精妙剑法，自"总诀式"、"破剑式"、"破刀式"以至"破枪式"、"破鞭式"、"破索式"、"破掌式"、"破箭式"而学到了第九剑"破气式"。那"破枪式"包括破解长枪、大戟、蛇矛、齐眉棍、狼牙棒、白蜡杆、禅杖、方便铲种种长兵刃之法。"破鞭式"破的是钢鞭、铁铜、点穴橛、拐子、蛾眉刺、匕首、板斧、铁牌、八角锤、铁椎等等短兵刃。"破索式"破的是长索、软鞭、三节棍、链子枪、铁链、渔网、飞锤流星等等软兵刃。虽只一剑一式，却是变化无穷，学到后来，前后式融会贯通，更是威力大增。

最后这三剑更是难学。"破掌式"破的是拳脚指掌上的功夫，对方既敢以空手来斗自己利剑，武功上自有极高造诣，手中有无兵器，相差已是极微。天下的拳法、腿法、指法、掌法繁复无比，这一剑"破掌式"，将长拳短打、擒拿点穴、鹰爪虎爪、铁沙神掌，诸般拳脚功夫尽数包括在内。"破箭式"这个"箭"字，则总罗诸般暗器，练这一剑时，须得先学听风辨器之术，不但要能以一柄长剑击开敌人发射来的种种暗器，还须借力反打，以敌人射来的暗器反射伤敌。

至于第九剑"破气式"，风清扬只是传以口诀和修习之法，说道："此式是为对付身具上乘内功的敌手而用，神而明之，存乎一心。独孤前辈当年挟此剑横行天下，欲求一败而不可得，那是他老人家已将这套剑法使得出神入化之故。同是一门华山剑法，同是一招，使出来时威力强弱大不相同，这独孤九剑自也一般。你纵然学得了剑法，倘若使出时剑法不纯，毕竟还是敌不了当世高手。此刻你已得到了门径，要想多胜少败，再苦练二十年，便可和天下英雄一较短长了。”

令狐冲越是学得多，越觉这九剑之中变化无穷，不知要有多少时日，方能探索到其中全部秘奥，听太师叔要自己苦练二十年，丝毫不觉惊异，再拜受教，说道：“徒孙倘能在二十年之中，通解独孤老前辈当年创制这九剑的遗意，那是大喜过望了。”

风清扬道：“你倒也不可妄自菲薄。独孤大侠是绝顶聪明之人，学他的剑法，要旨是在一个‘悟’字，决不在死记硬记。等到通晓了这九剑的剑意，则无所施而不可，便是将全部变化尽数忘记，也不相干，临敌之际，更是忘记得越干净彻底，越不受原来剑法的拘束。你资质甚好，正是学练这套剑法的材料。何况当今之世，真有什么了不起的英雄人物，嘿嘿，只怕也未必。以后自己好好用功，我可要去了。”

令狐冲大吃一惊，颤声道：“太师叔，你……你到哪里去？”风清扬道：“我本在这后山居住，已住了数十年，日前一时心喜，出洞来授了你这套剑法，只是盼望独孤前辈的绝世武功不遭灭绝而已。你已经学全，我心愿已了，怎么还不回去？”令狐冲喜道：“原来太师叔便在后山居住，那再好没有了。徒孙正可朝夕侍奉，以解太师叔的寂寞。”

风清扬厉声道：“从今之后，我再也不见华山派门中之人，连你也非例外。”见令狐冲神色惶恐，便语气转和，说道：“冲儿，我跟你既有缘，亦复投机。我暮年得有你这样一个佳子弟传我剑法，实是大畅老怀。你如心中有我这样一个太师叔，今后别来见我，以致令我为难。”令狐冲心中酸楚，道：“太师叔，那为什么？”风清扬摇摇头，说道：“你见到我的事，连对你师父也不可说起。”令狐冲含泪道：“是，自当遵从太师叔吩咐。”

风清扬轻轻抚摸他头，说道：“好孩子，好孩子！”转身下崖。

令狐冲跟到崖边，眼望他瘦削的背影飘飘下崖，在后山隐没，不由得悲从中来。

令狐冲和风清扬相处十余日，虽然听他所谈论指教的只是剑法，但于他议论风范，不但钦仰敬佩，更是觉得亲近之极，说不出的投机。风清扬是高了他两辈的太师叔，可是令狐冲内心，却隐隐然有一股平辈知己、相见恨晚的交谊，比之恩师岳不群，似乎反而亲切得多，心想："这位太师叔年轻之时，只怕性子和我差不多，也是一副天不怕、地不怕、任性行事的性格。他教我剑法之时，总说是'人使剑法，不是剑法使人'，总说'人是活的，剑法是死的，活人不可给死剑法所拘'。这道理千真万确，却为何师父从来不说？"

他微一沉吟，便想："这道理师父岂有不知？只是他知道我性子太过随便，跟我一说了这道理，只怕我得其所哉，乱来一气，练剑时便不能循规蹈矩。等到我将来剑术有了小成，师父自会给我详加解释。师弟师妹们武功未够火候，自然更加不能明白这上乘剑理，跟他们说了也是白说。"又想："太师叔的剑术，自已到了出神入化的境地，只可惜他老人家从来没显一下身手，令我大开眼界。比之师父，太师叔的剑法当然又高一筹了。"

回想风清扬脸带病容，寻思："这十几天中，他有时轻声叹息，显然有什么重大的伤心事，不知为了什么？"叹了口气，提了长剑，出洞便练了起来。

练了一会，顺手使出一剑，竟是本门剑法的"有凤来仪"。他一呆之下，摇头苦笑，自言自语："错了！"跟着又练，过不多时，顺手一剑，又是"有凤来仪"，不禁发恼，寻思："我只因本门剑法练得纯熟，在心中已印得根深蒂固，使剑时稍一滑溜，便将练熟了的本门剑招夹了进去，却不是独孤剑法了。"突然间心念一闪，心道："太师叔叫我使剑时须当心无所滞，顺其自然，那么使本门剑法，有何不可？甚至便将衡山、泰山诸派剑法，魔教十长老的武功夹在其中，又有何不可？倘若硬要划分，某种剑法可使，某种剑法不可使，那便是有所拘泥了。"

此后便即任意发招，倘若顺手，便将本门剑法以及石壁上种种招数掺杂其中，顿觉乐趣无穷。但五岳剑派的剑法固然各不相同，魔教十长老更似出自六七个不同门派，要将这许多不同路子的武学融为一体，几乎绝不可能。他练了良久，始终无法融合，忽想："融不成一起，那又如何？又何必强求？"

当下再也不去分辨是什么招式，一经想到，便随心所欲的混入独孤九剑之中，但使来使去，总是那一招"有凤来仪"使得最多。又使一阵，随手一剑，又是一招"有凤来仪"，心念一动："要是小师妹见到我将这招'有凤来仪'如此使法，不知会说什么？"

他凝剑不动，脸上现出温柔的微笑。这些日子来全心全意的练剑，便在睡梦之中，想到的也只是独孤九剑的种种变化，这时蓦地里想起岳灵珊，不由得相思之情难以自已。跟着又想："不知她是否暗中又在偷偷教林师弟学剑？师父命令虽严，小师妹却向来大胆，恃着师娘宠爱，说不定又在教剑了。就算不教剑，朝夕相见，两人定是越来越好。"渐渐的，脸上微笑转成了苦笑，再到后来，连一丝笑意也没有了。

他心意沮丧，慢慢收剑，忽听得陆大有的声音叫道："大师哥，大师哥！"叫声甚是惶急。令狐冲一惊："啊哟不好！田伯光那厮败退下山，说道心有不甘，要烂缠到底，莫非他打我不过，竟把小师妹掳劫了去，向我挟持？"急忙抢到崖边，只见陆大有提着饭篮，气急败坏的奔上来，叫道："大……大师哥……大……师哥，大……事不妙。"

令狐冲更是焦急，忙问："怎么？小师妹怎么了？"陆大有纵上崖来，将饭篮在大石上一放，道："小师妹？小师妹没事啊。糟糕，我瞧事情不对。"令狐冲听得岳灵珊无事，已放了一大半心，问道："什么事情不对？"陆大有气喘喘的道："师父、师娘回来啦。"令狐冲心中一喜，斥道："呸！师父、师娘回山来了，那不是好得很么？怎么叫做事情不对？胡说八道！"

陆大有道："不，不，你不知道。师父、师娘一回来，刚坐定还没几个时辰，就有好几个人拜山，嵩山、衡山、泰山三派中，都有人在内。"令狐冲道："咱们五岳剑派联盟，嵩山派他们有人来见师父，那是平常得紧哪。"陆大有道："不，不……你不知道，还有三个人跟他们一起上来，说是咱们华山派的，师父却不叫他们师兄、师弟。"

令狐冲微感诧异，道："有这等事？那三个人怎生模样？"

陆大有道："一个人焦黄面皮，说是姓封，叫什么封不平。还有一个是个道人，另一个则是矮子，都叫'不'什么的，倒真是'不'字辈的人。"

令狐冲点头道："或许是本门叛徒，早就给清出了门户的。"

陆大有道："是啊，大师哥料得不错。师父一见到他们，就很不高兴，说道：'封兄，你们三位早已跟华山派没瓜葛，又上华山来作甚？'那封不平道：'华山是你岳师兄买下来的？就不许旁人上山？是皇帝老子封给你的？'师父哼了一声，说道：'各位要上华山游玩，当然听便，可是岳不群却不是你师兄了，"岳师兄"三字，原封奉还。'那封不平道：'当年你师父行使阴谋诡计，霸占了华山一派，这笔旧帐，今日可得算算。你不要我叫"岳师兄"，哼哼，算帐之后，你便跪在地下哀求我再叫一声，也难求得动我呢。'"

令狐冲"哦"了一声，心想："师父可真遇上了麻烦。"

陆大有又道："咱们做弟子的听得都十分生气，小师妹第一个便喝骂起来，不料师娘这次却脾气忒也温和，竟不许小师妹出声。师父显然没将这三人放在心上，淡淡的道：'你要算帐？算什么帐？要怎样算法？'那封不平大声道：'你篡夺华山派掌门之位，已二十多年啦，到今天还做不够？应该让位了罢？'师父笑道：'各位大动阵仗的来到华山，却原来想夺在下这掌门之位。那有什么希罕？封兄如自忖能当这掌门，在下自当奉让。'那封不平道：'当年你师父凭着阴谋诡计，篡夺了本派掌门之位，现下我已禀明五岳盟主左盟主，奉得旗令，来执掌华山一派。'说着从怀中掏出一支小旗，展将开来，果然便是五岳旗令。"

令狐冲怒道："左盟主管得未免太宽了，咱们华山派本门之事，可用不着他来管闲事。他有什么资格能废立华山派的掌门？"

陆大有道："是啊，师娘当时也就这么说。可是嵩山派那姓陆的老头仙鹤手陆柏，就是在衡山刘师叔府上见过的那老家伙，却极力替那封不平撑腰，说道华山派掌门该当由那姓封的来当，和师娘争执不休。泰山派、衡山派那两个人，说来气人，也都和封不平做一伙儿。他们三派联群结党，来和华山派为难来啦。就只恒山派没人参预。大……大师哥，我瞧着情形不对，赶紧来给你报讯。"

令狐冲叫道："师门有难，咱们做弟子的只教有一口气在，说什么也要给师父卖命。六师弟，走！"陆大有道："对！师父见你是为他出力，一定不会怪你擅自下崖。"令狐冲飞奔下崖，说道："师父就算见怪，也不打紧。师父是彬彬君子，不喜和人争执，说不定真的将掌门人之位让给了旁人，那岂不糟糕……"说着展开轻功疾奔。

令狐冲正奔之间，忽听得对面山道上有人叫道："令狐冲，令狐冲，你在哪儿？"令狐冲道："是谁叫我？"跟着几个声音齐声问道："你是令狐冲？"令狐冲道："不错！"

突然间两个人影一晃，挡在路心。山道狭窄，一边更下临万丈深谷，这二人突如其来的在山道上现身，突兀无比，令狐冲奔得正急，险些撞在二人身上，急忙止步，和那二人相去已不过尺许。只见这二人脸上都是凹凹凸凸，又满是皱纹，甚为可怖，一惊之下，转身向后纵开丈余，喝问："是谁？"

却见背后也是两张极其丑陋的脸孔，也是凹凹凸凸，满是皱纹，这两张脸和他相距更不到半尺，两人的鼻子几乎要碰到他鼻子，令狐冲这一惊更是非同小可，向旁踏出一步，只见山道临谷处又站着二人，这二人的相貌与先前四人颇为相似。陡然间同时遇上这六个怪人，令狐冲心中怦怦大跳，一时手足无措。

在这霎息之间，令狐冲已被这六个怪人挤在不到三尺见方的一小块山道之中，前面二人的呼吸直喷到他脸上，而后颈热呼呼地，显是后面二人的呼吸。他忙伸手去拔剑，手指刚碰到剑柄，六个怪人各自跨上半步，往中间一挤，登时将他挤得丝毫无法动弹。只听得陆大有在身后大叫：“喂，喂，你们干什么？”

饶是令狐冲机变百出，在这刹那之间，也不由得吓得没了主意。这六人如鬼如魅，似妖似怪，容颜固然可怖，行动更是诡异。令狐冲双臂向外力张，要想推开身前二人，但两条手臂被那二人挤住，却哪里推得出去？他心念电闪：“定是封不平他们一伙的恶徒。”蓦地里全身一紧，几乎气也喘不过来，四个怪人加紧挤拢，只挤得他骨骼格格有声。令狐冲不敢与面前怪人眼睁睁的相对，急忙闭住了双眼，只听得有个尖锐的声音说道：“令狐冲，我们带你去见小尼姑。”

令狐冲心道：“啊哟，原来是田伯光这厮的一伙。”叫道：“你们不放开我，我便拔剑自杀！令狐冲宁死……”突觉双臂已被两只手掌牢牢握住，两只手掌直似铁钳。令狐冲空自学了独孤九剑，却半点施展不出，心中只是叫苦。

只听得又一人道：“乖乖小尼姑要见你，听话些，你也是乖孩子。”又一人道：“死了不好，你如自杀，我整得你死去活来。”另一人道：“他死都死了，你还整得他死去活来干么？”先一人道：“你要吓他，便不可说给他听。给他一听见，便吓不倒了。”先一人道：“我偏要吓，你又待怎样？”另一人道：“我说还是劝他听话的好。”先一人道：“我说要吓，便是要吓。”另一人道：“我喜欢劝。”两人竟尔互相争执不休。

令狐冲又惊又恼，听他二人这般瞎吵，心想：“这六个怪人武功虽高，却似乎蠢得厉害。”当即叫道：“吓也没用，劝也没用，你们不放我，我可要自己咬断舌头自杀了。”

突觉脸颊上一痛，已被人伸手捏住了双颊。只听另一个声音道："这小子倔强得紧，咬断了舌头，不会说话，小尼姑可不喜欢。"又有一人道："咬断舌头便死了，岂但不会说话而已！"另一人道："未必便死。不信你倒咬咬看。"先一人道："我说要死，所以不咬，你倒咬咬看。"另一人道："我为什么要咬自己舌头？有了，叫他来啊。"

只听得陆大有"啊"的一声大叫，显是给那些怪人捉住了，只听一人喝道："你咬断自己舌头，试试看，死还是不死？快咬，快咬！"陆大有叫道："我不咬，咬了一定要死。"一人道："不错，咬断舌头定然要死，连他也这么说。"另一人道："他又没死，这话作不得准。"另一人道："他没咬断舌头，自然不死。一咬，便死！"

令狐冲运劲双臂，猛力一挣，手腕登时疼痛入骨，却哪里挣得动分毫？突然间情急智生，大叫一声，假装晕了过去。六个怪人齐声惊呼，捏住令狐冲脸颊的人立时松手。一人道："这人吓死啦！"又一人道："吓不死的，哪会如此没用。"另一人道："就算是死了，也不是吓死的。"先一人道："那么是怎生死的？"

陆大有只道大师哥真的给他们弄死了，放声大哭。

一个怪人道："我说是吓死的。"另一人道："你抓得太重，是抓死的。"又一人道："到底是怎生死的？"令狐冲大声道："我自闭经脉，自杀死的！"

六怪听他突然说话，都吓了一跳，随即齐声大笑，都道："原来没死，他是装死。"令狐冲道："我不是装死，我死过之后，又活转来了。"一怪道："你当真会自闭经脉？这功夫可难练得紧，你教教我。"另一怪道："这自闭经脉之法高深得很，这小子不会的，他是骗你。"令狐冲道："你说我不会？我倘若不会，刚才又怎会自闭经脉而死？"那怪人搔了搔头，道："这个……这个……可有点儿奇了。"

令狐冲见这六怪武功虽然甚高，头脑果然鲁钝之至，便道："你们再不放开我，我可又要自闭经脉啦，这一次死了之后，可就活不转了。"抓住他的手腕的二怪登时松手，齐道："你死不得，如果死了，大大的不妙。"令狐冲道："要我不死也可以，你们让开路，我有要事去办。"挡在他身前的二怪同时摇头，一齐摇向左，又一齐摇向右，齐声道："不行，不行。你得跟我去见小尼姑。"

令狐冲睁眼提气，身子纵起，便欲从二怪头顶飞跃而过，不料二怪跟着跃高，动作快得出奇，两个身子便如一堵飞墙，挡在他身前。令狐冲和二怪身子一撞，便又掉了下来。他身在半空之时，已伸手握住剑柄，手臂向外一掠，便欲抽剑，突然间肩头一重，在他身后的二怪各伸一掌，分按他双肩，他长剑只离鞘一尺，便抽不出来。按在他肩头的两只手掌上各有数百斤力道，他身子登时矮了下去，别说拔剑，连站立也已有所不能。

二怪将他按倒后，齐声笑道："抬了他走！"站在他身前的二怪各伸一手，抓住他足踝，便将他抬了起来。

陆大有叫道："喂，喂！你们干什么？"一怪道："这人叽哩咕噜，杀了他！"举掌便要往他头顶拍落。令狐冲大叫："杀不得，杀不得！"那怪人道："好，听你这小子的，不杀便不杀，点了他的哑穴。"竟不转身，反手一指，嗤的一声响，已点了陆大有的哑穴。陆大有正在大叫，但那"啊"的一声突然从中断绝，恰如有人拿一把剪刀将他的叫声剪断了一般，身子跟着缩成一团。令狐冲见他这点穴手法认穴之准，劲力之强，生平实所罕见，不由得大为钦佩，喝采道："好功夫！"

那怪人大为得意，笑道："那有什么希奇，我还有许多好功夫呢，这就试演几种给你瞧瞧。"若在平时，令狐冲原欲大开眼界，只是此刻挂念师父的安危，心下大为焦虑，叫道："我不要看！"那怪人怒道："你为什么不看？我偏要你看。"纵身跃起，从令狐冲和抓着他的四名怪人头顶飞越而过，身子从半空横过时平掠而前，有如轻燕，姿式美妙已极。令狐冲不由得脱口又赞："好啊！"那怪人轻轻落地，微尘不起，转过身来时，一张长长的马脸上满是笑容，道："这不算什么，还有更好的呢。"此人年纪少说也有六七十岁，但性子恰似孩童一般，得人称赞一句，便欲卖弄不休，武功之高明深厚，与性格之幼稚浅薄，恰是两个极端。

令狐冲心想："师父、师娘正受困于大敌，对手有嵩山、泰山诸派好手相助，我便赶了去，那也无济于事，何不骗这几个怪人前去，以解师父、师娘之厄？"当即摇头道："你们这点功夫，到这里来卖弄，那可差得远了。"那人道："什么差得远？你不是给我们捉住了吗？"令狐冲道："我是华山派的无名小卒，要捉住我还不容易？眼前山上聚集了嵩山、泰山、衡山、华山各派好手，你们又岂敢去招惹？"那人道："要惹便去惹，有什么不敢？他们在哪里？"另一人道："我们打赌赢了小尼姑，小尼姑就叫我们来捉令狐冲，可没叫我去惹什么嵩山、泰山派的好手。赢一场，只做一件事，做得多了，太不上算。这就走罢。"

令狐冲心下宽慰："原来他们是仪琳小师妹差来的？那么倒不是我对头。看来他们是打赌输了，不得不来捉我，却要强好胜，自称赢了一场。"当下笑道："对了，那个嵩山派的好手说道，他最瞧不起那六个橘子皮的马脸老怪，一见到便要伸手将他们一个个像捏蚂蚁般捏死了。只可惜那六个老怪一听到他声音，便即远远逃去，说什么也找他们不到。"

六怪一听，立时气得哇哇大叫，抬着令狐冲的四怪将他身子放下，你一言我一语的道："这人在哪里？快带我们去，跟他们较量较量。""什么嵩山派、泰山派，桃谷六仙还真不将他放在眼里。""这人活得不耐烦了，胆敢要将桃谷六仙像捏蚂蚁般捏死？"

令狐冲道："你们自称桃谷六仙，他口口声声的却说桃谷六鬼，有时又说桃谷六小子。六仙哪，我劝你们还是远而避之的为妙，这人武功厉害得很，你们打他不过的。"

一怪大叫："不行，不行！这就去打个明白。"另一怪道："我瞧情形不妙，这嵩山派的高手既然口出大言，必有惊人的艺业。他叫我们桃谷六小子，那么定是我们的前辈，想来一定斗他不过。多一事不如少一事，咱们快快回去罢。"另一人道："六弟最是胆小，打都没打，怎知斗他不过？"那胆小怪人道："倘若当真给他像捏蚂蚁般捏死了，岂不倒霉？打过之后，已经给他捏死，又怎生逃法？"

令狐冲暗暗好笑，说道："是啊，要逃就得赶快，倘若给他得知讯息，追将过来，你们就逃不掉了。"

那胆小怪人一听，飞身便奔，一晃之间便没了踪影。令狐冲吃了一惊，心想："这人轻身功夫竟然如此了得。"却听一怪道："六弟怕事，让他逃走好了，咱们却要去斗斗那嵩山派的高手。"其余四怪都道："去，去！桃谷六仙天下无敌，怕他何来？"

一个怪人在令狐冲肩上轻轻一拍，说道："快带我们去，且看他怎生将我们像捏蚂蚁般捏死了。"令狐冲道："带你们去是可以的，但我令狐冲堂堂男子，决不受人胁迫。我不过听那嵩山派的高手对你们六位大肆嘲讽，心怀不平，又见到你们六位武功高强，心下十分佩服，这才有意仗义带你们去找他们算帐。倘若你们仗着人多势众，硬要我做这做那，令狐冲死就死了，决不依从。"

五个怪人同时拍手，叫道："很好，你挺有骨气，又有眼光，看得出我们六兄弟武功高强，我兄弟们也很佩服。"

令狐冲道："既然如此，我便带你们去，只是见到他之时，不可胡乱说话，胡乱行事，免得武林中英雄好汉耻笑桃谷六仙浅薄幼稚，不明世务。一切须听我吩咐，否则的话，你们大大丢我的脸，大伙儿都面上无光了。"他这几句话原只是意存试探，不料五怪听了之后，没口子的答应，齐声道："那再好也没有了，咱们决不能让人家再说桃谷六仙浅薄幼稚，不明世务。"看来"浅薄幼稚，不明世务"这八字评语，桃谷六仙早就听过许多遍，心下深以为耻，令狐冲这话正打中了他们心坎。

令狐冲点头道："好，各位请跟我来。"当下快步顺着山道走去，五怪随后跟去。

行不到数里，只见那胆小怪人在山岩后探头探脑的张望，令狐冲心想此人须加激励，便道："嵩山派那老儿的武功比你差得远了，不用怕他。咱们大伙儿去找他算帐，你也一起去罢。"那人大喜，道："好，我也去。"但随即又问："你说那老儿的武功和我差得远，到底是我高得多，还是他高得多？"此人既然胆小，便十分的谨慎小心。令狐冲笑道："当然是你高得多。刚才你脱身飞奔，轻功高明之极，那嵩山派的老儿无论如何追你不上。"那人大为高兴，走到他身旁，不过兀自不放心，问道："倘若他当真追上了我，那便如何？"令狐冲道："我和你寸步不离，他如胆敢追上了你，哼，哼！"手拉长剑剑柄，出鞘半尺，拍的一声，又推入了鞘中，道："我便一剑将他杀了。"那人大喜，叫道："妙极，妙极！你说过的话可不能不算数。"令狐冲道："这个自然。不过他如追你不上，我便不杀他了。"那人笑道："是啊，他追我不上，便由得他去。"

令狐冲暗暗好笑，心想："你一发足奔逃，要想追上你可真不容易。"又想："这六个老儿生性纯朴，不是坏人，倒可交交。"说道："在下久闻六位的大名，如雷贯耳，今日一见，果然名不虚传，只不知六位尊姓大名。"

六个怪人哪想得到此言甚是不通，一听到他说久闻大名，如雷贯耳，个个便心花怒放。那人道："我是大哥，叫做桃根仙。"另一人道："我是二哥，叫做桃干仙。"又一人道："我不知是三哥还是四哥，叫做桃枝仙。"指着一怪人道："他不知是三哥还是四哥，叫做桃叶仙。"令狐冲奇道："你们谁是三哥四哥，怎么连自己也不知道？"

桃枝仙道："不是我二人不知道，是我爹爹妈妈忘了。"桃叶仙插口道："你爹娘生你之时，如果忘了生过你，你当时一个小娃娃，怎知道世界上有没有你这个人？"令狐冲忍笑点头，说道："很是，很是，幸亏我爹娘记得生过我这个人。"桃叶仙道："可不是吗！"令狐冲问道："怎地是你们爹妈忘了？"桃叶仙道："爹爹妈妈生我们两兄弟之时，是记得谁大谁小的，过得几年便忘记了，因此也不知到底谁是老三，谁是老四。"指着桃枝仙道："他定要争到老三，我不叫他三哥，他便要和我打架，只好让了他。"令狐冲笑道："原来你们是两兄弟。"桃枝仙道："是啊，我们是六兄弟。"

令狐冲心想："有这样的胡涂父母，难怪生了这样胡涂的六个儿子来。"向其余二人道："这两位却又怎生称呼？"胆小怪人道："我来说，我是六弟，叫做桃实仙。我五哥叫桃花仙。"令狐冲忍不住哑然失笑，心想："桃花仙相貌这等丑陋，和'桃花'二字无论如何不相称。"桃花仙见他脸有笑容，喜道："六兄弟之中，以我的名字最是好听，谁都及不上我。"令狐冲笑道："桃花仙三字，当真好听，但桃根、桃干、桃枝、桃叶、桃实，五个名字也都好听得紧。妙极，妙极，要是我也有这样美丽动听的名字，我可要欢喜死了。"

桃谷六仙无不心花怒放，手舞足蹈，只觉此人实是天下第一好人。

令狐冲笑道："咱们这便去罢。请哪一位桃兄去解了我师弟的穴道。你们的点穴手段太高，我是说什么也解不开的。"

桃谷六仙又各得一顶高帽，立时涌将过去，争先恐后的给陆大有解开了穴道。

从思过崖到华山派的正气堂，山道有十一里之遥，除了陆大有外，余人脚程均快，片刻间便到。

一到正气堂外，便见劳德诺、梁发、施戴子、岳灵珊、林平之等数十名师弟、师妹都站在堂外，均是忧形于色，各人见到大师哥到来，都是大为欣慰。

劳德诺迎了上来，悄声道："大师哥，师父和师娘在里面见客。"

令狐冲回头向桃谷六仙打个手势，叫他们站着不可作声，低声道："这六位是我朋友，不必理会。我想去瞧瞧。"走到客厅的窗缝中向内张望。本来岳不群、岳夫人见客，弟子决不会在外窥探，但此刻本门遇上重大危难，众弟子对令狐冲此举谁也不觉得有什么不妥。